王思任散文注评

[明]王思任 著
孙 虹 谭学纯 注评

图书在版编目(CIP)数据

王思任散文注评/(明)王思任著;孙虹,谭学纯注评.—上海:上海古籍出版社,2017.12

ISBN 978-7-5325-8689-9

Ⅰ.①王… Ⅱ.①王… ②孙… ③谭… Ⅲ.①古典散文—注释—中国—明代 Ⅳ.①I264.8

中国版本图书馆CIP数据核字(2017)第302428号

王思任散文注评

[明]王思任 著

孙虹 谭学纯 注评

上海古籍出版社出版发行

(上海瑞金二路272号 邮政编码200020)

(1)网址:www.guji.com.cn

(2)E-mail:gujil@guji.com.cn

(3)易文网网址:www.ewen.co

启东市人民印刷有限公司印刷

开本635×965 1/16 印张15.25 插页2 字数199,000

2017年12月第1版 2017年12月第1次印刷

印数:1—2,100

ISBN 978-7-5325-8689-9

I·3236 定价:46.00元

目　录

前　言

一

王思任，字季重，号遂东，又号谑庵，山阴（今浙江省绍兴市）人。生于明万历三年（1575，另有万历二年、万历四年两种说法），卒于清顺治三年（1646）。

据陈飞龙《王思任年谱》、王会磊《王思任生平考述》、吕明《王思任年谱》（以下简称陈谱、王考、吕谱）等可知王思任一生大致行谊。王思任得严父王维新教诲，五岁遍受五经，十岁恣为文章，年十三受业于父执黄洪宪，年虽少，卓有文声。万历二十二年（1594），以弱冠之龄举于乡；明年，成进士。万历二十四年（1596），得选兴平（今陕西省兴平市）知县。少年贫士，蹇驴赴任，人称“呱呱知县”。赴任三月，倜傥有为，因丁母忧而解官返乡。万历二十七年（1599），既除母服，诏补当涂（今安徽省当涂县）县令，六年不迁。万历三十三年（1605），大计（明清两代考核外官的制度，每三年举行一次）遭李三才、劳永嘉诸人弹劾，转南刑部主事（此为闲散之职）。万历三十四年（1606），补湖北清吏司。万历三十七年（1609）再降山西按察司知事。万历三十八年（1610），得升青浦（今上海市青浦区）知县，卓有能声，民风向化。万历四十一年（1613），大计遭彭端吾构陷，免官居家乡，读书于清晖阁。四年后，即万历四十五年（1617），入补山东照磨（元代以后设置的掌管宗卷、钱谷的属吏）。万历四十六年（1618），报移袁州（在今江西省宜春市）司李（即司理，明时别称推事，主管狱讼刑罚），以父老不赴。万历四十七年（1618），大计，以山东照磨往，彭端吾使许鼎臣弹劾，落选后再度闲居山阴故里。天启二年（1622）遭父丧，丁外艰至天启五年（1625）。崇祯元年（1628），王思任以推官降职起用，因卷入温体仁、钱谦益党争，仅得补松江（今上海市松江区）教授。三年（1630）升国子助教。四年（1631）得升南工部营缮主事，十一月往榷芜湖关口。崇祯六年（1633）返回南工部，同年十月，升九江（今江西省九江市）佥事（军事长官的文职属官）。崇祯八年（1635）京察（每六年举行一次的考核官员制度）被罢黜，去官再归故里。崇祯十七年（1644）三月，甲申之变，李自成占领北京，崇祯帝自缢于万岁山皇寿亭，明正统以绝。凤阳总督马士英及南京兵部尚书史可法拥立福王在应天府（今江苏省南京市）即位，是为弘光帝。弘光元年（1645）五月南都陷落，福王蒙尘，不久为清兵所执。明年，鲁王监国于绍兴（今浙江省绍兴市），曾聘王思任以备顾问，并冠以翰林院提督等职。王思任因屡次上书不报，洞见国事不济，挂冠而去。鲁王监国元年（1646）六月，清兵占领绍兴。九月，王思任偶染微疴，即绝粒而死。

张岱《越人三不朽图赞》对王思任的评价是："拾芥功名，生花采笔；以文为饭，以弈为律；谑不避虐，钱不避癖；传世小题，功不可及；宦橐游囊，分之弟侄；孝友文章，当今第一。"王思任的一生，实可谓少年得志，宦途蹭蹬，晚节凛凛。可条述如下。

王思任少年受业于黄洪宪门下时，就已经显示出横溢才情："年十三，即从漏衡岳（据吕谱，知为"漏岳衡"之误）先生馆于槜李（在今浙江省嘉兴市西）黄葵阳宫庶家。先生落笔灵异，葵阳公喜而斧藻之，学业日进。"（张岱《王谑庵先生传》）二十岁考取进士，是同榜进士中最年少者，颇受时人艳羡："身复蚤达，曾无诸生一日之忧"（汤显祖《王季重小题文字序》）；"偶然谪落山阴道，拾取青云最年少"（余朴《读书佳山水歌》转引自陈飞龙《王思任之文论及其年谱》）。平常准备的应考文章，即所谓"房书"、"小题"，为他赢得了极大声誉："房书一出，一时纸贵洛阳。士林学究以至村塾顽童，无不口诵先生之文。及幼小题，直与钱鹤滩、汤海若争坐位焉。"（张岱《王谑庵先生传》）主考座师张位因而有"天下之宝，当为天下惜之"

之言（王思任《相国张洪阳先生传》转引自陈飞龙《王思任之文论及其年谱》。以下引用王思任的文章，径写篇目，不标作者）。

王思任自万历二十四年进入仕途，三为令尹，卓有政声。如在兴平任上，颁布戒令，嘱百姓自爱，不可肆毁身体发肤；又明察事由，善断冤狱。在当涂任上，兴修水利，并与大珰邢隆周旋，使当涂百姓免遭矿监荼毒。在青浦任上，"催科、编审、听讼，事皆就理，下不能缘以为奸；暇则以诗文自娱。留意人才，尝请广科举以入学之额，督学道因建议上闻。邑中文声之振，思任有力焉。在官宴客用五簋，著《五簋说》以示风尚"（《光绪青浦县志》卷十四）。备兵九江时，整顿军旅，成效显著，曾以一旅救黄梅。王思任在所有职任上都显示出作为能吏的文才武略。但他进入仕途前后五十年，屡遭贬黜，强半林居，时人曾言及个中原因。徐如翰《〈清晖阁读书佳山水咏〉序》曰："季重才名，嚣闻一时，而独其骯脏之性，不谙于仕路，故屡起屡蹶，竟以壮年拂衣。"张岱《王谑庵先生传》曰："盖先生聪明绝世，出言灵巧，与人谐谑，矢口放言，略无忌惮……先生莅官行政，摘伏发奸，以及论文赋诗，无不以谑用事。"钱谦益《王佥事思任》曰："季重有隽才，居官通脱自放，不事名检。性好谑浪，居恒与狎客纵酒，谈笑大噱。遇达官大吏，疏放绝倒，不能自禁。"这种率性而为的"骯脏"和"谑浪"，于官场已经是不合时宜，由此带来的宦途蹭蹬使王思任的情绪极为悒郁："禅扉深扃倚湘干，客邸萧疏岁易残。隋柳几年风物尽，钟山一夜雨声寒。家乡路近频来梦，车马人稀半似官。腰瘦不堪仍折约，冥鸿多少羡肥磐。"（《即白下庵寓》）"一官车耳廿年尘，西谪东迁未隐沦。三匝又依华不注，中原欲认李于麟。龙蛇有骨随云老，海岳初交得雨新。为问古亭惟历下，济南名士几彬彬。"（《至历下恰雨》）"予垂老为关吏，日在芜江上，负弩做鹭候，意殊刺促悒悒。"（《云霞馆游草序》）王思任生性与陶渊明极为近似，少年读书时，"忽从友人所见《靖节先生集》，持向西山松风下读之，寒胎夙契，不觉雪洽冰欢"。他之所以没有像陶靖节一样既赋归去，而是"靦颜三仕为令"（《〈律陶〉序》），主要原因是"谑庵先生既贵，其弟兄子侄、宗族姻娅，待以举火者数十余家，取给宦囊，大费供亿”（张岱《王谑庵先生传》）。而且在居官是否可以傲俗这一点上，他与陶渊明的观点并不一致。在《谒靖节先生祠》一诗中，王思任坦诚地表达了自己的观点：“上下偶分定，折腰岂尽辱。居官只醉饱，又不在秫粟。信如先生言，较量仍傲俗。我来部彭泽，高风拜凛穆。江水何汪洋，四山青矗矗。三年必有成，八十日而足。鸿冥别自深，雀燕徒猜卜。”于是王思任在仕隐之间，也就有了与陶渊明不同的选择。《钓台》一文也表明了他的取向：王思任认为严子陵的高风亮节不在仕隐，而在于横起蹇仰、恣意狂傲的生活方式。所以王思任既取五斗，但决然不摧眉折腰。然而进入仕途而保持自我个性，却使王思任不可避免地陷入了身心交违的尴尬境地，终其一生也无法转出这个怪圈：“骨傲口不驯，触眼遭时忌。贬逐走东西，稍登忽韭替。”（《感述》）在这个过程中，王思任“骯脏”和“谑浪”的性格可以说成了伤害他人与自己的双刃剑。所谓骯脏之性，自有鲠直傲岸、不媚权贵的一面。王思任与督漕御史彭端吾争漕事，据理顶撞，拂袖而去，同僚欲代为谢罪，王思任抗言“无罪可谢”。他在芜湖榷关时，中丞詹沂之子横行跋扈，系狱之后，竟咆哮公堂：“我詹公子也，谁敢拘摄？”王思任曰：“我敢！”在此任上，还弹劾南户部尚书郑三俊开户关于芜湖，大掠客商，中饱私囊，因请罢户关。虽然折权贵而深得当地商贾拥戴，可是这种性格也不可避免地带有轻诋固执的一面。实际上，其政敌李三才、郑三俊等人也并非品德低劣的小人。《明史》本传称李三才：“在淮久，以折监税得民心。及淮、徐岁侵，又请赈恤，蠲马价。淮人深德之。……其后击三才者，若邵辅忠、徐兆魁辈，咸以附魏忠贤名丽逆案，而推毂三才若顾宪成、邹元标、赵南星、刘宗周，皆表表为时名臣，故世以三才为贤。”郑三俊曾连章弹劾大奸魏忠贤，《明史》本传称其“端严清亮，正色立朝”。王思任虽然为能吏，但为“孝”“友”二字嗜钱成癖，虽为家累而与持筹灯下、陷溺阿堵者分别淄渑，但到底不能勉为清廉，故政敌以贪妄劾之，往往事出有因。而王思任对郑三俊等人的评价，却不免挟私怨其中，

《王季重自叙年谱》对郑三俊的评价即是如此:“大司农郑三俊一生伪学,满腹毒鳞。……而及其老也,贪横刻剥,无所不至。”王思任一生坎坷,命在磨蝎,在很大程度上更得自于聪明绝世、出言灵巧之“谑浪”。虽然为当涂令时,与大珰邢隆周旋,曾以一谑解横山开矿之厄,“当涂、徽州得以安堵如故”(张岱《王谑庵先生传》)。但王思任在芜湖时,以芜湖令劳永嘉父名劳王事为谑,甚至以年兄蔡敬夫眇一目为谑,皆是谑不避虐、接近刻薄的有失厚道。“善戏谑兮,不为虐矣”(《诗经·卫风·淇奥》),故其中晚年,曾以“悔谑”为戒,然强为针砭,却无奈天性何,旋复变本加厉:“晚乃改号‘谑庵’,刻‘悔谑’以志已过;而逢人仍肆口诙谐,虐毒益甚。”(张岱《王谑庵先生传》)如果说王思任性格的亮点是“我与我周旋久,宁作我”的“骯脏”和“谑浪”,但于此也不免因妍成病,殃及一生仕进。

王思任晚年,党争蜂起,国事日非,又遭逢时代巨变,其凛凛气节却因此得以突现。天启年间,魏党肆虐,曾利诱之:“魏忠贤擅政,使伻走语:‘卿可得也,一通手板者。’公笑不应。”(邵廷寀《明侍郎遂东王公传》)王思任《脚板赞》是一生实录:“曾入帝王之门,曾踏万峰之顶,曾到齐晋云间欺官之署,曾走狭邪非礼亡赖之处,而不曾投刺于东林、魏党,乞食墦间,沽名井上。所以然者,脚底有文,脚心有骨。”显示出无偏无党的君子风范。弘光元年(1645)四月,清兵陷扬州,史可法殉国,南京大震。福王出奔芜湖,弄权误国的马士英挟福王母妃至越。王思任上疏痛陈马士英之罪,义正辞严地拒绝马士英:“且欲求奔吾越,夫越乃报仇雪耻之国,非藏垢纳污之地也。职当先赴胥涛,乞素车白马,以拒阁下。此书出,触怒阁下,祸且不测,职愿引领以待鉏麑。”(张岱《王谑庵先生传》)书传,人心大快。五月,清兵执福王于芜湖,南都陷落。闰六月,鲁王监国于绍兴。八月,清兵陷绍兴,鲁王南入富阳(今杭州市富阳区),王思任遂弃家入凤林山,于祖墓旁构“孤竹庵”以居,自号采薇子,耻食周粟,以示不忘旧朝。鲁王监国元年(1646)夏,鲁王收复绍兴,但又被总兵方安国所挟持,鲁王逃脱出海。六月,清兵再陷绍兴,张国维、余煌等人殉节。王思任亦作《致命篇》明志："再嫁无此脸，山呼无此嘴。急则三寸刀，缓则一泓水。"王思任虽然没有即刻殉国，但一腔忠愤之心，亦可彪炳日月："北使渡江，人具牛酒，有邀先生出者，先生闭其门，大书曰：'不降'。"（张岱《王谑庵先生传》）王思任与外甥唐九经言及不遽死的原因在于为保全肢体以还父母，并且数斛旧谷尚存。贝勒虽驻跸城中，王思任誓不晋见、不薙发、不入城。最后终成其志："偶感微疴，遂绝饮食僵卧，时常掷身起，瞀目握拳，涕洟哽咽，临瞑连呼高皇帝者三，闻者比之宗泽濒死，三呼过河焉。"（张岱《王谑庵先生传》）

王思任性爱山水。少年读《论语》，以"泰山不如林放"问惑于师，不得其解，遂郁结"碧痞"于腹中；读书京西罕山寺时，曾神往五台山所谓"绀雪"。十五岁即向往天台、雁荡诸胜景，并为之梦魂相牵。一生所游名胜之地有池州齐山、青阳九华山、宣城敬亭山，游天台、雁荡及沿途胜景，游山西五台诸山，游山东泰山、峄山、历下诸景，两游镇江焦金二山，数走江西匡庐。王思任的游记，特别是记游天台雁荡诸山川的《游唤》系列，再次给王思任带来声誉："自庚戌游天台、雁宕，另出手眼，乃作《游唤》，见者谓其笔悍而胆怒，眼俊而舌尖。恣意描摩，尽情刻画，文誉鹊起。"（张岱《王谑庵先生传》）

二

王思任的散文，明清时的评价就极为对立，袁宏道认为王思任有嘉靖七子领袖李攀龙拟古之风，钱谦益以之为钟惺、谭元春竟陵旁派："季重颇负时名，自建旗鼓，钟谭之外，又一旁派也。"（《王佥事思任》）陈田则认为是竟陵余波："季重诗，扬竟陵之余波，如入幻国，诡变无穷，如游深山，魑魅出现，真亡国之音也。"（《明诗纪事》）王思任对自己的文章得失寸心能知："与公安、竟陵不同衣饭，而各自饱暖。"（《〈心月轩稿〉序》）明代文学模拟之风盛行，文坛尽入豪丽之习，而公安、竟陵欲回溯清波，然而却或入空灵无当，或入深幽孤峭。在反摹拟这方面，王思任也是“凡一画亦当欲出之于己旨”（《青溪录隽叙》），这种一空依傍、特立独行的精神，与公安、竟陵可称同调，但是王思任散文不染三袁空疏之习，也不似钟谭识堕于魔，而趣沉于鬼，文章风格呈现出迥异时流特别是后七子和公安派的风貌：“抟捥飙冲，吐歆沆气，尽破年来豪丽之习，空灵之奸。”（《丰文仲澹园艺叙》）而山水游记最可作为显证，试分述之。

缒入险径，抒真我之性情。王思任的文章序跋大多评人而自评，最清楚不过地表明了追求险真的写作意向：“更刁悍尖湍，欲据诸公之项而锥其颊。……意空一世，宁使作我，莫可人知。”（《徐文长逸稿序》）“有时意见所到，搦笔直书，宁佞其心，不竞世好，所谓心气两至，一往夺矛。”（《徐君上制秧序》）在晚明文坛上，王思任以笔悍胆怒、眼俊舌尖、湔涤尘秕、务臻险秀著称。就山水游记而言，我国山水游记可推柳宗元为先声，柳宗元的游记有强烈的“其言郁塞，山川似藉之而苦”的感情色彩（《〈南明记游〉序》）。柳宗元之后的游记，汗牛充栋，并各为疏畅、幽深、萧雅、生险、俏隽，但往往不是藉山水写自我，故而山水精神亦爽然自失。王思任的山水游记踵武柳氏，后出转精，不再为漫无可否、每辄言佳的山水乡愿：“王季重笔悍而神清，胆怒而眼俊。其游天台、雁宕诸山，时懦时壮，时嗔时喜，时笑时啼，时惊时怖，时呵时骂，时挺险而鬼，时蹈虚而仙。其经游处，非特樵人不经，古人不历，即混沌以来，山灵数千年未尝遇此品题知己。……大抵山川有眉目，借人而发；又无口，借人而言。”（陈继儒《王季重〈游唤〉叙》）王思任认为：“文章节义，皆准山岳江河之气，是不大郁，则不大抒。”（《郑逸少诗文序》）“天地之文章，无往而非气，其气无往而不怒也。”（《陈万两生白湖草叙》）所以王思任的游记，并不仅仅是为天地山水写外形，而是借文章为天地山水传神吐气，更借为天地山水传神吐气写我一生不能得志的不平之怒，表现出为文特别是为人倔犟不屑的姿态。故其写山水之形光怪陆离：“雁荡山是造化小儿时所作者，事事俱糖担中物，不然，则盘古前失存姓氏，大人家劫灰未尽之花园耳。山故怪石供，有紧无要，有文无理，有骨无肉，有筋无脉，有体无衣，俱出堆累雕錾之手。落海水不过二条，穿锁结织，如注锡流觞，去来袅脚下。”(《雁荡》)写山水之境如入幻国：“取道仙人迹，望吹箫台，遗响绛云，眇无定处。扪萝至琼台之上，又历南踏双阙，但觉绝壁森倚，呼吸通群帝之座。玉泉、华琳二峰夹其中，阙后千层峰巘，如大海紫澜，乘风而拥。”(《天台》)写色彩可谓颜色不在人间：“落日含半规，如胭脂初从火出。溪西一带，山俱似鹦绿鸦背青，上有腥红云五千尺，开一大洞逗出，缥天映水，如绣铺赤玛瑙。日益習。沙滩色如柔蓝懈白，对岸沙则芦花月影，忽忽不可辨识。山俱老瓜皮色，又有七八片碎剪鹅毛霞，俱金黄锦荔，堆出两朵云，居然晶透葡萄紫也。又有夜岚数层斗起，如鱼肚白，穿入出炉银红中，金光煜煜不定，盖是际天地山川，云霞日采，烘蒸郁衬，不知开此大染局作何制?”(《小洋》)写山水峰岩则乱怒穷恶：“苍壑乱撑，大石怒特，溪如万鹅擘翼，先有高鹤长鹄叫雪飞来。草木恶塞，一线黄泥，断续入天。”(《天台》)“过一溪，甚广，无桥梁，俱方石齿仰，一咫一柱，溪走其下，砰击怒鸣，抟雪数尺起，其悍者特上石撩人股。”(《仙都》)“命榜人速走石公，诸山之卷太湖也以舌，而石公独拒之以齿，胆怒骨张，而石姥助之。”(《泛太湖游洞庭两山记》)“火焰峰亘百余丈，向所仰为指矗者，皆石笋也。石怒起如惊雷，择最锐一株踞其顶。”(《游庐山记》)甚至鸟兽草木云气也桀敖不驯：“碛明罗縠，箐棘密蒙，玄熊啼号，猿鸟见人，反怪立不去。两壁铲峙，云气往来讯呵，甚惮。”(《石门》)“是中橘柚已剪，众鸟侏离，聚党詈僧，且妒客至，不得便其检拾，巧坐枝头，又迁其语怒客。”(《泛太湖游洞庭两山记》)

正因为山水类我，所以不仅山水能与我对话，而且我与山水之间，竟可以有强谏争于廷、怨忿诟于道、怒邻骂座的姿态。试看仙岩是怎样强项不屈和妙通人性，而我又是怎样走笔千古，气如风雨：

> 于是乎有仙岩之瀑，瀑不他藉，赖从己腹中出，如千本火树，逆吐银花，突如其来，烟呼雪喊，鼓铁乱鍧。人相对，止见口张口翕，必欲相闻，则更语之，或帖面附耳。对瀑为泽润亭，予

友王季中辄浮大白，叫何如，捉予臂轰饮以敌之。而山人王硕卿，年家子吴聚伯、吴闳仲，俱侈其喉作笑语。而瀑以为侮予，遂盛气相加，腥风恶语，扑人旋舞，且呼且逼，似不欲寓人一瞬者。予曰："子毋然，我劝尔杯酒，三伏月，还当着故绢衣，向君从容食白粥也。"季中语之曰："山阴道上人，其言咄咄，吾辈一日东道主。"于是雨渐撤而瀑怒稍戢。(《仙岩》)

再看华盖山之游，由于上天无玉成之美，作者此行饱受滂沱涔涔之苦，但他不能游而雨霁强游，不能观而隔云强观；并且强与华盖再约，将在最好的观赏季节游华盖、侮华盖以惩华盖，表现出了作者不胜倔犟之神骏：

然华盖能妒予，不能禁予不看风雨之华盖也。乳柑若火齐时，稻蟹膏流琥珀，吾当来住梦草堂，拄九节短筇，日日踏华盖顶门，歌呼笑骂，醉则遗溲而去，吾之愤愤于兹山者，庶有豸乎！(《华盖》)

别解生新，显谐谑之风神。王思任山水散文大量采用了"别解"的修辞手法。这种修辞手法是临时赋予一个词语或句子以原来不曾有的新义。别解辞格在古诗词中已经被广泛运用，钱锺书《谈艺录·黄山谷诗补注(附论比喻)》曾拈出为说："就现成典故比喻字面上更生新意：将错而遽认真，坐实以为凿空。……而要以玉溪(李商隐)为最擅此，着墨无多，神韵特远。如《天涯》曰：'莺啼如有泪，为湿最高花'，认真'啼'字，双关出'泪湿'也。《病中游曲江》曰：'相如未是真消渴，犹放沱江过锦城'，坐实'渴'字，双关出沱江水竭也。《春光》曰：'几时心绪浑无事，得及游丝百尺长'，执着'绪'字，双关出'百尺长'丝也。"王思任写散文亦擅此道，因而思维跳跃，妙趣横生。

王思任用得最多的是摄含比喻拟人的别解：

"过剡县十五里，青骡背上，斗见二山，追蠡之痕犹在，而渊填之声隐然也。"(《南明》)此数句故意以新昌境内的形似钟鼓的两座山为真的钟鼓乐器，所以二山能发出鞳鞳渊填之声，并且隐隐然似有所闻见。

“须臾雾合，人山俱失，如鱼游弋水。同行人恐而相呼，谓山君或乘间而一跌，则蛟龙之宅也。”（《天台》）此处先设一喻，谓人在雾中山行，因人山俱失而恰似鱼行水中，就此坐实说这是由于天台山神不经意中摔了一跤，跌进海中，所以才会有这种山行而如游弋的奇效。

“而四顾松枫，俱数百年老汉，苍髯绿发，腰曲臂擎，各迎溪舞。”（《天台》）先把松枫比拟为百岁老人，就势再以松针枫叶喻老汉须发，以松枫的虬节劲干拟老汉弯曲的腰肢和高举的臂膀。

“旋十数岭，一蹊俯千丈余，一道银布从绝涧抛下，乃石梁小弱弟析居此，而日夜啼号者。”（《天台》）文章前此已经言及天台石梁瀑布：“而所谓梁上水者，从玛瑙平腹饱积起走梁下，直挂杳黝之渊。他山瀑布，俱圆浑条直，不尽布义，独此扁落，梁若机横其上，直是九天飞帛也！”此处为跳接，因“飞帛”之喻与“银布”意义相通，而因瀑水量少，故戏拟此无名瀑为石梁飞瀑未成年的小弟弟被分家析住在此，并以瀑水下倾之弱声比拟幼弟伤心之哭啼。

“或曰龙鼻水可明目，意是万年老石髓。洞口正对玉女峰，意中婵娟朝朝以洗头盆挹龙液，恐箭括湫隘，难为十丈莲花步也。”（《雁荡》）这里双拟龙鼻洞石龙为真龙，玉女峰为真玉女，因民间有玉女洗头的传说，于是坐实说玉女每天清晨用洗头盆挹舀老龙髓液进行梳洗，就此而又曲为拟人，谓龙鼻洞与玉女峰之间，路途虽然不远，但从山顶到山洼，崎曲低湿，玉女莲足亦颇为难行也。

王思任散文中还多采用别解点化典故，所谓不废老生常谈，“而类能破腐为新，妆点处，顿湔尘色”（陆云龙《王季重小品叙》）。往往新意叠出，令人莞尔。试举数例如下。

独琵琶一洲，宛作当年掩袂态。（《东山》）

卓笔峰尖劲有力，不止起八代之衰；而双鸾峰似从太山崖戢翼于此者。（《雁荡》）

然下数里，一展珠帘水，则鲛人之泪，万颗圆明，抽袅冰蚕，

向月下织结晶丝箔者。是当嫁龙妹，恐石梁之火浣，欲裁作奴衫也。予薄幸矣！（《天台》）

明日过无字崖，看明岩寒、拾二峰，似和合仙抱语，两人真石交矣。（《天台》）

过雷岩，殷在南山之阳。过风洞，泠然善也。（《雁荡》）

何物墓傍松，奄奄一息，而犹忍大夫辱为？（《观泰山记》）

而今绕肠三匝，尚未知所适从也。入驿，古樟抱十人，树中巨毋霸，难为同时冯异矣。于是取美人蕉劝酌，瞑欲睡去，则以红烛照之。（《雁荡》）

所用典故分别是白居易《琵琶行》："千呼万唤始出来，犹抱琵琶半遮面。"苏轼《潮州韩文公庙碑》："文起八代之衰，道济天下之溺。"嵇康《五言赠秀才诗》："双鸾匿景曜，戢翼太山崖。"杜牧《赠别》（之二）："春风十里扬州路，卷上珠帘总不如。"《遣怀》："十年一觉扬州梦，赢得青楼薄幸名。"《史记·苏秦列传》："此所谓弃仇雠而得石交者也。"《诗·召南·殷其雷》："殷其雷，在南山之阳。"《庄子·逍遥游》："列子御风而行，泠然善也，旬有五日而后返。"《礼记·曲礼》："四郊多垒，此卿大夫之辱也。"最后一例，更是连续用典，并加以别解。所用典故有曹操《短歌行》："绕树三匝，何枝可依。"苏轼《海棠》："只恐夜深花睡去，故烧高烛照红妆。"以及《汉书·王莽传下》中"巨毋霸"典，《后汉书·冯异传》中"大树将军"典。王思任散文即便不用或少用典实，随手妆点处，也谐谑兼有欢苦之趣。如"一山方脚拦溪，骨劲甚，每溪花过，定相激闹，久方听去。"（《雁荡》）"而予促唇作苏门啸，两谷穿应，犹然笙舌之溜云和也。蝙蝠益怪飞疑叫，而壁下游鱼侧其头耳，呼党潜听，不肯去，雅是知音。"（《仙都》）

刺瞳警骨，写独知之郁闷。王思任曾这样评价鬼才李贺诗的语言特色："人命至促，好景尽虚，故以其哀激之思，必作涩晦之调。喜用'鬼'字、'泣'字、'死'字、'血'字，如此之类，幽冷溪刻，法当夭乏。""顾其冥心千古，涉目万书，嘿空绣阁，掷地绝尘，时而蛩吟，时而鹦鹉语，时而作霜鹤唳，时而花肉媚眉，时而冰车铁马，时而宝鼎熇云，时而碧燐划电，阿闪片时，不容方物。其可解者，抱独知之契，其不可解者，甘遁世之闷。”（《〈李贺诗解〉序》）李贺、王思任皆非逃遁避世之人，生逢无道，世乏知己，心欲无闷而不可得，俱以涩晦之调发泄哀激之思。王思任在《〈偶居集〉序》中对此有进一步阐释：“妍花媚叶，灼灼盈盈，小在胆瓶，大寄雕榭，非不可以怜目，亡何瞬过萎干，不足当一帚。至毵毵古柏，拗铁溜铜，气意苍凝，手脚搓放，朴至之极，真标弈然，风为之裁，月为之华，久特闻于古上，其托根者异耳。”

基于这种思想，王思任散文有鲜明的语言特色。他用字峭峻溪刻，裸现其义：“直以片字镂其神，辟其奥，挟其幽，凿其险，秀色瑰奇，踞其巅矣。”（陆云龙《王季重小品叙》）他最喜用“怒”字，这从前文的引述中已经可以看出，另外，还喜用“雄”字，如“雄雪”“雄饮”“雄青”“雄奇”“雄气”“雄恶”“雄心”“雄诞”“雄妥”“雄起”“自雄”“雄崖”“雄妙”“雄古”等等，“怒”“雄”等具有很强刚性字面的运用，使其胸中砰鍧之气，揭纸即动，鼓之不竭，遏之愈盈。组词方式则强扭硬合，佶屈聱牙，皱瘦生义。如“侗而不愿”“雕伶湾宛”“绛雰浮巘”“臂篆手镳”“厥夭陪乞”“湍险震汤”“坦迤縩直”“仄劣陡悬”“简积诡戾”“蔽亏攒植”“杳绿蔽封”“荔裳薜积”“虚清杳漠”“穷坞困源”“凶湍险洑”“巉屼堆插”“蹇仰恣傲”“轮菌蟠奇”“嶅石郁碓”“铁结碨礧”“鞚引翱视”“蒨绿幽蒙”“笋锐莲拥”“光耀沕暗”“披柴堆炭”“诛茅覆闭”“采艳神恍”“磊砢蹇偃”“惨碧滴人”“云磨水春”等等，各有意义的词素重组后，表义更加精微周延，亦非通常组合能得其妙者。

王思任散文中的八字骈句几乎都是散句的组成部分而非独立存在，骈偶相生相成，加之绝不作寻常语，所以虽有骈辞俪字却无浮华之雌声。如“至半岩洞，则泉带云香，幽生衣骨。”（《游齐山记》）“从青山讨宛，则曲曲镜湾，吐云蒸媚，山水秀而清矣。”（《游敬亭山记》）“五里至石龙口，峭蒨渐迫，怪体幻来。”（《游九华山记》）“入玄览亭，而江皛山翠，争媚含规，客有吝思矣。”（《游九华山记》）“从谢公棹楔上磴路，每数十武，长松绣天，涛声百沸。”（《东山》）“由僧寮仰视，四壁斩削，俱青瑕紫玉，老树毵毵，倒尻横肋。”（《南明》）“红豆树觔缠骨挺，蔽亏攒植。”（《天台》）“引入看金桥潭，飞泉杵镜，坎坎幽疑。”（《天台》）“历斗母殿、高老桥，折涧潺潺，幽雌靡定。”（《观泰山记》）

比喻句也自能拗铁溜铜，嘿空绝尘。如喻近观九华诸峰如“疣附焰腾”，喻焦山江水夜景：“月精电激，江波碎为练玦。”喻剡溪画图山后沿江诸峰气象整肃：“自此万壑相招赴海，如群诸侯敲玉鸣裾。”喻天台苍古巨松：“过折岫一何姓家，千尺古松二本，作老态，商敦周鼎，辱在卖浆，可奈何！”其喻山形岩洞也能自刿肝胆，机杼独出。如：“山皆石叠，简积诡戾，裂缝披麻，如今所食饧瓜；又如折破莲囊，托在碧盘之上，大类雁荡。”（《天台》）“折数十步，二员山钟伏，而无悬蠡之顶，童涸无衣，村朴自守，有田家老瓦盆意。”（《石门》）“（灵岩）山半借松碧，如褒绣书生危坐不语。”（《泛太湖游洞庭两山记》）“于是谒寒岩洞，如灰箕道士开口，五脏皆见，可函千人。”（《天台》）“轮菌蟠奇，又如老树之根，徽纆角距不断。”（《泛太湖游洞庭两山记》）王思任所游山峦峰壑，无处不瀑，瀑各有态，作者口无旧唾，设喻往往化俗为雅：“竹里界飞泉，如翡翠中嵌数条银物。”（《天台》）“壁顶挂一瀑，银绳条落，半坠潭时，绥绥洒洒，似一束碎雨。”（《天台》）“望湫下如白蛇惊滚，雪浪奔流，不可逼立。”（《雁荡》）“初来似雾里倾灰倒盐，中段搅扰不落，似风缠雪舞，落头则是白烟素火裹坠一大筒百子流星、九龙戏珠也。”（《雁荡》）“从草畦中又折入数十武，望见天壁，百丈瀑布悬空飞下，虽未敢与台、荡执圭争霸，然亦是崛强赵佗。”（《石门》）“而所谓泉者，如光丝细绎，又如一蟒蠕挂肥，动刀作三截，可爱亦可畏也。”（《游庐山记》）

王思任偶然写秀美景象，也是我笔写我心，绝无漪艳媚世之意：“遂走憩莲亭，托远公以避难。亭下池可方亩，玉蕊胎含，万衣簇碧，放馥时，绣作瀑花之布，满山荷韵，不知是泉香花香也。”（《仙岩》）

"饭班竹岭,酒家胡当垆艳甚,桃花流水,胡麻正香,不意老山之中有此嫩妇!……过溪望柳堤,一派婀娜妥水,时有风来摇漾,颇似张绪当年。好鸟坐其上作蛮语,为之伫立者久之。"(《天姥》)"记得周美成诗:'桃溪不作从容住,秋藕绝来无续处。''人如风后入江云,情似雨余粘地絮。'此红泪下语,年年血在桃花矣。"(《天台》)王思任常写人入松竹,也绝不作雌媚语,却令人难以忘怀:"一径千绕,绿霞翳染,不知几千万竹树,党结寒阴,使人骨面之血皆为蒨碧。"(《游敬亭山记》)"岭下方塘澄澈,苍松傲睨,大枫数十章,翕以他树,万顷冷绿,人面俱失。"(《南明》)"一岭碧阴,浸肌染骨,眉额相照,俱梧、竹气。"(《天台》)"而无数竹青引万山丹采,从隙中插入,人骨不定何色,面面冷阴而已。"(《天台》)王思任评说《世说新语》:"本一俗语,经之即文;本一浅语,经之即蓄;本一嫩语,经之即辣。"(《〈世说新语〉序》)王思任努力追求的也正是这种俗语能文、浅语能蓄、嫩语能辣的语言风格,并且实现了这一目标。

王思任弱冠高举,意空一世。作文三行而下,清风即来;入仙入鬼,眩目淫神。明清以来,论者夥颐,然多为皮相;仅汤显祖《王季重小题文字序》略为得当:"故其为文字也,高广其心神,亮浏其音节。精华甚充,颜色甚悦,缈焉如岭云之媚天霄,绚焉如江霞之荡林樾。乍翕乍辟,如崩如兴。不可迫视,莫或殚形。"王思任评判朋友徐伯鹰、陈继儒的文字,亦可移用自评:"若瀑落冰壶,若霞飞鹤背;若半夜招提,妙香清梵,梦魂犹冷;若坐我于老岩古壁之下,嚼梅蕊,臭雪兰,时有山鸟赠舌;又若松风溪月,谡谡溶溶也。"(《徐伯鹰〈天目游诗纪〉序》)"觉笔墨之外,必有云气飞行,又如白琼淡月,非尘土肠胃可以领略。"(《〈晚香堂小品〉序》)王思任散文的缒入险径、别解生新、刺瞳警骨,实此文只应天上有之雅文也。

王思任为人"谑浪",表现在作文上,"谐谑"成为核心风格;同时,这也是作者"骯脏"之性在文章中的延伸。他在《〈晚香堂小品〉序》中把陈继儒的小品文分为快、透、欢喜三类,又在《〈夏叔夏先生文集〉序》一文中指出快人即使写苦文也有调谐傞舞之意:"其所落笔，山水腾花，烟霞划笑，即甚涕苦，愤叹之中必有调谐傞舞之意。盖天禀原空，则尘粘自脱，即能解，快人不可多得矣。”王思任谑浪向人，不能自禁，自为快人；但他一生靦颜三仕，终不当意，加上生于鱼烂不可救药之明代末季，故其所作多为苦文，而苦文中蕴藏的调谐傞舞，其实是以笑谑为怒骂。关于这一点，周作人有中肯的评价：“谑庵一生以谑为业，固矣。但这件事可以从两边来看，一方面是由于天性，一方面也有社会的背景。……所以有些他的戏谑乃是怒骂的变相，即所谓‘我欲怒之而笑哑兮’也。但是有时候也不能再笑哑了，乃转为齿龂，而谑也简直是骂了。”（《关于谑庵悔谑》）王思任山水游记中的烟呼雪喊、鼓铁乱鐍，在某种意义上，正是他强项不屈地与世对抗的表现，是其如虎睛贝采的人格精神之沉光闪烁。

谑而至于虐，对象如果是个人，有时会因为近乎揭短而有失厚道，但对象如果是整个社会，却反而不失风雅精神。邵廷寀引徐沁《赞采薇子像》赞曰：“公以诙谐放达，而自称为谑，又虑愤世嫉邪，而寻悔其虐。孰知嬉笑怒骂，聊寄托于文章，慷慨从容，终根柢于正学。”也就是说，王思任并非刓剥自雄之辈，他骂世的目的是为了救世。其救世之婆心，在讨伐马士英的檄文，以及凛凛晚节中得到了最充分的表现。王思任在《天台》一文中赞石梁瀑布曰：“磅礴浑茫，从天而下，不由父师，立参神圣，雄奇之极，反归正正堂堂，吾畏之，终爱之。”王思任散文大郁大抒，却存风雅之正，亦所谓雄奇之极反归堂堂正正者，反复研读，自能始畏苦而终爱敬之。

本书与已经出版的《袁宏道散文注评》形成系列。王思任也是明末著名的小品文作家，他的散文以游记和序文最佳。由于他的序文往往偏重说理，两相比较，游记的记叙性和抒情性就显得更符合书系体例，但为了无所偏废，本书精选两篇序文，置于所选游记之后，以期能知鑊味。选录散文参考浙江古籍出版社出版的《王季重十种》，其中《游唤》12 篇（《仙都》、《钓台》两篇据中华书局 1991 年版的《游唤》补入），《历游记》9 篇，《游庐山记》1 篇，《杂序》中选入《〈世说新语〉序》，《律陶》中选入《〈律陶〉序》；另从岳麓书社出版的《文饭小品》中补入《游满井记》，共 25 篇。游记与序文各按年代编次。限于体例，对原文中错讹，径改不出校。

此书与《袁宏道散文注评》都是撰成于十年之前，此次虽然作了一些改订，但王思任散文超逸绝尘，独往独来，有百思不得其解者，宁可付之阙如，也不敢贸然强作解人，还望方家耳提命教。

孙虹写于江南大学蠡湖家园

游齐山记[①]

齐山在秋浦之东[②]，侗而不愿[③]，外视之，朴然木釜也[④]，而腹中雕伶湾宛[⑤]，有令人叵测者。予数走秋浦，每忽易之[⑥]。钱仲美守池[⑦]、王伯允李焉[⑧]，辄夸我而强之游。从大观楼发足[⑨]，历千柳堤[⑩]，不二三里而至其下。曷为乎"齐"也[⑪]？唐刺史齐映好此山也[⑫]。山曷以胜也？因杜牧之高咏而胜也[⑬]。山故多洞，而最奇者为潜虬[⑭]。天根已绝，忽有日来，不炉不扇，辟谷此间，与猿蝠共老，亦有静者之趣矣[⑮]。

至半岩洞[⑯]，则泉带云香，幽生衣骨，一丘一壑[⑰]，不须买隐[⑱]，而高明往来者[⑲]，第以叹赏之而已矣。南亭已废，至翠微亭[⑳]，则千岚万顷，障列棋分[㉑]。伯允命鼓吹闳子招洞中[㉒]，从风引出，恍如隔世钧天[㉓]。数与仲美角谐[㉔]，然彼众我寡[㉕]。

记得醉中苦山行之顿[㉖]，欲假仲美余皇[㉗]，而又虞大江之险。仲美曰："子恐错龇乎[㉘]？事止一次，不得改[㉙]，正茹其毒矣[㉚]！"轰笑而别。然此亦解语[㉛]，不欲泯之，并记于此。时万历辛丑之春也。

【注释】

① 齐山：位于今安徽省池州市城区，此山高不过百米，方圆仅十里，地貌奇特，状如伏虎昂首，以奇岩异洞、怪石灵泉著称，历代名家多有游历和吟咏。

② 秋浦：旧县名。汉置石城县，隋开皇十九年(599)改石城县为秋浦县，五代吴改贵池县。故城在今安徽省池州市境内。

③ 侗(tóng)而不愿：语出《论语·泰伯》："狂而不直，侗而不愿。"孔安国注："侗，未成器之人也。宜谨愿也。"愿，犹言"谨愿"，诚实的意思。

④ 朴然木釜：像倒扣着的原始的木锅。

⑤ 雕伶湾宛：意谓天然雕饰得玲珑剔透，赋形宛曲合宜。

⑥ 忽易：忽略，轻视。

⑦ 钱仲美：据吕谱，即钱槚，字仲美，号岳阳。曾与王思任同在黄洪宪门下，为其十九门生之一。　守：守臣，地方长官。钱仲美本年知池州。

⑧ 王伯允李焉：王伯允在池州属县贵池任狱官。李焉，为此县司理。李，通“理”。主管狱讼刑罚。

⑨ 大观楼：在贵池通远门。

⑩ 千柳堤：《江南通志》（卷六十六）：“（万历中）兵备副使冯叔吉筑千柳堤。”

⑪ 曷为：为什么。

⑫ “唐刺史”句：关于齐山命名由来，有各种不同的说法。宋吴中复《齐山图》：“当时齐映为州日，从此山因姓得名。”明王守仁《游齐山赋并序》：“齐山，在池郡之南五里许，唐齐映尝刺池，亟游其间，后人因以映姓名山。”但宋人对此就已经提出质疑，《四库全书总目提要·〈齐山诗集〉提要》：“或云唐刺史齐映有善政，尝好游之，因而得名。宋李壁曰：《唐书》载映为江西观察使，不言其作池州守，池州郡牧题名有齐照，当是以此得名也。” 刺史：官名，秦时始设，以监管各郡。后曾改为州牧、太守，职权历代有别。据龚延明《宋代官制辞典》：“唐武德元年，改郡太守为州刺史，并加‘使持节’，称使持节某州诸军事、某州刺史（《合璧后集》卷六十三‘刺史’）。”这里指池州太守。 齐映：唐代宗大历四年（769）状元及第，又中博学宏词科。齐映善画山水，为官清正。

⑬ “因杜牧”句：明王守仁《游齐山赋并序》：“继之以杜牧之诗，遂显名于海内。” 杜牧：字牧之。著名诗人，曾任池州刺史。 高咏：登高的诗作。即《九日齐山登高》诗，是杜牧屡为后人征引的名篇：“江涵秋影雁初飞，与客携壶上翠微。尘世难逢开口笑，菊花须插满头归。但将酩酊酬佳节，不用登临恨落晖。古往今来只如此，牛山何必独沾衣？”

⑭ 潜虬：齐山洞名。潜虬洞即“史岩”，由左史起居郎李方玄凿成。杜牧《唐故处州刺史李君墓志铭》：“城东南隅树九峰楼，见数千里。凿齐山北面，得洞穴，怪石不可名状，刊石于岩下，自纪其事。”虬，传说中的一种无角龙。

⑮ “天根”六句：此处以奇石坐实潜龙。 辟谷：不食五谷。道教的一种修炼术。《史记·留侯世家》：“（张良）乃学辟谷，导引轻身。”

⑯ 半岩洞：半山的岩洞。

⑰ 一丘一壑：语出《汉书·叙传上》：“渔钓于一壑，则万物不奸其志；栖迟于一丘，则天下不易其乐。”

⑱ 买隐：犹言“买山而隐”。《世说新语·排调》：“支道林因人就深公买印山，深公答曰：‘未闻巢由买山而隐。’”

⑲ 高明：崇高明睿的贤士。

⑳ 翠微亭：因前引杜牧齐山登高诗中“江涵秋影雁初飞，与客携壶上翠微”二句得名。旧址在齐山西南临齐山湖的最高处。

㉑ 障列棋分：山峦像屏障那样排列，水泊像棋子那样分布。

㉒ “伯允”句：意思是王伯允让鼓吹手在子招洞鼓吹音乐。

㉓ 钧天：犹言“钧天广乐”。《史记·赵世家》：“（赵）简子寤。语大夫曰：‘我之帝所甚乐，与百神游于钧天，广乐九奏万舞，不类三代之乐，其声动人心。’”

㉔ 角谐：争胜。

㉕ 彼众我寡：此与以上四句的意思是，王伯允让鼓吹手在子招洞鼓吹音乐，洞中飘出的音乐袅袅不绝，宛如仙乐，与州官钱仲美安排在洞外乐队演奏相比，阵势强弱有别。

㉖ 顿：劳苦。

㉗ 余皇：亦作艅艎，吴王大舰名。后泛称大船、大型战舰。《左传·昭公十七年》：“楚师继之，大败吴师，获其乘舟艅艎。”

㉘ 错毙：死于非命。

㉙ “事止”二句：只能选择一种。

㉚ 正茹其毒：意思是享利就要受弊。

㉛ 解语：此指合于常理的话。

【评品】

本文写作于明神宗万历二十九年辛丑（1601）春天。据陈谱，知王思任生于万历四年（1576），时年二十六岁。王思任万历二十三年（1595）成进士，二十四年（1596）得选兴平（今陕西省兴平市）县令。任职三月母讣至，丁忧至二十七年（1599），除母服后，诏补当涂（安徽省当涂县）县令，每年至秋浦（安徽省池州市境内）谒见监司，故有是游。文章隶属《历游记》。《历游记》所记的时空不定，有的写于二十多岁时，有的则写于四十岁前后。

王思任此文已经显示出务臻险秀、笔走偏锋的风格倾向，正笔仅有“侗而不愿”、“朴然木釜”、“雕伶湾宛”寥寥数语。多数文字是与齐山相关的侧笔，如以“天根已绝，忽有日来，不炉不扇，辟谷此间，与猿蝠共老”写静趣，以“泉带云香，幽生衣骨，一丘一壑，不须买隐”、“千岚万顷，障列棋分”写隐趣，以“恍如隔世钧天”写仙趣，这样就以非常俭省的笔墨把齐山和齐山之游的超尘脱俗写得即目可见，即耳可闻。

游子房山记[1]

乘传过彭城[2]，赇牧裁其纤力[3]，舟胶焉不得行[4]。童仆恚甚[5]，而予辄醉之酒，笑谓："我子长也，阨当在此[6]。明日登子房山也。"会同年汪廷尉至[7]，共之山，祠子房。或曰："子房曾隐此，不甚嵂[8]，然可以悉彭[9]。"彭，天下之中也。《禹贡》"惟土五色"[10]。威斗赋之[11]，其有中思乎[12]？毋谓痴人心不大也[13]。廷尉曰："汹汹而降者，悬水村也[14]。被发丈夫，与齐俱入，与汩俱出，蹈有道乎[15]？"曰："道无所不有也，天下之大敢者[16]，必起于大不敢[17]。被发丈夫，师陆终氏之子也[18]。陆终氏之子，观井而覆之以轮，背树而犹绳絷之也[19]。子房之事，不成于仓海之沙中[20]，而成于黄石之圯下也[21]。试徘徊四顾，桓山之愚也[22]，泗水之诞也[23]，戏马台之纵也[24]，亚夫之痴也[25]，皆不善于敢者也。雍门之弹也[26]，陵母之刭也[27]，迷刘村之走也[28]，舞阳之排闼[29]，而九里之歌也，皆善于不敢者也。"廷尉曰："何知有敢不敢？得者为敢矣[30]。"予舌挢而不能下[31]。嗟呼！悲彭城，悲彭城！兴亡陈迹，可以叹尽乎！有有心人焉，东望而得剑台[32]，则心许在前者也[33]；西望而得燕子楼[34]，则心许在后者也。请共到黄楼[35]，告之大苏[36]，亦足以为彭城概矣[37]。

【注释】

① 子房山：位于今江苏省徐州市东郊。原名鸡鸣山。楚汉相争时，韩信以十面埋伏，将楚军困在九里山前。相传张良制作了大型风筝，下悬箩筐，吹箫者于筐中吹奏楚地哀怨乐曲，楚兵顿起思乡之情而军心涣散，汉军不战而胜。遂改鸡鸣山为“子房山”。张良曾隐居于此。明宣德初，平江伯陈瑄于山顶建子房祠。

② 乘(shèng)传:古代驿站用四匹下等马拉的驿车。《史记·田横传》:“田横乃与其客二人乘传诣雒阳。”裴骃《集解》引如淳曰:“四马下足为乘传。” 彭城:地名。秦置县。治所在今江苏省徐州市。

③ 赇(qiú)牧:此指彭城的地方贪官。 裁其纤力:减少了纤夫的人数。

④ “舟胶”句:谓船大水浅不能行舟。《庄子·逍遥游》:“覆杯水于坳堂之上,则芥为之舟,置杯则胶,水浅而舟大也。”

⑤ 恚(huì):愤怒,怨恨。

⑥ “我子长”二句:司马迁曾受困于彭城,故云。司马迁《太史公自序》:“北涉汶、泗,讲业齐鲁之都,观夫子遗风,乡射邹峄;厄困蕃、薛、彭城,过梁、楚以归。” 子长:即司马迁,字子长,西汉史学家和文学家,《史记》作者。 阨:用同“厄”。困窘。

⑦ 同年:古代科举考试同科中试者之互称。唐代同榜进士称“同年”,明、清乡试、会试同榜登科者皆称“同年”。 汪廷尉:其人未详。廷尉,官名。秦始置,九卿之一,掌刑狱。称名屡有更易,北齐至明清皆称大理寺卿。

⑧ 嵂(lǜ):高起,突出。

⑨ 悉彭:意思是登子房山俯瞰彭城,城市尽收眼底。

⑩ “《禹贡》”句:《尚书·禹贡》:“(徐州)厥贡惟土五色,羽畎夏翟,峄阳孤桐,泗滨浮磬,淮夷蠙珠暨鱼。”孔安国传曰:“王者封五色为社,建诸侯,则各割其方色土与之,使立社。” 《禹贡》:《尚书·虞夏书》中的篇名。

⑪ 威斗赋之:意思是王莽篡汉后,曾制威斗作为立威厌胜众兵的器物。《汉书·王莽传》:“是岁(天凤四年)八月,莽亲之南郊,铸作威斗。威斗者,以五石铜为之,若北斗,长二尺五寸,欲以厌胜众兵。既成,令司命负之,莽出在前,入在御旁。”

⑫ 中思:应指以此地为天下中心的深意。

⑬ 痴人:此指王莽。

⑭ “汹汹而降”二句:此指吕梁洪瀑布喷泻而下。《庄子·达生》:“孔子观于吕梁,县水三十仞,流沫四十里,鼋鼍鱼鳖之所不能游也。” 汹汹:形容声势盛大或凶猛的样子。 悬水村:在彭城东面的吕梁洪一带,因“县水三十仞”而得名。悬,“县”的今字。

⑮ “被发丈夫”四句:谓得道之人顺应外物本性,就能合于大道。 “与齐”三句:语出《庄子·达生》:“曰:‘……请问蹈水有道乎?’曰:‘亡,吾无道。……与齐俱入,与汩偕出,从水之道而不为私焉。此吾所以蹈之也。’”

被发：谓不束发而披散。《庄子·田子方》："孔子见老聃，老聃新沐，方将被发而干，慹然似非人。" 齐(jī)：指漩涡。从上入下而没。 汩：从下泛上而出。

⑯ 大敢：完成大事的胆量或勇气。

⑰ 大不敢：此指完成大事过程中的谨慎小心。

⑱ 陆终氏之子：据《史记·楚世家》，黄帝之裔高阳氏颛顼，其裔祝融氏吴回之子陆终"生子六人，坼剖而产焉。其长一曰昆吾；二曰参胡；三曰彭祖；四曰会人；五曰曹姓；六曰季连"。此指彭祖。相传务道医世，帝尧封彭祖于彭城。

⑲ "陆终氏"三句：相传彭祖观井，为了防止在观井时坠落发生意外，不仅把自己拴缚在大树上，还要在井口上盖上一个车轮，从车轮辐条的间隙中观察井中。

⑳ "不成于"句：据《史记·留侯世家》："(张)良尝学礼淮阳。东见仓海君，得力士，为铁椎重百二十斤。秦皇帝东游，良与客狙击秦始皇博浪沙中，误中副车。秦皇帝大怒，大索天下，求贼甚急，为张良故也。良乃更名姓，亡匿下邳。" 仓海：仓海君，淮阳隐士。 沙：博浪沙。在今河南省阳武县东南。

㉑ "而成于"句：《史记·留侯世家》："(张)良尝闲从容步游下邳圯上。有一老父，衣褐，至良所，直堕其履圯下。" 黄石：即黄石公。圯上授张良《太公兵法》的老父自言是济北谷城山下黄石所化。 圯(yí)：古方言。桥。

㉒ 桓山之愚：据《史记·孔子世家》，春秋时宋国司马桓魋曾想加害孔子。苏轼《游桓山记》："仲尼，日月也，而魋以为可得而害也。……古之愚人也。"桓山，在今江苏省铜山县茅村镇境内，以司马桓魋葬此得名。

㉓ 泗水之诞：刘邦任泗水亭长时押送戍卒前往郦山途中，以赤帝之子身份斩白帝之子白蛇，这件事是虚妄不实的传说。泗水，即泗水亭。古亭名。在彭城东。

㉔ 戏马台：项羽灭秦后，自立为楚霸王，定都彭城，于城南里许的南山上，构筑祟台，以观戏马。 纵：谓纵情享乐。

㉕ 亚夫：应为"亚父"之误，仅次于父之谓。此特指范增。范增是秦末著名政治家。《史记·项羽本纪》载："居鄛人范增，年七十，素居家，好奇计。"曾参加项梁反秦起义，后为项羽谋士，被尊为"亚父"。因项羽不听杀掉刘邦之计，又中刘邦离间计，范增抑郁成疾告退回乡，至彭城，背疽发，死葬彭城。痴：此谓范增愚忠项羽。

㉖ 雍门之弹：相传越军至齐境，雍门子狄闻之，刎颈而死。事见汉刘向《说苑·立节》。弹，用弹丸射击。此指自刎。

㉗ 陵母之刭：据《汉书·王陵传》，王陵为汉将，项羽取王陵之母，欲以招王陵。有汉使来，王陵母见之，谓曰："愿告吾儿，汉王长者，必得天下，子谨事之，无有二志，妾以死送使者。"遂伏剑而死。

㉘ 迷刘村之走：秦二世时，陈胜、吴广与九百戍卒在蕲大泽乡（今安徽宿县东南刘村集），因大雨阻道，度已失期，按律当死，迫于无奈，揭竿起义。事见《史记·陈涉世家》。

㉙ 舞阳之排闼：据《前汉纪》，汉高祖刘邦曾因病不理政事，亲近宦官，樊哙等人闯入宫内进谏："先是上尝疾困，恶见人，诏户者无纳群臣。群臣莫敢入。十余日，樊哙乃排闼直入，大臣随之。上独枕一宦者卧，哙等见上流涕曰：'陛下疾甚，大臣震恐。久不见臣等计事，顾独枕一宦者。嗟乎！陛下独不见赵高之事乎。'上笑而起。"舞阳，县名，本汉旧县，以位于舞水之阳而得名，汉以军功封樊哙为舞阳侯。此处代指樊哙。排闼，撞开门。闼，内门。

㉚ 得者为敢：意思是得到天下的人就是勇敢。言外之意是成者为王，败者为寇。

㉛ "舌挢"句：惊愕的样子。　挢：伸翘。

㉜ 剑台：即"挂剑台"，旧址在彭城东面。《史记·吴太伯世家》："季札之初使，北过徐君。徐君好季札剑，口弗敢言。季札心知之，为使上国，未献。还至徐，徐君已死，于是乃解其宝剑，系之徐君冢树而去。从者曰：'徐君已死，尚谁予乎？'季子曰：'不然。始吾心已许之，岂以死倍吾心哉！'"

㉝ 心许：内心已经承诺。

㉞ 燕子楼：指张建封（或谓张建封之子张愔）爱妓关盼盼所居之楼，旧址在彭城西北。典出白居易《燕子楼三首并序》："徐州故张尚书有爱妓曰盼盼，善歌舞，雅多风态。……尚书既殁，归葬东洛，而彭城有张氏旧第，第中有小楼名燕子。盼盼念旧爱而不嫁，居是楼十余年，幽独块然，于今尚在。"

㉟ 黄楼：熙宁十年（1077）七月，黄河决于澶渊（今河南省濮阳市西），水至彭城，太守苏轼使民蓄土积石为备，水退，因增筑徐城，在城东门为大楼，以黄土粉垩，是为黄楼。见苏辙《黄楼赋并序》。

㊱ 大苏：指苏轼，北宋著名文学家。字子瞻，号东坡居士。

㊲ 概：彭城古往今来的总结。

【评品】

本文也写于万历二十九年（1601）。此年作者赴京晋见，舟过彭城，路途受阻而游子房山并写下这篇文章。张良是秦末汉初人，其家五世相韩，秦灭韩，张良结交刺客椎击秦始皇于博浪沙，未果，逃至下邳。刘邦起兵，用张良为谋士，在张良辅佐下灭秦、楚，以功封于留县（今江苏省沛县东南），故也被称为"留侯"。

彭城处于华夏中部，是楚汉相争时的军事重镇，也是历史上人文荟萃之地。本文舍弃窠臼，以张良为汉代建不世之功之后，却隐居山林之事为线索，从"天下之大敢者，必起于大不敢"角度切入，从"不善于敢者"和"善于不敢者"两面立论，并采用变相的主客问答形式否定了"得者为敢"的结论。这种不以成败论英雄但又非常辩证的历史价值观，体现了作者犀利的目光和深刻的思想。这篇文章与前文《游齐山记》，都写于二十多岁，虽然艺术技巧尚未臻于至境，但已经显示了王思任游记的基本特征：湔涤尘秕，深缒险境；笔悍胆怒，眼俊舌尖。

游敬亭山记[①]

"天际识归舟，云中辨江树。"[②]不道宣城[③]，不知言者之赏心也[④]。姑孰据江之上游[⑤]，山魁而水怒，从青山讨宛[⑥]，则曲曲镜湾，吐云蒸媚[⑦]，山水秀而清矣。曾过响潭，鸟语入流，两壁互答[⑧]。望敬亭，绛雰浮巘[⑨]，令我杳然生翼[⑩]，而吏卒守之，不得动[⑪]。

既束带竣谒事[⑫]，乃以青鞋走眺之[⑬]。一径千绕，绿霞翳染[⑭]，不知几千万竹树，党结寒阴[⑮]，使人骨面之血皆为蔷碧[⑯]。而向之所谓鸟啼莺啭者，但有茫然，竟不知声在何处。厨人尾我，以一觞劳之留云阁上[⑰]。至此，而又知"众鸟高飞尽，孤云独往还"造句之精也。朓乎[⑱]，白乎[⑲]，归来乎！吾与尔凌丹梯以接天语也[⑳]。日暮景收[㉑]，峰涛沸乱，饥猿出啼，予栗然不能止[㉒]。

归卧舟中，梦登一大亭，有古柏一本，可五六人围，高百余丈，世眼未睹[㉓]，世想不及[㉔]，峭崿斗突[㉕]，逼嵌其中[㉖]，榜曰"敬亭"[㉗]，又与予所游者异。嗟呼！昼夜相半，牛山短而蕉鹿长[㉘]，回视霭空间[29],梦何在乎?游亦何在乎?又焉知予向者游之非梦、而梦之非游也?止可以壬寅四月记之尔。

【注释】

① 敬亭山:古名昭亭山,位于今安徽省宣城市北。属黄山支脉,矗立于水阳江畔。

② “天际”二句:谢朓《之宣城出新林浦向板桥》诗中名句。

③ 宣城:县名,即今安徽省宣城市。古称宛陵。

④ 赏心:此指对山水解意会心。

⑤ 姑孰:古城名,故址在今安徽省当涂县。因城南临姑孰溪得名,一作“姑熟”。隋朝移当涂县治于此。

⑥ 青山:一名青林山,位于当涂县东南。谢朓曾在山南筑室凿池居住,因又称谢公山。李白卒于当涂,因慕此山,曾遗嘱葬此。范传正《唐左拾遗翰林学士李公新墓碑并序》:“(李白)晚岁渡牛渚矶,至姑熟,悦谢家青山,有终焉之志。……‘北依谢公山’,即青山也。” 宛:即宛溪。《江南通志》(卷十六):“宛溪在府城东,源出新田山,纳诸水而来,委蛇数十里,故曰宛溪。上下两桥,上曰凤凰,下曰济川,并跨溪上。唐李白诗‘两水夹明镜,双桥落彩虹’,‘两水’谓宛、句二溪也。”

⑦ 蒸媚:水气透着灵动。陆机《文赋》有“水怀珠而川媚”之语。

⑧ “曾过”三句:意谓曾经过响潭,鸟鸣声应到潭水中,东西两峰壁都有回声。 响潭:《江南通志》(卷十六):“响潭在府治响山下,潭水泓澄,丹崖下瞰,舟行与山谷声响相答。”

⑨ 绛雰(fēn):同“绛氛”。赤色雾气。 巘(yǐn):高耸突兀。

⑩ 杳然生翼:意思是有羽化升仙的感觉。

⑪ “而吏卒”二句:谓吏卒相随,行动不便。但这里采用“别解”的修辞手法,诙谐地把凡胎肉体不能羽化升仙归咎于吏卒相随。

⑫ 束带:穿戴整齐。《晋书·隐逸·陶潜》:“郡遣督邮至,县吏白:‘应束带见之。’潜叹曰:‘吾不能为五斗米折腰,拳拳事乡里小人邪。” 谒:拜见。

⑬ 青鞋:草鞋。杜甫《发刘郎浦》:“白头厌伴渔人宿,黄帽青鞋归去来。”

⑭ 翳染:掩映晕染。

⑮ 党结:聚集,绿竹成林。

⑯ 莤：读为 yǒu 或 yǒng,《韵会》:“莤,酒失也。”

⑰ 劳：慰劳。 留云阁：当为凌云阁。作者有《敬亭山凌云阁》诗:“阁自为云凌,云来阁欲去。万绿不肯降,翻天搅相煮。”

⑱ 朓：谢朓,字玄晖。与南朝齐著名诗人谢灵运同族,人称“小谢”。因曾出为宣城太守,故又称“谢宣城”。

⑲ 白：李白,字太白,号青莲居士。

⑳ “吾与尔”句：暗用谢朓《游敬亭山》、李白《夜宿山寺》诗意:“要欲追奇趣,即此陵丹梯。”“危楼高百尺,手可摘星辰。不敢高声语,恐惊天上人。”

㉑ 景：日光。江淹《别赋》:“日出天而曜景,露下地而腾文。”此指夕阳。

㉒ 栗然：恐惧颤抖貌。

㉓ 世眼：世俗的眼光。

㉔ 世想：常人的想象。

㉕ 峭崿：高峰,高崖。 斗突：高耸突出貌。

㉖ 逼嵌：深深嵌入。

㉗ 榜：匾额上题署。

㉘ “牛山短”句：意为寿短梦长。“牛山”典出《晏子春秋·谏上》:“景公游于牛山,北临其国城而流涕曰:‘若何滂滂去此而死乎?’”后以喻为人生短暂而悲叹。“蕉鹿”典出《列子·周穆王》:“郑人有薪于野者,遇骇鹿,御而击之,毙之。恐人见之也,遽而藏诸隍中,覆之以蕉,不胜其喜。俄而遗其所藏之处,遂以为梦焉。”后以“蕉鹿”指梦幻之境。

㉙ 霱空：天空。

【评品】

本文写于万历三十年壬寅(1602),王思任为当涂令时。此年夏四月,因谒大吏,路经当涂东南之青山,远望敬亭山,心向往之。但因吏事拘身,未能登临;谒大吏事毕后,谢绝吏卒随从,游历了敬亭山。敬亭山是人文荟萃之地,南朝诗人谢朓曾任宣城太守,唐代最伟大的诗人李白足迹也至敬亭山。二人都有不少与敬亭山相关的诗作,加上历代诗人的相关作品,敬亭山因有“江南诗山”之称。其中最为著名的就是文中所引的谢朓《之宣城出新林浦向板桥》、李白《独坐敬亭山》。谢朓是宣城人文景观标志性的人物,李白对他表现出了仰止之情，其宣城诗篇屡有感发："蓬莱文章建安骨，中间小谢又清发。"（《宣州谢朓楼饯别校书叔云》）"谁念北楼上，临风怀谢公。"（《秋登宣城谢朓北楼》）王思任这篇文章理所当然地反映出友于古人心态。王思任所任当涂之于宣城，山水相接，所以此文从当涂与宣城的地理环境写起；游历过程则着重写绿霞寒阴之翠竹青树，不知何处之鸟啼莺啭，众鸟与孤云齐飞之高处凄寒，以及在令人栗然的疑似幻境中对旷古知音之呼唤；最后写梦游中的敬亭幻境，与现实中疑似幻境的敬亭之游相对照。这种有意模糊真幻之境的写法，在一定程度上表达出了世无知音的古今同慨。

游九华山记[1]

予令姑熟，岁谒监司于秋浦[2]，每吟老杜"高山拥县青"[3]，则愿调青阳一尉[4]。至玩华亭[5]，每恨不夕[6]，得长此亭[7]，足矣！壬寅六月，以课绩往[8]，而兄大然、师漏仲容实来[9]，乃订门人张仲濠、王中履[10]，共访九子山，臂篆手镳[11]，约从侈醴[12]。

出青邑九华庙[13]，十五里至西洪岭[14]，云物作噩[15]，各有败意[16]。而大然力呼，以为即擿铁勿阻[17]。俄而霁矣[18]，见枕月一峰[19]，秀矫天左[20]，云观弼之[21]。自此但有莲花层矗[22]，烟鬟乱堆[23]，聚首而孪者，命为"九子"[24]，余不胜问也。五里至石龙口，峭蒨渐迫[25]，怪体幻来[26]。十里至山西屯，则垂天之云倒立[27]，阴阳失昏晓矣[28]。乃饭于桥庵。

过野梁下[29]，有朱瑚石骨[30]，席平三十丈，流泉一派，如雪霞舒走[31]。急置酒上流，腹卧而味接之[32]。吾家伯安先生，赋九华"濑流觞而萦纡，遗石盘于涧道"者，岂乐此耶[33]？去梁百步，望见悬瀑一通，马上人眉岸尽带栖贤、三峡[34]。数里至涌泉亭，此云石中仙醥也[35]。数里至半霄亭[36]，囊螺髻蟠纠，今弁兜汹武如此[37]。行小仙桥，两涧孤绝[38]。至碧霄亭，而九十九峰次第招我葛袂[39]。过大仙桥，僧童以箫管互迎，空山细响，鸟梵鸣泉[40]，殊不恶[41]。至望江亭，雾中拖曳一练[42]，畴昔舟中所极目碧霭者[43]，我今嘘其间乎[44]？入玄览亭[45]，而江晶山翠[46]，争媚含规[47]，客有吝思矣[48]。左折而下，抵化城寺[49]，肃佛后[50]，简一竹楼凭之[51]，似翕碧菡萏中一须者[52]。仲容方与中履丁丁然哄局道[53]、仲濠以为如此好山不看，而担粪溷，乃公为[54]？大然曰："此二人者，亦九子坯也[55]！"乃飞斝轰剧而宿[56]。

质明[57]，谒太白祠[58]，虎蹄新过如爪拆[59]。有胡僧以藤杖夜巡[60]，虎来辄伏。礼地藏殿[61]，随喜其塔[62]。老僧具云，至德初[63]，王从新罗国卓锡于此[64]。以堪舆理察之[65]，此山独小，圆直中立[66]，似万萼护包者，佛所藏，亦八风不袭[67]，人子更须知矣[68]。白蟮之事，似若荒唐[69]；然青泥可食，于传有之[70]。予幼游盱江从姑[71]，有米、脂二穴[72]，气每臭人[73]。仙佛作戏[74]，不可以腐断也[75]。第舍利妙光[76]，缘薄未觏[77]，差为阙事[78]。乃东上神光岭[79]，望金刚尖[80]，山若戴杵[81]。东岩是金藏苦行处[82]。数转而得龙头石，一岩险挂，伯安手书《周经偈》在焉[83]。岩下则为舍身崖[84]，栗人肤股者也。南折而入一禅室[85]，枯僧一人趺其中[86]，啖五钗松而已[87]。而所谓古仙、钵盂、云门、天台、绣壁、聚讲、内峰、外峰，皆以万纛卷扬[88]，共卫金藏之枢也[89]。自此而往，猿居熊府，啼嗥幽暗，无樵迹矣。予胆如瓠[90]，足如萝[91]，欲即穷之，会直指有檄[92]，山灵又将修妒[93]。因各赋数诗，趋还。

大都九华之胜，李供奉发明之矣[94]。山多作怪，学人物兽鸟之形，团结移挽[95]，朝锐夕方[96]，遂令三百里之间，神目骇笑[97]。然而身即其巅，俱疣附焰腾[98]，诡谲易厌[99]，昔人所谓可望而不可登者也[100]。寒碧秋凝[101]，集众美而得大意者[102]，庶几五溪桥上乎[103]？是役也，所怅怅未游者：九子寺[104]、七布泉[105]；所未见者：钵囊花[106]、玉缨络[107]；所见者：石斑鱼[108]、南天竹[109]；所闻者：虎啸、克丁当[110]；所食者：竹蕈[111]、石芝[112]；得携归示人者：仙掌扇[113]、金地茶[114]。

【注释】

① 九华山：原名九子山，位于今安徽省青阳县西南，素称九十九峰，而其

中九峰形似莲花，故李白将其改名为九华山。其《改九子山为九华山联句》诗序曰："青阳县南有九子山，山高数千丈，上有九峰如莲花。按图征名，无所依据……予乃削其旧号，加以九华之目。"李白等人联句诗云："妙有分二气，灵山开九华（李白）。层标遏迟日，半壁明朝霞（高霁）。积雪曜阴壑，飞流喷阳崖（韦权舆）。青荧玉树色，缥缈羽人家（李白）。"李白还有著名的《望九华赠青阳韦仲堪》诗："昔在九江上，遥望九华峰。天河挂绿水，秀出九芙蓉。"

② 监司：负有监察之责的官吏。汉以后的司隶校尉和督察州县的刺史、转运使、按察使、布政使等通称为监司。

③ 老杜：即杜甫，字子美，号杜陵布衣、少陵野老。唐代著名诗人。为区分晚唐诗人杜牧，故称"老杜"。 "高山"句：杜甫《行次盐亭县聊题四韵奉简严遂州、蓬州两使君咨议诸昆季》中的诗句。

④ 尉：即县尉。掌一县治安。元于县尉外，兼置典史。明废尉，留典史，掌尉事。此处泛称下层官吏。

⑤ 玩华亭：明代易名"望华亭"。《江南通志》（卷三十四）："望华亭，在九华山西圯桥之右，旧名玩华亭，冯叔吉重建，易今名。领九华众峰之妙。"刘淮《玩华亭赋》序曰："得五溪，遂亭之，题其楣曰'玩华'，公赏眺也。"

⑥ 不夕：《左传·成公十二年》："百官承事，朝而不夕。"杜预注："不夕，言无事。"孔颖达正义："旦见君谓之朝，莫见君谓之夕。……人息事少，故百官承奉职事皆朝朝而莫不夕，不夕，言无事也。"

⑦ 得长（zhǎng）此亭：能够作为玩华亭亭长。亭长，本为下层职官名。秦汉时在乡村每十里设一亭，置亭长，掌治安，理民事，兼管停留旅客。这里借"亭长"代指青阳县地方官。意在官事之余即游九华。

⑧ 课绩：考核政绩。明清两代考核外官的制度叫大计，每三年举行一次。

⑨ 大然：王思任的四兄。 漏仲容：据吕谱，漏仲容是王思任少年时的老师漏岳衡，名坦之，字仲容。 实：终于；到底。

⑩ 订：约定。 门人：弟子，学生。 张仲濠、王中履：二人生平不详。

⑪ 臂篆手镳：意思是手臂弯曲得像篆香一样紧握马嚼子。镳，马嚼子。与衔合用，衔在口中，镳在口旁，上面可系銮铃。

⑫ 约从侈醴：减少随从，多带酒水。醴，泛指酒水。

⑬ 青邑：即青阳城。邑，郡邑。

⑭ 西洪岭：陈岩《九华诗集·西洪岭》原注："灵鹤山东萦折数里，通山西。"

⑮ 云物作噩：浓云涌起。噩，肥腴貌。

⑯ 败意：犹败兴。

⑰ 擿（zhì）铁勿阻：意谓（别说下雨，）即使天上落下铁器刀枪，也不能阻止游九华山。擿，投掷。

⑱ 霁：泛指风霜雨雪停止，天气晴好。

⑲ 枕月一峰：谓枕月峰。陈岩《九华诗集·枕月峰》原注："翠微峰侧，石云庵后，双峰、野螺峰间。其峰四平中曲，状如石枕。每山月初上，皎皎然耸峰而出。"

⑳ 秀娇：娇然秀出。

㉑ 云观弼之：谓云观山回护于周围。

㉒ 莲花层矗：陈岩《九华诗集·莲花峰》原注："石盖峰东南，耸立众山中，山西曰莲花，山东曰稻积。"

㉓ 烟鬟：陈岩《九华诗集·螺髻峰》原注："碧云庵西。"诗句："天巧绾成螺髻样，梳云沐雨百娇生。"

㉔ "聚首"二句：陈岩《九华诗集·九子峰》原注："碧云峰侧，排列有九小峰。尤多林滋。（李白）诗云：'大者嶙峋若虎兕，小者崋嵬如婴儿。'"

㉕ 峭蒨：高耸挺立的山。左思《招隐诗》："峭蒨青葱间，竹柏得其真。"

㉖ 怪体幻来：山形奇特变幻。

㉗ 垂天：犹蔽天，笼罩天空。

㉘ "阴阳"句：化用杜甫《望岳》"阴阳割昏晓"诗句。意谓不辨阴晴朝暮。

㉙ 野梁：无名桥梁。

㉚ 朱瑚石骨：红珊瑚色岩石。

㉛ 雪霞舒走：像白色的云霞流动。

㉜ "腹卧"句：趴在水边像鸟一样把嘴插到水里喝水。　咮（zhòu）：禽鸟嘴。

㉝ "吾家"四句：意思是同宗王守仁先生《九华山赋》中有"濑流觞而萦纡，遗石盘于涧道"的名句，赞美的就是这里吧。　吾家：旧时常称同宗。但有时为攀附名人，同姓也都称"吾家某某"。　伯安：即王守仁，字伯安。明代著名哲学家，心学的创始人。晚年筑室故乡阳明洞，世称阳明先生。　"濑流觞"二句：指在流觞濑、石船涧一带。陈岩《九华诗集·流觞濑》原注："百丈潭上有石渠、天井。唐李化文避巢贼之乱入山隐处，与客就水泛觞，游宴之所。"濑：急流。　流觞：酒杯在水中漂流。古代风俗，每逢三月上旬的巳日（三国

魏后定为三月初三)于水滨聚会宴饮,以祓除不祥。　萦纡:盘旋环绕。　遗:留下。　乐(yào):《论语·雍也》:"知者乐水,仁者乐山。"朱熹集注:"乐,喜好也。"

㉞"望见"二句:大意是无名桥边的景致与庐山玉渊潭上的悬瀑、栖贤谷、三峡涧相类。"马上人眉岸"意思未详。　悬瀑一通:陈岩《九华诗集·百丈潭》原注:"资圣庵前深谷,其水来自云峰,凑潭垂瀑而下,高数百尺,潭面南北广六丈,东西三丈,点黑如墨,昔有龙居。"通,此处作量词。　栖贤、三峡:庐山的峡涧名。苏辙《庐山栖贤寺新修僧堂记》:"(栖贤)谷中多大石,岌嶪相倚。水行石间,其声如雷霆,如千乘车行者,震掉不能自持,虽三峡之险不过也。故其桥曰三峡。"

㉟仙醥(piāo):仙酒。醥,清酒。左思《蜀都赋》:"觞以清醥,鲜以紫鳞。"此喻山泉水甘冽。

㊱半霄亭:陈岩《九华诗集·半霄亭》原注:"在化城寺之中途,叠石危峻,缭绕为径,因结亭为游人憩足之所。"

㊲"曩螺髻"二句:意思是刚才上山时所看到的像纠结在一起的发髻的山形,从现在这个角度看,很像气势威武的士兵头盔。　曩(nǎng):先时,以前。　螺髻:《山海经·中山经》:"又东南一百二十里,曰洞庭之山……帝之二女居之,是常游于江渊。"任渊注曰:"按君山状如十二螺髻。"　蟠纠:纠集在一起。　弁:士兵。　兜:犹言兜鍪,古代武将的头盔。　汹武:气势威武。

㊳孤绝:高峻。

㊴九十九峰:《九华散录》:"九华群峰之特出者,以数十计。争峙其间者,以数百计。称九十九峰,亦好事者概其成,不能缕悉也。"　葛袂:葛布制成的夏衣的袖子。代指夏天的衣服。

㊵梵:指诵念佛经之声。

㊶殊不恶:谓音乐声与自然天籁相和,效果很不错。

㊷"至望江亭"二句:陈岩《九华诗集·望江亭》原注:"半霄亭上,穿云蹑岭,下视长江,皎如曳练。"　拖曳:绵长摇曳。　练:练过的白绢。形容江水清澈。谢朓《晚登三山还望京邑》:"余霞散成绮,澄江静如练。"

㊸畴昔:往日,过去。　碧霭:青绿色的云岚。

㊹嘘:慢慢地吐气。此代指呼吸。

㊺玄览亭:明万历六年(1578),知县苏万民建。

㊻皛(xiǎo):皎洁,明亮。

㊼ 含规：犹言（江水中）含蕴如规的日月。

㊽ 吝思：爱惜顾念。

㊾ 化城寺：位于九华山的中心，建在高山盆地之上，北依白云山，南对芙蓉峰，东临东崖，西接神光岭，四面回环如城。新罗高僧金地藏居此。唐德宗建中初（780），池州刺史张岩奏请寺额，名曰“化城”。陈岩《九华诗集 · 化城寺》原注：“起于齐梁，逮唐建中中，金地藏依止禅众。有平田数千亩，种黄粒稻，田之上植茶，异于他处，谓茗地源。亭后有五钗松，结实香美，皆自新罗移植。”

㊿ 肃：礼拜。

51 简：选择。

52 翕（xī）：收缩，收敛。　菡萏：莲花的别名。《尔雅 · 释草》：“（荷）其华菡萏。”　须：花须。

53 丁丁（zhēng）：象声词。原指伐木声。此指棋声。　哄局道：为争棋路而哄闹。

54 “仲濠”三句：意为张仲濠认为仲容和中履不做欣赏山水的高雅之事，却做起了下棋这种低俗的事情，不是文人雅士所为。　担粪溷：挑粪便。此喻大俗之事。本来下棋也是雅举，此处相对看山而言，才成为下等事情。

55 九子坯：坯本为轻贱他人詈词。此处寓褒于贬，相当于说二人不失婴儿之心。

56 飞斝（jiǎ）：谓传杯痛饮。斝，古代青铜制贮酒器。盛行于殷代和西周初期。　轰剧：闹腾得很厉害。

57 质明：天刚亮的时候。

58 太白祠：又称太白书堂。在化城寺东。唐天宝末年，李白得青阳令韦仲堪之助，于此筑室，读书赋诗，《改九子山为九华山联句并序》等名篇即写于此。

59 坼：裂开。

60 胡僧：来自西域的僧人。

61 地藏殿：位于九华山神光岭（原名南台）。唐贞元十年（794），新罗国王近宗高僧金地藏卓锡九华山，居于南台，修行七十五年，九十九岁时圆寂，肉身三年不腐，僧徒将其移葬于岭上石塔中，后建殿宇以护石塔。明万历皇帝赐额“护国肉身宝塔”。

62 随喜：佛家以行善布施可生欢喜之心，随人为善称为随喜。杜甫《望兜率寺》诗：“时应清盥罢，随喜给孤园。”　塔：即护国肉身宝塔。

(63) 至德：唐肃宗年号(756—757)。

(64) 王：此指金地藏王。 新罗国：朝鲜半岛古国名。中国五代时分裂，为高丽王氏所灭。 卓锡：卓，植立；锡，锡杖。因谓僧人居留为卓锡。

(65) 堪舆：旧时称相地看风水的职业，从事此职业者称为堪舆家，列于五行家。扬雄《甘泉赋》："属堪舆以壁垒，梢夔魖而抶獝狂。"许慎曰："堪，天道也；舆，地道也。"

(66) 圆直：代指宝塔。

(67) 八风：《吕氏春秋·有始览》："何谓八风？东北曰炎风，东方曰滔风，东南曰熏风，南方曰巨风，西南曰凄风，西方曰飂风，西北曰厉风，北方曰寒风。"

(68) "人子"句：谓作为子女，更应该了解这个道理。

(69) "白蟮"二句：陈岩《九华诗集·白蟮穴》原注："金地藏居山，学徒日众，因坎土得白壤，甘滑如麫。众赖以济。费冠卿有'瀹泥时和麫'之句。"

(70) "然青泥"二句：《嘉庆宜兴县志》卷末引《荆溪外纪》："唐三姚生尝游张公洞，秉烛行十余里，见二道士弈棋。生倦且饥，道士指以旁有青泥为可食。试取咀嚼，甚芳馨。道士曰：'尔去，谨无语于世人。'生再拜返，密怀其余，以示市中人。青泥出洞，已坚如石。贾胡见之，惊曰：'此龙食也！'生具述其事，复与俱往寻之，但存巨石，不复得路。"

(71) "予幼游"句：王思任《游泰山记》有"十二岁从盱江还"的记载。当时是随父宦游盱江。 盱(xū)江：据陈谱，知此盱江为汝河别称，在豫南，流经山东峄山附近。 从姑：山名。据陈谱作者所见王季重善本中有《三游从姑山记》。地点也应在山东峄山一带。

(72) 米、脂二穴：此二洞穴在从姑山。

(73) 气每臭(xiù)人：不时飘来米油的香气。

(74) 作戏：作耍，开玩笑。

(75) 以腐断：凭借通常迂腐的思维来判断。

(76) 舍利：意译"身骨"。《魏书·释老志》："佛既谢世，香木焚尸。灵骨分碎，大小如粒，击之不坏，焚亦不燋，或有光明神验，胡言谓之'舍利'。弟子收奉，置之宝瓶，竭香花，致敬慕，建宫宇，谓为'塔'。"此指金地藏的舍利子。

(77) 缘薄：缘分浅薄。即没有缘分。 觏(gòu)：看到。

(78) 阙事：遗憾之事。阙，同"缺"。

(79) 神光岭：陈岩《九华诗集·神光岭》原注："南台直上，金地藏迁神之后发光如火，檀信过之，悲仰追慕。"

⑧⓪ 金刚尖：黄山西脉至九华山的第一座山峰。

⑧① 杵：舂捣谷物、药物及筑土、捣衣等用的棒槌。

⑧② "东岩"句：相传金地藏初至九华山，即在此东崖的岩洞中习定修法，洞名东岩，又称地藏洞。　金藏：亦称金地藏，即被视为地藏菩萨化身的新罗国高僧，德号乔觉。　苦行：宗教徒指受冻、挨饿、拔发、裸形、炙肤等刻苦自己身心的行为。

⑧③ "伯安"句：王阳明《赠周经和尚偈》："不向少林面壁，却来九华看山。锡杖打翻龙虎，只履踏破巉岩。"　偈：即佛经中的唱颂词。

⑧④ 舍身崖：在东崖附近，根据地藏修习的传说命名。

⑧⑤ 禅室：犹禅房。佛徒习静之所。

⑧⑥ 枯僧：形貌枯瘦的僧人。　趺(fū)：趺坐，盘腿端坐。

⑧⑦ "啖五钗松"句：陈岩《九华诗集·地藏塔》注云："地藏塔，化城寺东。唐僧地藏正元十年趺化，年九十九。檀信为建塔于台南，三年塔成，将迁举，颜状如初，骨节有金锁声，地发光景，因名神光岭。"又《九华诗集·五钗松》自注："出九华山。每枝五花五股，其实可食，其文理丝缜如罗縠。见顾野王《舆地志》。而潜确《居类书》又称衲子金地藏自西域来携种，惟墖寺前有之。其尤异者，每一株枯，则旁透一株耳。"参见《游九华山记》注㊾。

⑧⑧ 纛(dào)：古时军中大旗。

⑧⑨ "共卫"句：意思是拱护着处于中心位置的金刚尖。

⑨⓪ 胆如瓠：比喻胆大。瓠，葫芦。

⑨① 足如萝：喻脚善于攀援。萝，女萝，蔓生植物。

⑨② 直指：汉武帝时朝廷设置的专管巡视、处理各地政事的官员。　檄：文体名。古官府用以征召、晓喻、声讨的文书。此指召作者回任上的文书。

⑨③ "山灵"句：此句承接上句檄文的意思而来。谓山神对不能超拔于世外又徜徉于山林的士人会起愤怒之心。化用孔稚圭《北山移文》中的典实。

⑨④ 李供奉：即李白。因曾任翰林院供奉，故称。　发明：此指吟咏发挥。

⑨⑤ 团结：围簇聚集。　移挽：此谓集体改变山形。

⑨⑥ 朝锐夕方：有时看是尖形有时看是方形。朝夕，此指时间很短。

⑨⑦ 神目骇笑：谓使人惊谔。

⑨⑧ 疣附：山峦像附着在皮肤上肉瘤。　焰腾：像火焰腾起。

⑨⑨ 诡谲易厌：因过于变化多端容易让人生厌倦之感。

⑩⓪ "昔人"句：意思是远望九华山比登临感觉更好。此句未详出处。

⑩ 寒碧秋凝：凝聚着深秋一般的寒冷与碧绿。

⑩ “集众美”句：集中九华山各种美质并得其精神意趣。

⑩ 五溪桥：位于五溪口，横跨九华河，是从北进入九华山的重要景观。五溪古石桥始建于南宋庆元六年（1220），名“午桥”。明万历四年（1576）青阳知县苏万民重建，改名“化城桥”。陈岩《九华诗集·曹溪》原注：“凤皇岭水西流为溪，山西龙池溪、曹溪、漂溪、澜溪、双溪合流出觉安院前，总曰五溪。按此与希坦诗题俱作曹溪，而诗俱咏五溪。盖曹溪环诸溪而统之也。”

⑩ 九子寺：又称九子庵。陈岩《九华诗集·九子庵》原注：“碧云峰顶，伪吴曦顺中建，即广化寺。”

⑩ 七布泉：陈岩《九华诗集·七布水》原注：“九子峰上，夏秋瀑注，则分而为七，散落崖谷。”

⑩ 钵囊花：木本，高丈余，叶细而长，色翠而泽。花生叶上，萼如黄葵，香闻数里。或谓金地藏游南台，适有花落钵中，他时不落，以此得名。

⑩ 玉缨络：其花圆洁，如珍珠散缀。陈岩《九华诗集·璎珞泉》原注：“雪浪平石，而下如璎珞然。”诗曰：“花花结结净无尘，却笑庄严未是真。五色明珠光照水，湛然清净本来身。”

⑩ 石斑鱼：长寸余，出雪潭，鳞具五色。

⑩ 南天竹：虚中疏节，丛生如竹，稠密不凋。春青夏碧，秋丹冬紫。涧旁岩麓有之。

⑩ 克丁当：王十朋《九华山九绝》（其四）：“闻说仙翁捣药处，鸟声依旧克丁当。”自注：“山中有鸟啼，声曰克丁。当时人呼为葛仙翁捣药处。”

⑪ 竹蕈（xùn）：即竹荪。陈仁玉《菌谱》：“生竹根，味极甘。当与笋通谱，而菌为北阮矣。”

⑪ 石芝：《九华山志》（卷八）：“生悬崖峭壁，采者缅引而上，服之身轻延年。生阳锷者色紫，生阴锷者色黑。”

⑪ 仙掌扇：《江南通志》（卷八十六）：“仙掌扇，木名，出九华山。叶大如羽，翣色青翠。”

⑪ 金地茶：陈岩《九华诗集·金地茶》自注：“出九华山，相传金地藏自西域携至者。”

【评品】

本文也写于万历三十年壬寅（1602）。作者每年例至秋浦（安徽省池州市境内)谒见监司,上年曾游齐山。此年夏六月,谒见考绩事毕,遂与来访的兄长和老师同游九华山。

因为九华山之抽象美质,已被李白吟咏殆尽,本文避其锋芒,具体写游途中移步之景,口无旧唾,自能咳珠吐玉。以文章第二段为例,写枕月峰上,“但有莲花层矗,烟鬟乱堆”;写石龙口,“峭蒨渐迫,怪体幻来”;写山西屯,“则垂天之云倒立,阴阳失昏晓矣”。但作者在揭橥出九华山新质的同时,也指出了正是这种诡谲变化,非常容易产生审美疲劳,所以宜远望而不宜登临。这无疑是对九华山剥肤存液、灼见神髓的观点,也是游记文字中仅见的另类写法。从中可以看出王思任不愿“漫无可否,每辄言佳”、“倔强犹昔不屑”(陈继儒《王季重〈游唤〉序》)的为人。同时记游九华山如流水簿者与王思任惯以评述代记游的写法大异其趣。如章潢《九华山》写枕月峰、云观山、莲花峰:“左一峰最高,询舆人,则枕月也。右峰突起,云观山也。西洪南,下有山,在东南两峰间,则莲花峰也。”写望江亭、龙头石:“已至望江亭,则老僧尽以徒众迎,前指曰:‘西北烟雾中如练,此长江也。登是亭见之,故名。’……路左有石突出,状如龙头,题云‘龙头石’。至岩巅,四壁峭削,岩石倒垂。上有阳明亲书《周经和尚偈》,卧而仰读,笔迹宛然。”

游满井记[①]

京师渴处[②],得水便欢。安定门外五里有满井[③],初春,士女云集[④],予与吴友张度往观之[⑤]。一亭函井[⑥],其规五尺[⑦],四洼而中满,故名。满之貌,泉突突起[⑧],如珠贯贯然[⑨],如蟹眼睁睁然[⑩],又如鱼沫吐吐然[⑪],藤蓊草翳资其湿[⑫]。游人自中贵外贵以下[⑬],巾者帽者[⑭],担者负者,席草而坐者,引颈勾肩履相错者[⑮],语言嘈杂。卖饮食者,邀诃好火烧[⑯]、好酒、好大饺、好果子[⑰]。贵有贵供,贱有贱供[⑱]。势者近,弱者远[⑲],霍家奴驱逐态甚焰[⑳]。有父子对酌、夫妇劝酬者,有高髻云鬟、觅鞋寻珥者[㉑],又有醉詈泼怒、生事祸人,而厥夭陪乞者[22]。传闻昔年有妇即坐此蓐[23]，各老妪解襦以帷者[24]，万目睽睽[25]，一握为笑[26]。而予所目击，则有软不压驴、厥夭扶掖而去者[27]；又有脚子抽登复堕、仰天丑露者[28]；更有喇唬恣横[29]、强取人衣物，或狎人妻女；又有从傍不平、斗殴血流、折伤至死者。一国狂惑[30]。予与张友买酌苇盖之下[31]，看尽把戏乃还[32]。

【注释】

① 满井：在今北京市。蒋一葵《长安客话》（卷四）“满井”条：“出安定门，循古濠而东三里许，有古井一，径五尺余，飞泉突出，冬夏不竭，好事者凿石栏以束之。水常浮起，散漫四溢。井傍苍藤丰草，掩映小亭。都人探为奇胜。”刘侗《帝京景物略》（卷一）：“（满井）井高于地，泉高于井，四时不落。”

② 京师：此指明代首都北京。　渴处：缺水干旱之地。

③ 安定门：北京内城九门之一，在德胜门之东。

④ 士女：犹言“仕女”。贵族妇女。

⑤ 吴友张度：吴地（今江苏苏州一带）的朋友张度。生平不详。

⑥ 函：此指覆盖。

⑦ 规：圆规。此指直径。

⑧ 泉突突起：泉水跳动涌出。突突，跳动貌。

⑨ 珠贯贯然：（出水）像珍珠连贯成串。

⑩ 蟹眼：指水面像螃蟹眼睛的气泡。黄庭坚《西江月·茶》：“兔褐金丝宝碗，松风蟹眼新汤。”　睁睁然：像眼睛圆睁的样子。

⑪ “又如鱼沫”句：又像鱼儿不断吐出水沫。典出《庄子·大宗师》：“泉涸，鱼相与处于陆，相呴以湿，相濡以沫。”

⑫ 藤蓊（wěng）草翳：藤蔓芜草茂密地笼罩在上面。蓊，草木茂盛貌。资其湿：使满井一带的空气更为湿润。资，助长。

⑬ 中贵：此应指朝中贵人。朝廷中的高官。　外贵：此采用仿词修辞手法指显贵的地方官。

⑭ 巾者帽者：此指一般老百姓或读书人（包括低职官僚）。

⑮ 履相错者：群聚在一起，脱下的鞋子乱放一气的。

⑯ 邀诃：吆喝。　火烧：即烧饼。

⑰ 果子：即馃子。泛指糖食糕点。

⑱“贵有”二句：意思是针对贵族有高档的东西供应，针对贫民有便宜的东西供应。

⑲“势者”二句：意思是有权势的人在满井近处观赏，弱势平民在满井远处观赏。

⑳“霍家奴”句：谓贵族人家的奴仆驱逐贫民的态度非常嚣张。 霍家奴：辛延年《羽林郎》：“昔有霍家奴，姓冯名子都。依仗将军势，调笑酒家胡。”霍家指西汉大将军霍光家。此诗中所言“霍家奴”，实为影射东汉大将军窦融之弟窦景。后常以霍家奴代指权贵家中的恶奴。

㉑高髻云鬟：高绾之发髻或高耸的环形发髻。形容入时的装束。 觅鞋寻珥：泛指寻找丢失的东西。珥，古代珠玉耳饰。

㉒“又有”三句：意思是说又有喝醉谩骂发泄愤怒，生出事端祸及他人，没有得逞反而赔礼的。 詈：骂，责备。 厥夭陪乞：因落败而屈服赔罪求饶。厥，通“蹶”，摔倒，挫败。夭，屈抑。

㉓即坐此蓐：“即此坐蓐”之倒文。谓在这里生下孩子。坐蓐，旧时妇女分娩时身下铺草，故称临产为“坐蓐”。蓐，草席，泛指所垫之物。

㉔解襦以帷：解下短袄作帏帐（作为掩护）。襦，短衣，短袄。

㉕万目睽睽：众人注视之下。

㉖一握为笑：语出《易·萃》：“若号，一握为笑。”一握，古人演算的术语，意思是在不吉情况下，占卦时得“一握”乃吉卦之数，于是破涕为笑。此用字面义，谓掩口而笑。

㉗“则有”二句：谓身体绵软无力在驴身上坐不稳当，摔下来被人搀扶离开的。 扶掖：搀扶，架着胳膊。

㉘“又有”二句：谓又有骑上马，马夫抽去踏脚后，还是从马上掉下来摔成仰八叉出乖露丑的。 脚子：脚夫。泛指干粗重活计的人。 登：同“蹬”，挂在鞍子两旁的踏脚。

㉙喇唬：也作“喇虎”。凶恶无赖。 恣横：恣意横行霸道。

㉚狂惑：狂悖愚惑。

㉛苇盖：此处指简陋的酒店、酒铺。

㉜把戏：此谓各色人等的表演。

【评品】

本文应写于万历三十一年（1603），作者进京接受考核时。明代略前于王思任的小品文名家、公安袁宏道于万历二十七年(1599)也写过一篇著名的《满井游记》。袁宏道的《满井游记》一文,确如陆云龙所评,“形容雅倩”,“写景亦如平芜,淡色轻阴,令人意远”,正因为如此,袁宏道的文章也有了入世漪媚意。而王思任的《游满井记》其实是明末张岱《西湖七月半》的先声,张岱写西湖七月半看月的风俗,描摹达官贵人豪富无赖以及借赏月之名追欢寻笑或沽名钓誉之徒,都与本文有形神相通之处。

本文仅以寥寥数语写满井及井水特殊的水态,而以较多笔墨描写满井之游的风俗。作者与张友是游览者,更是局外观赏者。从他们的“在场”视角,可以看到,明代旅游景点商贩的喧哗热闹,游人自然形成森严的等级,以及奴仗主势的人情世态。也有父子、夫妻全家携游的亲情,朋友出游时的亲密无间,有高髻云鬟的时装少妇,甚至已经足月的孕妇。有不能驾驭驴马而出乖露丑者,有借酒装疯卖傻、欲欺人反被辱的泼皮无赖,还有路见不平、斗殴至伤至死者,实乃市井百态图。

游丰乐醉翁亭记[①]

一入青流关[②],人家有竹,树有青,食有鱼,鸣有鹌鸽[③],江南之意可掬也[④]。是时辛丑觐还[⑤],以为两亭馆我而宇之矣[⑥]。有檄[⑦],趣令视事[⑧],风流一阻[⑨]。癸卯一觐,必游之。突骑而上丰乐亭[⑩],门生孙孝廉养冲氏亟觞之[⑪]。看东坡书记[⑫],遒峻笋洁可爱[⑬]。登保丰堂[⑭],谒五贤祠[⑮],然不如门额之豁[⑯]。南下而探紫微泉[⑰],坐柏子潭上,高皇帝戎衣时,以三矢祈雨而得之者也[⑱]。王言赫赫[⑲],神物在渊[⑳],其泉星如[㉑],其石标如,此玄泽也[㉒]。上醒心亭,读曾子固记[㉓],望去古木层槎[㉔],有邃可讨[㉕]。而予之意不欲傍及,乃步过薛老桥[㉖],上酿泉之槛[㉗],酌酿泉。寻入欧门[㉘],上醉翁亭。又游意在亭,经见梅亭[㉙],阅玻璃亭[㉚],而止于老梅亭[㉛],梅是东坡手植[㉜]。予意两亭既胜,此外断不可亭!一官一亭、一亭一扁,然则何时而已?

欲与欧公斗力耶[33]？而或又作一解醒亭[34]，以效翻驳之局[35]，腐鄙可厌[36]。

还，访智仙庵[37]，欲进开化寺[38]，放于琅琊。从者暮之，遂去。予语养冲曰："山川之须眉，人朗之也；其姓字，人贵之；运命，人通之也。滁阳诸山[39]，视吾家岩壑，不啻数坡垞耳[40]！有欧、苏二老足目其间[41]，遂与海内争千古，岂非人哉！读永叔《亭记》，白发太守与老稚辈欢游，几有灵台、华胥之意，是必有所以乐之而后能乐之也[42]。先生谪夷陵时，索《史记》，不得读，深恨谳辞之非[43]；则其所以守滁者，必不在陶然兀然之内也[44]。一进士左官[45]，定以为蘧舍[46]，其贤者诗酒于烟云水石之前，然叫骂怨咨耳热之后，终当介介[47]。先生以馆阁暂麾，淡然忘所处，若制其家圃然者，此其得失物我之际，襟度何似耶[48]？且夫誉其民以丰乐，是见任官自立碑也[49]。州太守往来一秃，是左道也[50]。醉翁可亭乎[51]？匾墨初干，而浮躁至矣[52]。先生岂不能正名方号[53]，而顾乐之不嫌、醉之不忌也[54]？其所为亭者，非盖非敛，故其所命亭者，不嫌不忌耳[55]。而崔文敏犹议及之，以为不教民莳种，而导之饮[56]。嗟呼！先生有知，岂不笑脱颐也哉[57]！子瞻得其解[58]，特书大书[59]，明己为先生门下士[60]，不可辞书。座主门生，古心远矣[61]。予与君其憬然存斯游也[62]。"

【注释】

① 丰乐亭、醉翁亭：皆在滁州（在今安徽省滁州市）。北宋著名文学家欧阳修被贬为滁州太守时所写的《丰乐亭记》、《醉翁亭记》两篇亭记使滁州名扬四海。醉翁亭位于滁州西南六七里处的琅琊山酿泉（也称让泉）旁，这里蔚然深秀、峰回路转、野芳幽香。丰乐亭则位于滁州西郊丰山北麓的紫微泉上，北依青峰危岩，面对峡谷流泉，古木翠竹，风景也十分秀丽。

② 青流关：滁州城西清流山中段，双峰凌云，地势险要，是著名的古关隘，素有"金陵锁钥"之称。欧阳修《丰年诗》："清流关前一尺雪，鸟飞不渡人行绝。"

③ 鸲鹆（qú yù）：鸟名。俗称八哥。

④ 可掬：谓可以用手捧住。此用以描写景色鲜明。

⑤ “是时”句：作者万历二十九年（1601）途经徐州进京接受考核后南归经滁州，欲游丰乐、醉翁两亭而未能如愿。 觐：泛称朝见。

⑥ “以为”句：认为可以把滁州丰乐、醉翁两亭作为驿馆居住，意思是可以尽兴游览。

⑦ 檄：此指任命文书，应为当涂令一职。

⑧ 趣：催促。 视事：就职治事。

⑨ 风流一阻：指游丰乐、醉翁两亭兴致受到阻碍。

⑩ 突骑：骑马冲上。

⑪ 门生：此指亲授业的学生。 孙孝廉养冲氏：姓孙字养冲的举人。当涂诸生。作者任县令时曾选拔诸生。孝廉，明清两代对举人的称呼。 亟：屡次。 觞之：给我敬酒。

⑫ 东坡书记：丰乐亭中有苏轼手书、勒为石碑的《丰乐亭记》。

⑬ 遒峻：指笔力雄健超拔。

⑭ 保丰堂：丰乐亭的第二进为保丰堂，与亭同年建成。

⑮ 五贤祠：《江南通志》（卷四十二）：“五贤祠，在州治。祀宋王禹偁、欧阳修、张方平、曾肇、苏轼。”

⑯ 门额：门楣上边的部分。

⑰ 紫微泉：即丰乐泉，元祐二年（1087）滁州知州陈知新改为今名。《方舆胜览》（卷四十七）：“紫微泉，吕元中记：欧阳文忠公以右正言知制诰谪守滁上，明年，得酿泉于醉翁亭之东南隅。一日会僚属于州廨，有以新茶献者，公敕吏汲泉，未至而汲者仆，出水，且虑后期，遂酌他泉以进。而公已知其非酿泉，穷问之，得紫微泉于幽谷下。文忠博学多识，而又好奇。既得是泉，乃作亭以临泉上，名之曰‘丰乐’。当时名公宿儒皆为赋诗以纪其事，由是紫微泉始盛闻于天下。”

⑱ “坐柏子潭”三句：宋濂《琅琊山游记》：“皇上初龙飞，屯兵于滁，会旱暵，亲挟雕弓，注矢于潭者三，约三日雨，如期果大雨。” 柏子潭：《明一统志》（卷十八）：“柏子潭，在州城西南，三里潭西北隅。水深莫测，有龙出没其中，祈雨辄应。” 高皇帝：明太祖朱元璋。 戎衣：军服。指在行军起义之中。

⑲ 赫赫：形容声音洪大。

⑳ 神物在渊：龙在深渊。

㉑ 星如：潭水像星光一样明亮。

㉒ 玄泽：圣恩。应贞《晋武帝华林园集诗》：“玄泽滂流，仁风潜扇。”

㉓“上醒心亭”二句：《方舆胜览》（卷四十七）：“醒心亭，在琅琊山。曾子固记：滁州之西南，泉水之涯，欧阳公作亭曰‘丰乐’，自为记，以见其名之意。既又直丰乐之东，筑其亭曰‘醒心’。而望以见夫群山之相环，云烟之相滋，旷野之无穷，草木众而泉石嘉，使目新乎其所睹，耳新乎其所闻，则其心洒然而醒。” 曾子固：即曾巩，字子固。唐宋八大家之一。

㉔层槎：枝叶茂盛蔚然深秀。

㉕有邃可讨：有幽深之景可以探源。

㉖薛老桥：在琅琊寺山门附近。

㉗酿泉：又称让泉，原名玻璃泉，又称六一泉。《明一统志》（卷十八）：“六一泉，在醉翁亭侧。宋滁守欧阳修晚号六一居士，故名。旧名玻瓈泉，章衡记：傍有石泓，泉涌而流，甘如醍醐，莹如玻瓈。”

㉘欧门：在醉翁亭下。

㉙见梅亭：《万历滁阳志》：“梅亭在醉翁亭西，見梅亭在梅亭前。”

㉚玻璃亭：应是建在酿泉旁的亭子。

㉛老梅亭：原名梅瑞堂、古梅亭，在见梅亭古梅的北侧，明嘉靖年间滁州判官张明道特意为赏梅而建。

㉜“梅是”句：此地梅花相传是欧阳修所手植，世称“欧梅”；并非如作者所言是苏轼所植。

㉝“欲与”句：谓与欧阳修一争高下。 欧公：欧阳修，字永叔，号醉翁、六一居士。曾因声援王叔文政治改革，被贬滁州。唐宋八大家中宋六家之首。

㉞解酲（chéng）：醒酒，消除酒病。

㉟翻驳之局：意谓做醉酒的翻案文章。翻，同“反”。

㊱腐鄙：迂腐并且没有见识。

㊲智仙庵：琅琊寺住持智仙和尚所住院落。智仙是欧阳修的朋友，醉翁亭的建造者。欧阳修《醉翁亭记》：“作亭者谁？山之僧智仙也。”

㊳开化寺：又称宝应寺、琅琊寺，位于琅琊山的主峰。

㊴滁阳：此指滁州山脉的南面。阳，山南水北。

㊵“视吾家”二句：意思是滁州山峦与我们绍兴山水风光相比，如同几亩小土坡。 吾家岩壑：作者绍兴人，此特指绍兴西南郊即山阴会稽一带的风光，顾恺之曾赞曰：“千岩竞秀，万壑争流，草木蒙茏，若云兴霞蔚。”《世说新语·言语》载王献之赞语：“从山阴道上行，山川自相映发，使人应接不暇。”作者因此为山阴山水冠以“王”姓。 不啻：无异于。 坡垞（chá）：小土坡。

坨，土丘。

㊶ 足目：足涉目及。

㊷ “读永叔”四句：意思是读欧阳修的《丰乐亭记》和《醉翁亭记》，看到欧阳修与滁州老少欢游，几乎进入极乐世界，这其中一定有能让他快乐的事他才如此快乐。 白发太守：欧阳修庆历六年（1046）知滁州时，年仅四十岁，但在同游者中“年又最高”；宋人往往叹老嗟贫，故自称“醉翁”。太守，官名。秦置郡守，汉景帝时改名太守，为一郡最高的行政长官。宋以后用作知府、知州的别称。欧阳修在滁州时任知府，故自称“太守欧阳修”。 与老稚辈欢游：《醉翁亭记》：“至于负者歌于途，行者休于树，前者呼，后者应，伛偻提携，往来而不绝者，滁人游也。” “几有”二句：两亭记写幽居安乐的文字很多，如《丰乐亭记》：“修之来此，乐其地僻而事简，又爱其俗之安闲，既得斯泉于山谷之间，乃日与滁人仰而望山，俯而听泉。掇幽芳而荫乔木，风霜冰雪，刻露清秀，四时之景无不可爱。又幸其民乐其岁之丰成，而喜与予游也。”《醉翁亭记》：“朝而往，暮而归，四时之景不同，而乐亦无穷也。……临溪而渔，溪深而鱼肥；酿泉为酒，泉香而酒冽；山肴野蔌，杂然而前陈者，太守宴也。”“已而夕阳在山，人影散乱，太守归而宾客从也。树林阴翳，鸣声上下，游人去而禽鸟乐也。然而禽鸟知山林之乐，而不知人之乐；人知从太守游而乐，不知太守之乐其乐也。醉能同其乐，醒能述以文者，太守也。” 灵台：《诗经》中有《大雅·灵台》，描述周文王建成灵台和游赏奏乐。《孟子·梁惠王》：“文王以民力为台为沼，而民欢乐之，谓其台曰灵台，谓其沼曰灵沼，乐其有麋鹿鱼鳖。古之人与民偕乐，故能乐也。” 华胥：《列子·黄帝》：“（黄帝）昼寝，而梦游于华胥氏之国。华胥氏之国在弇州之西、台州之北，不知斯齐国几千万里，盖非舟车足力之所及，神游而已。其国无帅长，自然而已；其民无嗜欲，自然而已。不知乐生，不知恶死，故无夭殇；不知亲己，不知疏物，故无爱憎；不知背逆，不知向顺，故无利害。”后用为代称安乐和平的理想境界。

㊸ “先生”四句：《能改斋漫录》（卷十三）：“公曰：‘不然，吾子皆时才，异日临事，当自知之。大抵文学止于润身，政事可以及物。吾昔贬官夷陵，彼非人境也。方壮年，未厌学，欲求《史》、《汉》一观，公私无有也。无以遣日，因取架阁陈年公案，反覆观之。见其枉直乖错，不可胜数。以无为有，以枉为直，违法徇情，灭亲害义，无所不有。且以夷陵荒远偏小，尚如此，天下固可知矣。当时仰天誓心：自尔遇事，不敢忽也。……’” 谪夷陵：仁宗景祐三年（1036），欧阳修因上书得罪谏官高若讷，被贬为夷陵（今湖北省宜昌市）县令。 谳：审

理案件的文辞。

㊹“则其”二句：意谓欧阳修被贬滁州时，并非真的进入醉乐无忧的状态。陶然兀然：犹言“兀兀陶陶”，醉酒貌。

㊺进士：唐宋时称殿试考取的人。至明清，举人经会试及格后即可称为进士。　左官：汉代以右为尊，故称仕于诸侯者为左官，以示地位低于朝廷官员，后也称降职处迁之官为左官。此处用后一种义项。

㊻定以为蘧（qú）舍：谓一定会把贬谪地作为暂时停留的地方。蘧舍，犹言“蘧庐”。古代驿传中供人休息的房子。

㊼“其贤者”三句：欧阳修《与尹师鲁第一书》：“又常与（余）安道言：每见前世有名人，当论事时，感激不避诛死，真若知义者。及到贬所，则戚戚怨嗟，有不堪之穷愁，形于文字，其心欢戚，无异庸人。虽韩文公不免此累！用此戒安道，慎勿作戚戚之文。师鲁察修此语，则处之之心，又可知矣。近世人因言事，亦有被贬者。然或傲逸狂醉，自言我为大不为小。故师鲁相别，自言益慎职，无饮酒。此事修今亦遵此语，咽喉自出京愈矣，至今不曾饮酒，到县后勤官，以惩洛中时懒慢矣。”　怨咨：怨恨嗟叹。　介介：形容有心事，不能忘怀。

㊽“先生”五句：意思是欧阳修以馆阁重臣的身份暂贬谪滁州，却能平静地不耿耿于自己所处的沦落困境，像经营自己的园圃一样为贬谪地老百姓造福，在处理外物与自身、得到与失去的关系上，欧阳修襟怀达到了怎样的境界啊。　馆阁暂麾：北宋有昭文馆、史馆、集贤院三馆，秘阁、龙图阁等阁，分掌图书经籍和编修国史等事务，通称“馆阁”。麾，此特指外任。欧阳修当时是以龙图阁直学士降知滁州。

㊾“且夫”二句：意为赞美当地老百姓丰收快乐，是为自己树碑立传。见任：现任。

㊿“州太守”二句：谓欧阳修与僧人交往，并非正道。　一秃：对僧人的蔑称。王思任对恶僧的态度往往以“秃”恶谥之。　左道：旁门外道。

51 醉翁可亭乎：意思是“醉翁”不能作为亭子命名。

52“匾墨”二句：谓欧阳命名醉翁亭，很快就引起了议论。其事不详。浮躁：此指轻浮急躁的议论。

53 正名方号：为亭子取恰如其分的名字。

54“而顾”句：意思是誉民丰乐却不避嫌，饮酒作乐却不忌讳。　顾：反而。

55“其所为”四句：谓欧阳修对游憩于僧智仙所建之亭，并不掩饰；对命名亭子显露了在滁州的生活状态，也不掩饰。

(56) “而崔文敏”三句：崔铣《醉翁亭记跋》：“欧阳子其慕晋人之风邪？汉吏种田莳蔬，効功阡陌。夫宋之士习若是，故其国之不竞欤！” 崔文敏：崔铣，字子钟。明代哲学家。卒谥“文敏”。 导之饮：引导老百姓饮酒作乐。

(57) 脱颐：谓大笑时下颌脱臼，即今所谓笑掉下巴颏。

(58) “子瞻”句：前引《能改斋漫录》（卷十三）论及欧阳公多谈吏事：“是时老苏父子间亦在焉，尝闻此语。其后子瞻亦以吏能自任。或问之，则答曰：‘我于欧公及陈公弼处学来。’”

(59) 特书大书：谓苏轼书写《丰乐亭记》和《醉翁亭记》两种碑刻。

(60) 门下士：犹门生。科举考试及第者对主考官自称“门生”。苏轼是嘉祐二年（1057）欧阳修为座主主持礼部进士考试时考中进士，所以与欧阳修有门生之谊。

(61) “座主”二句：谓门生尊重理解座主，是古代淳朴的风气。 座主：唐宋时进士称主试官为座主。

(62) 憬然：充满向往之情。

【评品】

作者曾于万历二十九年辛丑（1601）、万历癸卯三十一年（1603）两次进京接受考核，路途都经过滁州，本文写于癸卯年。欧阳修是唐宋八大家的领军人物，著名散文家。王思任记游丰乐、醉翁两亭，当然无法与欧阳修角胜负，所以本文采用了以退为进方法：一是稍带一笔，补足题内之义。如写入清流关后的江南春意、柏子潭传奇、进士左迁的态度等等。二是以议代记，阐发两亭记内蕴。赞颂欧阳修在得失物我之际的处之淡然，以及对看似不合正统的行为方式的处之泰然；从而写出了欧阳修的高洁襟怀和思想境界。三是以破为立，画云彩以衬明月。如针对后人对欧阳修知滁州时建造以及命名醉翁亭的质疑，指出“其所为亭者，非盖非敛，故其所命亭者，不嫌不忌耳”。并且看到欧阳修的门生苏轼是通过书写两亭记并勒石为碑方式表示对师座的理解，正面文章反面做，更好地起到了赞美欧阳修的效果。所以虽然欧阳修有两亭记在前，但本文并没有出现“眼前有景道不得”的写作尴尬，而是把游两亭记写得感情充沛饱满，题内题外了无剩义。

游焦山记[①]

海山多仙人[②]，润之山水[③]，紫阆之门楔也[④]，故令则登之，不觉有凌云之意[⑤]。子瞻熟厚金山，而与言及焦，则以为不到怀惭，赋命穷薄[⑥]。由是观之，心不远者，地亦自偏耳[⑦]。丙申，予谒选北上，老亲在舫[⑧]，曾撮游之[⑨]，仅一识面，偃蹇不亲[⑩]。己酉，以迁客翔京口[⑪]。五月既望[⑫]，会司马莆田、方伯文晤我[⑬]，买鲜蓄旨[⑭]，约地友刘伯纯、陈从训俱[⑮]。从训暑不出，而痒痒鞅鞅[⑯]，徒以苏秦纵横[⑰]，不能愿待之。即乘长风往，一叶欹播，与拜浪之鱼同出没也[⑱]。

至岸，入普济寺[⑲]，伯文色始定；而伯纯以为吾东家焦，殊不介介[⑳]。暑气既深，幽碧如浸，选绿雪轻风之下[㉑]，小饮之，各沾醉[㉒]，眠僧几。澡罢，谒焦先生祠[㉓]，庶几所谓水清石白者[㉔]。少微之星，两光独曜[㉕]，而各以姓易山川[㉖]。然严先生犹或出或语[㉗]，先生三诏罔闻，一言不授[㉘]。蔡中郎玄默之赞[㉙]，“所谓伊人，宛在水中央”耶[㉚]！左行而得水晶庵[㉛]，梧竹翠流，潭空若永昌之镜[㉜]。僧携中泠水[㉝]，燃竹石铛[㉞]，沸顾渚饮我[㉟]。水或不禁刀画[㊱]，然云乳蒙蒙[㊲]，芝童清侍[㊳]，听好鸟一回[㊴]，何境界也！山如鳖伏，而裙带间妙有茸畤[㊵]。各秃宫于藤萝之隙[㊶]，且渔且耕，而又且畋[㊷]。巡麓右，迤入碧桃湾[㊸]，则疏杨摇曳里许，青莎与朱华映染[㊹]，半规山隐[㊺]。扪攀而至吸江亭[㊻]，望海门、瓜步[㊼]，都作龙腥[㊽]。点帆归鸟[㊾]，千嶂彩飞[㊿]，江淹咏“日暮崦嵫谷”者是矣[51]。乃从山背一探天昊[52]，历数亭而憩之。石笋斗潮，驯鸷不等[53]，而湍险震荡[54]。吾独羡其威纡百叠[55]，愈取愈多[56]。

杖策归僧堂，梵鼓动矣。伯纯曰：“大月已到[57]，不宜闭饮。”问童子，得樱笋银鲚[58]，又得文雉[59]，被跣而出[60]，歌于诸山第一峰前。月精电激，江波碎为练玦[61]。我欲呼老鼋共语[62]，而伯文谓山鬼愁予[63]。伯纯愿两脯之，以作水陆供[64]，便思驾长虹而通沃洲也[65]。相与轰饮呼卢[66]，集杜句，得“月”者赎[67]。坐至子夜，而天风渐劲，澎湃汹然，江声入僧室矣。

质明，予先鸟起，领清芬之味[68]，人各鼾鼾也。伯文搔首相詈：“王郎即有山水馋，不须奔竞尔尔！”[69]予不能辩也。寻会食，探浮玉岩[70]，一石横出，摩藓读昔人题石屏字[71]。跻级登观音阁[72]，修篁琪树[73]，蔽翳雪光。更有竹阁两楹，买天半角[74]，而金山斐叠其胸[75]，此足当人主矣[76]。又延踏而至一僧舍，竹益酣，染衣袂俱作云香。有巨石数十，堆堕涧中。讨《瘗鹤铭》[77]，已投江丈许，褰衣濡足[78]，惘不可得。王辰玉昔曾判之，以为断非逸少之笔[79]。大都高人韵士，惟恐人知，焉见《瘗鹤》之字，不出蜗牛之庐，而必借美于换鹅之手耶[80]？伯文颔之，以韵语相挑[81]。再遣舟，从沙户市鱼，而弈于断岩悬蔓之半，徘徊瞻顾，有不知玉壶清宇冷在何处者[82]。

试以金、焦评之：金以巧胜，焦以拙胜；金为贵公子，焦似淡道人；金宜游，焦宜隐；金宜月，焦宜雨；金宜小李将军[83]，焦则大米[84]；金宜神，焦宜佛；金乃夏日之日，而焦则冬日之日也[85]。伯纯主驳[86]：“子腹中丘壑[87]，舌上阳秋[88]，谁为我金、焦赂子左右足乎？”乃唤兕觥[89]，大笑飞敌[90]。至渔火初出，缓棹至余皇，以不尽之沥[91]，中江而罄之。是夕月明如昼，微风不兴，水天一片，人语杳然[92]，而城头漏三严矣[93]。此“大江流日夜，客心悲未央”时也[94]。

【注释】

① 焦山：相传东汉末处士焦光（或作“焦先”）隐居于此，因得名为焦山，与金山对峙。《方舆胜览》（卷三）：“焦山，在江中。金、焦二山相去十五里。唐图经云：后汉焦先隐于此山，因名。”

② “海上”句：《史记·封禅书》：“自威、宣、燕昭使人入海求蓬莱、方丈、瀛洲，此三神山者，其传在勃海中，去人不远；患且至，则船风引而去。”

③ 润：润州。镇江的古称。隋置，唐因之，北宋改为镇江军，北宋末年升为府。

④ 紫阆：传说中的仙宫。紫，道家崇尚紫色，故多以紫色附会仙家。阆，

阆苑，仙人住的地方。　门楔：门坎两端靠门框竖立的短木。此特指通向大海的门户。　以上三句以海门双峰比拟海上三神山。《方舆胜览》（卷三）："双峰，在海门。韩持国《登润州城诗》：一带分江纪，双峰照海门。"

⑤"故令则"二句：东晋荀羡在京口登北固山望见海云有飘然升仙之意。典出《世说新语·言语》："荀中郎在京口，登北固，望海云，虽未睹三山，便自使人有凌云之意。"　令则：荀羡，字令则，世称"荀中郎"，东晋人。　凌云之意：飘飘欲仙的感觉。语出《史记·司马相如列传》："天子大说，飘飘有凌云之气，似游天地之闲意。"

⑥"子瞻"四句：苏轼曾游焦山并写有《自金山放船至焦山》、《书焦山纶长老壁》等诗歌。《自金山放船至焦山》诗中有："我来金山更留宿，而此不到心怀惭。同游尽返决独往，赋命穷薄轻江潭。"　赋命穷薄：天生穷命。

⑦"心不远"二句：反用陶渊明《饮酒二十首》（之五）中"问君何能尔，心远地自偏"诗意。

⑧"丙申"三句：王思任万历二十三年乙未（1595）成进士，返山阴故里。次年丙申秋，奉老亲北上京师待诏应选。　谒选：官吏赴吏部应选。　老亲：谓年老的父母。

⑨ 撮游之：择取重要的景点游览。《史记·太史公自序》："采儒、墨之善，撮名、法之要。"

⑩ 偃蹇：屈曲的样子。《楚辞·招魂》："桂树丛生兮山之幽，偃蹇连蜷兮枝相缭。"此喻心里不畅快。

⑪ 迁客：指被贬在外的官吏。　翔：悠闲自在地行走。曹植《梁甫行》："柴门何萧条，狐兔翔我宇。"　京口：即今镇江市。三国吴建都于此，称京城，建安十六年（211）迁都建业（今南京市）后改称京口镇。

⑫ 既望：农历每月十五日称望，望后第二天称既望。

⑬ 司马莆田、方伯文：王思任的两位朋友。生平均不详。

⑭ 买鲜蓄旨：买好一些新鲜美味食品。《论语·阳货》："食旨不甘，闻乐不乐。"

⑮ 地友：当地的朋友。　刘伯纯、陈从训：生平不详。

⑯ 痒痒鞅鞅：意谓小病在身、无精打采的样子。痒，病。《诗·小雅·正月》："哀我小心，癙忧以痒。"传云："癙、痒，皆病也。"鞅鞅，不满或不快的样子。《史记·淮阴侯列传》："（韩）信由此日怨望，居常鞅鞅，羞与绛、灌等列。"鞅，通"怏"。

⑰ “徒以苏秦”句：意思是用一些大而无当的言辞推托。此处双用“断取”和“别解”的修辞手法，仅用“纵横”的字面义，意思是像苏秦游说辞令看似有理，但大而无当。　苏秦：战国时代纵横家。

⑱ “即乘”三句：此三句暗用《宋书·宗悫传》：“（宗）悫年少时，炳问其志，悫曰：‘愿乘长风破万里浪。’”三句还与文章末段数句暗用苏轼《赤壁赋》中的名句：“苏子与客泛舟游于赤壁之下。清风徐来，水波不兴。……纵一苇之所如，凌万顷之茫然。浩浩乎如冯虚御风，而不知其所止；飘飘乎如遗世独立，羽化而登仙。”　长风：大风。　一叶：代指小船。　欹播：倾斜摇播。　拜浪：即戏浪。

⑲ 普济寺：也称焦山寺。《方舆胜览》（卷三）：“焦山寺，在江心。与金山相对，有海云堂、赞善阁、吸江亭。”

⑳ “而伯纯”二句：意思是当地人刘伯纯认为焦山就像他的东邻，所以并不以为奇。　东家焦：采用“仿词”的修辞手法，仿“东家丘”结构而成新词。北齐颜之推《颜氏家训·慕贤》：“世人多蔽，贵耳贱目，重遥轻近，少长周旋，如有贤哲，每相狎侮，不加礼敬……所以鲁人谓孔子为东家丘。”此处也用“别解”的修辞手法，仅用“东家”字面义。　介介：犹言介意。

㉑ 绿雪：（傍依）绿树雪浪。

㉒ 沾醉：大醉。《汉书·游侠列传》：“尝有部刺史奏事，过（陈）遵，值其方饮，刺史大穷，候遵沾醉时，突入见遵母，叩头自白当对尚书有期会状，母乃令从后阁出去。”

㉓ 焦先生：即焦光。汉灵帝中平末年为避乱隐居焦山，焦山因以得名。皇甫谧《高士传》称其为羲皇以来第一人。

㉔ “庶几”句：米芾有《焦山铭》墨迹：“水清石白，焦公之宅。妙道孰测，能语而默。”

㉕ “少微”二句：意谓在众多的隐士中，焦光和严光最为著名。　少微：星名，又名处士星。共有四星，在太微西南。后常以喻隐士。　两光：东汉时代的严光和焦光。

㉖ “而各”句：严光，字子陵，隐居富春江，后人因名其所钓处为严滩、严陵滩、子陵滩。《水经注·渐江水》：“（孙权）割富春之地立桐庐县，自县至於潜，凡十有六濑，第二是严陵濑。濑带山，山下有一石室，汉光武帝时，严子陵之所居也。故山及濑，皆即人姓名之。”

㉗ “然严先生”句：《后汉书·严光传》记载了严光的“或出”和“或语”的

史事:“帝疑其光,乃备安车玄纁,遣使聘之。三反而后至。舍于北军,给床褥,太官朝夕进膳。”“光不答,乃投札与之(侯霸),口授曰:‘君房足下:位至鼎足,甚善。怀仁辅义天下悦,阿谀顺旨要领绝。’”

㉘“先生”二句:《山堂肆考》(卷十六):“焦山,在镇江江中。汉处士焦先隐此,故名。旁有海门二山,上有焦山寺、罗汉岩。宋理宗书三大字揭之,有台曰‘炼丹洞’,曰‘三诏不起’。” 罔闻:如同没有听到。

㉙“蔡中郎”句:蔡邕《焦君赞》:“猗欤焦君,常此玄默。” 蔡中郎:蔡邕,字伯喈。中郎,本为官名,秦置,汉沿用。担任宫中护卫、侍从,属郎中令。分五官、左、右三中郎署,各署长官称中郎将,省称中郎。蔡邕曾任左中郎将,故世称“蔡中郎”。 玄默:沉静无为。《汉书·刑法志》:“及孝文即位,躬修玄默,劝趣农桑,减省租赋。”

㉚“所谓”句:语出《诗·秦风·蒹葭》:“蒹葭苍苍,白露为霜。所谓伊人,在水中央。溯回从之,道阻且长;溯游从之,宛在水中央。”意思是焦光始终不肯露出真面目真才学。

㉛水晶庵:《光绪当涂县志》(卷五):“焦山忠节祠,在水晶庵。祀宋扬州都统制徐芳及夫人。”

㉜永昌之镜:永昌为武则天的年号,此处代指武则天。相传武则天宫闱奢华,曾在宫中造一殿,四壁皆安设镜子以照影。

㉝中泠:即中泠泉。《江南通志》(卷十一):“在金山寺内。唐李德裕尝使人取此水,杂以他水,辄能辨之。《水经》品第天下水,味此为第一。”

㉞石铛(chēng):陶制烹茶器具。

㉟顾渚:在今浙江长兴县。传吴王阖庐弟夫概顾其渚次,以为原隰平衍,可为都邑,故名。所产紫笋茶,色紫如笋,陆羽评为“天下第二”。《吴兴备志》(卷二十六):“陆羽与皎然、朱放辈论茶,以顾渚为第一(《读书志》)。茶性最寒,惟顾渚茶独温和,饮之宜人,厥名紫笋。他茶久置则有痕迹,惟此茶久置,清若始烹。”此处以顾渚代称茶。

㊱“水或”句:典出《艺文类聚》所引《蒲元传》:“君性多奇思,于斜谷,为诸葛亮铸刀三千口,刀成,自言汉水钝弱,不任淬用,蜀江爽烈,是谓大金之元精,天分其野,乃命人于成都取江水,君以淬刀,言杂涪水,不可用,取水者捍言不杂,君以刀画水,言杂八升,取水者叩头云:‘于涪津覆水,遂以涪水八升益之。’”

㊲云乳蒙蒙:烹茶时,乳白色泡沫层起,茶烟袅腾。释永颐《食新茶》:

"拜先俄食新,香凝云乳动。"

㊳ 芝童:仙童。此指小僧。

㊴ 好鸟:鸣声婉转的鸟儿。曹植《公燕诗》:"潜鱼跃清波,好鸟鸣高枝。"

㊵ 裙带:此处指鳖甲边缘的肉质部分。俗称鳖裙。　茸畴:长有庄稼的田野。茸,草类初生细软貌。畴,已耕作的田地。

㊶ 秃宫:对寺院不恭敬的称谓。

㊷ 畋:打猎。《尚书·五子之歌》:"(太康)乃盘游无度,畋于有洛之表,十旬弗返。"

㊸ 迤入:曲曲折折地进入。

㊹ "青莎"句:语出江淹《陆东海谯山集诗》。青莎,即莎草。朱华,泛指红花。

㊺ 半规山隐:夕阳隐在山后。半规,借指半已西沉的太阳。

㊻ 吸江亭:又称吸江楼,在焦山。《方舆胜览》(卷三):"焦山寺,在江心,与金山相对。有海云堂、赞善阁、吸江亭。"

㊼ 海门:见前注④㉘。　瓜步:即瓜步山,在今南京六合区的瓜埠镇。

㊽ 龙腥:龙身上的腥味。即海腥味。梅尧臣《新霁望岐笠山》:"断虹迎日尽,飞雨带龙腥。"

㊾ 点帆归鸟:远帆如点与归山鸟儿齐飞。

㊿ 千嶂彩飞:晚风中群山各色花草翻动。

51 江淹:字文通,著名文学家。曾历仕南朝宋、齐、梁三代。　"日暮"句:诗出江淹《陆东海谯山集诗》。崦嵫(yān zī),位于甘肃省天水市西,古代传说为日落之山。《楚辞·离骚》:"吾令羲和弭节兮,望崦嵫而勿迫。"王逸注:"崦嵫,日所入山也。"

52 山背:山脊。　天吴:水神名。《山海经·海外东经》:"朝阳之谷,神曰天吴,是为水伯。"

53 "石笋"二句:意思是江中笋状的石柱迎潮而立,有的驯服,有的狠戾。

54 湍险震荡:水流险峻浩浩荡荡。湍,水势急而旋。

55 威纡:绵延曲折貌。

56 愈取愈多:谓水流取之不尽,用之不竭。

57 大月:满月。毛滂《谢人分寄密云大小团》:"大月已圆当久照,小月未满哉生魄。"

58 樱笋:樱桃与春笋。早春时的山珍。元稹《表夏十首》(之一):"新笋紫长短，早樱红浅深。” 鲚(jì)：同“鮆”。即鲚鱼，俗称刀鱼。

⑲ 文雉：色彩斑斓的野鸡。

⑳ 被跣：披发光脚。跣，光着脚。

㉑ “月精”二句：意谓月光与水光相激射，粼粼江波形成带状玉环。 玦：一种玉制的环状饰物。

㉒ 老鼋：大鳖。俗称癞头鼋。因上文有“山如鳖伏”，焦山形似鳖，故称。实指焦山山神。

㉓ 山鬼愁予：屈原有《山鬼》诗祭山神，《湘夫人》诗中有“帝子降兮北渚，目眇眇兮愁予”。这里“山鬼愁予”相对于以老鼋为焦山山神而言。

㉔ “伯纯”二句：意谓刘伯纯却不管是鼋鳖还是山鬼，都希望制成肉干，以老鼋作水供，以山鬼作陆供。 水陆供：水陆道场的供品。水陆道场是佛教法会的一种。僧尼设坛诵经，礼佛拜忏，遍施饮食，以超度水陆一切亡灵，普济六道四生，故称。这里用“拆并”修辞格，指以水中生灵和陆上生灵作供品，戏称“水陆供”。

㉕ 沃洲：《会稽志》(卷九)：“沃洲山，在(新昌)县东三十二里。晋白道猷、法深、支遁皆居之。戴、许、王、谢十八人与之游，号为胜会，亦白莲社之比也。唐白乐天《山院记》云：东南山水，剡为面，沃洲、天姥为眉目。唐韦应物、权德舆送灵澈归沃洲，有诗序传焉。山有灵澈杖锡泉，西南养马坡、放鹤峰，皆因支道林得名。”

㉖ 轰饮：大声起哄着饮酒。 呼卢：呼卢喝雉的省称。古时博戏，用木制骰子五枚，每枚两面，一面涂黑，画牛犊；一面涂白，画雉。一掷五子皆黑者为卢，为最胜采；五子四黑一白者为雉，是次胜采。赌博时为求胜采，往往且掷且喝，故用以代指赌博。

㉗ “集杜句”二句：意谓辑取杜甫诗句联诗。(制定的规矩是)谁能从杜诗中集得带“月”之句，谁便可以接着续集杜甫诗句。 赎：续，接合。《后汉书·赵壹传》：“壹乃贻书谢恩曰：‘昔原大夫赎桑下绝气，世称其仁。’”注曰：“赎，即续也。”

㉘ 清芬：韩琦《夜合诗》：“所爱夜合者，清芬逾众芳。”

㉙ “伯文”三句：意思是方伯文抓着头皮责备我：“你即使得了山水馋痨，也不需要起这么早。” 王郎：本指晋朝王凝之。《世说新语·贤媛》载王凝之曾被妻子谢道蕴鄙薄：“不意天壤之中，乃有王郎。”因为作者姓王，所以方伯文借用。 山水馋：酷爱山水。 奔竞：奔走竞争。多指对名利的追求。干宝

《晋纪总论》:“悠悠风尘,皆奔竞之士;列官千百,无让贤之举。”此指在山水间疲于奔走。　尔尔:如此。

⑰ 浮玉岩:在焦山西麓沿江一带,全为陡岩峭壁,山岩壁立如屏。

⑱ 摩藓:用手拂去苔藓。　昔人题石屏字:焦山自浮玉岩、观音岩、雷轰岩、巨公岩、瘗鹤岩到栈道岩的近百米岩石上,留下了六朝以来文人雅士的很多题刻。

⑲ 跻级:拾级而上。

⑳ 修篁:高长的竹子。　琪树:仙境中的玉树。此泛指美丽的树木。

㉑ 买天半角:(远处的两座竹楼)占去了天空的半个角。买天,从“买山”二字化出。见《游齐山记》注⑱。

㉒ 斐叠:色彩错杂貌。

㉓ “此足”句:《史记·外戚世家》:“尹夫人前见之,曰:‘此非邢夫人身也。’帝曰:‘何以言之?’对曰:‘视其身貌形状,不足以当人主矣。’”

㉔《瘗鹤铭》:《方舆胜览》(卷三):“欧阳《集古录》载:华阳真逸撰《瘗鹤铭》,刻于焦山之足,常为江水所没。好事者伺水落时,摹而传之。”《山堂肆考》(卷十六):“相传为晋王右军书,宋黄睿又曰为陶隐居书。今文格字法殊类陶弘景,盖弘景自号华阳隐居也。今号真逸,岂其别号欤?欧阳文忠又以为不类王右军法,而类颜鲁公,又疑真逸是顾况道号。”瘗(yì),埋葬。

㉕ 褰(qiān)衣濡足:揭起衣服打湿双脚。

㉖ “王辰玉”二句:意思是王辰玉断定不是王羲之所作。此事不详。　王辰玉:王衡,字辰玉,号缑山。王锡爵之子。万历年间进士,官翰林院编修。逸少:即王羲之,字逸少。著名书法家,被后世尊为“书圣”。

㉗ “焉见”三句:意思是哪里就见得这《瘗鹤铭》不是出自无名贫士之手,而借重王羲之名望呢。　蜗牛之庐:此指贫寒窘困的文人居处。徐铉《大宋舒州龙门山乾明禅院碑铭》:“面壑临流,诛茅穿径,远拟关令草栖之观,近同焦光蜗牛之庐。”代指穷困潦倒的文士。　换鹅之手:指王羲之。典出《晋书·王羲之传》:“山阴有一道士,养好鹅,羲之往观焉,意甚悦,固求市之。道士云:‘为写《道德经》,当举群相赠耳。’羲之欣然写毕,笼鹅而归,甚以为乐。”

㉘ 韵语相挑:意指采取引用诗词等方式加以证实。挑,张扬,显露。《韩非子·说难》:“贵人有过端,而说者明言礼义以挑其恶,如是者身危。”

㉙ “有不知”句:意思是此处胜过仙境。　玉壶:典出《云笈七签》:“施存学大丹之道,遇张申为云台治官,常悬一壶如五升器大,化为天地,中有日月,

夜宿其内，自号壶天。”后遂用以指仙境。　清宇：仙境。　冷：通“泠”。寒凉，清凉。

㊸ 小李将军：唐代著名画家李思训，以战功闻名于时，因曾任过武卫大将军，世称“大李将军”。唐宗室孝斌之子。画风精丽严整，以金碧青绿的浓重颜色作山水，能曲折多变地勾划出丘壑的变化。其子李昭道有乃父之风，被称为“小李将军”。

㊹ 大米：宋代米芾、米友仁父子擅长书画，世称“大米”“小米”。米芾，字符章，自言其画风：“信笔作之，多烟云掩遇。树石不取细，意似便已。”语见《画史》。

㊺ “金乃”二句：意谓金山略有霸气，焦山平缓可亲。典出《左传・文公七年》：“赵衰，冬日之日也；赵盾，夏日之日也。”杜预注：“冬日可爱，夏日可畏。”后因称夏天的太阳为“畏日”，意为炎热可畏；称冬天的太阳为爱日，意为温暖和煦。

㊻ 主驳：主持反驳。

㊼ 腹中丘壑：化用黄庭坚《题子瞻枯木》诗：“胸中元自有丘壑，故作老木蟠风霜。”

㊽ 舌上阳秋：本作“皮里阳秋”，意思是表面不作评议，内心有所褒贬。《晋书・褚裒传》：“（褚）裒少有简贵之风……谯国桓彝见而目之曰：‘（褚）季野有皮里阳秋。’言其外无臧否，而内有所褒贬也。”“阳秋”原作“春秋”，因晋简文帝宣郑太后名春，为避其名讳，改“春秋”为“阳秋”。这里采用“仿词”的修辞手法，改“皮里”作“舌上”，转义为口中褒贬。

㊾ 兕（sì）觥：古代酒器。腹椭圆形或方形，圈足或四足，有流和鋬。盖子一般成带角兽头形。盛行于商代和西周前期。后亦泛指酒器。《诗・豳风・七月》：“跻彼公堂，称彼兕觥，万寿无疆。”

㊿ 飞敌：此指飞盏传杯行酒令角逐输赢。

91 不尽之沥：指酒杯中剩下的酒。

92 杳然：渺远貌。

93 漏：夜漏，为古定时器，引申为时刻、时间。　三严：唐代皇帝御朝前搥鼓三次，以示警戒。日未明七刻，搥一鼓为一严；未明五刻，搥二鼓为再严；未明二刻，搥三鼓为三严。

94 “大江”二句：谢朓《暂使下都夜发新林至京邑赠西府同僚》中诗句，此诗以星象表述时间。中有“金波丽鳷鹊，玉绳低建章”句，表明是黎明时分。

【评品】

本文写于万历三十七年己酉(1609)。作者任当涂县令六载后,大计(三年一次的考核)遭黜,于万历三十三年(1605)转南刑部主事,以迁客游镇江金山和焦山。文中涉及不少景点。《江南通志》(卷十三):"焦山在府东北九里大江中,旧传以东汉焦光隐此得名。《寰宇记》、《通典》亦谓之谯山,亦曰浮玉山,与金山对峙,相去十五里。上有焦仙岭、三诏洞,以焦光三诏不起也。又有狮子、海云、观音、罗汉、栈道等岩,青玉坞、碧桃湾。山之余支东出,并立于波间者,曰海门山。"

这篇游记是王思任艺术风格成熟的标志,可从以下诸方面略论之:第一,王思任号谑庵,其为文向有滑稽太过之弊,但此文谑不伤雅,文中"东家焦""水陆供""老鼋""山鬼愁予""王郎""山水馋"等等,无不涉笔成趣,妙语解颐。第二,此文信手挥墨,洋洋洒洒,融焦山的自然景观与人文景观于一炉,使焦山的文化意蕴得到了最大限度的延展。比较法也成为本文自由挥洒的方式,如作者以时空都较为遥远、隐居桐庐的严光与隐居焦山的焦光作比,重在衬托;以近在咫尺的金山与焦山作比,重在反衬。着意刻划出作者心目中隐士精神的最高境界。第三,作者胸中有丘壑,笔下涉褒贬。写此文时,王思任谪游京口,他一生正如他自己所述:"骨傲口不驯,触眼遭时忌。贬逐走东西,稍登忽韭替。"(《感述》)他对隐士中彪炳千古的严光和焦光的褒贬,显示出内心对统治者的态度。所以王思任在京口,虽然有远离京城的客心之悲,但未尝不能超然于忧思之外也。

东　山(上虞)[①]

出东关[②],得筶舟[③]。雾初醒[④],旭上。望虞山一带[⑤],坦迤綷直[⑥],絮绵中埋数角黑幕,是米癫浓墨压山头时也[⑦];然不可使癫见,恐遂废其画[⑧]。

亭午过蒿坝[⑨]，江鱼入馔。两岸山各以浅深色媚行[⑩]。伸脚一眠，小醉而梦。舟子突叫看东山，山麓巉石兽蹲[⑪]，守江如拒[⑫]。从谢公棹楔上磴路[⑬]，每数十武[⑭]，长松绣天[⑮]，涛声百沸。又壑中时有哀玉淙淙[⑯]，草多远志[⑰]。看洗屐池[⑱]，一泓不竭，可当万里流也[⑲]。池上数级，得蔷薇洞，文靖携妓常憩此[⑳]。李供奉《忆东山》词，花开、月落、几度、谁家[㉑]，何物少年轻薄[㉒]？然致语大是晓语，可以唤起文靖，不必多憾。窈窕曲折入国庆寺[㉓]，寺僧指点调马路，英风爽然[㉔]。上西眺[㉕]，西眺名韵甚，白天布曳，直入大海，浩然不疑[㉖]。独琵琶一洲，宛作当年掩袂态[㉗]。古今人岂甚相殊？那得不为情感[㉘]？东山辨见宋王铚记甚详[㉙]。吾以为山之所住，偶然四隅耳，何以喜东不喜南也？夫东山之借鼎久矣[㉚]，足忌之而口祥之，人遂视东山为南山。絜令家有从未面识[㉛]，而辄谓其知情者乎？吾安能倒决曹江之水[㉜]，一为洗清两字冤也？山可矣，去其东而可矣。

【注释】

① 东山：《嘉泰会稽志》(卷四)："(上虞)东山在县西南四十五里。王铚《游东山记》云：会稽郡东百里曰曹娥江，又曰东小江。其南则晋太傅文靖谢公安石东山也。岿然出众峰间，拱揖蔽亏，如鸾飞凤舞。山林深蔚，望不可见。逮至山下，于千嶂掩抱间得微径，循石路而上，今为国庆禅院，即文靖故居也。绝顶有谢公调马路，白云、明月二堂遗址。至此，山川始轩豁呈露，万峰林立，下视烟海渺然，天水相接，盖万里云景也。文靖乐居，其在兹乎！山半有蔷薇洞，相传文靖携妓游戏之地。虽蔓草荒寒，然古色不改，宛有六朝气象。"《晋书·谢安传》："(谢)安虽放情丘壑，然每游赏，必以妓女从。"

② 东关：东关镇，位于上虞县西，是自上虞前往东山的必经之地。

③ 箬舟：以箬叶覆顶的小船。箬，《说文·竹部》："箬，楚谓竹皮曰箬。"

④ 雾初醒：以拟人的修辞手法形容晨雾初散。

⑤ 虞山：《会稽志》(卷九)："虞山在(余姚)县西三十里。"

⑥ 坦迤綷(lǜ)直：谓山形多变化，有时平坦有时弯曲。綷，粗绳索。

⑦ "絮绵"二句：意思是缭绕于虞山一带如同棉絮一般的云雾中隐隐露出几座形状如黑色帐幕似的山峰，时隐时现的景象如同米芾笔下水墨云山雾岚

画。　米癫：米芾的别号，画风见《游焦山记》注㉔。

⑧ “然不可”二句：意思是这种美景不能让米芾看到，不然他会因为米氏所创的“云山墨戏”不如自然之景而毁弃画作。

⑨ 亭午：正午。　蒿坝：《大清一统志》（卷二百二十六）：“蒿坝在会稽县东南七十里，以近蒿山而名。为台、绍二府必经之道。北去上虞县界四十里。”

⑩ 媚行：让行色变得有趣味。

⑪ 巉石兽蹲：嶙峋突兀的岩石如同野兽蹲卧在那里。

⑫ 守江如拒：距守江边。

⑬ “从谢公”句：意思是从谢安隐居处登上石阶。　谢公棹楔：谢公，即谢安，字安石。东晋时出将入相的人物，生活也颇放达。棹楔，门旁表宅树坊的木柱。据《晋书·谢安传》，谢安四十多岁前一直高卧东山，“寓居会稽，与王羲之及高阳许洵、桑门支遁游处，出则渔弋山水，入则吟咏属文，无处世意”。　磴路：登山的石路。

⑭ 武：古代以六尺为一步，半步为武。

⑮ 长松绣天：意谓高大的青松像绣在天空上层次分明的文绣。

⑯ 哀玉：指如玉声凄清的音响。　淙淙：流水声。

⑰ 草多远志：《世说新语·排调》：“谢公始有东山之志，后严命屡臻，势不获已，始就桓公司马。于时人有饷桓公药草，中有远志。公取以问谢：‘此药又名小草，何一物而有二称？’谢未即答。时郝隆在坐，应声答曰：‘此甚易解，处则为远志，出则为小草。’谢甚有愧色。”远志，多年生草本植物。

⑱ 洗屐池：《嘉泰会稽志》（卷九）：“（谢）灵运自移籍会稽，多在始宁。其著《山居赋》云：南北两居，水通涯阻。注云：两居谓南北两处，南山是开创卜居之处。传云：修营别业，傍山带江，尽幽居之美。今山半有洗屐池，东西二眺亭。虽后人好事为之，然旧园别墅，迹不可泯。”谢灵运登山木屐称为“谢公屐”，《宋书·谢灵运传》：“登蹑常著木屐，上山则去其前齿，下山去其后齿。”屐，木制的鞋，底前后有二齿，以行泥地。

⑲ “一泓”二句：谓这里的一潭清水，抵得上万里清流。与“白天布曳”三句暗喻谢安有存社稷之功。《世说新语·雅量》：“（谢安）谓（王）文度曰：‘晋阼存亡，在此一行。’相与俱前，王之恐状，转见于色；谢之宽容，愈表于貌，望阶趋席，方作洛生咏，讽‘浩浩洪流’。桓惮其旷远，乃趣解兵。”

⑳ 文靖：谢安死后封为太傅，谥“文靖”。

㉑ “李供奉”二句：翰林供奉李白有《忆东山》（二首）：“不向东山久，蔷薇

几度花？白云还自散，明月落谁家？”“我今携谢妓，长啸绝人群。欲报东山客，开关扫白云。”

㉒ “何物”句：晚辈后生李白是个什么东西居然这样轻佻浮薄。这是从李白没有政治家的眼光进行评论的，更是对后世游览者的抨击。 何物：什么东西，什么人。《晋书》载山涛见王戎后说：“何物老妪，生宁馨儿。”

㉓ 窈蔼：深幽。江淹《效王微〈养疾〉》：“窈蔼潇湘空，翠礀澹无滋。”

㉔ 英风爽然：谓几乎可以想见谢安调派兵马时英武的气概。爽然，犹言“爽然自失”。形容茫然无所适从。《史记·屈原贾生列传论》：“读《服鸟赋》，同死生，轻去就，又爽然自失矣。”

㉕ 西眺：即西眺亭。

㉖ 浩然：正大豪迈貌。

㉗ “独琵琶”二句：《明一统志》（卷四十五）：“琵琶圻，在上虞县西南四十五里。《水经》：圻有古冢，堕水甓上，有隐起字云：筮吉龟凶，八百年，落江中。宋谢灵运取甓诣京，咸传观焉。”作者这里采用别解修辞手法，化用白居易《琵琶行》琵琶女“犹抱琵琶半遮面”之句，形容琵琶洲在山岚水雾中欲隐欲现的形态。

㉘ “古今”二句：意谓江州司马白居易有感于琵琶女天涯沦落，青衫为之沾湿，正是因为内心充满了同情。

㉙ “东山”句：前注①中《嘉泰会稽志》引王铚《游东山记》谓东山在上虞县西南。王埊，为“王铚”之误。

㉚ 借鼎：犹言借重谢安之名而显赫于世。

㉛ 絜：疑为衍字。

㉜ 曹江：即曹娥江，水量较大。《嘉泰会稽志》（卷十二）：“曹娥江路南来自上虞县界，经县界四十里，北入海。胜五百石舟。”

【评品】

万历三十八年（1610），作者任青浦（今属上海市）县令时，曾在公事之余，花费约两个月的时间游览了天台、雁荡等地。作者有一组记游文章记录天台、雁荡等地之游，此篇及以下入选的十一篇游记，都属于此系列，系列散文总称《游唤》，前有《〈游唤〉序》和《记游》两篇短文，较为详细地记述了游历的目的和态度。

王思任既是词客也是画师，能为米芾数点、倪云林一抹。本文体现出他作为画家捕捉色彩、形态的能力，如“絮绵中埋数角黑幕”，“两岸山各以浅深色媚行”，“白天布曳，直入大海，浩然不疑”，画为无声诗，但作者捕捉声音的能力，使笔下画面不仅有色形，而且有声音，如“涛声百沸”，“哀玉淙淙”。其次，东山作为东晋名臣谢安曾经的隐居地，声誉隆然，文人骚客在这里留下了不可胜计的题咏。王思任仅撮取谢安、谢灵运一二事迹，与此相关的李白的题咏，以及看似不相关的白香山“同是天涯沦落人，相逢何必曾相识”感叹，于是，文中便寄寓了“夜台无酒家，还起共我语”（王思任《过太白先生墓酹而唤之时予令姑孰》）、友于古人的深意。再次，文章还对东山位置进行了考辨，与世人相比，足能涉之而心亦近之，明确表现了“季重此记，原以唤旧游王谢诸人，岂唤此等辈哉”（陈继儒《王季重〈游唤〉序》）的主题。

剡　溪（嵊县）[①]

浮曹娥江上，铁面横波[②]，终不快意。将至三界北[③]，江色狎人[④]，渔火村灯，与白月相上下[⑤]，沙明山静，犬吠声若豹，不自知身在板桐也[⑥]。昧爽[⑦]，过清风岭，是溪江交代处[⑧]，不及一唁贞魂[⑨]。山高岸束，斐绿叠丹，摇舟听鸟，杳小清绝[⑩]，每奏一音，则千峦啾答[⑪]，秋冬之际，想更难为怀[⑫]。不识吾家子猷，何故兴尽雪溪[⑬]？无妨子猷，然大不堪戴[⑭]，文人薄行[⑮]，往往借他人爽厉心脾[⑯]，岂其可？过画图山[⑰]，是一兰苕盆景[⑱]。自此万壑相招赴海，如群诸侯敲玉鸣裾[⑲]。逼折久之[⑳]，始得豁眼[㉑]，一放地步[㉒]。山城崖立，晚市人稀。水口有壮台作砥柱[㉓]，力脱帻往登[㉔]，凉风大饱。城南百丈桥[㉕]，翼然虹饮[㉖]，溪逗其下，电流雷语[㉗]。移舟桥尾，向月碛枕漱取酣[㉘]。而舟子以为何不傍彼崖，方喃喃怪事我也[㉙]。

【注释】

① 剡溪：在曹娥江的上游。其水流入上虞，为上虞江，地处古嵊县（今浙

江省嵊州市)。据《太平寰宇记》(卷九十六):"剡溪在县南一百五十步,一源出台州天台县,一源出婺州武义县,即王子猷雪夜访戴逵之所也。亦名戴溪。"

② 铁面横波:《万历绍兴府志》卷七《山川志四》:"曹娥江,在府城东九十二里,以汉曹盱女死孝名,亦界会、虞二县,又名上虞江。《初学记》凡江带郡县以为名者,则会稽江、山阴江、上虞江是也。其源自剡溪来,东折而北,至曹娥庙前又北。《上虞志》云:至龙山下,名舜江,又西北折入于海,潮汐之险,亚于钱塘,坍沙陷溺,常为民患。谚曰:'铁面曹娥。'王穉登《客越志》:'微波鳞鳞,一苇可杭。'然土人有'铁面'之谣,当是其风浪时耳。"

③ 三界:在上虞、山阴、嵊县三县交界处。

④ 狎人:与人亲近。

⑤ 白月:皎洁的月亮。

⑥ 板桐:传说中的仙山名。《楚辞·严忌〈哀时命〉》:"揽瑶木之橝枝兮,望阆风之板桐。"王逸注云:"板桐,山名也,在阆风之上。"

⑦ 昧爽:天将亮未亮的时候。《尚书·太甲上》:"先王昧爽丕显,坐以待旦,旁求俊彦。"昧,昏暗。爽,旦,亮。

⑧ "过清风岭"二句:《清一统志》(卷二百二十六):"清风岭,在嵊县北四十里。旧多枫木,本名青枫岭。岩石峻险,下瞰剡溪,宋临海王烈妇死节于此,因易今名。" 溪江交代:《元和郡国志》:"(剡)溪出县西南,北流入上虞为江。"

⑨ 贞魂:忠烈之魂。此指王氏烈女。

⑩ 杳小:渺远娇细。 清绝:形容美妙至极。

⑪ 千峦:与下文"万壑"用《晋书·顾恺之传》典故:"(恺之)还至荆州,人问以会稽山川之状,恺之云:'千岩竞秀,万壑争流,草木蒙茏,若云兴霞蔚。'" 啾答:鸟声互答。

⑫ "秋冬"二句:《世说新语·言语》:"王子敬云:从山阴道上行,山川自相映发,使人应接不暇。若秋冬之际,尤难为怀。"刘孝标注曰:"《会稽土地志》曰:邑在山阴,故以名焉。""《会稽郡记》曰:会稽境特多名山水,峰崿隆峻,吐纳云雾,松栝枫柏,擢干竦条,潭壑镜彻,清流写注。王子敬见之,曰:山水之美,使人应接不暇。"《剡录》(卷二):"子敬所云,岂惟山阴,特剡溪又过耳。"

⑬ "不识"二句:《世说新语·任诞》:"王子猷居山阴。夜大雪,眠觉开室,命酌酒,四望皎然。因起彷徨,咏左思《招隐诗》。忽忆戴安道,时戴在剡,即便夜乘小船就之,经宿方至,造门不前而返。人问其故,王曰:'吾本乘兴而

行，兴尽而返。何必见戴。’” 子猷：即王徽之，字子猷，东晋名士、书法家，王羲之第五子。

⑭ “无妨”二句：意思是对王徽之无大碍，但却使戴逵很难堪，造成了外人认为戴逵不值得造访的印象。 戴：戴逵，字安道。居会稽剡县。东晋音乐家、画家。

⑮ 薄行：轻薄无行。

⑯ 爽厉心脾：此指借压低别人抬高自己，让自己心情舒畅。

⑰ 画图山：张岱《夜航船》：“嵴浦，在嵊县剡溪，近画图山。会稽三赋‘嵊县溪山入画图’即此。”引句出自王十朋《会稽风俗赋》：“人在鉴中，舟行画图。”“嵴浦”应为“嶀浦”。《会稽志》（卷十）：“嶀浦，在县西南四十五里。《水经》云：嶀山成工峤，以北有嶀浦。……浦北即嶀山，与嵊山接。二山虽异县而峰岭相连。”

⑱ 兰苕：兰花。《文选·郭璞〈游仙诗〉》：“翡翠戏兰苕，容色更相鲜。”李善注：“兰苕，兰秀也。”

⑲ “自此”二句：这二句形容剡溪自画图山开始山峦延绵向海，渐有万国朝君的气象。 敲玉鸣裾：形容穿着礼服，佩戴玉器，走动时发出响声。裾，衣服的前后襟及袖子均称裾。

⑳ 逼折：犹言“逼仄”，狭窄。

㉑ 豁眼：犹言开阔视野。

㉒ 地步：回旋的余地。

㉓ 水口：即溪口。《剡录》（卷二）：“自上虞江七十里至溪口，溪口为嶀浦。苍崖壁立，下束清流。深者为渊潭，浅者为滩碛。有山磐跱，下临清深，是为长官祠。” 砥柱：山名，在河南三门峡东，屹立于黄河激流中。语出《晏子春秋·谏下》：“古冶子曰：‘吾尝从君济于河，鼋衔左骖以入砥柱之流。’”此喻指壁立山峰。

㉔ 帻：古代包扎发髻的头巾。

㉕ 百丈桥：地址不详。

㉖ 翼然虹饮：意谓桥的形状轻盈而拱弯。翼然，鸟展翅貌。虹饮，传说虹下吸水。语出《汉书·燕剌王刘旦传》：“是时天雨，虹下属宫中饮井水，井水竭。”

㉗ 电流雷语：水流湍急如电闪，水声轰响如雷鸣。

㉘ 月碛：月下急流。 枕漱：犹言“枕石漱流”。《世说新语·排调》：“孙

子荆年少时，欲隐。语王武子‘当枕石漱流’，误曰‘漱石枕流’。王曰：‘流可枕，石可漱乎？’孙曰：‘所以枕流，欲洗其耳；所以漱石，欲砺其齿。’”后以“漱石枕流”形容隐居生活。这里虽然仅用字面义，但也包含了内心的向往。

㉙ “而舟子”二句：意谓艄公正喃喃自语，认为我不傍岸却在水流中卧眠，真是咄咄怪事。

【评品】

本文写于万历三十八年(1610)。此文写法也是另辟蹊径。其一，雪夜剡溪访戴向称雅举，但作者却以他特有的笔悍胆怒、眼俊舌尖之见，以王子猷兴尽而归乃是以邻为壑，稍带写出了文人任性可能出现的轻薄。其次，本文游踪是沿剡溪而下，游迹历历，随步赋形，刻画剡溪沿途仙境之美，特别是以山水回声描摹出世外之景，如“沙明山静，犬吠声若豹”，“摇舟听鸟，杳小清绝，每奏一音，则千峦啾答”。再次，以剡溪巧妙地连接与溪石隐居相关的著名典故，并在月下溪上真实地体会枕流洗耳、漱石砺齿的隐居之乐。

南　明(新昌)[①]

过剡县十五里，青骡背上，斗见二山[②]，追蠡之痕犹在[③]，而渊填之声隐然也[④]。生钟生鼓，岂在生山生水之前乎[⑤]？从钟鼓山取溪入谷，是武库，铁帽堆围多多许[⑥]。一岭凿百级入县，画中路矣。岭下方塘澄澈，苍松傲睨，大枫数十章，翁以他树，万顷冷绿，人面俱失[⑦]。入寺礼石佛像，端严福好[⑧]，即耳长丈余[⑨]。齐永明中，僧护见神异，发北山愚公愿，三世僧此相始成[⑩]。前有狻猊二石，俯仰似悲，云是智者大师所蓄，师寂后，一泣天、一号地而死[⑪]。凡名胜之地，僧各奇一说，以灵其主人，将毋同耳[⑫]。由僧寮仰视[⑬]，四壁斩削[⑭]，俱青瑕紫玉[⑮]，老树毵毵[⑯]，倒尻横肋[⑰]。壁中一璺[⑱]，有百尺松窒之，前峰如臼[⑲]，上危置一方石，是仙人博局[⑳]。五斛玉尘[㉑]，不记何人负进也。予直走其颠，天风急，几吹堕，乃坐伏稍窥，崖绝万仞[22]，急饬下[23]，始大怖。寺左有二厂[24]，疑是蝮洞[25]，虚愒入之[26]，阴风沁骨，湿碧浸寒，苔溺盈尺[27]。雨甚，凡三宿寺中[28]。每出寺门，斗云飞，多龙气[29]，往来各峰。熟看大枫树[30]，若到深秋，便如万点朱砂[31]，映发出土绣绿[32]。小桥红寺，骑驴至此，或当醉心绝倒[33]，亦直得号天泣地也。

【注释】

① 新昌：县名。古称剡东，又称南明。位于浙江省东部、曹娥江上游，唐代以前属剡县，五代后梁开平二年（908）建县。境内有南明山，又称石城山、隐岳等，有著名的石佛像。《会稽志》（卷九）："南明山，在县南五里。一名石城，一名隐岳。初，晋僧昙光栖迹于此，自号隐岩。支道林昔葬此山下，齐僧护夜宿闻笙磬仙乐之声。梁天监中，建安王始造弥勒石佛像，刘勰撰碑，其文存焉。"新昌今为绍兴市辖县。

② 斗：通"陡"。陡然。　二山：指钟山和鼓山。《会稽志》（卷九）："鼓山，在（新昌）县西四里，山形如鼓。"《赤城志》（卷九）："石鼓山在县南五十里，山下磐石如鼓，扣之有声。山多黄精、白术、竹箭。"史料中未见钟山的记载，或为一山两峰。

③ 追蠡：乐器用久磨损貌。《孟子·尽心下》："高子曰：'禹之声，尚文王之声。'孟子曰：'何以言之？'曰：'以追蠡。'"赵岐注："追，钟钮也，钮磨啮处深矣；蠡，欲绝之貌也。"

④ "而渊填"句：谓似乎隐约能听到钟鼓的声音。既然名为钟鼓山，作者就采用别解的修辞手法，以为钟鼓山似乎发出了钟鼓之乐。　渊填：犹言"渊渊填填"，形容钟鼓声音。

⑤ "生钟"二句：谓造物主在生成二山之前，就已经设计好了钟鼓的形状。

⑥ "是武库"二句：谓形似武器库的山谷，堆叠着很多形似头盔的石块。　多多许：极言其多。

⑦ "岭下"六句：此六句描摹如画，　傲睨：傲慢斜视。　章：大木材。《史记·货殖列传》："水居千石鱼陂，山居千章之材。"引申为计量大树的量词。

⑧ 端严福好：仪态庄重。

⑨ 耳长丈余：僧辩端《新昌县石城山大佛身量记》："佛身通高一十丈，座广五丈有六尺。其面自发际至颐长一丈八尺，广亦如之。目长六尺三寸，眉长

七尺五寸，耳长一丈二尺，鼻长五尺三寸，口广六尺二寸。从发际至顶高一丈三尺，指掌通长一丈二尺五寸，广六尺五寸。足亦如之。两膝跏趺，相去四丈五尺。咸壮丽特殊，其四八之相，罔弗毕具。"

⑩ "齐永明"四句：《会稽志》（卷十五）："释僧护，会稽剡人，住石城山隐岳寺。寺北有青壁千余尺，护每至其下，辄闻管弦声，或发光怪。即发誓愿，就青壁镌十丈佛像。以齐建武中用工经年，才成面像。护俄疾，临终誓曰：再生当就吾志。释僧祐，剡县佛像，祐受准式。先是，建安王闻始丰令陆咸剡溪之梦，以僧护所造石像奏，有诏祐董其事。天监十五年告成。旧说'祐'宣律师前身也。"据刘勰《梁建安王造剡山石城寺石像碑》，此佛像由僧护、僧淑、僧祐三人相继雕成。　齐：南北朝时，萧道成代宋为帝，国号齐，史称南齐。　永明：齐武帝萧赜的年号。　北山愚公愿：《列子·汤问》记载将近九十岁的北山愚公因太行、王屋二山挡住了出路，发愿移走二山，邻叟认为凭他力量无法达到目的，愚公说："虽我之死，有子存焉；子又生孙，孙又生子；子又有子，子又有孙。子子孙孙，无穷匮也，而山不加增，何苦而不平？"

⑪ "前有"五句：《会稽续志》（卷四）："石狻猊，旧传天台智颉大师死，有二兽来号吼，作告天叩地之状。逡巡化为石。嘉祐中，僧显忠诗云：'庭除两狻猊，一仰复一俯。告天与叩地，似欲诉忧苦。世传智顗死，二兽来瞻睹。逡巡化为石，埋没在深土。事怪固难诘，但见形可取。风雨皎苍苔，万古万万古。"　狻猊（suān ní）：狮子。　智者大师：即智颉，隋文帝时受封"智者"之号，故称智者大师。是天台宗的实际创始人。　寂：指死亡。佛教多用以称僧尼死亡。智者大师在石城寺圆寂。

⑫ 将毋同耳：这里别解"将毋同"，仅用其字面含义，意思是无须真的相信。典出《世说新语·文学》："阮宣子有令闻，太尉王夷甫见而问曰：'老庄与圣教同异？'对曰：'将无同？'"亦作"将毋同"。见程大昌《续演繁露·将毋同》。

⑬ 寮：此特指僧舍。

⑭ 斩削：刀砍斧削。

⑮ 青瑕紫玉：碧、赤、紫三色宝玉。青，即青玉，碧玉。李时珍《本草纲目·石二·青玉》："按《格古论》云：'古玉以青玉为上，其色淡青，而带黄色。'"瑕，赤色玉石。《文选·司马相如〈上林赋〉》："赤瑕驳荦，杂臿其间。"郭璞注引张揖曰："赤瑕，赤玉也。"此喻石壁色彩斑斓。

⑯ 毵毵：垂拂纷披貌。韦庄《古离别》："晴烟漠漠柳毵毵，不那离情酒

半酣。”

⑰ 倒尻横肋：倒挂横生。尻，脊骨末端。此指树的根部。

⑱ 璺(wèn)：裂纹。此指山岩裂开的缝隙。

⑲ 前峰：《大清一统志》(卷二百二十六)：“双棋山，在上虞县东北七里。丹崖翠壑，雄冠群于此。下有双湖，其岭三面皆石壁，峭险天成。” 臼：舂米器。

⑳ 博局：棋盘。

㉑ 五斛：斛，量词。古代一斛为十斗，南宋末年改为五斗。此非确数。玉尘：即玉屑。古代传说中仙家的食物。

㉒ 崖绝万仞：深不见底的断崖峭壁。仞，古代长度单位。七尺为一仞。一说，八尺为一仞。

㉓ 急饬下：笔直地裂开，一直到山的底部。饬，用同“坼”，裂开。

㉔ 厂(hǎn)：山崖边较浅的岩穴。《说文解字》：“厂，山石之崖岩，人可居。象形。”

㉕ 蝮洞：指毒蛇洞。

㉖ 虚愒(hè)：非常害怕的样子。愒，恫吓。

㉗ 苔溺盈尺：青苔被水浸了一尺多深。盈，满。

㉘ 三宿：三夜。此反用佛教“三宿恋”之说，谓有依恋之心。

㉙ 龙气：《易・乾》：“云从龙。”后因称云雾为“龙气”。

㉚ 熟看：仔细端详。

㉛ 朱砂：旧称丹砂。炼汞的主要原料。色鲜红。

㉜ 出土绣绿：指土上青苔。

㉝ 绝倒：折服。

【评品】

本文写于万历三十八年(1610)。南明山以石佛、石狮等传说闻名，行文虽然腾挪跌宕，但不离于此。首先，山形石状与神奇传说相结合。如陡然所见二山的钟鼓之形已经为南明山的神异埋下了伏笔，概括描写隐岳寺石佛像雕凿的缘起和周期以及二石狮的神奇，扩展了这篇游记的文化内涵。文中“三世僧此相始成”，是不写而包含衍生传说。如佛教经典记载了僧祐凿制佛像，见于《法苑珠林》(卷二十一):“至梁建安王患,降梦:能开剡县石像,病可得愈。遂请僧祐律师。既至山所,规模形制,嫌其先造太为浅陋。思绪未绝,夜忽山崩,压二百余人。其内佛现,自颈已下,犹在石中,乃刬凿浮石,至今存焉。既都除讫,乃具相焉。斯则真仪素在石中,假工除刬,故得出现。”其次,景物刻画入木三分。如写沿途景致,晚明著名小品文作家张岱《岣嵝山房小记》曾加以模仿:“(岣嵝山房)门外苍松傲睨,蓊以杂木,冷绿万顷,人面俱失。”可见王思任小品文在当时的影响。“僧寮仰视”、“寺左有二厂”的森严景物又与佛教氛围相合,“俯仰似悲”、“号天”、“泣地”更把佛教传说与绝美景物融二为一,文章气势因此浑然一体,并使景物也具有了惊天泣地之效。

天　姥(新昌)[①]

从南明入台,山如剥笋根,又如旋螺顶,渐深遂渐上[②]。过桃墅,溪鸣树舞,白云缘坳[③],略有人间。饭班竹岭,酒家胡当垆艳甚[④],桃花流水,胡麻正香,不意老山之中有此嫩妇[⑤]!过会墅,入太平庵看竹[⑥],俱汲桶大[⑦],碧骨雨寒,而毛叶离褷[⑧],不啻云凤之尾[⑨]。使吾家林得百十本,逃帻去裈其下,自不来俗物败人意也[⑩]。行十里,望见天姥峰[⑪],大丹郁起[⑫],至则野佛无家,化为废地[⑬],荒烟迷草,断碣难扪。农僧见人辄缩[⑭],不识李太白为何物,安可在痴人前说梦乎[⑮]?山是桐柏门户[⑯],所谓“半壁见海”、“空中闻鸡”[⑰],疑意其颠[⑱],上至石扇洞天、青崖白鹿、葛洪丹丘,俱在明昧之际[⑲],不知供奉何以神往?天台如天姥者,仅当儿孙内一魁父[⑳],焉能“势拔五岳掩赤城”耶[㉑]?山灵有力,夤缘入供奉之梦,一梦而吟,一吟而天姥与天台遂争伯仲席[㉒]。嗟呼!山哉!天哉!

【注释】

① 天姥:即天姥山。《赤城志》(卷四十):“《会稽志》载天姥山在新昌县

东南五十里,东接天台华顶峰。故李白天姥歌有‘天姥连天向天横,势拔五岳连赤城’之句。”李白《梦游天姥吟留别》开篇即气象万千:“海客谈瀛洲,烟涛微茫信难求。越人语天姥,云霞明灭或可睹。天姥连天向天横,势拔五岳掩赤城。天台四万八千丈,对此欲倒东南倾。”

② “从南明”四句: 台,指天台山。《赤城志》(卷二十一):“天台山,在县北三里(自神迹石起)。按陶弘景《真诰》: 高一万八千丈,周回八百里,山有八重,四面如一。《十道志》谓之顶对三辰,或曰当牛女之分,上应台宿。故曰天台。一曰大小台,以石桥大小得名。亦号桐柏。《栖山登真隐诀》云: 大小台处五县中央(五县谓余姚、句章、临海、天台、剡县)。顾野王《舆地志》云: 天台山,一名桐柏,众岳之最秀者也。徐灵府记云: 天台山与桐柏接而少异。”《赤城志》(卷十九):“台以山名州,自孙绰一赋,光价殆十倍。今以其所登载,质之见闻,秀概神标,炳炳如星日,非若野史浪记、谈河说海,诬诞而不经也。”

③ 缘坳: 飘浮在山坳间。

④ 酒家胡: 辛延年《羽林郎》:“昔有霍家奴,姓冯名子都。依倚将军势,调笑酒家胡。胡姬年十五,春日独当垆。”后遂以“酒家胡”称卖酒的女子,以“当垆”为卖酒的代称。 垆: 放酒坛的土墩。

⑤ “桃花”三句: 刘义庆《幽明录》载东汉刘晨、阮肇共入天台山,迷不得返,饥馁殆死。后攀桃取水果腹,溪上一杯流出,有胡麻糁。度山出溪,“溪边有二女子,资质妙绝。见二人持杯出,便笑曰:‘刘、阮二郎,捉向所失流杯来。’”因邀回家,“食毕,行酒,有一群女来,各持五三桃子,笑而言:‘贺汝婿来。’刘、阮欣怖交并。至暮,令各就一帐宿,女往就之,言声轻婉,令人忘忧”。《赤城志》(卷二十一):“刘阮洞在县西北二十里。先是,汉永平中,有刘晨、阮肇入山采药,失道,见桃实食之,觉身轻。行数里至溪浒,有二女,方笄,笑迎以归。留半载,谢去。至家,子孙已七世矣(见《续齐谐记》)。国朝景祐中,僧明照亦因采药,见金桥跨水,有二女戏水上,恍然如故事焉。乃疏凿为亭,植桃纷拥。令郑至道为即景物之胜,随处命名,时人争为赋诗。今旧观湮没,惟亭存。” 胡麻: 即胡麻糁,以芝麻和羹的食物。 以上四句的意思是当垆女子年少美艳,不免有遇仙之绮想。

⑥ 太平庵: 在会墅岭,建于元代。相传朱元璋击败方国珍后路经此地,经高僧劝谏,整肃军纪,民得无忧。因以“太平”名庵。

⑦ 汲桶: 汲水的木桶。

⑧ 离褷(shī): 浓密貌。宋濂《重荣桂记》:“门墉之内,桂树一章,扶疏而

离褷，昼日成阴。”

⑨ 云凤之尾：以云中凤凰之尾形容竹枝。

⑩ “使吾家林”三句：《魏氏春秋》：“（嵇）康寓居河内之山阳县，与之游者，未尝见其喜愠之色。与陈留阮籍、河内山涛、河南向秀、籍兄子咸、琅邪王戎、沛人刘伶相与友善，游于竹林，号为七贤。” 吾家林：《晋书·王徽之传》：“（徽之）尝寄居空宅中，便令种竹。或问其故，徽之但啸咏指竹曰：‘何可一日无此君邪！’”作者与王徽之姓氏、籍贯相同，故称。 逃帻去裈（kūn）：脱去头巾和裤子。指裸形。竹林七子中刘伶每有裸裎之举。裈，满裆裤。 “自不来”句：《世说新语·排调》：“嵇、阮、山、刘在竹林酣饮，王戎后往。（阮）步兵曰：‘俗物已复来败人意！’”

⑪ 天姥峰：《明一统志》（卷四十七）：“天姥峰，在天台县西。以与天台山相对，其峰孤峭，下临嵊县，仰望如在天表。唐李白《梦游天姥吟》：‘天姥连天向天横，势拔五岳掩赤城。天台一万八千丈，对此欲倒东南倾。’” 碣：碑。扪：摩挲（寻看字迹）。

⑫ 大丹郁起：此指天姥山郁郁然有霞气升起。

⑬ “至则”二句：《赤城志》（卷二十一）：“（赤城）山之麓有岩，极深广。晋义熙初，僧昙猷造寺，号中岩。齐僧慧明复就塑一佛，故又名卧佛。”

⑭ 辄缩：（见陌生人）就躲避。

⑮ “安可”句：“痴人说梦”是成语，这里采用拈连的修辞格，意思是在这些“痴人”面前，无法向他们打听李白梦中之事。

⑯ 桐柏：《赤城志》（卷二十二）：“桐柏山，在县西四十里。连天台山。按神邕《山图》云：桐柏在天台极东，宁海界上。”

⑰ “所谓”句：李白《梦游天姥吟留别》诗中有“半壁见海日，空中闻天鸡”。

⑱ 疑意其颠：意思是颇疑是山顶所见。《赤城志》（卷二十一）：“华顶峰，在县东北六十里。盖天台第八重最高处。旧传高一万丈，少晴多晦，夏有积雪，可观日之出入。中有黄金洞。绝顶东望沧海，弥漫无际，俗号望海尖。下瞰众山，如龙虎蟠踞、旗鼓布列之状。草木薰郁，殆非人世。”

⑲ “上至”二句：李白《梦游天姥吟留别》：“列缺霹雳，丘峦崩摧。洞天石扇，訇然中开。青冥浩荡不见底，日月照耀金银台。”“且放白鹿青崖间，须行即骑访名山。” 葛洪丹丘：应为葛玄炼丹处。葛玄为葛洪从祖。 明昧：隐约可见。

⑳ 天台二句：意谓在天台山系中，像天姥山一样的小山，只不过是儿孙辈的一座小土山罢了。　魁父：《列子·汤问》："以君之力，曾不能损魁父之丘，如泰山、王屋何？"注云："魁父，小山地，在陈留界。"

㉑ "焉能"句：李白《梦游天姥吟留别》中有"天姥连天向天横，势拔五岳掩赤城"。　五岳：指东岳泰山、南岳衡山、西岳华山、北岳恒山、中岳嵩山。赤城：山名。为天台山南门。《文选·孙绰〈游天台山赋〉》："赤城霞举而建标。"李善注："支遁《天台山铭序》曰：'往天台，当由赤城山为道径。'孔灵符《会稽记》曰：'赤城，山名，色皆赤，状似云霞。'"

㉒ "夤缘"三句：意思是天姥山投机取巧，进入了李白的梦境，李白因而有《梦游天姥吟留别》的著名诗篇，天姥山因而名声能与天台山不相上下。　夤(yín)缘：攀援，攀附。　伯仲：兄弟之长幼。此谓高下。

【评品】

本文写于万历三十八年(1610)。天姥山一峰突起，孤峭秀拔，与天台山最高峰华顶峰遥遥相接，借之而势压天台、赤城二山。本文既然写天姥，天台山、赤城山在不写之中自会映现。文章特点之一是虚实相兼。如写桃溪酒家，就笔涉当垆少妇、溪边俪仙；写大竹如桶，则笔涉王家此君以及竹林七贤。特点之二是上承唐宋游记侧笔考证的传统，以足之所历，目之所及，质疑李白梦境中对天姥山的夸饰想象。宋人许尹《山谷诗注序》评价唐诗曰："李太白、王摩诘之诗，如乱云敷空，寒月照水。虽千变万化，而及物之功亦少。孟郊、贾岛之诗酸寒俭陋，如虾蟹、蚬蛤，一啖便了，虽咀嚼终日，而不能饱人。"王思任质疑的正是及物之功的真实性。虽然前录《游丰乐醉翁亭记》论及："山川之须眉，人朗之也；其姓字，人贵之；运命，人通之也。"但本文却是言在此而意在彼，是由天姥山因李白诗声浪得虚名，而有"世胄蹑高位，英俊沉下僚"的深衷。

天　　台[①]

宿桑洲驿之次日[②]，取石梁道[③]，一过李氏陇，山不守度矣。苍壑乱撑，大石怒特[4]，溪如万鹅擘翼[5]，先有高鹤长鹄叫雪飞来[6]。草木恶塞，一线黄泥，断续入天。望前行人骡，俱画里尺豆[7]，忽露忽留[8]。而予亦寄命悬丝上[9]，几不知马之几足[10]。有一岩唤吊溪，戴一石如巾子，中隙明截了然，不知何人掇置[11]。去六七里，忽有黑猪数万，埋头浴背，负涂涉波而来，一行人怪笑。相传钱王策此石津钱塘，失晓不得去[12]。以理察之，是山所融结俱圆块，水勇土搜，则累累滚积下[13]。吾姑欲其妄言之、妄听之也[14]。虽然，欲驾虹则鞭之，欲起羊则叱之[15]，吾恶知仙人赶石非诚言哉！或易之曰"万马渡"，三豵四豮[16]，其形共见，而马之与[17]？自此上数十岭，如拾浮屠级[18]，云物渐多，予顺风而翔，惝然冀有所遇[19]。须臾雾合[20]，人山俱失，如鱼游气水[21]。同行人恐而相呼，谓山君或乘间，而一跌则蛟龙之宅也[22]。旨哉[23]！历下生之在太华也，予其善载腐肉朽骨者乎[24]？不复知有天矣[25]。

逾岭，雾尽撤，望台山一围[26]，碧浪万千，则又仍在天之下也。然是岭不得即落[27]，不可舆，又不可步，仄劣陡悬[28]，前颅灭，方许后踵生[29]，洪崖肩当于此际合拍[30]。自此见山田如肚幅[31]，又如耳层迭相[32]。有塔出森黑中，是万年寺矣。寺故帛道猷福田，八峰团拱，双涧合襟，能于花瓣中自开一平局，风气之所聚也。巨杉戟列，拄天卫佛，气象沉肃[33]。一戒石云[34]："万年古树，神仙留此，有人伐之，其人即死。"当是游行仙护法作棒语[35]。登妙莲阁，问所为袾衣宝盖者，仅留宋记[36]，而圣母所赐藏经[37]，金辉玉润，规模宏远矣。上人雪堂邀入啜茗[38]，坐竹阁下，流泉潺潺，曲径花深[39]，就樾阴作小圃[40]，药栏点缀[41]，文洁可爱[42]。雪堂，虎林人[43]，文字知识也[44]，苦山之中[45]，构以杭式[46]，便楚楚有快致[47]。仍步出寺门，酌溪桥上，予与睿孺红饮，而雪堂为之白醉[48]。止予再四[49]，其如石梁忡忡何[50]，然而马首屡回[51]。予每饭不忘巨鹿也[52]。

过兰若堂[53]，截溪作沼[54]，杳绿蔽封[55]，人如翠鸟[56]，往来枝叶上穿弄[57]。逾铁船峡、罗汉岭[58]，山益幽险奇邃。舆穷而步，一岭碧阴，浸肌染骨，眉额相照，俱梧、竹气。霭暗中窦，透数点白天，不知何处轰雷起，则趾及上方广之门矣[59]。清池一镜，斑鱼数百头[60]，来迎生客，意是"潇湘绿雨下青风"也。急捉僧从右肩上昙花亭[61]，礼大士已[62]，观所谓石梁者。五月水大壮，上两壑谷洛斗梁上。梁如独木桥，笋背龟形，长亘二丈，广盈尺。而五六步中，脊隆寸许，牵连对壁，路绝，仅容一佛龛。有舆夫不识，浪欲过之，然万山砰礚，已夺气不前，探首梁杪一窥，即股战齿击。一行人不笑而怒，急牵去之[63]。而所谓梁上水者，从玛瑙平腹饱积起走梁下，直挂杳黝之渊[64]。他山瀑布，俱圆浑条直[65]，不尽布义[66]，独此扁落[67]，梁若机横其上，直是九天飞帛也[68]！

昙花亭，建自贾秋壑，故有贾像[69]。王龟龄宿世，即严首座，曾写《石桥碑》来，龟龄二诗可读[70]。旧传此山内有方广寺，五百应真罗汉家焉，而瀑布则从入之门也。自昙公拜入后，无敢有问津者[71]。亭、像俱精妙，今杭人葛大悲所润。葛弃家入道，在天封寺[72]。壁间咏，惟楚柱史杨修龄妙得石梁解[73]。出亭，左岭有"盖竹洞天"[74]，大硃篆[75]，瘦硬不减李当涂[76]。数折而下，坐石桥松樾间，望惊汉之翻落[77]，恨不多人共之，更恨奴子且别往下方广[78]。觉公唤取活火煮本山茗[79]，眼见万里天上水，须臾到口，冰壶洗魄[80]，人在雪宫[81]，不禁此清绝也[82]。

入寺径，新篁数千，大可抱，俱惨碧滴人[83]。竹里界飞泉[84]，如翡翠中嵌数条银物[85]，虽俗喻，差可拟耳[86]。瀑既善吼[87]，人不得隔丈语。而四山白昼俱阴，夜更易[88]，不无恐怖。眠觉公楼上，喧极反寂，然梦中时时是雷雨。明日从竹西至潭下，飞溅射人，阴风逼气。急走还，但觉渊注停渚，纳而不流[89]，此必有物受之矣[90]。而觉公为我言断桥之瀑更胜[91]。予已心折石梁[92]，低徊久之[93]，然不得不痒痒断桥[94]。过强岭暗溪者再[95]，始得大壑，着芒履[96]，持一健儿，行六七里，苔砌颠数四[97]。睿孺笑予未缚颐，而楚声爆胫下[98]，则以笑酬之[99]。山深无声迹，亦无樵处，一行童先驱蛇[100]，艰苦尝尽。至桥上俱大卵石相对，中可跨，故断之[101]，实无桥也。石既圆滑，稍不戒，无何有矣[102]。乃伏石上，推首窥之[103]，则玉龙下注[104]，不知其几千仞也，声色俱厉[105],为之神渗肉飞[106]。是瀑下有数坎,秋涸时,水下一坎,辄停一顷,又下[107],如切方片玉者[108],乃足佳。今水盛直下,徒雄雪耳[109],何能薄石梁而逃此寂阒为[110]?然下数里,一展珠帘水,则鲛人之泪,万颗圆明[111],抽袭冰蚕,向月下织结晶丝箔者[112]。是当嫁龙妹[113],恐石梁之火浣,欲裁作奴衫也[114]。予薄倖矣[115]!

出原路,见舆马如就枕[116],都不记拨几何恶溪岩也。蹭蹬开口岭[117],马蹄谢矣[118]。强借舆之,半旋而上之,望脚底,朵朵碧莲花也。一雉惊飞下,半日不得竟[119],乃堕之,始入涧[120],而帝居青凤仿佛翙翙矣[121]。入善应寺[122],反广衍有田池[123],宋儒走之,当又有一番理气[124]。即竟力克华顶,访智师拜经台、降魔塔、伏虎坛,俱为瓦砾,而太白读书堂赊与二头陀坐静。至羲之墨池,一勺水耳,其写《黄庭》之洞[125],近亦芜塞。大抵台山以华顶为心,华顶高一万八千丈,余山郭之[126],浪涌云屯。其胜处在夜半观日、霁后观海、秋净观钱塘。烟霞家视顶为归极之所[127],而予独谓其痴肥童涸[128],不过一高而已。予昔登清凉之北顶,右手招太华,卷舌一唾,左落东海;千山万山,大者豚畜之,小者马蚁子也[129]。项王一呼,千人自废[130],安敢摩肩背拱逊雁行乎[131]!司空见惯,一出头山,浑闲事耳[132]。然舆形家看个字龙,分宗出祖,亦不为无补云[133]。

从华顶还善应寺,步二十里许,既馁且暍[134],裴晋公逢着便吃[135],而苦无酒。取左岭下,见娑罗树花[136],九房六瓣[137],何必减优钵罗耶[138]?卷丹草更奇[139],而有白花种种,山鸟尚疑,僧定不识[140]。一绝径至天封寺,溪田广正,藏纳苞聚[141]。访所谓大悲者,立关二三语,将由受者不可多,使与者忘少[142]。殿上阿罗汉[143],一呵即活[144],云是罗汉自修自证[145],其二飞至国清[146]。相传智师开此地,有神遇,因号“灵墟”,宋改额“天封”,无他异,但卓锡泉澄澈今古,则佛门之大汤池矣[147]。从天封右径箐篁中[148],过三村舍,出来童子,毛发皆古[149],鸡犬见世人,各有傲慢之色[150]。极力走三四峻岭,约十五里许,始至开口[151],与舆力合[152],勃窣稍定[153],乃得瞻顾所谓华山顶者,冉冉天半[154],是云中君也[155]。然予尚在山之领,视下方,不啻裈履几千仞矣[156]。夕阳将至，乱峰丹紫，马头映射，步步看九脑芙蓉[157]，怪峰异石，方圆长短，各如鸟兽器物。人人比拟一事以相夸示。转而上之，约三十里许，至金地岭坳[158]，访古定光址[159]，已莽为农舍。寻佛陇大慈寺[160]，徒有燕巢之形[161]。去数里许，一壁刮天[162]，有"天台山"三大字，画每径四尺，矢劲铁强[163]，云是美髯公笔，不知何据也[164]？

复上岭，至塔头寺，观大师化身[165]，而树封竹暗，宿鸟催呼[166]，前林无路矣。则从绿隙中听下方钟声隐隐，盘折寻去，一径肠袅袅尽而溪桥出[167]，方田绿稻，芊眠晚香[168]，所称为高明寺者。寺是大师读《楞严》，风翻至此所建[169]。而寺主人无尽师说法南明，天乐佐响，乃东南无畏光明幢[170]。偶出象山两高足[171]，延入礼佛，铁像精立[172]。而予则疲于津梁[173]，横身即乐土矣[174]。诘朝[175]，由竹厨下，看幽溪[176]，坐般若石[177]，听浪春[178]，扪一仄径，取圆通洞[179]，三大石堆成，妙有天来。云听呼入[180]，泉喉乱放，蜩咽鹤清，或直吼下如狮子作武，又或奏独笙，或击万鼓[181]。攀罗上松风阁，顾瞻左壁，骨绣毛锦[182]，灯公十丈宝莲舌，无庸导师，便便然灵文玄对，不可谓单直蒲团上来也[183]。

去此三里许，一石跳地插天[184]。欲往从之，茂草跋扈[185]，遂别去。取旧岭上数里，望台邑[186]，一方耜耳[187]。俄有苍莨笋一枝，沉黑，拔起山尾，是国清之塔矣[188]。路眩陡[189]，不可舆，敕股健束[190]，速向鞋底下取塔[191]，取而益隔[192]。旋十数岭[193]，一蹊俯千丈余，一道银布从绝涧抛下，乃石梁小弱弟析居此，而日夜啼号者[194]。马栗人寒，各不得语，亦不能转换回侧[195]。稍延至容足地，塔出予马首，然后有国清也。"寺若成，国即清"，初疑开山之谶记当在塔，已而讯塔是隋时物，无有知其宗谱者[196]。寺前大溪环之，有桥，荔裳薜积[197]，横亘其上[198]；而四顾松枫，俱数百年老汉，苍髯绿发，腰曲臂擎，各迎溪舞[199]。右涧合襟，至万工池[200]。池边七石塔佛，立山门千余年矣。斗拱如洗，即罘罳无一蛛雀，云是鲁倕运斤异踪尔尔[201]。寺僧体虚[202]，肃入见古先生后[203]，遂省寒山拾得灶。灶石俪存。闾丘太守访僧灶下，见拾得薪其胫，乃拜伏。而拾得谓丰干饶舌，遂呼寒山遁去[204]。夫丰干饶舌矣，拾得又何许添足，至笑骂引避？菩萨晓人[205]，不当如是。问大师谈妙，诸天散花亭在何处[206]，及沩山戒坛[207]、丰干骑虎之踪[208]，俱随烟鸟没矣[209]。独飞锡一泓，明珠夜月。相传葛洪金钱定此趾，而大师以锡据之[210]。大仙老佛，岂若小儿夺黍子然[211]？吾从五峰下瞰[212]，寺在玉瓣中[213]，天关地轴[214]，道眼所收[215]，佛仙反不许争风水耶[216]？殿右一井，题曰"曹源"，是宋曹勋笔[217]，偈语禅可[218]。是晚携酒脯，卧急壑乱流中，雄饮大叫。观秦王献俘太庙时，先后鼓吹，浴铁三万，生平以来一日也[219]。国清是天台最初寺[220]，名既旧好[221]，而山清水清，松清塔清，钟清鸟清，桥路俱清，僧更清，而予所居塔左静舍益又清[222]。六七日大雨如注，与溪争响，颇烦聒枕上[223]。蹑屐出寺门，峰头白云下来，追陪欲语[224]，杖履衣袂间，皆作冷香拂拂[225]。橐中米尽，虚上人磨蕨麸[226]，同入绿坳，拨竹本，讨笋烧羹[227]，得饱快。已而天台胡令君遣馈酒具，炙自浔阳，何暇计安邑之累[228]？而家人往市归[229]，复得溪鱼，肥活可人意[230]，遂又邀寺中小友[231]，往壑上饮食。虚上人取石铫[232]，燃竹枝，试予萝茗[233]，有英公能作世语[234]，复能操南音[235]。每一发[236]，云止溪格，手激泉花，足棹湍雪，盖止愿今生国清矣[237]！

雨稍霁，虚上人为赤城从臾[238]。赤城去国清五里而近[239]，遂拔足走看。万山俱雄青雌碧[240]，独此山壁立数千仞，赪面横扫，中有绿间，遂若霞气[241]。上下两三层，兴公以"城"字之，真能目此山者[242]。"霞标"一语，当赏二婢[243]。取山肩左上，见二小屋，炭瓦红墙；近视之，则山魈肉土庙也[244]；至前，仅赤岩耳。流水涓涓，路绕压其上，即不见。喘息至上岩，玉京洞天也[245]，仰视崆岈[246]，玉膏乳滴[247]，作雨檐声，洞气缩人[248]，而无数竹青引万山丹采，从隙中插入人骨，不定何色，面面冷阴而已[249]。寻剔蛇路[250]，必欲登峰诣极[251]。崖叶茶香，正尔扑鼻[252]，而苔滑足劣[253]，樵人大呼："不可！"相与勉息[254]，跪石斜上[255]，草弱难援，一步一算[256]，偶窥槷刖，几下韩退之泪[257]，犹幸风微，不至同跕鸢落耳[258]。遂得观昙猷洗肠井[259]。昔尊者参方广，有罗汉云：其胎时过韭畦，秽不听入，因洗肠此处[260]。绕井韭盛，亦神异迹也。夫了元烧猪，尚能食肉边菜，遂为千古借伎俩[261]。天台僧韭熟时，将洗肠耶？抑纳肝耶[262]？

至顶上，观梁岳王妃所建浮屠[263]。草深一丈，蝮豹隐忍避去[264]，不可久停。放眼一观诸山，伯仲十一[265]，玄礽十九[266]，乃还。下探释笺岩，良苦；又访结集岩，无有知者。至下岩，看吴观察“赤城霞”三字[267]。吸茗而下，雨大注，同行扶掖，急走还。次日天不雨，同虚上人探寒、明两岩[268]。从天台西门取道[269]，家家溪树，翠凫雪雁[270]，云磨水舂[271]，想桃花点缀，武陵源当不胜此[272]。村尽处，一桥虹偃[273]，四山舒展，民有麦禾之乐。二十里至龙山寺[274]，无奇。又二十里，饭平头潭[275]，小桥溪店，曲巷短冈，差不俗。渡一两溪，云山绀缥，恍然曾过来，猛记得几年前梦中境界，毫忽不爽[276]。过折岫一何姓家，千尺古松二本，作老态，商敦周鼎，辱在卖浆，可奈何[277]！憩孟湖岭[278]，听割麦种禾，声声山响，数家峭壁下生活，山水隔绝，另有日月[279]。见一石如兽踞，一石如黑灵芝，茎细而房大，可爱。山皆石叠，简积诡戾[280]，裂缝披麻[281]，如今所食饧瓜；又如折破莲囊，托在碧盘之上，大类雁荡[282]。山上洞无数，有仙人棺、龙须洞[283]，奇甚。下山，则大竹古藤，长松樟柏，红豆树觔缠骨挺[284]，蔽亏攒植[285]。于是谒寒岩洞，如灰箕道士开口，五脏皆见[286]，可函千人。龟蛇上山石亦肖。岩左大鹰石观瀑，绝壁光削，约五百丈，练子水抛下[287]，溅石珠碎。右有雀桥如瓮圈[288]，削剩一条，黝不可上，奇险孤匿，似薄石梁[289]，犹着人脚者。呼农僧共酌，吟寒山子诗。是夜，梦残钟冷，高山卧反在水中央[290]。明日过无字崖[291]，看明岩寒、拾二峰[292]，似和合仙抱语[293]，两人真石交矣[294]。岩下有通海池[295]，植铁色紫荆树。经八寸关，回望象缩鼻[296]，状稍似。殿顶削岩屏汉[297]，相传闾丘太守迹寒、拾来，闯入。不甚肖，惟席帽半身[298]，以意逆志耳[299]。至所谓马迹，则各目其三，而予似五之[300]：从壁缝看起，一马出门缩首入；一马昂首相倚出；中一马翘足长嘶，最辨[301]；上一马首修甚，正对人，见前二蹄；背一马首入内，隐此马后，露其尾。五马天骨开张[302]，神气皆竦[303]。面壁听之，骄嘶不断[304]。玄黄牝牡，蹄耳不明，俱不妨天闲神骏[305]。闾丘弃而去之，何不遂赠玄冠之使，使免跋涉之苦[306]？壁顶挂一瀑，银绳条落，半坠潭时，绥绥洒洒，似一束碎雨[307]。对山一石，孤立二千丈，松柏植其上，必云间鹤得访之。由苔砌入洞三十丈许，愈深暗。从左隙出，见白狸伏在穴上，雪毛森礫[308]。尝穿穴至前岩取饭，僧苦之，以塔厌其足[309]。逾数步，一石笋斜插，如萌怒未伸者[310]。至合掌洞，前后天通，此中必无六月[311]。又上一洞，却对唐马一幅，而洞腹用大石击之，辄鼓叫[312]。又上一洞，忽见达磨像，首出藤叶上，俨然西来生气，为近日四明刘光禄破识[313]。寒岩奇，是诗料；明岩巧，是画料。寒、拾复起，又当拍手而呼苍天矣[314]。仍从孟湖岭下岭根村一支径渡三四溪，至白衣庙，小山突兀，溪如明河决溜[315]，而三虬松鼓涛，与之争霸，力不胜而咽[316]，一佳境也。

行二十里许，至广严寺，随喜荣罗汉肉身；问“贫婆钟”，已灰劫矣[317]。行二十五里许，宿长塘范氏之楼，山民强作解事[318]，方行九宾礼[319]。苦求解[320]，不听，而腹又大枵[321]，甚欲卧，时又相与为磬折[322]，天未明急去。取三茅村，拨尽山坳，得桃源，无洞，有庵曰桃花坞，三楹屋，颜以“俪仙”，亦无刘、阮像[323]。剡僧云公止焉。引入看金桥潭[324]，飞泉杵镜[325]，坎坎幽疑[326]，大小石壑相望，不知谁曰“会仙”[327]；而所谓双鬟峰者，二顶葱蔚，亦因事而授之氏也[328]。更入惆怅溪[329]，路尽，则相与扑跌[330]，扪山骨[331]，得迹一趾[332]，遂喜挣一跬[333]，力穷之，溪始尽。山俱大青古绿[334]，恍然三山十二城[335]，绝无声闻，杳然太古[336]。同睿孺及二长老仆坐石上[337]，叹谓“今夕何年”[338]！睿孺遂痴去，谓：“水迎花笑，定有人出，必待夕。”[339]予笑曰：“诚有之，但曾卜《易》，得《比》之释‘不宁方来，后夫凶’耳。”[340]然二美之赠送，两倩之再来，此地此时，不堪柔肠千古[341]。记得周美成诗：“桃溪不作从容住，秋藕绝来无续处。”“人如风后入江云，情似雨余粘地絮。”[342]此红泪下语，年年血在桃花矣[343]。问所谓“琼台”、“双阙”者[344]，土人俱不知何谓[345]，云公曰：“吾当以杖作眼。”[346]

行三四里，过瀑水岭下[347]。高壁障天，清溪照石，望桃源瀑布，似惊虬倒挂几百丈。村农女儿小桥边行汲，入竹去，仙家矣！篱花自笑，居人何必解东西也[348]？云公数乞路[349]，野人都不应[350]。行五六里，一老叟指点，似有要领，而云公十年前，曾望见来，于是得入见所谓“琼台”者。玉山寒并已为厌腹[351]，而予遂欲如桃源例竟之[352]。初褰裳去帻[353]，从樵路峭入，已而樵路绝，俱壑中行[354]。睿孺乃大恐，求止一石上。予单袒[355]，着草屦[356]，持一方竹[357]，取鸟路[358]。已而鸟路亦绝，僧仆呼吸叮戒[359]。一步潭即一步石，或不可，则退之再试。百计阑入[360]。石尽山塞，山尽石塞，则以竹剔莓苔，蜂缀而猿接之[361]，眠扑偷过[362]，洼隆悬滑[363]，以千尺计，俱数十处，闭听一视[364]，而侥幸齑粉者数矣[365]。喜雨后如秋，轻阴皎淡，不热苦人。约五六里许，琼台正面，削突整严，是一万雉方玉楼[366]，大翠大锦[367]，荟蕞而成者[368]。一山稍圆，直佐之；而所谓“双阙”，古鼎两柱峙插其上[369]，碧尽霄霞[370]，令人魂绝[371]。此皆王子晋、葛炼师、魏夫人辈骑青鸾，步云气，汲金浆，而调石髓之所也[372]。予何以至此？罪耶？福耶？游耶？梦耶？始皇失志于东海[373]，武帝绝景于蓬莱[374]，予一日而有“琼台”、“双阙”也。予何以至此？正精迷意丧，而寒风阴气逼紧衣裙。仆云十步外一大黑潭，溪尽山尽矣。视听之，波沸沸圆折起[375]，有龙物将出怒人[376]。急走还，不自知其步之翾捷也[377]。乃从山上隔三里望呼睿孺，睿孺得空谷之音[378]，辄大呼，作伪笑[379]，察其色，忧未解[380]。共诘之，乃云岗上忽忽大动，若虎出，吾其渊矣[381]。二僧相视而笑，意间谓吾之所忧，有洪于虎者[382]。相与汲溪啖饼果慰藉，别云公去。得舆路，才四五里，上斤竹岭[383]，舆不得用。予胜具[384]，能缘高若都卢[385]，而是岭则足所未阅者[386]，高不过十四五里，但峻削陡险，仅容一脚步；步则以膝承颔[387]，有千余折，气喘尽，乃上十之二。渴燥甚，无所得水，觅得一只梨，不仅是张公大谷[388]。至绝顶，路忽大坦，走四五里无人，不知何处下落金庭洞天。乃分探之，始走至。至则为桐柏宫[389]，九峰环裹[390]，三井玄湛[391]，址如仰盂。有平田数十顷，乃司马承祯修炼地[392]。按《真诰》记[393]，吴有钩曲之金陵，越有桐柏之金庭，三灾不生，洪波不登[394]。是宫肇于周，灵于晋，盛于唐，扩于梁、宋[395]，其为瑶池蕊室、玉宇丹台、白鹿青禽、灵芝瑞草者[396]，不可胜纪，而今仅仅一寒道士守黄云之故堂，半丘腐麦子，即不死之灵粒[397]，何以盛衰悬绝至此？然道士犹能指点葛井、宋坛，一一在寒藤苍藓中也。西行五里，访元明宫[398]，已废。取道仙人迹，望吹箫台[399]，遗响绛云[400]，眇无定处。扪萝至琼台之上，又历南踏双阙，但觉绝壁森倚，呼吸通群帝之座[401]。玉泉、华琳二峰夹其中，阙后千层峰巘[402]，如大海紫澜，乘风而拥。此天台之心矣[403]，胜游哉！第不敢俯窥。予语道士："此下可径行否？"[404]道士谓必无行理，而予谓从万仞之下飞来，则道士以腹誂我[405]。徐大受《山行》摘句："大壑之心，琼台突起。岚光波绿，状如削瓜。"语极形容，似从下而得台阙者；然又云："俯百丈龙湫，心悸骨惊，不可近视。"[406]则徐仍从金庭取台阙也。予以穷日之力察之[407]，则台阙之胜，据其巅，反无所见，必望妙于登[408]。而仙路凡隔[409]，人不得入，何从而知之？予其破鸿濛者乎[410]！兴公之赋天台也，曰："倒景重溟，匿峰千岭，始经魑魅之涂，卒践无人之境。"而结之曰："陟降信宿，迄于仙都，双阙云耸以夹路，琼台中天而悬居。"[411]意兴公图此神秀[412]，未曾亲走其上下，止欲掷地作金声已耳[413]。还至宫，饭罢，谒孤竹二先生石像，冠貌甚古，台山借重首山人[414]，岂九天仆射之说耶[415]？扪宋《乾道碑》十行香火文字[416]，恨韩择木所书《崔尚颂》被风日蚀尽[417]。犹豫走石桥，出洞门，盘折而下。十里许，至福圣庄，观瀑布[418]，夏雪春雷[419]，江悬海挂，穿当年瀑布寺中[420]。竹窗松槛，不知何人，年年卧看。溅珠亭仅有遗础[421]，然飞沫时时穿葛可人[422]。予初在桐柏宫，见平畴衍野，一豁苦碍之目，似入潼关，骤得百二山河者[423]。及回首，瀑落九天，仰观所下岭，云封树灭[424]，而后知桐柏宫地在天上也。予目不过两寸，恶能穷宇宙之变哉！相与唱凯还国清[425]，疑眩茫然者两日[426]。"人间长见画，老去恨空闻"[427]，每咏斯语，辄欲击碎唾壶[428]。万年老杜不得接天台一面[429]，而寓公相处甚久[430]，台鸟尽皆熟识，其洒脱者[431]，来掌中就食。一月之内，自魂魄所征候[432]、口鼻所受纳，以至便遗所化捐[433]，无非云气水声也。天台何以侈予[434]？而予亦何由得见侈于天台也?

外史氏曰[435]:予游天台,盖操一日之文衡矣[436]。赖仙佛之灵,风雨无恙,得以搜阅竣事[437],略用放榜例[438],品题甲乙[439],与诸山灵约,矢诸天日[440],不敢有偷心焉[441]。文章胎骨清高,气象华贵,万玉剖而璧明,万绣开而锦夺,昆仑嫡血,奴仆群山,仙或许知,人不能到[442],所谓"琼台""双阙"也第一。磅礴浑茫,从天而下,不由父师,立参神圣[443],雄奇之极,反归正正堂堂[444],吾畏之,终爱之,石梁瀑布第二。天绘巧妙,鬼斧雕钻,腹字多奇[445],令人解颐殢步[446],能品加入神品[447],明岩第三。孤月洞庭,正尔寂照[448],忽有天山万里雪,一夜飞来[449],此旷世逸才[450],国清第四。恍惚幽玄[451],不记何代,片时坐对,人化为碧,桃源第五。绕肠雄气,满腹古文,郁郁苍苍,扶余穷北[452],万年寺也第六。邓艾缒兵入蜀,要以险绝为功[453],不险不奇,奇绝乃险,断桥落涧第七。醉笔横披[454],英英玉立[455],不与绛灌为伍[456],名士也;但才气太露[457],烟火未除[458],屈置稍后,赤城第八。孤芳独嗅[459],不求赏识,然奇矫无前[460],人人目摄[461],寒岩第九。清新俊逸[462],居然道骨仙风,是瀑水岭下数家也,未有知名,当亟拔之第十。魄张力大,有如天风海涛[463],夙领台山之誉[464],华顶第十一。因宜适变,曲有微情[465],藏若景灭,行必响起[466],高明寺幽溪第十二。望之甚奇,即之甚平,别造一格,高下倒置,桐柏宫第十三。停匀冲粹[467],淡日和风,轻入长春圃[468],实称其名[469],天封寺第十四。句句番语,字字鬼才,别有僻肠,不得以文体而黜之[470],神仙赶石第十五。余如广严、护国、无相佛陇、福圣诸山水,及悔山、欢溪、顾堂、察岭等,尚有百十胜未录,或前事之工易掩[471],或一日之长未尽[472],或星屑而可遗[473],或雷同而易厌,或目未接予[474],或足尚妒尔[475],庶几获附于拔十得五之义[476],而幸免于挂一漏万之讥也[477]。予之所以次第台山者[478],如此矣。

【注释】

① 天台:即天台山,位于天台县城北。《天姥》注②引《赤城志》有"高一

万八千丈，周回八百里，山有八重，四面如一”的记载。天台山是我国佛教天台宗的发源地，有“佛国仙山”之称，隋朝智顗开山建寺，创佛教法华宗（即天台宗）。天台峰峦陡峭，风光独特，多瀑布、溪水、碧潭，有华顶归云、赤城栖霞、琼台夜月、桃源春晓、寒岩夕照、石梁飞瀑等胜景。

② 桑洲驿：地名。在今浙江省宁海县桑洲镇。徐霞客《后游天台山日记》：“壬申三月十四日，自宁海发骑，四十五里，宿岔路口。其东南十五里，为桑洲驿，乃台郡道也。西南十里，松门岭，为入天台道。”驿，驿站。汉制三十里置驿，后历代大体因之。

③ 石梁道：徐霞客《游天台山日记》：“余与莲舟上人就石梁道。行五里，过筋竹岭。”下文“逾岭”应为筋竹岭。

④ 怒特：傲然耸立。

⑤ 擘翼：振展羽翼。

⑥ “先有”句：谓溪水洁白如雪衣仙鹤、天鹅唳嘹而下。

⑦ 尺豆：应指尺幅之画中豆粒大小的东西。

⑧ 曶（hū）：同“昒”。昏昧，不明白。

⑨ “而予”句：喻非常危险。典出《汉书·枚乘传》：“夫以一缕之任，系千钧之重，上悬无极之高，下垂不测之渊，虽甚愚之人，犹知哀其将绝也。”

⑩ “几不知”句：《汉纪·朱穆》：“朱穆好学，每精思，至中食失湌，行坠坑坎，亡失冠履，不知马之几足也。”后用作过分专注的典故。

⑪ 掇置：搬来置放。

⑫ “忽有”六句：清人齐周华《台岳天台山游记》可以参看：“五六里，至鲍家浪。溪涧中有黑石，乱堆里许，如豕负涂、如羊跪乳、如群犊牴牾、如众驹蹂躏，又如熟睡者、如摩痒者、如埋头匿足者、如意想象，无一不肖，是曰‘仙人赶石’。” 负涂：置身泥涂之中。 涉波：淌于水中。 “相传”句：谓民间传说五代时吴越王钱镠赶石头过钱塘江，这些黑石起身晚了，没能去成。 策此石：挥鞭（驱赶）这些石头。策，马鞭，此作动词用。 津：过渡。 钱塘：浙江的下游，称钱塘江。 失晓：指起身晚了。

⑬ “以理”四句：意思是从道理分析，这些（像猪的黑色）石块都是山体矿物质融化凝聚而成，都是圆形的，当大水冲刷泥土时，黑色的圆石块随之堆叠滚涌而下。 水勇土搜：水大冲刷泥土。

⑭ “吾姑妄”二句：语出《庄子·齐物论》“予尝为女妄言之，女以妄听之。”

⑮ “欲驾”二句：葛洪《神仙传》（卷二）：“皇初平者，丹溪人也。年十五而家使牧羊，有道士见其良谨，使将至金华山石室中，四十余年忽然，不复念家。其兄初起，入山索初平。……因问弟曰：‘羊皆何在？’初平曰：‘近在山东。’初起往视，了不见羊，但见白石无数。还，谓初平曰：‘山东无羊也。’初平曰：‘羊在耳，但兄自不见之。’初平便乃俱往看之，乃叱曰：‘羊起！’于是白石皆变为羊，数万头。”此用以比喻前文所说的状如黑猪的群石。

⑯ 豵（zōng）：小猪。《诗·豳风·七月》：“言私其豵，献豜于公。” 蹢（dí）：猪蹄。

⑰ 而马之与（yù）：意思是与马何干。

⑱ 拾（shè）级：逐级登阶。《礼记·曲礼上》：“拾级聚足，连步以上。” 浮屠：佛教语。指佛塔。

⑲ “云物”三句：意思是我在飘浮的云朵中凌风而行，不免恍兮惚兮，希望能遇到云中仙人。 惝（chǎng）然：恍恍惚惚的样子。 冀：希望。

⑳ 雾合：云雾笼罩。沈约《石塘濑听猿诗》：“噭噭夜猿鸣，溶溶晨雾合。”

㉑ “人山”二句：陈梦雷《方舆汇编》本作“人山俱失矣”，则“如鱼游气水”为衍文。

㉒ “谓山君”二句：二句的意思是有人说山神先生不小心摔了一跤，跌到海里来了。

㉓ 旨哉：此处意谓说得好，让人信服。《尚书·说命中》：“王曰：‘旨哉，说！乃言惟服。’”注曰：“旨，美也；美其所言，皆可服行。”

㉔ “历下生”二句：历下生，指李攀龙。字于鳞，号沧溟，历城（在今山东济南市）人，故云“历下生”。李攀龙有《太华山记》，记叙攀登华山的过程，文章最后一段说：“余既达削成四方中，不复知天之不可升矣。余夫善载腐肉朽骨者乎？”太华，即华山，位于陕西省华阴市，属秦岭支脉。远望峰簇如莲花，故名。

㉕ “不复”句：这句承接李攀龙“不复知天之不可升矣”而来，因如行水下，故云“不复知有天矣”。

㉖ 台山一围：此写天台山形“四面如一”的特点。

㉗ 不得即落：不能随意停歇。

㉘ 仄劣陡悬：（道路）狭窄差劣，陡峭孤绝。

㉙ “前颃”二句：看不见前面的人头，后面人才能动脚攀登。 踵：脚后跟。

㉚“洪崖肩”句:《文选·郭璞〈游仙诗〉》:“左挹浮丘袖,右拍洪崖肩。”李善注引《神仙传》曰:“卫叔卿与数人博,其子度曰:‘向与博者为谁?’叔卿曰:‘是洪崖先生。’”刘良注曰:“浮丘、洪崖,并仙人。”

㉛ 肚幅:肚子垂下的脂肪层。

㉜ 耳层叠相:层层叠加,像耳廓形状。

㉝“有塔”十句:《赤城志》(卷二十八):“万年报恩光孝寺,在县西北五十里。唐太和七年,僧普岸建(旧经云:隋大业二年建)。初,晋兴宁中,僧昙猷憩此,四顾八峰回抱,双涧合流,以为真福田也,遂经始焉。八峰谓明月、娑罗、香炉、大舍、铜鱼、藏像、烟霞、应泽。……东南十里有岭,曰罗汉。巨杉偃蹇,絜之大百围。” 帛道猷:亦作白道猷,南朝宋名僧。《剡录》(卷三):“白道猷,罗汉僧,来自西天竺,居沃洲山。”白居易《沃州山禅院记》:“晋、宋以来,因山洞开,厥初有罗汉僧西天竺人白道猷居焉。” 福田:佛家谓积德行善可得福报,犹如播种田地,秋获其实,故称。释道世《诸经要集·兴福·修福缘》引《佛说福田经》:“佛告天帝,复有七法广施,名曰福田,行者得福,即生梵天。”

㉞ 戒石:宋代以来立于地方官署中刻有警戒官吏铭文的石碑。此指写有劝诫之语的石头。

㉟ 游行仙:云游各地的僧侣。 护法:护持佛法。 棒语:犹言棒喝之语。佛教禅宗用语。禅师接待初机学人,对其所问,不用言语答复,或以棒打,或以口喝,以验知其根机的利钝,称“棒喝”。

㊱“登妙莲阁”三句:《赤城志》(卷二十八):“先是太平、天禧中,累赐袾衣宝盖及御袍屦、诸珍玩甚众,故有亲到堂(以仁宗赐衣时,口宣有‘如朕亲到’之语,故名)、妙莲阁、览众亭。” 袾:通“朱”。 宝盖:此指佛道仪仗的伞盖。

㊲“而圣母”句:《浙江通志》(卷二百三十二):“《天台县志》:明万历十五年,李太后赐(万年报恩光孝寺)藏经,知县毛鹤腾建藏经阁。”并立《御制圣母印施佛经藏经序》碑。

㊳ 上人:佛教称持戒严格并精于佛学的僧人。旧时也用作对僧侣的尊称。 雪堂:此为法号。 啖茗:饮茶。

㊴ 曲径花深:常建《题破山寺》:“曲径通幽处,禅房花木深。”

㊵ 樾阴:林荫。

㊶ 药栏:芍药之栏。泛指花栏。庾肩吾《和竹斋》:“向岭分花径,随阶转药栏。”

㊷ 文洁:雅致有品味。

㊸ 虎林：山名。《咸淳临安志》（卷二十二）："虎林山，在太一宫高士堂后，有小土阜。上有亭曰'武林'。或云一名武林山。"后作为杭州的别称。

㊹ 文字知识：有学问的高僧。知识，犹言"善知识"。佛教语。闻名为"知"，见形为"识"。

㊺ 苦山：此指沉闷无乐趣的山中。

㊻ 杭式：杭州独特的建筑风格。如坡屋顶、马头墙、装饰线角等。

㊼ "便楚楚"句：陈列有序而有让人喜快的意致。　楚楚：排列整齐貌。

㊽ "予与"二句：意谓我和朋友睿孺茹荤饮酒，雪堂不能茹饮却因之沉醉。言外之意是雪堂与作者投缘，有感情。　睿孺：作者天台、雁荡之行的同游朋友，姓钮。生平不详。作者在《小洋》、《仙都》等游记中多次提到他。　红饮：与"红案"类似。　白醉：本指浮白（喝干杯中酒）酒醉。葛洪《抱朴子·疾谬》："于是腊鼓垂，无赖之子白醉耳热之后，结党合群，游不择类。"此采用别解的修辞法，指不饮而醉。

㊾ 止予再四：多次挽留我。

㊿ "其如"句：意思是无奈我系念石梁，为之忧心。　石梁：特指石桥一带的瀑布。　忡忡：忧愁貌。这里是《诗·召南·草虫》"未见君子，忧心忡忡"的"藏词"用法，意思是未见石梁，内心忧愁。

51 马首屡回：因恋恋不舍，故屡次回望。

52 "予每饭"句：这句采用了仿词和代指两种修辞手法。整句模仿苏轼评价杜甫"每饭不忘君"的句式，而以"巨鹿"（南朝高僧竺道生，巨鹿人。本姓魏，名道生，又称生公）代指雪堂上人。

53 兰若（rě）：指寺院。梵语"阿兰若"的省称。意为寂净无苦恼烦乱之处。

54 截溪作沼：此应指铁船湖。《台州府志》（卷四十七）："铁船湖，在县西北六十里罗汉岭下。湖中有荷，旧传罗汉泛铁船于此。"

55 杳绿蔽封：池上草木笼罩，幽窕静谧。

56 翠鸟：鸟名。羽毛以翠绿色为主。生活在水边。

57 穿弄：穿梭。

58 铁船峡、罗汉岭：地名。章潢《图书编·天台山》："由铁船峡，渡罗汉岭，山萦水回。每数里，辄一曲。及至上方，地则砥平如仰盂。"

59 上方广：宋建中靖国元年（1101）建，绍兴四年（1134）重建。原有上方广寺、中方广寺、下方广寺，均为天台宗著名寺院。

⑥⓪ 斑鱼：此泛指身体上有斑点的鱼。

⑥① 昙花亭：亦作昙华亭。在中方广寺大殿前，后人为纪念东晋昙猷大师所建。《浙江通志》（卷四十六）："昙华亭：王士性《游天台山记》：石梁山壁对峙一巨石，如长虹横架，广不盈咫，前临万仞壑，上游涧水二，并流堕石梁下。上有昙华亭，楹半外垂，王龟龄碑刻存焉。"《台州府志》（卷一百三十八）："景定中，贾似道命僧妙宏建昙花亭，既成，供僧茶叶瓯中一一现异花，中有四字曰'大士应供'。聚观者神之。"

⑥② 大士：佛教对菩萨的通称。

⑥③ "观所谓"二十句：《赤城志》（卷二十一）："石桥在县北五十里，即五百应真之境，相传为方广寺。有石梁架两崖间，龙形龟背，广不盈咫。其上双涧合流，泄为瀑布，西流出剡中。梁既峭危，且多莓苔，甚滑。下临绝涧，过者目眩心悸。昔僧昙猷欲渡梁访方广，忽有石如屏梗之，旧号蒸饼峰，孙绰赋所谓'践莓苔之滑石，搏壁立之翠屏'是也。"徐霞客《游天台山日记》："上昙花亭。石梁即在亭外。梁阔尺余，长三丈，架两山凹间。两飞瀑从亭左来，至桥乃合流下坠，雷轰河隤，百丈不止。予从梁上行，下瞰深潭，毛骨俱悚。梁尽即为大石所隔，不能达前山。" 谷洛斗：本指谷水在王城西南会于洛水，水流猛涨。语出《国语·周语下》："（周）灵王二十二年，谷洛斗，将毁王宫。"此指两水冲撞。 砰磕：象声词。谓石梁飞瀑响应于万山之间。贡师泰《河决》："怒声恣砰磕，悍气仍回漩。" 夺气：在气势方面受到压抑。 梁杪：石桥尽头。

⑥④ 杳黝之渊：瀑布下的深潭。黝，此指水深不可测时呈现的颜色。

⑥⑤ 圆浑条直：笔直浑圆一条。

⑥⑥ 不尽布义：意思是"瀑"但未成"布"状。

⑥⑦ 扁落：扁平下落。

⑥⑧ "直是"句：此句暗作比较的是李白《望庐山瀑布》："飞流直下三千尺，疑是银河落九天。" 直：简直。

⑥⑨ "建自"二句：《台州札纪》（卷十）："《天台山志》：天台石梁昙花亭，旧有贾似道像。今为国朝张太守联元所毁。" 贾秋壑：即贾似道，字师宪，浙江台州人。理宗、度宗两朝权相，专权误国。贾似道在临安葛岭府第的集芳园中建有秋壑亭，故后人有此称呼。

⑦⓪ "王龟龄"四句：龟龄，即王十朋，字龟龄。王十朋有诗文记载此事。见《记人说前生事》："予少时，有乡僧每见予，必谓曰：'此郎严伯威后身也。'予不晓所谓，既而访之叔父宝印大师，叔父曰：'严阇梨字伯威，汝祖母贾之兄，吾之

舅氏，且法门之师也。博学，工诗文，戒行修饬，有声江浙间，为士俗所推重。'"王十朋《题石桥二绝》即所谓"龟龄二诗"："路隔仙凡意可通，石桥容我踏长虹。桥旁方广人游久，不在登临杖履中。""石桥未到已先知，入眼端如入梦时。僧唤我为严首坐，前生曾写此桥碑。"　宿世：佛教指过去的一世，即前生。　首座：寺院中的最高职位，又名上座，

⑺"旧传"五句：《赤城志》（卷三十五）："昙猷，敦煌人。兴宁中，至天台。旧传赤城有五百大神居之，言辄降祸。猷至，遇一妪问涂，忽有负而投诸渊者，猷飞锡救之，水立涸，今干溪是也。方诵经，有猛兽巨蟒交见，猷不动。后有神诣猷逊谢，愿他徙，于是鼓角凌虚而去。"　应真罗汉：佛教语。应真，罗汉的意译。意谓应受人天供养的真人。参见后注⒁。　昙公：即中方广寺的开山祖师，昙猷尊者。

⑫"今杭人"三句：明人陈函辉《天封寺》："问往添惆怅，曾为葛大悲。"葛大悲，生平不详。润，此指加修金身。天封寺，《赤城志》（卷二十八）："在县北五十里。陈太建七年，僧智𫖮建。初，𫖮入山，见一老父告云：'师卜庵，遇盘石可止。'其后果如所告，遂结庐焉，因自号灵墟。盖第五思修地，其注《涅槃经》处，号智者岭，中有卓锡泉，北望一峰摩云，即华顶也。隋开皇五年，赐号灵墟道场。汉乾祐中，改智者院。国朝大中祥符元年，改寿昌寺，治平三年改今额。"

⑬"壁间咏"二句：杨修龄，即杨鹤，字修龄。万历进士，书法家。武陵（今湖南省常德市）人，古属楚地。柱史，"柱下史"的省称，借指侍郎等朝官。杨修龄累官至兵部右侍郎。妙得石梁解，谓歌咏石梁瀑布颇能传神。诗歌具体内容不详。

⑭盖竹洞天：《赤城志》（卷四十）："《天台志》云：'旧传石梁侧有"盖竹洞天"，何公持节澄按：尝梦游其地，后邑宰穷探得之。洞深可三丈余，中有二峡。'观诸志所载不同，详考是山实在临海县东三十里（地名长石）。"

⑮大硃篆：红色的篆体大字。

⑯瘦硬：书法风格。杜甫《李潮八分小篆歌》："秦有李斯汉蔡邕，中间作者寂不闻。峄山之碑野火焚，枣木传刻肥失真。苦县光和尚骨立，书贵瘦硬方通神。"　李当涂：李阳冰，字少温。擅长篆书，师法李斯。舒元舆《玉箸篆志》："虫蚀鸟步，铁石陷壁，龙蛇骇解，鳞甲活动。……其格峻，其力猛，其功备，光大于秦斯矣。"李阳冰于唐代宗宝应元年（762）任当涂（今属安徽省马鞍山市）县令，故称。

⑰ 惊汉：与下文“万里天上水”皆因李白“飞流直下三千尺，疑是银河落九天”而指石梁瀑布。

⑱ 奴子：僮仆，奴仆。

⑲ 觉公：系对寺院中主要从事体力劳动的相对年长一些的僧人的敬称。 活火：有焰的烈火。

⑳ 冰壶洗魄：冰壶，原指盛冰的玉壶。常用以比喻品德清白廉洁。语本《文选·鲍照〈白头吟〉》：“直如朱丝绳，清如玉壶冰。”李周翰注：“玉壶冰，取其絜净也。”此指茶壶。卢仝《走笔谢孟谏议寄新茶》：“五碗肌骨清，六碗通仙灵。七碗吃不得也，唯觉两腋习习清风生。”故“冰壶”有“洗魄”之效。

㉑ 雪宫：战国时齐国的离宫名。故址在今山东省淄博市东北。此指仙宫。

㉒ 清绝：清雅至极。

㉓ 惨碧滴人：凄冷的碧绿似乎要滴到身上。

㉔ 竹里界飞泉：（远远看去）浑绿一片的竹林似乎被白色瀑布分划开了。徐凝《庐山瀑布》：“千古长如白练飞，一条界破青山色。”界，分划。

㉕ 翡翠：此指翠绿色硬玉。 银物：此指银条。

㉖ “虽俗喻”二句：意谓虽然翡翠、银物比喻竹林和瀑水，就像以撒盐空中来形容下雪一样有些粗俗，但勉强可以比拟。语出《世说新语·言语》：“谢太傅（安）寒雪日内集，与儿女讲论文义。俄而雪骤，公欣然曰：‘白雪纷纷何所似？’兄子胡儿曰：‘撒盐空中差可拟。’” 差：勉强。

㉗ 善吼：石梁飞瀑的声音很大。

㉘ 夜更易：至晚更容易瞬间沉入黑暗。

㉙ “但觉”二句：语出刘义庆《世说新语·言语》：“谢中郎经曲阿后湖，问左右此是何水？答曰：‘曲阿湖。’谢曰：‘故当渊注渟著，纳而不流。’” 停：用同“渟”。

㉚ 有物：此指龙一类的神物。

㉛ 断桥：《赤城志》（卷二十一）：“断桥，在县北七十里。自石桥沿涧行，可十五里至此。一石中断，因以为名。即所谓小桥是也。旧传罗汉所居之境，下临危涧，乱石棋布，行者十步九跌，虽邑人亦罕至云。”王思任亲至此地，则旧志“一石中断”的记载不确。

㉜ 心折：此指折服。

㉝ 低徊：流连。

㉔ 痒痒：姚舜牧《重订诗经疑问卷五》："又曰：'京我小心，癙忧以痒。'则此心所抱　腔之忧，但若鼠之幽伏，不可以明言者，而实不胜其痒痒也。此极言己心隐忧之甚。"

㉕ 强岭暗溪：高山深水。

㉖ 芒履：草鞋。

㉗ 颠：此指跌倒。

㉘"睿孺"二句：意思是睿孺笑话我没有扎紧下巴，常因脚下摔倒而发出痛苦的叫喊声。　楚声：楚地的音调，借楚歌的声音凄苦写摔倒后的痛苦呻吟。

㉙ 酬之：此指应答睿孺善意的嘲讽。

⑩⓪ 行童：供寺院役使的小和尚。

⑩① 断之：命名这里为"断"桥。

⑩② 无何有矣：此指危及生命。《庄子・逍遥游》："今子有大树患其无用，何不树之于无何有之乡！"

⑩③ 推首：伸头。

⑩④ 玉龙：喻瀑布之水流泻而下，如同白色的龙身。

⑩⑤ 声色俱厉：声音大并且水色凛冽。

⑩⑥ 神渗肉飞：形神俱失，形容非常害怕。

⑩⑦ 一顷：片刻。

⑩⑧"如切"句：谓整条的水瀑被切成似方形的块状玉片一般。

⑩⑨ 雄雪：因"雌霓"而仿词"雄雪"，指瀑水如堆雪。

⑪⓪ 逃此寂阒(qù)：指遁入寂静之地。寂阒，寂静无声。

⑪①"然下"四句：徐霞客《游天台山日记》："闻断桥珠帘尤胜。……为珠帘水，水倾下处甚平阔，其势散缓，滔滔汩汩。"　鲛人之泪：典出张华《博物志》："南海水有鲛人，水居如鱼，不废织绩，其眼能泣珠。"

⑪②"抽袭"二句：王嘉《拾遗记・员峤山》："有冰蚕长七寸，黑色，有角，有鳞。以霜雪覆之，然后作茧，长一尺，其色五彩。织为文锦，入水不濡；以之投火，经宿不燎。"　箔：帘子。

⑪③ 嫁龙妹：此为由形似玉龙的瀑布引起艳思绮想。由飞瀑如布以及民间钟馗嫁妹的传说而有此想象。

⑪④"恐石梁"二句：此处采用别解的修辞手法，把石梁想象为真的织布机。意思是(玉龙)惟恐石梁织出的是火浣布，穿着不舒服，所以在这里又织成冰丝

布帛，想让奴仆为妹妹裁作衣裳。　火浣：火浣布，古代称用石棉织成的布。《列子·汤问》："周穆王大征西戎，西戎献锟铻之剑、火浣之布。……浣之必投于火，布则火色，垢则布色。出火而振之，皓然凝乎雪。"

⑮ 予薄倖矣：意思是先前我以为断桥一带的瀑布不如石梁飞瀑是不能理解玉龙嫁妹时情感，是一个薄情人。这里的"薄幸"还采用拈连的辞格，由珠帘而生发联想，化用了杜牧《赠别二首》（之二）和《遣怀》诗中的名句："春风十里扬州路，卷上珠帘总不如。""十年一觉扬州梦，赢得青楼薄倖名。"薄倖，薄情。

⑯ "见舆马"句：上了车马，感觉如同躺在床上放平身体一样舒服。

⑰ 蹭蹬：险阻难行。杨衒之《洛阳伽蓝记·正始寺》："若乃绝岭悬坡，蹭蹬蹉跎。"　开口岭：未知所在。

⑱ 谢：本义为衰退、凋落。此处意指马蹄上钉的马掌已经掉落。

⑲ 不得竟：飞不出如朵朵碧莲花的山岭区域。

⑳ "乃堕"二句：意思是才栖止于山涧。

㉑ "而帝居"句：化用《诗·大雅·卷阿》："凤皇于飞，翙翙其羽。"意思是所见山鸡飞翔，宛若仙居中凤凰在飞翔。　帝居：此指仙居。　青凤：即青鸾。据说凤有五，多青色者为鸾。　翙翙（huì）：鸟飞声。

㉒ 善应寺：又名善兴寺、华顶寺。《浙江通志》（卷二百三十二）："善兴寺，《台州府志》：在县东北六十里，旧名华顶圆觉道场。晋天福元年僧德韶建，僧智顗尝晏坐于此。有降魔塔、伏虎坛、鬼叠石、白云先生室、井泉先生居。又传有葛元茶圃、王羲之墨池。"

㉓ 广衍：宽广低平之地。

㉔ "宋儒"二句：意思是如果宋代理学家来到这里，定会要发一通关于"理""气"的议论。　理气：宋儒的哲学思想。程颐、朱熹以"理"为宇宙本源，张载则以"气"为宇宙本源。

㉕ "即竟力"七句：徐霞客《游天台山日记》："至华顶庵，又三里为太白堂，俱无可观。闻堂左下有黄经洞，乃从小径二里，俯见一突石，颇觉秀蔚。"余详见《天姥》注⑱。　克：攻下。此指登上。　华顶：即华顶峰。　智师拜经台：旧传华顶峰有此古迹。　赊：指租房时出租方延期收款。这里是幽默的说法。　头陀：意为"抖擞"，即去掉尘垢烦恼。因用以称僧人。亦专指行脚乞食的僧人。　坐静：静坐修持。　羲之墨池：陈白《妙智寺》："惟有右军遗迹在，月波时落墨池间。"　写《黄庭》之洞：即黄经洞。胡融《墨池并序》："世传王逸少尝读书华顶，又有白云先生者。今从招手石沿磴而下，岩岫杳霭处有黄

经洞，先生之隐也。闻逸少尝与先生裂素写《黄庭》于此，故名黄经。……自崖而返，墨池在绝顶，右军书堂之侧。书传不载，得之野老云尔。"《黄庭》，《黄庭经》，道教经典；《黄庭经》法帖，相传为王羲之所写。

⑫⑥ 郭：外城。此处引申为环绕。

⑫⑦ 烟霞家：指酷爱山水的人。　归极：到达极致。

⑫⑧ 痴肥：臃肿。　童涸：山无草木为童，水枯竭为涸。《汉书·公孙弘传》："山不童，泽不涸。"

⑫⑨ "予昔"七句：山西五台山，又称清凉山。《明一统志》（卷十九）："五台山，在五台县东北一百四十里，环五百余里。五峰高出云表，顶皆积土，因谓之台。世传北方有文殊师利所居之地曰清凉山者，即此也。台分东西南北中，寺宇壮丽。"王思任《游五台山记》有登顶的描写："登漫天石，则雁塞神京，不须决眦，西华东岱，直跳恒山尖一呼之耳，五百里收之瞬睫。"　太华：西岳华山。豚畜（xù）之：周围群山像是五台山蓄养的猪群一样。　马蚁子：大蚁。

⑬⓪ "项王"二句：语本《史记·淮阴侯列传》："项王喑恶叱咤，千人皆废。"　项王：即项羽，名籍，字羽。秦亡后，自立为西楚霸王，继与刘邦争天下，兵败后自刎于乌江。　废：谓意志受到摧残。

⑬① "安敢"句：大概的意思是怎敢挨摩其肩背，在行序方面不相辞让呢。　雁行：居前的行列。

⑬② "司空见惯"三句：语本刘禹锡《赠李司空妓》："司空见惯浑闲事，断尽江南刺史肠。"浑，简直。闲事，寻常事。　头山：最高的山。

⑬③ "然舆形家"三句：风水先生所说的山形龙脉。　舆形家：也称堪舆家、形家。为他人看风水选择住宅等。　分宗出祖：分出高下主从关系。

⑬④ 暍（yē）：杜甫《雷》："气暍肠胃融，汗湿衣裳污。"仇兆鳌注："暍，暑热也。"

⑬⑤ "裴晋公"句：典出赵璘的《因话录》，裴度不信术数，不求服食，每语人曰："鸡猪鱼蒜，逢着便吃。"裴晋公，即裴度，以功封为晋国公。

⑬⑥ 娑罗树花：《名山记》："天台山有娑罗树花，一名鹤翎。出华顶峰。以多经风霜，树不高大。树数百枝，枝十余头，头六七叶。经冬不凋，花如芍药，香如茉莉。"

⑬⑦ 房：花的子房。

⑬⑧ 优钵罗：梵语植物名，亦译为乌钵罗、优钵剌，意译为青莲花。《海录碎事》（卷二十二下）："优钵罗花，青莲花也。"贯休《道情偈三首》（之三）："优钵

罗花万劫春,频犁天地绝纤尘。”

⑬⑨ 卷丹草:即卷丹花。《盘山志》(卷十五):“卷丹花,根类百合而小,作花殷红可爱。”

⑭⓪ “山鸟”二句:谓久居山中的山鸟和山僧都不认识。

⑭① 藏纳苞聚:风水先生所说的宝穴。

⑭② “访所谓”四句:其事不详。

⑭③ 阿罗汉:也译作罗汉。小乘佛教修证所能达到的最高果位,有杀贼(断除一切烦恼)、不生(脱离生死轮回)、应供(应受人天供养)三义。佛教亦用称修得小乘极果的佛陀得道弟子。此指寺中殿上的罗汉造像。

⑭④ 一呵即活:栩栩如生,似乎一招呼就能走动。

⑭⑤ 自修自证:自我修持得道。

⑭⑥ “其二”句:有两个罗汉得道后飞升到国清寺。此事也是附会传说。国清:即国清寺,建于隋文帝开皇十八年(598),系承智者大师遗愿而建。初名天台寺,隋大业元年(605)赐额国清寺。是佛教天台宗的发源地。

⑭⑦ “相传”七句:见前注⑦①。 汤池:浴池。

⑭⑧ 箐(qìng)篁:山间大竹林。

⑭⑨ 毛发皆古:发式古朴。

⑮⓪ “鸡犬”二句:谓鸡狗等动物不惧怕人类。

⑮① 开口:即前文“开口岭”。

⑮② 与舆力合:有的地方乘轿而行。

⑮③ 勃窣(sū):犹言“媻跚勃窣”,匍匐上行。《文选 · 司马相如〈子虚赋〉》:“于是乃相獠于蕙圃,媻跚勃窣,而上乎金堤。”李善注引韦昭曰:“媻跚勃窣,匍匐上也。”

⑮④ 冉冉:渐进貌。

⑮⑤ 云中君:屈原《九歌》中有《云中君》一篇,此处用字面意思,因华顶高耸入云,而称为“云中君”。

⑮⑥ “然予”三句:意思是还不在最高峰,俯瞰下方广寺,就有迥然高出的感觉了。

⑮⑦ 九脑芙蓉:“九脑芙蓉,兄弟联登科甲”是风水先生的话,这里用字面意思,形容山形如多瓣莲花。

⑮⑧ 金地岭:《赤城志》(卷二十一):“金地岭,在县西二十里,金钱池侧。一名佛陇峰。”

⑲ 定光：即定光寺。《赤城志》（卷三十五）：“定光，青州人。许姓，字静照。大同初，隐佛陇三十年，人罕知者。初，智𫖮在江陵，梦光引至山顶，曰：‘汝当住此，汝当终此。’及𫖮过佛陇，光曰：‘忆昔往时招手否？’𫖮即悟。光曰：‘金地，吾已居之。银峰，尔宜往。’今修禅寺是也。陈太建十三年坐灭，凡三瘗，体骨踊出，后置殿乃已。”

⑳ 大慈寺：《赤城志》（卷二十八）：“大慈寺，在县北二十九里。旧名修禅，或名禅林。陈时为僧智𫖮建（旧经云：齐中兴二年建），盖𫖮思修初地。及定光授记银地之所（定光所居号金地，此号银地，皆以土色名之），直寺门巽隅，号佛陇，𫖮第二宴坐处。”

⑯ 燕巢之形：此指房屋的基本轮廓。

⑯ 一壁刮天：岩壁峭利高耸似乎要割破天空。

⑯ 矢劲铁强：像拉满的弓箭发出那样有劲，像铁器一样坚硬。

⑯ “云是”二句：此处美髯公应指蔡襄，字君谟。与苏轼、黄庭坚、米芾齐名，宋代书法四大家之一。蔡绦《铁围山丛谈》（卷三）：“伯父君谟号‘美髯公’。”蔡襄工书法，小楷、草书皆用笔劲健而姿媚有余，总体风格浑厚端庄、淳淡婉美，与“矢劲铁强”的书法风格不尽相合，故云“不知何据也”。

⑯ “至塔头寺”二句：《浙江通志》（卷二百三十二）：“真觉寺，《台州府志》：在县北二十三里，隋开皇十七年建。僧智𫖮瘗焉，龛前置双石塔，号定慧真身塔院。宋大中祥符元年改今额。” 化身：指佛、菩萨为化度众生，在世上现身说法时变化的种种形象。

⑯ 宿鸟催呼：归巢栖息的鸟儿催呼朋伴早些归来。

⑯ “一径”句：指羊肠小径。

⑯ 芊眠：犹芊绵。连绵不绝貌。

⑯ “所称”三句：高明寺，即净明院。《楞严》，即《楞严经》，又称《净名经》。《赤城志》（卷二十八）：“净明院，在县东北二十里。按旧经：本名高明。”《浙江通志》（卷二百三十二）：“（高明寺）宋大中祥符元年改净名，不知何时复今额。故老相传：谓先此惟乔木参天，薜萝翳坎，麏麖是居，樵牧罕至。智者大师时居佛陇，讲《净名经》。忽经为风飘，翩翩不下，乃杖锡披荆，寻经所诣，行五里许，风息而经憩此。大师乃即其地以营净居。智者十二刹，此其一也。”

⑰ “而寺主人”三句：据天台宗明高僧无尽传灯大师自述：少年投礼进贤映庵大师剃染，后随百松真觉法师听讲《法华》，学天台教观。于万历十年（1582）问百松大师楞严大定之旨，见百松大师瞪目周视，忽而契入，得授金云

紫袈裟。十五年(1587),卜居天台山幽溪高明寺,立天台祖庭,教授学徒,兼研习禅及净土,世称幽溪大师。百松大师与千松禅师妙辩纵横,凌厉千众,俱东南无畏光明幢也。据传万历三十二年(1604),传灯大师应守庵禅师请于新昌大佛前登座监义,阖众咸闻石室中奏乐铿锵,类丝竹,非人间所有。

⑰ "象山"句:此应指天台某一宗派的门弟子。

⑰ 铁像:高明寺旧有释迦、文殊、弥勒铁像。由传灯法师弟子正迹募化铸成。

⑰ 津梁:桥梁。此指跋山涉水。

⑰ "横身"句:意谓能够躺倒休息,就到了西方极乐世界了。

⑰ 诘朝:第二天清晨。《左传·成公二年》:"齐侯使请战,曰:'子以君师辱于敝邑,不腆敝赋,诘朝请见。'"

⑰ 幽溪:《赤城志》(卷二十四):"幽溪,在县东北二十里,净明院前。"徐霞客《游天台山日记》:"(高明寺)右有幽溪,溪侧诸胜曰圆通洞、松风阁、灵响岩。"

⑰ 般若(bō rě)石:今称般若台。般若,佛教语。或译为"波若",意译"智慧"。

⑰ 浪舂:此指溪水撞击山石而发出的声音。

⑰ 圆通洞:朱伦瀚《天台杂咏》有"穿岩更入圆通洞,万壑松声杂鸟啼"之句,自注:"洞在高明寺后。"

⑱ 云听呼入:圆通洞敞亮而且地势高,此用拟人法,谓天上云彩似乎随着溪水喊声而至。

⑱ "泉喉"五句:此为形容溪声的一组博喻。意思是溪水尽情作响,像蝉之悲咽,像鹤之清鸣,像威武的狮子怒吼,像笙箫独奏,像槌打万鼓。 蜩:蝉的总名。

⑱ 骨绣毛锦:石壁上草木五色斑斓。

⑱ "灯公"四句:意思是无尽传灯舌生莲花功力不是仅仅从打坐中得到。便便(pián):形容善于言谈、辞令。《论语·乡党》:"其在宗庙朝廷,便便言,唯谨尔。" 灵文玄对:以高妙的胜义回答疑问。 直:对着。

⑱ 跳地插天:拔地而起,直耸天空。

⑱ 跋扈:骄横强暴。此处指野草横生怒长。

⑱ 台邑:即台州城。

⑱ 一方耜(sì)耳:意思是台州城只不过像一个方形的农具。耜,耒下铲

土的方形部件,初以木制,后以金属制作。

⑱⑧“俄有”四句:把国清塔比作在山尾拔地而起的深黑色的大笋。 国清之塔:即国清塔。始建于隋朝。 苍莨笋:《周易》:“震为苍莨竹”。

⑱⑨眩陡:陡峭得让人晕眩。

⑲⓪敕股健束:活动腿脚,束紧腰带。敕,整饬。

⑲①“速向”句:意思是凭借脚力攀登国清塔所在的山峰。

⑲②取而益隔:意思是山峰看起来近走起来远,越走得快越觉得远。取(qū),通“趋”。疾走。

⑲③旋:旋转而上。

⑲④“乃石梁”二句:谓石梁飞瀑未成年的小弟被分家在这里,每天伤心地哭叫。此也采用别解的辞格。 弱弟:幼弟。 析居:分家。

⑲⑤“亦不能”句:谓小路逼仄。

⑲⑥“寺若成”五句:《赤城志》(卷二十八):“景德国清寺,在县北一十里,旧名天台。隋开皇十八年为僧智颢建。先是颢修禅于此,梦定光告曰:‘寺若成,国即清。’大业中,遂改名‘国清’,李邕记所谓‘应运题寺’是也。唐会昌中废,大中五年重建,加‘大中’(额乃柳公权所书)。国朝景德二年改今额,前后珍赐甚夥,合三朝御书几百卷,后毁于寇,独颢手题《莲经》与西域贝多叶一卷及隋旃檀佛像、佛牙仅存。建炎二年重新之。寺左右有五峰、双涧,号四绝之一(孙按:晏殊《类要》:齐州灵岩,荆州玉泉,润州栖霞,台州国清,世称四绝)。上有三贤堂(谓丰干、寒山、拾得也)、锡杖泉、香积厨,有歌罗大神像。寺前有新罗园,唐新罗僧悟空所基。东南有祥云峰、拾得岩,东有清音亭,其最高处有更好堂。寺后岩有瀑布,循涧而上,尤为奇胜。” 开山:在名山创立寺院。 谶:此指将来应验的预言。 宗谱:此指历史沿革。

⑲⑦荔裳薜积:即(桥上)布满了薜荔。薜荔,常绿藤本,蔓生,叶椭圆形,花极小,隐于花托内。荔裳,语出屈原《山鬼》:“若有人兮山之阿,被薜荔兮带女罗。”

⑲⑧横亘:横跨。

⑲⑨“而四顾”五句:意思是松枫的树龄都很长。作者把松枫比作百岁老汉之后,继续采用别解辞格,以松针枫叶比作黑色的须发;以虬节劲干比作腰肢和臂膀。 绿发:乌黑而有光泽的头发。苏辙《程之元表弟奉使江西次前年送赴楚州韵戏别》:“纷纷出歌舞,绿发照琼梳。”

⑳⓪万工池:《方舆汇编》卷一百二十二《天台山部汇考二》:“元至正辛巳,

邑人胡荣甫建山门,僧勖宗冕建雨华亭,筑万工池。明洪武甲子大风雨,佛殿、钟楼、御书阁尽毁。后寺僧稍继补葺,然非昔比矣。”

㉑“池边”五句:谓万工池畔七座石塔佛。七佛塔或始建于隋唐。宋代七佛分别是:毗婆尸佛、尸弃佛、毗舍浮佛、拘留孙佛、拘那含牟尼佛、迦叶佛和释迦牟尼佛。七佛塔呈鼓形镂空,极为精巧,故传说是能工巧匠建造。　鲁倕:鲁,指春秋时鲁国的巧匠鲁班。倕,古代传说中的巧匠名,传说他始造耜耒、钟、铫、规矩、准绳。　运斤:犹言“运斤成风”,谓挥斧成风声。形容技术高妙。斤,斧。　斗拱:在立柱的横梁处加的弓形承重结构叫栱,垫在栱与栱之间的斗形木块叫斗。　罘罳(fú sī):设在屋檐或窗上以防鸟雀的金属网或丝网。

㉒体虚:法号体虚,所以下文称“虚上人”。

㉓古先生:有道行的人。段成式《酉阳杂俎》:“孔子为元宫仙,佛为三十三天仙。延宾官主所为道,在竺乾。有古先生,善入无为。”

㉔“遂省”七句:《唐天台山封干师(木赣师寒山子拾得)传》:“先是,国清寺僧厨中有二苦行,曰寒山子,曰拾得,多于僧厨执爨。爨讫,二人晤语,潜听者多不体解,亦甚颠狂,纠合相亲,盖同类相求耳。时闾丘胤出牧丹丘,将议巾车,苦头疼恙甚,医工寡效。邂逅干,造云:‘某自天台来,谒使君。’且告之患。干曰:‘君何虑乎?’便索净器,吮水喷之,斯须觉体中颇佳。闾丘异之,乃请干一言,定此行之吉凶。曰:‘到任,记谒文殊。’闾丘曰:‘此菩萨何在?’曰:‘国清寺厨执爨洗器者是。’及入山寺,问曰:‘此寺曾有封干禅师?’曰:‘有。’‘院在何所?寒山、拾得复是何人?’时僧道翘对曰:‘封干旧院即经藏后,今阒无人,止有虎豹,时来此哮吼耳。寒、拾二人见在僧厨执役。’闾丘入干房,唯见虎迹纵横。又问:‘干在此有何行业?’曰:‘唯事舂谷,供僧粥食。夜则唱歌讽诵不辍。’如是再三叹嗟,乃入厨,见二人烧柴木,有围炉之状,闾丘拜之。二人连声咄咤,后执闾丘手,亵之若婴孺,呵呵不已。行曰:‘封干饶舌。’自此二人相携手出松门,更不复入寺焉。”　寒山、拾得:唐代高僧。寒山大历年间隐居天台翠屏山(又名寒岩),自号寒山子。拾得本为孤儿,被国清寺僧人丰干拾到并收养,故名。丰干,也作封干。　俪存:并存。　闾丘太守:台州刺史闾邱胤。闾丘,复姓。丘,同“邱”。　薪其胫:烘脚取暖。

㉕晓人:让人明白佛理。

㉖“问大师”二句:应指上文所说的灯公讲经处“涌莲堂”。　诸天:佛教语。指护法众天神。佛经言欲界有六天,色界之四禅有十八天,无色界之四处有四天,其他尚有日天、月天、韦驮天等诸天神,总称之曰诸天。

⑳ 沩(wéi)山戒坛：《赤城志》(卷三十五)："沩山禅师初作沙弥，自福唐至国清求戒时，寒山、拾得扫松迎迓。临行，寒山送之，云：'千山万水，遇潭即止。'后于洪州沕潭山得道。"沩山，指唐代名僧灵佑。曾居住在湖南宁乡县西沩山密印寺七年，世称沩山禅师。

㉑ "丰干"句：《唐天台山封干师(木赣师寒山子拾得)传》："乐独舂谷，役同城旦，应副斋炊。尝乘虎直入松门，众僧惊惧。"

㉒ 随烟鸟没：谓不留任何痕迹。

㉓ "独飞锡"四句：指锡杖泉。徐灵府《天台山记》："寺上方兜率台，台东有石坛，中有泉，昔普明禅师将锡杖队开，名锡杖泉。"葛洪金钱池事与王思任所说有出入：餐霞洞西百步有"金钱池"，相传晋朝昙兰法师在此诵经时，有神献金钱，昙兰将钱弃于池中，故名。　四句的意思是卓锡泉的一池清水像夜月中的明珠那样清澈，这里又相传是葛洪金钱卜定的水池。似乎是两人争夺一块地盘，故下文有"若小儿夺黍子然"。

㉔ 小儿夺黍子：谓孩子抢饭。黍子，通称黄米。

㉕ 五峰：徐灵府《天台山记》：(国清)寺有五峰，一八桂峰，二映霞峰，三灵芝峰，四灵禽峰，五祥云峰，双涧回抱。

㉖ 玉瓣：碧玉般的花瓣。此形容环绕寺庙的群峰。

㉗ 天关：指地势险要的关隘。　地轴：大地中轴线上。

㉘ 道眼所收：仙佛大师看中的地方。

㉙ "佛仙"句：意思是仙佛也像常人一样争风水宝地。

㉚ 曹勋：字公显。赐进士甲科。靖康年间，从徽宗、钦宗北狩，奉徽宗之命，携书有诏旨的御衣遁归，向高宗呈上御衣，并建议由海路救徽、钦二帝归。高宗难之，命其出任外官，卒于任上。

㉛ 偈语：曹勋《国清曹源为书名已复说偈》云："非湛非摇，真源常在。直指性海，总别无碍。星分月现，光涵法界。寄语诸方，莫作拟解。"

㉜ "观秦王"四句：意思是生平最快意的一天。典出《新唐书·太宗本纪》："(武德四年)六月，凯旋，太宗被金甲，陈铁骑一万、介士三万，前后鼓吹，献俘于太庙。高祖以谓太宗功高，古官号不足以称，乃加号天策上将，领司徒、陕东道大行台尚书令，位在王公上，增邑户至三万，赐衮冕、金辂、双璧，黄金六千斤，前后鼓吹九部之乐，班剑四十人。"　秦王：即唐太宗李世民，唐高祖李渊之次子，陇西成纪(今甘肃省秦安县)人。武德元年(618)封秦王。　献俘：古代一种军礼。凯旋时以所获俘虏献于宗庙，显示战功。　太庙：帝王的祖

庙。　鼓吹：即鼓吹乐。用鼓、钲、箫、笳等乐器合奏。汉初边军用之，以壮声威，后渐用于朝廷。　浴铁：身披铁甲的骑兵和战马。《资治通鉴》卷一百六十三《梁纪十九》大宝元年："（侯）景浴铁数千，翼卫左右。"胡三省注曰："浴铁者，言铁甲坚滑，若以水浴之也。"

㉒⓪ 最初寺：最早建成的寺院。

㉒① 名既旧好：寺名一直沿用至今并且寓有祝愿的意思。

㉒② 静舍：此指寺院住房。

㉒③ 烦聒枕上：嘈杂声、吵闹声令人烦躁，不能安睡。

㉒④ 追陪欲语：（云彩）追着飘来似乎要陪我说话。

㉒⑤ 拂拂：散布貌。

㉒⑥ 蕨麸：蕨，俗称蕨菜，根茎含淀粉，可供食用。庄绰《鸡肋编》："蕨根如枸杞，皮下亦有白粉。暴干捣碎，以水淘澄取粉，蒸食如糍，俗名乌糯，亦名蕨衣。一斤可代米六升。"麸，此指蕨粉。

㉒⑦ 讨笋烧羹：寻找竹笋煮成羹汤。

㉒⑧ "已而"三句：意思是天台县令胡君派人送来酒菜，味道鲜美，我大快朵颐，哪里还管得上劳累了地方官。　胡君：名不详。　酒具：饮酒用的器具。典出《宋书·隐逸传·陶潜》："（陶）潜尝往庐山，弘令潜故人庞通之赍酒具于半道栗里要之。"　炙自浔阳：指好酒好菜。典出白居易《首夏》："浔阳多美酒，可使杯不燥。湓鱼贱如泥，烹炙无昏早。"浔阳，唐代有浔阳郡（改江州置，后又改回江州），治所在浔阳县（今属江西省九江市）。炙，烤熟的肉食，引申为肴馔。　安邑之累：典出《后汉书·周燮黄宪等传序》："太原闵仲叔者，世称节士……客居安邑。老病家贫，不能得肉，日买猪肝一片，屠者或不肯与，安邑令闻，敕吏常给焉。仲叔怪而问之，知，乃叹曰：'闵仲叔岂以口腹累安邑邪？'遂去，客沛。"后用为在生活上受地方官照顾的典故。安邑，古县名，今属山西省运城市。

㉒⑨ 家人：旧时对仆人的称呼。

㉓⓪ "复得"二句：指山溪里的鱼。语出欧阳修《醉翁亭记》："临溪而渔，溪深而鱼肥。"　可人：称人心意。

㉓① 小友：科举时代有科名者对未进学童生的称呼。

㉓② 石铫（diào）：陶制的小烹器。

㉓③ 萝茗：即松萝茶。产于安徽省歙县松萝山。许次纾《茶疏》曰："若歙之松罗，吴之虎丘，钱唐之龙井，香气秾郁，并可雁行与岕（长兴县罗岕山）

颉颃。”

㉞ 英公：姓名未详。　世语：俗语。

㉟ 操南音：弹奏南方音乐。典出《左传·成公九年》：“晋侯观于军府，见钟仪，问之曰：‘南冠而縶者，谁也？’有司对曰：‘郑人所献楚囚也。’……使与之琴，操南音。……文子曰：‘楚囚，君子也。……乐操土风，不忘旧也。’”

㊱ 一发：弹奏乐曲。

㊲ “盖止愿”句：谓愿意今生今世住在国清寺。

㊳ 从臾：亦作“从谀”，音义同怂恿。从旁劝说鼓动。从，通“怂”。

㊴ 五里而近：不到五里路。

㊵ 雄青雌碧：深浅不同的碧绿色。

㊶ “赪面”三句：《赤城志》（卷二十一）：“赤城山，在县北六里，一名烧山，又名消山。石皆霞色，望之如雉堞，因以为名。”　霞气：青霞云气。

㊷ “上下”三句：谓赤城山形如雉堞，孙绰《天台山赋》名句“赤城霞起见高标”中的“城”字确实能够品题出山体形状。　兴公：东晋玄言诗代表作家孙绰，字兴公。孙绰曾任永嘉太守，博学善文，曾作《天台山赋》。　以城字之：即使用“城”字为山取名。　目：品评，品题。

㊸ “霞标”二句：意思是“霞”、“标”只达到了略能记诵的郑家二婢水平。典出《世说新语·文学》：“郑玄家奴婢皆读书，尝使一婢，不称旨，将挞之，方自陈说，玄怒，使人曳泥中。须臾，复有一婢来，问曰：‘胡为乎泥中？’答曰：‘薄言往愬，逢彼之怒。’”

㊹ 山魈：动物名，形貌似猴，因相貌丑陋，旧时常称其为山怪。　肉：疑为衍字。

㊺ 玉京洞天：《赤城志》（卷四十）：“玉京洞在赤城右胁。盖十大洞天之第六，周三百里。”

㊻ 岭岈（hán xiā）：指山体的深谷险峡。梁元帝《玄览赋》：“岭岈豁闾，背原面野。”

㊼ 玉膏乳滴：山石渗水像奶乳一样下滴。

㊽ 洞气缩人：洞中阴冷之气袭来，让人不自觉收缩身体。

㊾ “而无数”四句：意思是面对随风吹竹林曳引而来的岩体丹霞色的变化，或绿或红，但都冷浸入骨。

㊿ 蛇路：山路蜿蜒曲折。

51 诣极：到达顶点。

㉒ "崖叶"二句:《赤城志》(卷二十九):"宝严院,在县北九十二里,旧名茶山,宝元中建。相传开山初,有一白衣道者植茶本于山中,故今所产特盛。治平中,僧宗辩携之入都,献蔡端明襄,蔡谓其品在日铸上,为乞今额。"

㉓ 足劣:脚没有力气。

㉔ 勉息:劝勉并休息。

㉕ 跪石斜上:跪在石头上斜斜地攀登。

㉖ 一步一算:每攀登一步心里就盘算还剩多少路程。谓登途险难。

㉗ "偶窥"二句:《唐国史补》(卷中):"韩愈好奇,与客登华山绝峰。度不可返,乃作遗书,发狂恸哭。华阴令百计取之,乃下。"《关中胜迹图志》(卷十一):"王履《记》云:(苍龙)岭凡两折,中隆旁杀如背,色正黑。……《说铃》云:岭尽为龙口,冒一大石,有鑱曰'韩退之投书所'。" 槷刖(niè yuè):危险的样子。马融《长笛赋》:"巅根跱之槷刖兮,感回飙而将颓。" 韩退之:即韩愈,字退之。唐代著名文学家,唐宋八大家之一。

㉘ 同跕(dié)鸢落:《后汉书·马援传》:"封(马)援为新息侯,食邑三千户。援乃击牛酾酒,劳飨军士。从容谓官属曰:'……当吾在浪泊、西里间,虏未灭之时,下潦上雾,毒气重蒸,仰视飞鸢跕跕墯水中,卧念少游平生时语,何可得也!'"言瘴气之盛,虽鸢鸟亦难以飞越而堕落。后引以为典,多喻指艰难与险阻。跕,坠落。

㉙ 昙猷洗肠井:《浙江通志》(卷一百五):"《天台山记》:赤城山有洗肠井。昔昙猷礼石桥,应真怪其腹中有韭气,猷出肠洗之。至今韭尚丛生焉(《天台胜迹录》:今井边生韭,青而香)。"

㉚ "昔尊者"五句:这是洗肠的另一个传说。相传东晋时,昙猷和尚来此开山,隐身于下方广寺的五百罗汉怀疑他行不正、食不净,想驱逐他。昙猷为表心迹,刮腹洗肠,证明他严守戒律,罗汉信服,遂准他在此开山建寺。后人为纪念昙猷,特为他立碑建昙华亭。 尊者:梵语"阿梨耶"的意译。亦泛指受戒时间长具有较高德行的僧人。此特指昙猷。 畦:有界限的长条田块。

㉛ "夫了元"三句:此处王思任误六祖惠能事为佛印了元事。据《六祖大师法宝坛经》:"惠能后至曹溪,又被恶人寻逐,乃于四会避难猎人队中,凡经一十五载,时与猎人随宜说法。猎人常令守网,每见生命,尽放之。每至饭时,以菜寄煮肉锅;或问,则对曰:'但吃肉边菜。'" 佛印了元禅师:北宋云门宗僧。江西浮梁人,俗姓林,字觉老,号佛印,故又称佛印了元。曾主持庐山归宗寺。 借伎俩:此指佛门沾荤腥的借口。

㉖²“天台”三句：意思是天台山的和尚吃了韭菜以后，是为之洗肠呢，还是消化了呢？　纳肝：《吕氏春秋·忠廉》：“卫懿公有臣曰弘演，有所于使。翟人攻卫……及懿公于荣泽，杀之，尽食其肉，独舍其肝。弘演至，报使于肝，毕，呼天而啼，尽哀而止，曰：‘臣请为襮。’因自杀，先出其腹实，内懿公之肝。”内，同“纳”。后以“纳肝”为忠烈的典故。但这里用字面义，指吸收到肝部，即消化。

㉖³“观梁岳王妃”句：《赤城志》(卷二十一)：“(中岩寺)上又有岩二，曰结集，曰释笺，盖灌顶、湛然遗迹也。西有玉京洞，北有金钱池，绝顶有浮屠七级，梁岳阳王妃所建。”

㉖⁴ 蝮豹：代指毒蛇猛兽。

㉖⁵ 伯仲十一：十分之一与赤城山差不多高。

㉖⁶ 玄礽(réng)十九：十分之九远比赤城山低。玄礽，均指远辈子孙。玄为第五代孙，礽为第八世孙。

㉖⁷“至下岩”二句：紫云洞位于赤城山麓，俗称下岩。洞口镌刻“赤城霞”三字，字径80厘米，为明万历年间遗墨。洞顶危岩，凌虚而出，岩唇滴水，如雪消融。吴观察应与王思任同时，其人生平不详。观察，为观察使的简称。

㉖⁸ 寒、明两岩：《赤城志》(卷二十一)：“寒石山，在县西北七十里。寒山子尝居之，今呼为‘寒岩’。前有盘石曰宴坐峰，上有捬石洞。世传赤城山神避昙猷，徙居此山。宴坐西有石如植笋，萝蔓萦缀。”“明岩，在县西北七十里。旧名暗岩。周显德中，更今名。岩前峭壁屹立，亦号幽石，其下窍穴逶邃，日光穿漏。”皆为寒山的隐居地。寒山子有诗句：“重岩我卜居，鸟道绝人迹。”捬石洞，即寒岩洞。《浙江通志》(卷十六)：“(宴坐峰)上有石室，旧名捬石洞。后米芾题曰：潜真四山环峙如郛郭，上矗云汉，其下嵌空，置佛屋不用瓦覆。”

㉖⁹ 西门：《赤城志》(卷二十一)：“《天台山铭序》云：往天台山当由赤城为道，而《神邕山图》亦以此为台山南门，石城山为西门，徐灵府《小录》又以剡县金庭观为北门云。”

㉗⁰ 翠凫：绿头野鸭。

㉗¹ 云磨水舂：云彩飘移，溪水冲岸。

㉗²“想桃花”二句：古代最著名的传说中的桃花源，一在天台山，一在武陵。陈仁锡《无梦园初集》：“桃源山，大青大绿，杳然太古。此一桃源，彼一桃源。妙在寻不见，又妙在寻着便不见。”余见《天姥》注⑤。陶渊明《桃花源记》：“武陵人，捕鱼为业，缘溪行，忘路之远近。忽逢桃花林，夹岸数百步，中无杂

树，芳草鲜美，落英缤纷，渔人甚异之；复前行，欲穷其林。” 武陵：在今湖南常德县。

㉗③ 虹偃：如彩虹般卧于水波之上。

㉗④ 龙山寺：寺屡易名。《赤城志》（卷二十一）：“延庆院，在县西八里，旧名龙山。梁天监初建，唐会昌中废。开平中改龙潭院，钱忠懿王改戏龙，国朝大中祥符中改今额。”

㉗⑤ 平头潭：《水道提纲》（卷十六）：“台州府灵江亦曰澄江，有天台、仙居二源。北源出天台县西南，与东阳接界，之大盆山东北，流会南来小溪寒明及北来峇溪诸水至平头潭。”

㉗⑥ “渡一两溪”五句：作者有烟霞癖，故形诸梦寐。梦境与现实相符，似有前缘。 绀缥：或深或淡的青色。 过：到达，前往。 毫忽：形容极微小。 不爽：不差。

㉗⑦ “过折岫”六句：谓老松高雅古朴，非常罕见，却辱没在不懂得欣赏的市井小民之家。 折岫：山道拐弯处。岫，山峰。 商敦（duì）周鼎：商代的敦和周代的鼎，谓宝器。敦，古代食器。鼎，古代炊器或盛器。用青铜或陶土制成。 卖浆：出售茶水、酒、醋等饮料，旧为微贱的职业。《史记·货殖列传》：“卖浆，小业也，而张氏千万。”常泛称下等人及低微职业。

㉗⑧ 孟湖岭：《民国续修台州府志》（卷四十四）：“自大雷山东北行为寒岩山，旁有隐身岩，腹有潜真洞。……山东北为孟湖岭，西北为明岩山。”

㉗⑨ 另有日月：原指仙境。见《游焦山记》注㉜。此指与世隔绝的生活。

㉘⓪ 诡戾：乖违的样子。马融《长笛赋》：“波澜鳞沦，窊隆诡戾。”

㉘① 披麻：即“披麻皴”，中国画山石皴法之一种，用以表现山峰的脉理和阴阳向背。因所绘山石脉理如披麻，故名。其法创于唐王维，南唐董源多用之，为中国画南宗的画法。

㉘② “如今所食”四句：陈仁锡《无梦园初集》：“所过山有如老瓜皮色者，有如铜青者。” 饧瓜：甜瓜。 莲囊：莲蓬。陈仁锡《无梦园初集》：“寒岩如破败莲房。” 大类雁荡：与雁荡山绝岭山形很相似。王思任《雁荡（乐清）》：“上绝岭，看东西内外谷，是一胡桃果，隔别中妙有囊实。”

㉘③ “山上”二句：《民国续修台州府志》（卷四十四）：“自大雷山东北行为寒岩山，旁有隐身岩，腹有潜真洞。洞前有宴坐石，石西有鹊桥。其前有道人洞，转西又有龙须洞……山前有幽石，石下有栖真洞。”

㉘④ 红豆树：又名相思树。所结果实红豆，亦称相思子。 舫：同“筋”。

㉘⑤ 蔽亏：因遮蔽而半隐半现。《文选·司马相如〈子虚赋〉》："日月蔽亏，交错纠纷。"李善注曰："日月亏缺半见也。" 攒植：密植。潘岳《怀旧赋》："坟垒垒而接垄，柏森森以攒植。"

286 "如灰箕"二句：这是寒岩洞形似畚箕的诙谐说法，即下文所引戴澳《重游天台记》中"岩窍四达"。 灰箕：畚箕。

287 练子：匹绢。形容在大鹰石上望见的瀑布。

288 雀桥：即前注283鹊桥。 瓮圈：（石梁）如同瓮坛的剖面一样呈圆形。

289 薄：鄙薄，轻视。

290 "高山卧"句：意思是寝睡于高山反被四山瀑水包围。"水中央"，语出《诗·秦风·蒹葭》，见《游焦山记》注㉚。

291 无字崖：陈仁锡《无梦园初集》："无字崖看明岩，岩下通海，一石孤立二千咫。入洞三十丈许，一笋斜立，越二洞，见达摩。"

292 "看明岩"句：寒山、拾得隐身地有数说。《赤城志》（卷三十五）："贞观中，闾丘守尝问丰干：'天台有何贤圣？'答云：'见之不识，识之不见。欲见而识，不得取相。国清有寒山、拾得，状类风狂，歌笑不常。盖普贤、文殊后身也。公至宜谒之。'至则二人方据火谈笑，闾丘遽作礼。二人云：'丰干饶舌耶？'遂握手出门而去。其后寒山隐寒石山，拾得隐祥云峰，遗迹可考。"徐霞客《游天台山日记》："明岩为寒山、拾得隐身地。""岩外一特石，高数丈，上跂立如两人，僧指为寒山、拾得云。"《天中记》（卷三十五）："闾丘复往寒岩谒问，便缩入岩穴缝中。"

293 和合仙：宋、元以来，民间以寒山、拾得二人和睦谐乐，分别奉其为和仙、合仙。

294 石交：原指交谊坚固的朋友。语出《史记·苏秦列传》："此所谓弃仇雠而得石交者也。"此以字面义加以别解，谓化成石头的朋友。

295 通海池：戴澳《重游天台记》："又四十里至八寸关，临通海池，则明岩寺矣。岩洞四达，相传闾丘太守追寒、拾至此，化为二石。"

296 象缩鼻：《赤城志》（卷十九）："象鼻岩，在县西三十五里，以其状似之，故名。下枕深潭。"

297 汉：霄汉。借指天空。

298 "惟席帽"句：只露出戴着帽子的半边身体。席帽，古帽名，以藤席为骨架，形似毡笠，四缘垂下，可蔽日遮颜。

299 意逆志耳：原指以自己的切实体会去揣度他人的心思。语出《孟子·

万章上》:“故说诗者,不以文害辞,不以辞害志。以意逆志,是为得之。”此指以自己的想象给石头命名。

㊱ “至所谓”三句:意思是所谓马迹的景点,同行者都评论说是三匹马,我认为好像是五匹马。《赤城志》(卷十九):“白马隐身岩,在县东三十五里。”

301 最辨:轮廓看得最清晰。

302 天骨:指骏马的躯干。　开张:舒展。

303 神气皆竦:神情气势都让人肃敬。

304 骄嘶不断:似乎能听到声声骄人的马嘶。

305 “玄黄牝牡”三句:意思是五马虽然色彩雌雄难辨,身体各部位也不清楚,但都不妨碍五马之有皇家神采。　玄黄牝牡:亦作“骊黄牝牡”,典出《列子·说符》:东方皋为秦穆公求得良马,曰“牝而黄”,穆公“使人往取之,牡而骊”,“伯乐喟然太息曰:‘……得其精而忘其粗,在其内而忘其外……乃有贵乎马者也。’马至,果天下之马也”。骊,玄(黑)色马。　蹄耳:马蹄和马耳,代指身体各部位。　天闲:皇帝养马的地方。梅尧臣《伤马》:“况本出天闲,因之重惆怅。”　神骏:此形容良马姿态雄健。语出《世说新语》:“支道林常养数匹马。或言道人畜马不韵,支曰:‘贫道重其神骏。’”

306 “闾丘”三句:此三句也是采用巧缀辞格,由联想说开去。说闾丘放弃五马车驾而去,不如赠给山上的僧道作为坐骑,免得他们承受远途跋涉之疲劳。　“闾丘”句:前注204闾丘曾任台州刺史,汉时太守乘坐的车用五匹马驾辕,因借指闾丘的车驾。语出《日出东南隅行》:“使君从南来,五马立踟蹰。”玄冠之使:僧道之脚力。“玄冠”本指古代朝服冠名,黑色。此代指道士戴的帽子,并采用指代辞格和偏词复义的方法,代指僧道。

307 “壁顶”五句:此指明岩瀑,俗称“青天落白雨”。　绥绥(tuǒ):垂落貌。王褒《责须髯奴辞》:“约之以绁线,润之以芳脂,莘莘翼翼,靡靡绥绥。”

308 “见白狸”二句:明岩有白狸穴顶等待捕鼠的景点。　森:浓密。　磔(zhé):张开。

309 “尝穿穴”三句:意思是白狸成精,曾到明岩前偷饭,和尚没办法,造了一个塔压住白狸的脚。　厌(yā):一物压在另一物上。

310 萌怒未伸:萌芽状态已经饱满但尚未舒展开。

311 “至合掌洞”三句:《徐霞客游记》:“再得第三洞,则穹然两门,一东向,一南向,名合掌洞,中亦穹然明朗。”　天通:通透见天。　必无六月:因凉爽而感觉不到六月炎热的存在。

⑫“又上”四句：谓有一岩壁轮廓形似唐代所画的马。　唐马：唐代画马的特点是少露筋骨，却肉中有骨，肥硕强健。　鼓叫：发出像击鼓的声音。

⑬“忽见”四句：明岩有“达摩祖师西来影”。　达磨：亦作达摩，菩提达摩的省称，本名菩提多罗。天竺高僧，南朝梁时来中国，居嵩山少林寺，后面壁九年而化，禅宗称为天竺禅宗第二十八祖、中华初祖。　俨然：真切的样子。　西来生气：西来之爽气。　四明：明朝宁波府的别称。　刘光禄：生平不详。光禄，官名，掌祭享宴劳之事。

⑭“寒、拾”二句：寒山、拾得游化人间，常作疯颠态。《五灯会元》（卷第二）：“天台山拾得子，一日扫地，寺主问：‘汝名拾得，因丰干拾得汝归。汝毕竟姓个甚么？’拾得放下扫帚，叉手而立。主再问，拾得拈扫帚扫地而去。寒山捶胸曰：‘苍天，苍天！’拾得曰：‘作甚么？’山曰：‘不见道东家人死，西家人助哀？’二人作舞，笑哭而出国清寺。半月，念戒众集，拾得拍手曰：‘聚头作想，那事如何？’维那叱之。得曰：‘大德且住，无嗔即是戒，心净即出家。我性与你合，一切法无差。’”　复起：重新活过来。

⑮ 明河：天河，银河。　泬（xuè）溜：犹急流。泬，迅疾貌。溜，用以指急流。

⑯“而三虬松”三句：用巧缀辞格写松涛呜咽。　虬松：枝干遒劲的老松。

⑰“至广严寺”四句：《图书编・天台山》：“至广严寺，阅贫婆钟，谒荣师肉身像。师宋淳化间人，习禅定，多异迹，时呼为荣罗汉，死而不腐。”《浙江通志》（卷二百三十二）：“广严寺，《台州府志》：在县西五十里，旧名长陇。唐光启三年建，凡三徙至今地。宋治平元年改今额。旧传：寺铸钟，久不就，有老妪投一钱于冶中，钟即成，而钱宛然，号‘贫婆钟’。有怀容罗汉真身在焉。”　灰劫：佛教语。指大三灾中火劫后的余灰。此泛指不存踪迹。

⑱ 强作解事：不懂装懂，冒充内行。此指一定要举行仪式把王思任一行当作贵宾来接待。

⑲ 方行（páng）：遍行。　九宾礼：旧时极繁琐的礼节。《史记・廉颇蔺相如列传》：“今大王亦宜斋戒五日，设九宾礼于庭，臣乃敢上璧。”《集解》引韦昭曰：“九宾，则《周礼》九仪。”

⑳ 苦求解：苦苦要求不要用这样隆重繁琐的礼节。

㉑ 枵（xiāo）：饥饿。

㉒ 磬折：谓身体如磬中曲，以示恭敬。《庄子・渔父》：“今渔父杖拏逆

立，而夫子曲要磬折，言拜而应，得无太甚乎？”

㉓“得桃源”六句：相传是汉时刘晨、阮肇遇仙处。《赤城志》（卷二十一）：“刘阮洞，在县西北二十里。先是，汉永平中，有刘晨、阮肇入山采药，失道，见桃实，食之觉身轻，行数里，至溪浒，有二女方笄，笑迎以归。留半载，谢去。至家子孙已七世矣（见《续齐谐记》）。国朝景祐中，僧明照亦因采药，见金桥跨水，有二女戏水上，恍然如故事焉。乃疏凿为亭，植桃纷拥。令郑至道为即景物之胜，随处命名，时人争为赋诗。”《国民续修台州府志》卷一百三十八《穆亭逸事》载施际清“乾隆己卯读书桃源庵，庵去桃源里许，旧传有桃源洞，为宋时，固不知何在。” 坞：四面如屏的花木深处。 楹：屋一列或一间称为一楹。 颜：指堂上或门楣上的匾额。

㉔ 金桥潭：《赤城志》（卷二十四）：“金桥潭，在县西北一十五里。水清彻可鉴，旱涝不损益。”

㉕ 飞泉杵镜：成束的飞泉落于如镜的潭面。

㉖ 坎坎：《易·坎》：“六三，来之坎坎，险且枕，入于坎窞，勿用。”此用字面义，谓多坎洼。 幽疑：此指幽暗得让人疑惧。

㉗“不知”句：意思是不知是谁命名为“会仙石”。

㉘“而所谓”三句：意思是所称“双鬟峰”，只是两个郁郁葱葱的山峦，这是因刘、阮遇二仙女的事而命名的，所以可称此人为“因事授之氏”。 双鬟：本指古代年轻女子的两个环形发髻。此代指两位仙女。 葱蔚：草木青翠而茂盛。

㉙ 惆怅溪：曹唐《刘晨阮肇游天台·仙子送刘阮出洞》：“惆怅溪头从此别，碧山明月照苍苔。”

㉚ 扑跌：摔跤。

㉛ 山骨：山中岩石。

㉜ 得迹一趾：找到一块地方能放下脚。

㉝ 喜挣一跬：心里庆幸又往前走了一步。跬，半步。

㉞ 大青古绿：深绿。

㉟ 三山：传说中的海上三神山。典见《游焦山记》注②。 十二城：指昆仑仙境。《集仙录》：“昆仑之圃，阆风之苑，有城千里，玉楼十二。琼华之阙，光碧之堂，九层玄室，紫翠丹房。左带瑶池，右环翠水。”

㊱ 杳然：此处形容渺远貌。 太古：远古，上古。

㊲ 长老：用为僧人的尊称。

㊳38 今夕何年：语出苏轼《水调歌头》："不知天上宫阙，今夕是何年。"桃源传说中有刘、阮山间居半年，归来见到的是七世孙，故有此问。

339 "睿孺"四句：谓睿孺于是发痴相，说这里水似迎人，花似含笑，仙女一定会出来，坚持要等到傍晚。此由僧明照金桥再遇二仙女事引出，见前注323。

340 "予笑曰"四句：这话是拿突发绮思的睿孺开玩笑。谓仙女确实要来，只是我曾经卜《易》，得到《比》卦。卦辞说"神魂颠倒时才来，对仙女的后夫（戏指睿孺）来说，卦象不吉"。　《易》：即《周易》，相传为周文王所撰。《比》：《易经》六十四卦中的一卦。

341 "然二美"四句：意思是两仙女赠桃刘、阮送别，竟然还再次出现，我们此时来到此地，千古之下，真让人柔肠百回，情不能禁。

342 "记得"五句：这是周邦彦词《玉楼春》中的句子。　周美成：即周邦彦，字美成，北宋著名词人。

343 "此红泪"二句：意思是周词是代俪仙下泪的铭心刻骨之语，俪仙泪中血痕又年年洒在溪边桃花瓣上，染红了花瓣。"红泪"典出王嘉《拾遗记》："文帝所爱美人，姓薛名灵芸，常山人也。…… 灵芸闻别父母，歔欷累日，泪下沾衣。至升车就路之时，以玉唾壶承泪，壶则红色。既发常山，及至京师，壶中泪凝如血。"后因以"红泪"称美人泪。

344 琼台、双阙：《赤城志》（卷二十一）："琼台、双阙两山，自崇道观西北行二里，至元应真人祠，由真人祠取道仙人迹，经龙潭侧，凡五里至琼台，转南三里，至双阙。皆翠壁万仞，森倚相向，孙绰赋所谓'双阙云竦以夹道，琼台中天而危居'是也。"

345 土人：世代居住本地的人。

346 "云公"二句：云公表示要用手杖当眼睛，意思是要拄杖多走以找寻琼台、双阙。　云公：僧人名。

347 瀑水岭：《水道提纲》（卷十六）："北来之秀溪、铜溪，百丈岙、瀑水岭二溪诸水来注之。……百丈岙水出琼台，瀑水岭溪出桐柏山。"

348 "村农"五句：意思是小村姑桥边汲水，然后步入竹林，骤见之恍然惊为仙女。　居人：家居的人。　东西：指东施和西施，丑女与美女的代称。典出《庄子·天运》："故西施病心而矉其里，其里之丑人见而美之，归亦捧心而矉其里。其里之富人见之，坚闭门而不出；贫人见之，挈妻子而去之走。"

349 乞路：问路。

350 野人：泛指村野之人；农夫。

㉛“玉山”句：意谓玉山高寒，却满足了我的精神享受。玉山，指琼台。厌腹：吃得很饱。王安石《荀卿》：“荀卿以谓爱己者贤于爱人者，是犹以赡足乡党为不若食足以厌腹，衣足以周体者之富也。”

352“而予”句：意谓打算按照先前探桃花源走到惆怅溪尽头的做法。

353褰裳：撩起下裳。语出《诗·郑风·褰裳》：“子惠思我，褰裳涉裳。”

354“从樵路”三句：这一段路程艰难险阻，清代潘耒《游天台山记》也有记载：“乃复道瀑水岭，至百丈岙。循崖而行，杳无蹊径，崖断则走溪涧中，蹑石绝流以进。石或如剑棱、如菱角，平进万无着足理，兹乃腾跃过之。”

355衵(rì)：贴身内衣。《左传·宣公九年》：“陈灵公与孔宁、仪行父通于夏姬，皆衷其衵服以戏于朝。”

356草屦(jù)：草鞋。屦，单底鞋，多以麻、葛、皮等制成。

357方竹：竹之一种。外形微方，质坚。古人多用以制作手杖。

358鸟路：鸟道。险峻狭窄的山路。

359呼吸：犹呼应。前呼后应。　叮戒：叮咛告诫。

360阑入：无凭证而擅自进入。《汉书·成帝纪》：“虒上小女陈持弓闻大水至，走入横城门，阑入尚方掖门。”颜师古注引应劭曰：“无符籍妄入宫曰阑。”后泛指擅自进入不应进去的地方。

361“蜂缀”句：意谓像蜂子一样连缀或像猿猴一样以臂相牵引（一起往上爬）。

362眠扑偷过：大意是说匍匐或小心地攀援而过。

363洼隆悬滑：低洼突起，空悬滑溜。

364闭听一视：屏住呼吸朝下一看。

365侥幸齑粉：很幸运没有摔得粉身碎骨。　齑：碎末状。

366一万雉：形容高耸。雉，古代计算城墙面积的单位。长三丈、高一丈为一雉。　方玉楼：方形玉楼。参见前注335中“十二城”。

367大翠大锦：浓翠深彩。

368荟蕞(cuán)：此处是聚拢、汇集之意。蕞，堆聚。

369“古鼎”句：谓像两个圆形的古鼎高高地插在山峰上。

370碧尽霄霞：碧色直入云霄。

371令人魂绝：让人惊愕得魂飞魄散。

372“此皆”四句：意思是这里应该是得道成仙者的所在。　王子晋：即王子乔，周灵王太子，后成为神话传说中的仙人。　葛炼师：即葛洪。以擅长炼丹而有此称。　魏夫人：魏华存，字贤安，晋武帝时司徒魏舒之女。相传在南岳衡山静修十六年，得《太上黄庭内景经》，于东晋咸安九年（334）仙化，世称南岳夫人。　青鸾：古代传说中凤凰一类的神鸟。青色多者为鸾，为神仙坐骑。　步云气：谓腾云驾雾。云气，云雾。　金浆：道家仙药名。葛洪《抱朴子·金丹》："朱草……刻之汁流如血，以玉及八石金银投其中，立便可丸如泥，久则成水。以金投之，名为金浆；以玉投之，名为玉体。服之皆长生。"　石髓：此指石钟乳，可入药。《晋书·嵇康传》："又（嵇）康遇王烈，共入山，烈尝得石髓如饴，即自服半，余半与康。"

㊲㊲③ "始皇"句：《史记·秦始皇本纪》："既已，齐人徐市等上书，言海中有三神山，名曰蓬莱、方丈、瀛洲，仙人居之。请得斋戒，与童男女求之。于是遣徐市发童男女数千人，入海求仙人。"　始皇：秦王政统一全国后，创立了"皇帝"的尊号，自称始皇帝。　失志：此指未能实现求仙的愿望。

㉞④ "武帝"句：《史记·孝武本纪》："（李）少君言于上曰：'祠灶则致物，致物而丹沙可化为黄金，黄金成以为饮食器则益寿，益寿而海中蓬莱仙者可见，见之以封禅则不死，黄帝是也。臣尝游海上，见安期生，食臣枣，大如瓜。安期生仙者，通蓬莱中，合则见人，不合则隐。'于是天子始亲祠灶，而遣方士入海求蓬莱安期生之属，而事化丹沙诸药齐为黄金矣。"　武帝：即汉武帝刘彻。　绝景：犹言追求而不得一见的境界。

⑶⑺⑸ "波沸沸"句：谓水波涌起成突起的圆形漩涡。　沸沸：水涌流貌。

⑶⑺⑹ 龙物：指水中如龙之类神物。

⑶⑺⑺ 翾（xuān）捷：飞快。翾，飞貌。

⑶⑺⑻ 空谷之音：犹言"空谷足音"。《庄子·徐无鬼》："夫逃虚空者……闻人足音跫然而喜矣。"成玄英疏："忽闻他人行声，犹自欣悦。"

⑶⑺⑼ 伪笑：此指带着哭腔的强笑。

⑶⑻⑽ 忧未解：犹言惊魂未定。

⑶⑻⑴ 渊：犹言"渊冰"。语出《诗·小雅·小旻》："战战兢兢，如临深渊，如履薄冰。"后遂以"渊冰"喻危险境地。

⑶⑻⑵ 洪于虎：比遇见老虎还危险。

⑶⑻⑶ 斤竹岭：《浙江通志》（卷十六）："斤竹岭，《台州府志》：在县东四十五里，与临海分界。"

⑶⑻⑷ 胜具：原指好的登山工具。《蒙求》："翟汤隐操，许询胜具。"此指胆大足强，善于攀登，即《游九华山记》所谓"予胆如瓠，足如萝"。

㊳85 缘高：攀援而上。　都卢：杂技名。《汉书·西域传赞》："（武帝）设酒池肉林以飨四夷之客，作巴俞都卢……角抵之戏。"

㊳86 足所未阅：从未走过这样的路。

㊳87 以膝承颔：膝盖顶着下巴，攀登高坎时的动作。

㊳88 "不仅"句：意思是滋味超过了张公大谷梨。《文选·潘岳〈闲居赋〉》："张公大谷之梨，梁侯乌椑之柿。"李贤注引《广志》曰："阳北芒山有张公夏梨，甚甘，海内唯有一树。"

㊳89 "不知"四句：《赤城志》（卷四十）："《真诰》曰：越有桐柏之金庭，今剡县金庭馆乃沈约造，《本观记》云：约定居桐柏岭，建馆曰金庭，则是剡之金庭亦号桐柏也。今天台县洞宫以桐柏名，始于唐景云二年，司马承祯所置。"　桐柏宫：即桐柏崇道观。著名道士司马承祯于唐睿宗景云二年（711）建于天台山。

㊳90 九峰环裛（yè）：《赤城志》（卷四十）："桐柏崇道观，在县西北二十五里。旧名桐柏，唐景云二年为司马承祯建，回环有九峰（玉女、卧龙、紫霄、翠微、玉泉、莲华、华林、香琳、玉霄），自福圣观北盘折而上，至洞门，长松夹道，孙绰赋所谓'荫落落之长松'是也。吴赤乌二年，葛玄即此炼丹。今有朝斗坛，洎承祯所建堂。有云五色，因禁封内四十里，毋得樵采。又传承祯所居，黄云常覆其上。故有黄云堂、元晨坛（自颂云：堂号黄云，俯荫真炁。坛名元晨，仰窥清景）、炼形堂、凤轸台、朝真龙章阁。又有众妙台（盖以篆、隶、八分三体写《道德经》于巨幢置台上，故云），台下有醴泉，后皆芜废。太和咸通中，道士徐灵府、叶藏质新之。梁开平中，改观为宫。有钱忠懿王所赐金银字经二百函及铜三清像（忠懿自为记，夏英公竦亦有《经藏记》）。周广顺二年，朱霄外建藏殿。国朝大中祥符元年改今额。政和六年建元命殿，又有御书阁，閟三朝宸翰，及高宗所临晋唐帖，阁今不存。绍兴二十二年杨和王存中重建三清殿，曹开府勋建三门，曹又于观北结庵，赐号冲啬云。"　裛：缠绕。

㊳91 三井：《浙江通志》（卷二百三十二）："福圣观，《台州府志》：在桐柏山西南，瀑布岩下。吴赤乌二年为葛元（玄）建，旧名天台，额乃元（玄）飞白书。西北枕翠屏上有三井，号三绝之一。泄为瀑布，蔽崖而下，状如垂蜺数百丈，有溅珠亭。"　玄湛：清澈透底。

㊳92 司马承祯：字子微，号白云子。唐道士，从潘师正受传符箓及服饵、辟谷、导引之术。是陶弘景上清派茅山宗的第四代传人。

㊳93《真诰》：道教典籍，南朝梁陶弘景编撰。

㊳94 "吴有"四句：《真诰》："吴有句曲之金陵，越有桐柏之金庭，三灾不生，

洪波不登，实不死之福乡，养真之灵境。” 吴：古国名。姬姓，始祖为周太王之子太伯，建都于吴（今江苏省苏州市）。 钩曲：即句曲，山名。在今江苏省句容县东南。 金陵：此指府治在金陵（今江苏省南京市）的江宁府。 越：古国名。建都会稽。此主要指浙江一带。 三灾：佛教谓劫末所起的三种灾害。刀兵、疫疠、饥馑为小三灾，起于住劫中减劫之末；火、风、水为大三灾，起于坏劫之末。见《俱舍论·分别世品》。

㊽㊺“是宫”四句：《赤城志》（卷三十）：“唐崔尚碑云：天台也，桐柏也，代谓之天台，真谓之桐柏。……桐柏山高万八千丈，周旋八百里，其山八重，四面如一。中有洞天号金庭宫，即右弼王乔子晋之所处也。是之谓不死之福乡，养贞之灵境，故立观有初，强名桐柏焉耳。古观荒废则已久矣，故老相传云：昔葛仙公始居此地。而后有道之士往往因之，坛址五六，厥迹犹在。洎乎我唐有司马炼师居焉，景云中，天子布命于下，新作桐柏观。”

396 “其为”句：瑶池蕊室、玉宇丹台、白鹿青禽、灵芝瑞草，均为桐柏宫当时的建筑与胜迹。

397 灵粒：道家想象中的食后可经久不饿的仙米。

398 元明宫：在桐柏宫东北的方瀛山上，唐长庆元年（821）徐灵府定室于此，宋大中祥符元年（1008）改名元明宫。《赤城志》（卷二十一）：“方瀛山，在县西北二十八里。按徐灵府《小录》云：由桐柏北上。一峰可五里许，上有平畴，余十亩间，以陂池前眺，苍峰后即云盖峰也。长庆中，灵府居此，宝历元年赐今名。”清人桑调元游天台诗有《元明宫》。

399 吹箫台：此台宋朝尚存。《赤城志》（卷二十一）：“子晋岩，在县西北六十里。平夷可宴坐，俗传王乔尝吹箫于此，故名。”又（卷三十）：“吹箫台、瀛峰室，故址尚存（铜钟一，唐景龙二年所铸）。国朝治平三年改今额。”

400 遗响绛云：云彩中似乎还袅有余音。绛云，红色的云。传说天帝所居常有红云拥之。

401 呼吸：此指声息。

402 巘（yǎn）：山顶。《诗·大雅·公刘》：“陟则在巘，复降在原。”朱熹集传：“巘，山顶也。”

403 心：中心地带。

404 径行：此指有小径可以通行。

405 “道士”三句：因作者对道士“必无行理”的说法不满，反讽说这一行人都是从山下飞上来的，所以道士气得用肚子撞击他。 誂：应是“撞击”的意思。

⑯ "徐大受"十一句:《浙江通志》(卷四十六):"琼台,王士性《游天台山记》: 自桐柏行五里,至琼台。台在大壑之心,石山空起,状如削瓜,下俯百丈潭。" 徐大受: 原名徐逸,字季可,宋代天台人。孝宗淳熙年间特科中举。深为朱熹所器赏。 《山行》摘句:"大壑之心,琼台突起。岚光破绿,状如削瓜。下俯百丈龙湫,心悸骨惊,不可近视。" 形容: 形象。 龙湫(qiū): 上有悬瀑下有深潭,谓之龙湫。

⑰ 穷日: 终日。

⑱ 望妙于登: 远望比亲身到达的效果更好。

⑲ 仙路凡隔: 谓"琼台""双阙"都是仙境,与凡境不相通。

⑳ 破鸿濛: 犹言"开辟鸿濛",比喻人类第一次做某事。鸿濛,宇宙形成前的混沌状态。

㉑ "兴公"十句: 均出自孙绰《天台山赋》。 "倒景"四句: 原文是"或倒景重溟,或匿峰千岭,始经魑魅之涂,卒践无人之境。"李善注曰:"重溟,谓海也。山临水而影倒,故曰倒景也。"李周翰注曰:"言此山俯以临深海,山影倒在水中,其峻峰远在岭后,故为千岭所蔽。"张铣注曰:"魑魅,山鬼。谓初经鬼魅之道,终至无人之处。言深远也。" "陟降"四句: 李善注曰:"《毛诗》曰:'陟降庭止。'毛苌曰:'陟降,上下。'《左氏传》曰:'凡师一宿为舍,再宿为信。'《尔雅》曰:'迄,至也。'《十洲记》曰:'沧浪海岛中有石室,九老仙都治处。仙官数万人。'"李周翰注曰:"言上下两宿,至于仙都也。"李善注曰:"顾恺之《启蒙记》注曰:'天台山立双阙于青霄中,上有琼楼、瑶林、醴泉,仙屋毕具。'《十洲记》曰:'承渊山金台玉楼,流精之阙,琼华之室,西王母之所治,真官、仙灵之所宗也。'"

㉒ "意兴公"句: 李周翰注《天台山赋》曰:"孙绰为永嘉太守,意将解印,以向幽寂,闻此山神秀,可以长往,因使图其状,遥为之作赋。" 神秀: 孙绰《天台山赋序》:"天台山者,盖山岳之神秀者也。"

㉓ "止欲"句:《世说新语 · 文学》:"孙兴公作《天台赋》成,以示范荣期,云:'卿试掷地,要作金石声。'"金石,钟磬之类的乐器。后以"掷地金声"形容辞章优美。

㉔ "谒孤竹"三句: 孤竹,指伯夷、叔齐。首山,即首阳山。商代孤竹君的两个儿子在商灭亡后,耻食周粟,逃到首阳山,采薇而食,最终饿死。徐霞客《后游天台山日记》:"五里,上桐柏山。越岭而北,得平畴一围,群峰环绕,若另

辟一天。桐柏宫正当其中,惟中殿仅存,夷齐即伯夷、叔齐,二石像尚在右室,雕琢甚古,唐以前物也。”

⑮“岂九天”句:《浙江通志》(卷二百三十二):“(福圣观)又有隐真中峰,盖梁徐则所居之处。唐咸通中,刺史姚鹄建老君殿。宋大中祥符四年改今额,绍兴十一年置九天仆射祠。按《众真记》:夷齐死为九天仆射,治天台山。三十年,侍郎杨偰妻赵氏以老君殿建三清殿。明初并入桐柏观。” 仆射:官名。秦始置,汉以后因之。位仅次尚书令,后置左右仆射。唐宋时左右仆射为宰相之职。

⑯“扪宋”句:应指宋代乾道年间的碑刻。“乾道”为宋孝宗年号(1165~1173)。

⑰韩择木:韩愈叔父。唐代书法家,善八分书,颇秀劲。 《崔尚颂》:指唐代文人崔尚的《唐天台山新桐柏观颂》。《赤城志》(卷三十):“此碑乃韩择木书,至今珍尚之。”

⑱“出洞门”五句:叶良佩《游天台山记》:“还宿黄云,明日出洞门,盘折而下,行数里,至福圣庄观瀑布。”

⑲夏雪春雷:瀑布像夏天在下雪,瀑声如春天的惊雷。

⑳瀑布寺:《赤城志》(卷二十八):“瀑布寺,在瀑布西一里,宋元嘉二年僧法顺建,今废。”

㉑础:柱子下面的石头底座。

㉒葛:此应指葛衣,葛布制作的夏衣。

㉓“似入”二句:《史记·高祖本纪》:“秦,形胜之国,带河山之险,县隔千里,持戟百万,秦得百二焉。”裴骃《集解》引苏林曰:“得百中之二焉。秦地险固,二万人足当诸侯百万人也。” 潼关:故址在今陕西省潼关县东南,处陕西、山西、河南三省要冲,素称险要。

㉔云封树灭:绿树在云遮雾绕之中。

㉕唱凯:高唱凯歌。

㉖疑眩茫然:恍然不知是梦寐还是游览。

㉗“人间”二句:语出杜甫《观李固请司马弟山水图三首》(之二):“方丈浑连水,天台总映云。人间长见画,老去恨空闻。”杜诗感叹虽然经常看到名山大川的图画,但遗憾的是年纪老大还是没有亲临天台。

㉘击碎唾壶:典出《晋书·王敦传》:“(王敦)每酒后辄咏魏武帝乐府歌曰:‘老骥伏枥,志在千里。烈士暮年,壮心不已!’以如意打唾壶为节,壶边尽

缺。”此谓极有同感。唾壶,一种小口巨腹器皿。

㊾ 万年:地名。即京兆万年(今陕西长安)。杜甫在长安客居十年之久,故称。

430 寓公:古指失其领地而寄居他国的贵族。后凡流亡寄居他乡或别国的官僚、士绅等都称“寓公”。此处是王思任对自己暂居天台的谐谑称呼。

431 洒脱:自然,不拘束。

432 征候:发生某种情况的迹象,征兆。

433 便遗:大便。　化捐:变化捐弃。

434 侈予:厚爱我。

435 外史氏:作者自称并表示欲下赞语;仿造并区别于正史中的“太史公”“史臣”等语。

436 文衡:本指判定文章高下以取士的权力。评文如以秤衡物,故云。此指把天台各峰当作文章来进行品第。

437 竣事:了事,完事。

438 放榜例:采用考试后公布录取名单的方法。

439 品题甲乙:确定其名次高下前后。

440 矢诸天日:对着太阳起誓。矢,发誓。诸,“之于”的合音。

441 偷心:怠惰之意。

442 “文章”八句:此点评琼台、双阙之美。　胎骨:指坯模或骨架。　清高:纯洁高尚。　“万玉”句:像很多玉石剖开色泽晶莹剔透。　“万绣”句:像万匹锦缎打开色彩夺人眼目。　昆仑嫡血:是昆仑仙山的嫡传。昆仑,见前注335。　奴仆群山:天下其余的山脉只配作它的奴仆。

443 “不由”二句:谓不因父兄师傅援引,直接参拜神圣。

444 “雄奇”二句:意思是雄奇到了极点,反而有一种正大光明之美。　正正堂堂:形容正大光明。语出《孙子·军争》:“无要正正之旗,勿击堂堂之阵,此治变者也。”

445 腹字多奇:“腹多奇字”之倒文。指石梁是文章中冷僻生新的风格。

446 解颐:开颜欢笑。　殢(tì)步:流连忘返之意。殢,滞留。

447 “能品”句:能品、神品,本指绘画的两种较高层次。黄休复《益州名画录》,记载自唐乾元到北宋乾德在今四川成都一带留有画迹的五十八位画家,按逸、神、妙、能四品区分。以逸品为最高。

448 “孤月”二句:好像一轮明月正孤寂地照在洞庭万顷波上。皎然《与朝阳山人张朝夜集湖亭,赋得各言其志》:“洞庭孤月在,秋色望无边。” 洞庭:即洞庭湖。在湖南省北部、长江南岸,湘、资、沅、澧四水汇流于此,在岳阳市城陵矶入长江。

㊾ “忽有”二句:化用岑参《白雪歌送武判官归京》:“忽如一夜春风来,千树万树梨花开。……轮台东门送君去,去时雪满天山路。”

㊿ 旷世:绝代,空前。 逸才:指出众的人才。

451 恍惚:迷离。《老子》(第二十一章):“道之为物,惟恍惟惚。惚兮恍兮,其中有象;恍兮惚兮,其中有物。” 幽玄:幽深玄妙。

452 扶余:亦作夫余,古国名,位于今松花江流域。渤海国时为扶余府。 穷北:极远的北方。

453 “邓艾”二句:《三国志·魏书·邓艾传》:“(邓)艾自阴平道行无人之地七百余里,凿山通道,造作桥阁。山高谷深,至为艰险,又粮运将匮,频于危殆。艾以毡自裹,推转而下。将士皆攀木缘崖,鱼贯而进。” 邓艾:三国义阳棘阳(今河南新野东北)人,字士载。仕魏,功封邓侯,官至征西将军。伐蜀时督军至成都,使蜀主刘禅降,进太尉。旋被诬谋反,被杀。 缒:用绳悬人或物使下坠。

454 醉笔:应指张旭和怀素的书法。二人号称“颠张醉素”,笔势恣肆放纵,狂放不羁。

455 英英玉立:仪态俊美的样子。王义山《挽溪园周知郡》:“英英玉立已班行,地位如何不庙堂。”

456 “不与”句:典出《史记·淮阴侯列传》,已见《游焦山记》注⑯。 绛、灌:汉初绛侯周勃与颍阴侯灌婴,两人皆辅佐刘邦,屡立军功,为一时名将。

457 才气太露:谓过于表现自己。班固《离骚序》:“今若屈原,露才扬己,竞乎危国群小之间,以离谗贼。”

458 烟火:犹言“烟火气”。此指名利心。

459 孤芳独唳:像独秀的香花,像鹤鸣鸡群。

460 奇矫:奇特出众;奇特雄健。

461 目摄:此指目光被吸引。

462 清新俊逸:杜甫《春日忆李白》:“清新庾开府,俊逸鲍参军。”清新,清美新颖。俊逸,超群拔俗。

463 “魄张”二句:形容风格豪放。陆游《跋东坡七夕词后》:“歌之曲终,觉天风海雨逼人。”

㊸ 夙：平素。

465 曲有微情：内蕴情感。微情，隐藏而不显露的感情。《礼记·檀弓下》："礼有微情者。"孔颖达疏引何胤云："哭踊之情必发于内，谓之微。微者，不见也。"

466 "藏若"二句：《文选·陆机〈文赋〉》："若夫应感之会，通塞之纪，来不可遏，去不可止，藏若景灭，行犹响起。"李周翰注曰："用情有应感于会合之地者，通塞于纲纪之所者，则思来不可遏而拒之，思去不可止而留之，非人力所致也。思之将藏，若形影之灭没也；将行，如音响之动也。"

467 停匀：匀称。 冲粹：中和纯正。

468 长春圃：本为福建永安境内的地名。此用字面义，指永远是春天的园圃。

469 实称其名：确实与"天封"的名称相符合。

470 "句句"四句：意思是"仙人赶石"虽然不是入流的景点，但不能因之摒弃。 番语：旧时称少数民族或外国的语言。此指晦涩难懂。 鬼才：唐李贺才气怪谲，诗风奇诡，世称"鬼才"。王思任《〈李贺诗解〉序》称李贺"人命至促，好景尽虚，故以其哀激之思，必作涩晦之调。喜用'鬼'字、'泣'字、'死'字、'血'字，如此之类，幽冷溪刻，法当夭乏，敖陶孙考之为食露盘也。" 僻肠：另类心肠。 "不得"句：意思是不能从文体正变奇平的角度废弃它。 黜：废除。

471 "或前事"句：前人已经作出品第，此次多被忽略。

472 一日之长：语出《论语·先进》："子路、曾皙、冉有、公西华侍坐，子曰：'以吾一日长乎尔，毋吾以也。'"此指景物特别之处。

473 星屑：零星琐碎。

474 目未接予：我没有亲眼看到。

475 足尚妒尔：我的脚还嫉妒那块地方（指没有亲临）。

476 拔十得五：本谓选拔人才而得其半数。典出《新唐书·张九龄传》："夫吏部尚书、侍郎，以贤而授者也，岂不能知人？如知之难，拔十得五，斯可矣。"此指品第所游之地一半的景观。

477 挂一漏万：谓列举不周，必多遗漏。语本唐韩愈《南山诗》："团辞试提挈，挂一念万漏。"

478 次第：品评等次。

【评品】

本文写于万历三十八年(1610)。这篇游记洋洋万言,是王思任游记中最长的一篇,也是写得最精彩的文章之一。作者的文章风格在此文中得到了精彩纷呈的表现。首先,作者的描写,心追手摹,兔起鹘落,剔肝抉胆,自出手眼。绝不作一熟语、浅语、嫩语,而一旦下笔,则未可移易。如写竹阁:“流泉潺潺,曲径花深,就樾阴作小圃,药栏点缀,文洁可爱。”写珠帘瀑:“则鲛人之泪,万颗圆明,抽袭冰蚕,向月下织结晶丝箔者。”写国清寺:“而山清水清,松清塔清,钟清鸟清,桥路俱清,僧更清,而予所居塔左静舍益又清。”写村女行汲:“村农女儿小桥边行汲,入竹去,仙家矣! 篱花自笑,居人何必解东西也?”文中大量典事,几乎是十面埋伏、草木皆兵。但不为堆垛,旨在发掘天台作为法华宗(即天台宗)佛教名山的文化含蕴。对其创始者智者大师涉笔尤多,如写及国清寺、塔头寺(真觉寺)、高明寺、天封寺、华顶寺等地的相关胜迹。措辞用典,形成独特的瑶光宝蕴、吐贝含珠的超拔风采。其次,王思任散文,很容易给人留下“不情”的印象,而本文作者显示了钟情正在我辈的一个侧面。如“每饭不忘巨鹿”之于雪堂上人,“予薄倖矣”之于龙妹,“红泪下语,年年血在桃花”之于桃溪俪仙,铁丈夫之柔情万种,愈能感人至深。再次,作者此文信手拈来之谐谑,往往将错就错,妙语解颐,涉笔成趣;亦谑庵本色语也。另外,本文的议论以及对天台景观的品第,吐属亦千载之下,一人而已。

孤　屿(永嘉)[①]

九斗山之城北有江枕[②],曰孤屿,谢康乐所朝夕也[③]。屿去城百楫[④],东西两山贯耳,海潭注其间,故于山名孤屿,而于水又名中川。宋僧蜀清了为龙说法,解脱之,土其宫,而两山属[⑤],于是起江心寺,而孤屿反在隐隐隆隆之际[⑥]。今人不言孤屿,但言江心寺。寺之左为文丞相祠[⑦]。丞相曾航海求二王,至寺,题诗壁间,八行黑泪，天地无光[8]，今尸其貌[9]，穹窿其语[10]，以为江山重。前有浩然楼[11]，拜先生罢，一登眺焉，而江山于是乎大且尊矣[12]。右为卓侍郎祠。侍郎永嘉人，死靖难节[13]，月午天空[14]，可伴文丞相叹语，故匹之。方丈中留高宗手书“清辉”二字[15]，懦夫乃有立笔[16]！山故东西塔相峙，而予翔西塔之颠，憩于澄鲜阁[17]，望海山如铁城[18]，层紫堆青，俱以头面卫中国[19]。万里风来，点点从阆瀛中漉过[20]，顷刻饱我衣袂[21]。石帆月窦之间，俱鲛人之所出没欢呼[22]，海大鱼突起豫且之网[23]，霜跌银跳[24]，俄而益箸鲜矣[25]。夫恶知非白龙之肉，海若敕琴高[26]，一犒执事下邪[27]？寺门榜曰“龙海珠林”[28]。王季中饮予酒[29]，令童子歌其尊人《八声甘州》词[30]，真有“大江东去，浪淘千古”气意[31]。寺门前平白如砥[32]，老松疏樾，图浓染碧，寒落杯中[33]，吹台霞晚[34]，望僧阁俱在竹云里[35]，秃秃鹤放[36]。一舸纵还，稳坐天上，眼花虽乱，绝无金鱼片浪之忧[37]。正人来止[38]，文人言集[39]，酒人肠洽[40]，然则水中之山，除讫蓬莱，抑孤屿也哉[41]！

【注释】

① 孤屿：永嘉（明属温州府）孤屿位于今浙江省温州市北瓯江之中，东西长，南北狭。东、西各有山峰，中间龙潭（也称中川），逐渐淤塞。南宋绍兴七年（1137），蜀僧清了来此设坛说法，率众填塞中川，并在填塞处建寺，名中川寺，通称江心寺。《万历温州府志》（卷之一）：“孤屿，在城北江心。两峰对峙，江流贯其中，而趾连亘，故昔人称为孤屿。……东西峰各有塔，又有谢公亭、文丞相祠、澄鲜阁、浩然楼、卓忠贞祠。”屿，小岛。

② 九斗山之城：代指永嘉郡。《嘉靖永嘉县志》（卷之一）：“按郡城九斗山：松台、郭公、海坛、华盖四山为斗魁，积谷、巽吉、仁王、三山为斗柄，黄土、灵官为左右辅弼。” 江枕：江中形似枕头的山峦。

③ “谢康乐”句：谢灵运被贬为永嘉太守时，曾写《登江中孤屿》，有句曰：“乱流趋正绝，孤屿媚中川。云日相晖映，空水共澄鲜。” 谢康乐：即谢灵运，原名公义，以字行于世，小名客儿，世称谢客。南北朝时期杰出文学家。为东晋名将谢玄之孙、秘书郎谢瑍之子。东晋时世袭为康乐公，故称。 所朝夕也：谓朝夕相处。语出韩愈《题谢公游孤屿》：“朝游孤屿南，暮嬉孤屿北。所

以孤屿鸟，尽与公相识。”

④ 百楫：形容距离很近。楫，短桨。王叔杲《孤屿记》谓“距郭里许”。

⑤ “宋僧”四句：王叔杲《孤屿记》：“宋时有蜀僧清了说法，相传龙化人来听，了随投土石窒潭，联两山，创今寺。”王思任以《六祖坛经》慧能事神之：“寺殿前有潭一所，龙常出没其间。……师持钵归堂上，与龙说法。龙遂蜕骨而去，其骨长可七寸，首尾角足皆具，留传寺门。师后以土石堙其潭。” 清了：一作“青了”。僧人名，四川左绵（今四川绵阳市）人。绍兴七年（1137），宋高宗书诏其由普陀来主普寂、净信二寺。 解脱：佛教语。指摆脱烦恼业障的系缚而复归自在。 土其宫：指在龙栖息的潭中填土。 属：连接，相连。

⑥ 隐隐隆隆：隐隐之中而有丰露之象。语出《葬书》：“隐隐隆隆，穴在其中。”

⑦ 文丞相：即文天祥，字履善，后改字宋瑞，号文山，吉州庐陵（今江西吉安县）人。宋端宗即位福州时，拜为右丞相兼枢密院事，封信国公，坚决抗元，力图恢复中原，兵败被俘，不屈而死。

⑧ “丞相”五句：《宋史·文天祥传》载，文天祥曾于德祐二年（1276）在元兵押解的途中逃脱，四月初八泛海来到温州，在孤屿留居一个月。听说赵昰、赵昺已至福建，即上表劝进，不久被诏至福州，任右丞相兼枢密院事。 二王：指端宗赵昰和帝赵昺。 “至寺”二句：文天祥在温州江心寺曾题诗曰：“万里风霜鬓已丝，飘零白首壮心悲。罗浮山下雪来未，扬子江心月照谁。只谓虎头非贵相，不图瓶乳有归期。乘潮一到中川寺，暗读中兴第二碑。” “八行”二句：谓八句墨汁题诗像八行黑色的眼泪，足以彪炳天地，不仅是与日月同光。

⑨ 尸其貌：以他的画像作为神主、神像。尸，神主，神像。《庄子·庚桑楚》：“庶几其圣人乎！子胡不相与尸而祝之，社而稷之乎？”

⑩ 穹窿其语：意谓将文天祥的题壁诗用阳文雕刻。阳文文字隆起，故谓之穹隆。穹窿，中央隆起，四周下垂。

⑪ 浩然楼：万历年间府同知刘正亨在文丞相祠前筑浩然楼，建制伟敞。

⑫ “而江山”句：谓因为文天祥像和题诗，所以此地的江山显得高大而尊贵。

⑬ “右为”三句：据《明史·卓敬传》，建文初，卓敬曾密疏请徙燕王（即朱棣，后之永乐帝）于南昌，事不行。燕王即位后，卓敬被系狱，永乐帝怜其才，遣人劝其仕新朝，不屈，被害，并夷三族。永乐帝曾叹曰：“国家养士三十年，惟得一卓敬！” 卓侍郎：即卓敬，字惟恭，曾任给事中，遇事敢言。历官户部侍郎。

故称卓侍郎。　靖难：明太祖朱元璋去世后传位于长孙朱允炆，是为惠帝，年号建文。建文帝采纳齐泰、黄子澄削藩之策，燕王朱棣以入朝“清君侧”为名，率军南下，号曰“靖难”。至建文四年六月，靖难军攻破南京，建文帝不知所终。燕王称帝，年号永乐，是为明成祖。　死节：为保全名节而死。

⑭ 月午天空：谓皓月升在辽阔的天中。

⑮ “方丈”句：《万历温州府志》（卷之四）：“唐咸通间建西塔，宋开宝间建东塔。元丰间赐东塔为普寂院，西塔为净信院。建炎时高宗驻跸，御书‘清辉’‘浴光’二轩，刻于石；赐普寂为龙翔，净信为兴庆。”　方丈：指寺院。　高宗：指宋高宗赵构。

⑯ “懦夫”句：可以使软弱之人立大志向的笔力。语出《孟子·万章下》：“故闻伯夷之风者，顽夫廉，懦夫有立志。”

⑰ 澄鲜阁：得名于谢灵运《登江中孤屿》中的名句：“云日相晖映，空水共澄鲜。”澄鲜，清新。

⑱ 铁城：像铁铸成的城墙。

⑲ 头面：此指雄伟的外表。

⑳ 阆瀛：阆苑和瀛洲。见《游焦山记》注④和《天台》注(373)。

㉑ 饱我衣袂：快哉雄风，吹得衣袂像风帆一样鼓起。

㉒ “石帆”二句：石帆月窦，指海底石头帆船和月形石洞。二句的意思是海底则是鲛人出没欢呼的地方。　鲛人：海底织绡之人。详见《天台》注(111)。

㉓ “海大鱼”句：豫且，渔人的名字。典出《史记·龟策列传》：“宋元王二年，江使神龟使于河，至于泉阳，渔者豫且举网得而囚之，置之笼中。”豫且的典故还常与白龙联系在一起。刘向《说苑·正谏》：“昔白龙下清冷之渊，化为鱼，渔者豫且射中其目。白龙上诉天帝，天帝曰：‘当是之时，若安置而形？’白龙对曰：‘我下清冷之渊化为鱼。’天帝曰：‘鱼固人之所射也，若是，豫且何罪？’”故下文有“恶知非白龙之肉”。　突：凸。

㉔ 霜跌银跳：闪着白鳞的大鱼像霜雪或银块一样跌落和跃起。

㉕ 益箸鲜：增添佐餐的美味。箸，筷子。

㉖ 海若：《楚辞·远游》：“使湘灵鼓瑟兮，令海若舞冯夷。”王逸注：“海若，海神名也。”　敕：自上命下之词。特指皇帝的诏书。　琴高：《列仙传》（卷上）：“琴高者，赵人也。以鼓琴为宋康王舍人。行涓、彭之术，浮游冀州涿郡之间二百余年。后辞，入涿水中取龙子，与诸弟子期曰：‘皆洁斋待，于水傍设祠。’果乘赤鲤来，出坐祠中，旦有万人观之。留一月余，复入水去。”

㉗ “一犒”句：此句点化《左传·僖公二十六年》展喜“使下臣犒执事”一语。谓犒劳我们这班执事臣下。　执事：此处指供役使者，仆从。

㉘ 龙海珠林：《光绪永嘉县志》（卷之三十六）：“参知旸谷王先生雅抱卓朗，捐赀缮修，揭为‘龙海珠林’。殿庑门庭，以次鸠工。仍祠文文山、卓忠贞，而浩然楼屹立中央，睨霄俯江，千百年勃勃犹有生气。”珠林，指佛寺。

㉙ 王季中：据后文《仙岩》“予友王季中辄浮大白，叫何如”，知为作者友人。

㉚ 尊人：对他人父母的尊称。即王季中之父王叔杲。《仙岩》：“寺境废而复起，永嘉王旸谷先生之力居多，先生即季中之父也。”王旸谷是《江心志》的首创者之一。《四库全书总目提要》：“明释成斌、郡人王旸谷始创为之志。”《八声甘州》：词牌名。

㉛ “真有”句：指苏轼《念奴娇·赤壁怀古》“大江东去，浪淘尽、千古风流人物”之句。苏轼是宋词豪放派的创始人，此句谓王季中父亲的词作有豪放派的意度。

㉜ 平白如砥：王叔杲《孤屿记》：“江心故插楗为塘，岁久，海潮冲啮。予弟旸谷乃甃以石，中为广埠，登埠入寺。”

㉝ 寒落杯中：森森然的寒意似乎渗入酒中。

㉞ 吹台：《嘉靖温州府志》（卷二）：“吹台山，去城南二十里。高处正平，相传王子晋吹箫之所。此山广袤二十余里，若马鞍。”

㉟ 竹云：茂密如云的竹林。澄鲜阁附近有竹阁。

㊱ 秃秃鹤放：《乾隆温州府志》（卷之二十三）：“按旧志：驻鹤亭，在巽吉山顶。白玉蟾尝驻鹤于此，故名。”秃秃，此应为鹤扑打翅膀的象声词。

㊲ “一舸”四句：化用杜甫《小寒食舟中作》诗意：“春水船如天上坐，老年花似雾中看。”　舸：此指小船。　稳坐天上：谓江水清澈，云如水中起，船如天上行。　眼花虽乱：形容看见美色或繁复新奇的事物而感到迷乱。　“绝无”句：谓日光下微波不兴。

㊳ 止：助词。用于句末，表确定语气。

㊴ 言：助词。无义。

㊵ 肠洽：衷肠和洽。

㊶ “然则”三句：谓寰宇之中，绕水之神山，除蓬莱之外，就是孤屿了。王叔杲《孤屿记》：“东塔则盘纡嵲嵲，望挂彩诸峰如挟浪浮动，僧庐环塔外，波光摇漾，秀色空濛，若蜃楼起海上焉。”

【评品】

本文写于万历三十八年(1610)。此文与王季中颇有渊源,其父王旸谷是孤屿海潭埠头、殿庑门庭的修缮者,王叔杲《孤屿记》提及"予弟旸谷",则王叔杲为季中伯父。与王叔杲《孤屿记》相比,乃知王思任游记上承唐宋游记,下开桐城派先声。一是游踪跳宕,为叙事、抒情、议论铺垫。如《孤屿记》开头:"瓯郡环九山而城,志称九斗城。北枕江,江之中浮大洲为孤屿,有江心寺。屿东西初两山分峙,中贯川流,为龙潭,因名中川。川上有小山,即孤屿也。两山故并创禅院,树塔。"无不是彼详我略,彼无我有。二是议论着我之色彩。如《孤屿记》谓"孤屿之所重者"不在于山水之奇,而在于托倚忠臣伟士,所作为泛泛之论:"诸山水名寓内者,得诡异则奇,得名贤则重。蓬莱方丈为仙灵所宅,世固以奇目之。若忠贤伟士,生死关于元化,所托迹降神之地,流风不泯。后之人想像慨慕彼山若水,遂以擅名千古。"而本文写江心寺左右两祠时,三呼文丞相,两呼卓侍郎,一呼先生,表现了对两位高节凛凛的社稷英才崇仰之情。联系王思任在明亡后,闭门大书"不降",绝食弥留之际,连呼"高皇帝"者三。这种"社稷留还我,头颅掷与君"(《吊于忠肃祠》)的英雄气概,与文丞相、卓侍郎相比,实可谓"君子有之,是以似之",故知作者山水游记亦为披肝沥胆的性情文字。

华　盖(永嘉)[①]

海雨在四五月间,如妇人之怒,易构而难解[②];又如少年无行子,盟在耳门[③],须臾翻覆[④]。予旅居鹿城外[⑤],去华盖[⑥],鸟声相答,而遂无如此滂滂者[⑦],何矣?出门败格[⑧],凡十余举。不谓容成大玉之天,反忌勾漏令窥识[⑨]。予友庄使君实长此洞[⑩],言乘漏景,必觞予是间[⑪],杯入掌而滂沱建瓴下[⑫]。山不析眉目久之[⑬],得乍霁,遂牵舆取道蒙泉,上颠亭[⑭],看山海云物忙甚,似六国征调百万军骑,分路战祖龙者[⑮]。大江乃抽匣之剑,光采陆离[⑯],然时时闪暗推磨[17]，万顷不定。正欲呼吸天风，而触肤薄谢[18]，元气团人[19]，都无所见。仅有积谷山[20]，惚恍中聊相慰藉耳[21]！而所谓容成洞、春草池、谢岩、郭祠[22]，俱从屐齿下失过[23]。然华盖能妒予，不能禁予不看风雨之华盖也。乳柑若火齐时[24]，稻蟹膏流琥珀[25]，吾当来住梦草堂[26]，拄九节短筇[27]，日日踏华盖顶门[28]，歌呼笑骂，醉则遗溲而去[29]，吾之愤愤于兹山者，庶有象乎[30]！

【注释】

① 华盖：华盖山。永嘉九斗山之一。《万历温州府志》（卷之一）："永嘉县华盖山，一名东山。在郡东偏，城沿其上。郡城九斗山，此山锁其口。有'容成大玉洞'，道书为'天下第十八洞天'。"相传是容成子的飞升之地，据说王羲之在温州当太守时，访得容成子遗留下的一座炼丹井，在井栏的内侧曾书刻下"容成太玉洞天"等字。

② "海雨"三句：喻海边四五月份的雨水很多，下起来就没完没了。 易构而难解：容易形成，难于化解。

③ 盟在耳门：盟誓还在耳边。

④ 须臾翻覆：用无行少年的盟誓片刻间翻覆，喻天气偶尔放晴，不一会又下起雨来。翻覆，语出唐杜甫《贫交行》"翻手作云覆手雨"，此处断取诗中"云雨"之意。

⑤ 鹿城：《嘉靖温州府志》（卷一）："（永嘉）又号鹿城，凿井二十有八，以象列宿。旧志云：白鹿城连五斗之山，通五行之水。"

⑥ 去：离开。

⑦ 滂滂：雨不止貌。

⑧ 败格：原指卦象。倪元璐《儿易外仪》（卷十五）："如四卦四爻或五卦三爻、三爻五爻，三卦皆为败格，间有用败者。"此指运气不好，行事不利。

⑨ 忌：嫉恨。 勾漏令：杜甫《为农》："远惭勾漏令，不得问丹砂。"《九家集注杜诗》："晋葛洪，字稚川。从祖玄，吴时学道得仙，号曰'葛仙公'。其炼丹祕术，悉得真法。以年老欲炼丹砂，以期遐寿。闻交趾出丹，求为勾漏令。帝以洪资高，不许。洪曰：'非欲为荣，以有丹耳。'帝从之。"此处用"勾漏令"字面，意思是用钩子把天钩漏的县令。 窥识：暗中察看。

⑩ 庄使君：姓庄的县令。作者的朋友，生平未详。使君，尊称地方长官。

参见《天台》注㉖。 长（zhǎng）此洞：为“容成大玉洞天”的长官，是永嘉令的幽默说法。

⑪ 是间：谓“容成大玉洞天”中。

⑫ 建瓴：“建瓴水”之省，此谓雨水象倾倒瓶中之水一般倾注。语本《史记·高祖本纪》：“譬犹居高屋之上建瓴水也。”瓴，陶瓦制成似瓶的容器。

⑬ 不析眉目：形容在雨雾中看不清楚。

⑭ 蒙泉、颠亭：《万历温州府志》（卷之一）：“（华盖山有）老松泉、一清泉、醉筠亭、蒙泉、玉介园，其颠有大观亭，旧名‘江山一览’。”

⑮ “似六国”二句：指战国时六国诸侯接受苏秦“合纵”之说联合拒秦之事。 六国：战国时韩、魏、楚、齐、燕、赵。 祖龙：指秦始皇。《史记·秦始皇本纪》：“（三十六年）秋，使者从关东夜过华阴平舒道，有人持璧遮使者，曰：‘为吾遗滈池君（水神）。’因言曰：‘今年祖龙死。’”《集解》：“苏林曰：‘祖，始也；龙，人君象，谓始皇也。’”

⑯ “大江”二句：江水如长剑闪闪发亮。语出屈原《涉江》：“带长铗之陆离兮，冠切云之崔嵬。” 陆离：此处形容水光宛若剑影。

⑰ 闪暗推磨：水光闪烁，若明若暗，如推磨而出的霜刃。

⑱ 薄谢：此指薄云。作者《游五台山记》可以与此互证：“五台同云，惟四月薄谢，余尽漉漉奕奕之日也。”

⑲ 元气团人：此指眼前云气缭绕。

⑳ 积谷山：《万历温州府志》（卷之一）：“又名飞霞山，在城东南，城沿其上。以形似积谷，故名。麓有谢客岩，谢灵运书《白云曲》《青草吟》于厓上，今芜没，惟‘谢客岩’三字存。有飞霞洞、谢池、春草池、伏龟池。”

㉑ 惚恍：“恍惚”倒文。朦朦胧胧。

㉒ 容成洞：全称“容成大玉洞天”。 春草池：在积谷山下。谢灵运任永嘉太守时，曾创第凿池于积谷山下，有一次病中梦遇族弟谢惠连，得“池塘生春草”警句。春草池是纪念谢灵运的建筑。 谢岩：即谢客岩。 郭祠：即郭记室祠。《万历温州府志》（卷之四）：“郭记室祠，在郭公山下。初，晋郭璞卜城，有功于温。立祠山下祀之，塑白鹿衔花于侧。”

㉓ “俱从”句：谓不能亲自登临。 屐齿：屐底的齿。屐指“谢公屐”，谢灵运自制的特殊登山鞋。详见《东山》注⑱。

㉔ 乳柑：韩彦直《橘录序》：“橘出温郡。最多种……而乳柑推第一。” 火齐：即火齐珠。宝珠名。《艺文类聚》引《汉武故事》曰：“铸铜如竹，以赤白

石脂为泥，椒汁和之，以火齐薄其上。”

㉕ “稻蟹”句：此句可与张岱《陶庵梦忆·蟹会》参看：“河蟹至十月与稻粱俱肥，壳如盘大，坟起，而紫螯巨如拳，小脚肉出，油油如螾蜇。掀其壳，膏腻堆积，如玉脂珀屑，团结不散，甘腴虽八珍不及。” 膏流琥珀：流出琥珀色的蟹黄。

㉖ 梦草堂：《万历温州府志》（卷之九）：“今有梦草堂、谢公亭、谢客岩、谢池及康乐坊之名，皆民所不能忘者。”

㉗ 九节短笻：即九节笻，竹杖名。陈与义《过君山不获登览》：“掷去九节笻，褰裳走林丘。”笻，笻竹，产于四川省西部。

㉘ 顶门：原指头顶的前部。因中央有囟门，故称。此指山顶。

㉙ “醉则”句：意思是要在华盖山顶撒尿以惩罚它。典出《史记·范雎列传》：“宾客饮者醉，更溺睢，故僇辱以惩后，令无妄言者。” 溲：小便。

㉚ “庶有”句：意思是有可以解释的原因。 彖（tuàn）：《周易》中对卦辞的解释。

【评品】

本文写于万历三十八年（1610），与上篇游记写于同时同地。寓喜爱于愤愤的谐谑是本文的特色。首先表现在具有个性拟人与比喻。如拟海滨雨季为人际关系，为无行少年的轻诺寡信，喻雨天风中流动的云朵为六国将士备战秦国，江水如出匣之剑光芒闪烁。其次是以华盖为假想敌，因与之争胜而有童真，文字中因而流露出的不胜倔犟是文品如人品的神骏之所在。如华盖山之游，上天无玉成之美，反受其滂沱涔涔之苦，但作者不能游而雨霁强游，不能观而隔云强观；并且强与华盖再约，要在最好季节游华盖、侮华盖以惩华盖。

仙　岩（瑞安）[①]

泉石之奇，皆泉石之聪明强有力所自致者。泉不安于泉，跃而为瀑布。石梁曰[②]：“吾以之为惊河[③]，吾以之为狎雷[④]，而我其雄哉!"大龙湫曰[5]:"夫匡氏之子[6],九华之生[7],将起而角之[8],焉用此壁立为[9]?夫不空行,而天吊者耶[10]?"仙岩曰:"是诬其祖矣[11]。戴鼎盛以席垂成[12],胡不起家自奋发也[13]?"于是乎有仙岩之瀑。瀑不他藉,赖从己腹中出[14],如千本火树,逆吐银花[15],突如其来,烟呼雪喊[16],鼓铁乱鍧[17]。人相对,止见口张口翕,必欲相闻,则更语之,或帖面附耳。对瀑为泽润亭[18],予友王季中辄浮大白[19],叫何如[20]。捉予臂轰饮以敌之。而山人王硕卿[21],年家子吴聚伯、吴闳仲[22],俱侈其喉作笑语[23]。而瀑以为侮予[24],遂盛气相加[25],腥风恶语,扑人旋舞[26],且呼且逼,似不欲寓人一瞬者[27]。予曰:"子毋然[28],我劝尔杯酒[29],三伏月,还当着故绢衣,向君从容食白粥也[30]。"季中语之曰:"山阴道上人[31],其言咄咄[32],吾辈一日东道主[33]。"于是雨渐撤而瀑怒稍戢。入仙岩洞,观所谓梅雨潭者,飞沫溅流,此地必无晴日。一洞射风[34],口紧腹胀,予吻袖而下[35],偶为苔滑,一决其袖[36],而气吸不得呼,几为禁绝[37]。老人病人,断不可作此观矣。傍洞壁出喷玉矶[38],忍睨之[39],则洄涡杳眩[40],万斛明珠,拔山捣下也[41]。急走上,而葛衫眼眼栗寒[42],须发根根俱为云雾沘尽,于是仍登亭愕想之。岩名仙,谓曾此有仙飞去[43];雪寒月冷,力量在八素之上[44],方广以罗汉[45],此以仙,仙佛了不异人意矣。亭前一树,蒨甚[46],而不免为当户之兰[47],季中力敕僧,即克之[48],青眼不妨顿白[49]。季中言:振玉亭上有三皇井、黄帝池,雷潭、龙潭[50],更奇邃清远。而足不能谄目[51],雨又甚,愿以异日相携。择石齿,窥通玄洞[52],洞可达梅雨潭,望之窈窕[53],而为水所壮据[54]。转翠微径,酌流觞亭,奔泉驿酒如浪,不可少待,不能胜[55]。遂走憩莲亭,托远公以避难。亭下池可方亩,玉蕊胎含,万衣簇碧[56],放馥时,绣作瀑花之布[57],满山荷韵,不知是泉香花香也。卧象与狮子二峰,斗积翠之胜,仿佛琼岛[58],石磴曲屈,泉从屋上经过,屋下俱是云堆[59]。乱绿浓寒,竹松都无语处[60],反有怪榕十丈,寄岩而产,遂拜嘉树之封[61]。此下为虎溪寺,有慧光塔、陈止斋祠,有虎溪桥。虎溪不在此,而宋安禅师曾骑虎此出入,故得名。有"溪山第一"坊,是晦翁字[62]。寺境废而复起,永嘉王旸谷先生之力居多，先生即季中之父也。

外史氏曰：大罗山之南[63]，有二十六福地，其仙岩耶？王、谢能发明山水，先后永嘉[64]，不少概见[65]，何哉？吾闻之刘泾，仙鬼恶闻涕唾声，则力能秘吝之[66]；不则沧桑未换，海若之所宫耳[67]！夫山水，灵物也，其生长否泰各有时[68]，褒姒之外有夷施，夷施之外复有飞燕[69]，吾又恶知千载之下，仙岩之外，不以怅王、谢者[70]，而怅予也！

【注释】

① 仙岩：位于瑞安（今浙江省瑞安市）城东北，大罗山南麓。《浙江通志》引《名胜志》曰："仙岩山，《名胜志》：在城东四十里，即大罗山之阳。道书：天下第二十六福地。上有三皇井，岩顶有黄帝池。广五百余亩，水分八派。下有五潭（玉函潭、龙须潭、雷潭、梅雨潭、三姑潭），高下相属。"周围山峦起伏，峰崖耸立，飞瀑流泉，寺院宫观集中，亭台楼阁错落，以瀑、潭自然景观取胜。

② 石梁：即天台山的"石梁飞瀑"。详见《天台》注63。

③ 以之为惊河：意思是以水流下注的气势让天河惊愕。

④ 以之为狎雷：意思是以水流下注的响声轻慢雷声。狎，轻视。

⑤ 大龙湫：雁荡山最大的瀑布。《浙江通志》（卷一）："大龙湫自雁湖合诸溪涧水，从坳中直下。疑天上银潢望空倾泻，砰雷翻毂，随风飞飏，沾洒数里外，高约五千余尺。"

⑥ 匡氏之子：此指庐山（瀑布）。相传在周朝时有匡氏七兄弟上山修道，结庐为舍，由此而得名。详后《游庐山记》。

⑦ 九华之生：此指九华山（瀑布）。详见《游九华山记》注①。

⑧ 角之：谓与庐山、九华山著名的瀑布角胜。

⑨ "焉用"句：谓不需要依附崖壁，悬空而下。　壁立：石壁峭立。

⑩ "夫不"二句：意思是瀑布如果不能悬空而降，怎么能算是天河落下呢。此二句因李白《望庐山瀑布》中有"疑是银河落九天"，《望九华赠青阳韦仲堪》有"天河挂绿水"之句而发。　吊：掉落，跌落。

⑪ 是诬其祖矣：意谓这是对祖宗（此指早已存在的经典瀑布）不敬。语出《左传·隐公八年》："是不为夫妇，诬其祖矣，非礼也，何以能育。"

⑫ 戴鼎盛：承受恩泽。此指瀑布形成前必有很多条水流的汇集。　席垂成：（瀑布）据于即将成功的地势。

⑬ "胡不"句：意思是完全靠自身的力量形成瀑布。

⑭ "于是"三句：《明一统志》（卷四十八）："梅雨潭，在瑞安县东四十五里。上有飞瀑数十尺，分流四道而下，又名仙岩瀑布。"　"赖从"句：仙岩瀑水源自本身的岩石中，故云。

⑮ "如千本"二句：语出苏味道《正月十五夜》诗："火树银花合，星桥铁锁开。"　火树：指用竿架装饰的焰火。　逆吐：瀑布落下后又溅起浪花，系自下而上，不似元宵节所放之烟花射到天空后方炸吐，火花自上而下。

⑯ 烟呼雪喊：用借代辞格以烟雾雪浪借代瀑布，用拟人辞格以"呼""喊"代指瀑声。

⑰ 訇（hōng）：象声词。形容钟、鼓等发出的大声。

⑱ 泽润亭：王叔杲《仙岩记》："（泽润）亭之前即梅雨潭。潭之胜，在此山为最。四面岩壁削立，瀑水飞洒，潭中空蒙，若细雨然。"《万历温州府志》（卷之三）："泽润亭，在崇泰乡仙岩梅雨潭侧，张文忠公建，旧名观瀑亭。"张文忠公，即张孚敬。此亭后又因梅雨潭改称为"梅雨亭"。

⑲ 浮大白：浮，旧时行酒令罚酒之称，引申为满饮。大白，大酒杯。语出刘向《说苑·善说》："魏文侯与大夫饮酒，使公乘不仁为觞政，曰：'饮不釂者，浮以大白。'"

⑳ 叫何如：意思是在叫问怎么做才能不愧对这天地奇观。

㉑ 王硕卿：生平不详。

㉒ 年家子：指有同年之谊者的孩子。参见《游子房山记》注⑦。　吴聚伯、吴闳仲：此为两兄弟，生平不详。

㉓ 侈其喉：放开喉咙，提高声音。

㉔ 侮予：轻慢了自己（指瀑布）。

㉕ 盛气相加：以盛大的气势压制我们。

㉖ 旋舞：旋转舞动。

㉗ 寓人一瞬：让人看一眼。

㉘ 毋然：不要这样。

㉙ 劝尔杯酒：语出李白《留别于十一兄逖、裴十三游塞垣》："劝尔一杯酒，拂尔裘上霜。"

㉚ "三伏"三句：意思是不惧怕瀑布的气势。典见《太平御览》引《世说》：

“郄嘉宾(超)三伏之日诣谢公(谢安),炎暑熏赫,诸人虽复当风交扇,犹沾汗流离。谢着故绢衣,食热白粥,晏然无异。郄谓谢公曰:‘非君,几不堪此。’” 三伏:农历夏至后第三庚日起为初伏,第四庚日起为中伏,立秋后第一庚日起为末伏。

㉛ 山阴道上人:指山阴人王思任。山阴道上,见《游丰乐醉翁亭记》注㊵。

㉜ 其言咄咄:此指语言刻薄,有伤自尊。《世说新语·排调》:“(桓玄与殷仲堪等)次复作危语。桓曰:‘矛头淅米剑头炊。’……殷有一参军在坐,云:‘盲人骑瞎马,夜半临深池。’殷曰:‘咄咄逼人。’仲堪眇目故也。”

㉝ “吾辈”句:这是王季中祷祝仙岩瀑布的话,意思是我们只当一天东道主(请不要这样气势压人)。 东道主:事见《左传·僖公三十年》。春秋时,晋秦合兵围郑,郑文公使烛之武说秦穆公,曰:“若舍郑以为东道主,行李之往来,共其乏困,君亦无所害。”郑在秦东,接待秦国出使东方的使节,故称“东道主”。后因以泛指接待或宴客的主人。

㉞ 射风:语出李贺《金铜仙人辞汉歌》:“魏宫牵车指千里,东关酸风射眸子。”此指洞中带有阴湿气味的冷风。

㉟ 吻袖:用袖子遮住了嘴巴和鼻子。

㊱ 一决其袖:袖子猛然间离开了嘴鼻。

㊲ 几为禁绝:差点因此窒息。

㊳ 喷玉矶:王叔杲《仙岩记》:“(梅雨)潭口两巨岩相倚,中开一空,向背乱石堆塞,今砌石为几,正面飞瀑,名曰喷玉。几可列二卓,坐数人在几上,对瀑如处灶门,引首自内观天也。”几,通“矶”。卓,通“桌”。参见注⑭。

㊴ 忍睨之:谓控制情绪仔细地观察瀑布。

㊵ 洄涡杳眩:(潭水)回溯成旋涡,杳深眩目。

㊶ “万斛”二句:(瀑布)像万斛明珠,以拔山盖世的气势冲下。 拔山:语出《史记·项羽本纪》:“力拔山兮气盖世,时不利兮骓不逝。” 捣:撞击下冲。

㊷ 眼眼:每个布眼。

㊸ “岩名仙”二句:《仙岩记》:“(梅雨)潭之四周,崖壁奇绝,昔传有升仙其上者,为升仙岩。”

㊹ “雪寒”二句:谓仙岩的境界像雪中月色一样寒冷。 八素:道家称至高的境界。

㊺ 方广以罗汉:意思是方广寺因为有五百罗汉才达到这个境界。事见

《天台》一文。

㊻ 蒨：茂盛。

㊼ 当户之兰：此用藏词手法，认为此树虽然茂盛有生意，但挡住了门户，应该砍掉。典出《南史·齐高帝诸子下》："江敩闻其（指江夏王萧锋）死，流涕曰：'芳兰当门，不得不锄，其《修柏》之赋乎！'"

㊽ "季中"二句：此谓王季中说得僧人无话可驳。

㊾ "青眼"句：谓僧人的态度马上从热情变得冷淡。典出《世说新语·简傲》"嵇康与吕安善"刘孝标注引《晋百官名》："嵇喜字公穆，历扬州刺史，康兄也。阮籍遭丧，往吊之。籍能为青白眼，见凡俗之士，以白眼对之。及喜往，籍不哭，见其白眼，喜不怿而退。康闻之，乃赍酒挟琴而造之，遂相与善。"

㊿ 三皇井、黄帝池：《乾隆温州府志》（卷之二十三）："三皇井，《仙岩志》：梅雨潭上有三皇井，又有丹井、黄帝池，旧传轩辕黄帝修道于此。"黄帝，古帝名。姓公孙，号轩辕氏。以土德王，土色黄，故曰黄帝。　雷潭、龙潭：王叔杲《仙岩记》："再上为雷潭，潭深邃，莫窥其底。以巨石投之，若雷鸣。又有龙须潭，在雷潭之上。水循崖而下，如悬布。或以黄帝乘龙飞升时有须堕，故名。"

51 足不能谄目：意谓两脚已不能为讨好眼睛的观赏欲而再继续走动了。

52 通玄洞：王叔杲《仙岩记》："北行乃入梅潭正路，又折而东，崖谷甚异，有洞如室，盘旋而通梅潭，名通玄洞。"

53 窈窕：深远貌。

54 壮据：占据了很大一部分。

55 "转翠微"五句：《仙岩记》："（嘉树）台之东为流觞亭，亭八角，水环绕流觞，仍注于池。池周围数十寻多植白莲，名曰白莲池。泰顺欧尹益资寺僧作亭池中，而问名于予，予命曰'憩莲'。出流觞亭，循崖北行，拾级而上，为翠微岭。"　谓朋友们在流觞池传喝太猛，自己不胜酒力。

56 "遂走"五句：用晋高僧慧远主持庐山东林寺、结白莲社之事。《庐山记·山北》："远公与慧永……十八人者，同修净土之法，因号白莲社十八贤。"　远公：即慧远，东晋僧人，曾入庐山，住东林寺传法。世称远公。　以慧远白莲池作为代指，意思是到莲塘边逃避喝酒。　方亩：一亩见方。　玉蕊：指花苞。　胎含：含苞待放。　万衣簇碧：谓万荷簇拥着碧色。衣，指荷叶。语出屈原《离骚》："制芰荷以为衣兮，集芙蓉以为裳。"

57 "绣作"句：像点缀瀑布浪花的绣花布。

58 "卧象"三句：《仙岩记》："（止斋）祠后高峰数十寻，翳以萝蔓，望之郁然,为积翠峰。由止斋祠东行,有沙门,有佛殿,则国初镇守内臣重建者,甚宏伟,岁久敝坏,今渐图新焉。而狮子峰、卧象山则相为环抱者。” 琼岛:传说中的仙岛,仙人的居所。

(59) “泉从”二句:化用苏轼《司马君实独乐园》诗意:“青山在屋上,流水在屋下。”因山高于建在山半的亭子,故有山泉从亭上流过,亭下却飘浮着含着水气的山岚。

(60) “乱绿”二句:谓松竹无语,但增寒绿。语出崔道融《访僧不遇》:“松竹虽无语,牵衣借晚凉。”

(61) “反有”三句:《仙岩记》:“(嘉树台)以古榕树根盘崖上,重荫交翠,其下甃石为台。”

(62) “此下”八句:《仙岩记》:“其(虎溪)寺建自唐贞观僧慧通者,后废。至宋,富民陈七宅兹村,忽闻地下有钟鼓声,遂舍为寺。时有僧安楞严,常骑虎出入,号伏虎禅师,大兴法场。宋儒陈止斋先生读书其中,朱晦翁亦尝来游,大书‘溪山第一’四字。……由石坊转入为虎溪桥,覆以亭。……度桥而北,则止斋祠在焉,乃瑞邑尹刘畿重建。祠前有亭,匾曰‘流芳’。则寺僧道憙为刘公作也。” 陈止斋:即陈傅良,字君举,号止斋。南宋乾道年间,以忠见忤,挂冠归里,榜其所居曰“止斋”,人称“止斋先生”。永嘉学派奠基人之一,曾在仙岩讲学授徒。

(63) 大罗山:《弘治温州府志》(卷之三):“大罗山,去郡城东南四十里,跨德政、膺符、华盖三乡及瑞安县崇泰乡,广袤数十里。诸山迤逦,皆其支别也。”

(64) “王、谢”二句:王,指王羲之;谢,指谢灵运。王羲之和谢灵运曾前后担任永嘉太守。此地的墨池坊、五马街、富览亭等都与王羲之有关,与谢灵运相关的人文景观可参见《华盖》。 发明:发现并使彰显。

(65) 概见:谓概略的记载。

(66) “吾闻之”三句:意思是仙鬼都不喜欢人气,也有力量让山水丘壑秘而不见。 刘泾:宋代文人,曾为永嘉令,有《石门洞文》:“宋景平中,谢灵运守永嘉,蜡屐得石门洞,作诗遂为东吴第一胜事。……宋皇祐元年,蜀人李尧俞守郡,初复古,俄废。垂五十年,绍圣三年,蜀人刘泾守郡,又新之。洞去人远,溪山太阴,松竹草昧,瀑泉自雨,不见秋色,中有爽气。仙鬼吝以为家,恶闻涕唾声,以人迹不至称庆,而樵渔私以生养。”

(67) “不则”二句:意思是鬼神假如不能让山川秘而不发,就会在未变桑田之时,凭借神力使高山变成大海。 沧桑:语本葛洪《神仙传·王远》:“麻姑自说云：'接侍以来，已见东海三为桑田。'"后用以比喻世事变化巨大。

㊳ 否泰：《易》的两个卦名。天地交、万物通谓之"泰"；不交闭塞谓之"否"。后常以指世事的盛衰，命运的顺逆。

㊴ "褒姒"二句：两句的意思是正如代代皆有美女出，以后还会有名山胜水被发现。　褒姒：周时褒国女子，姒姓，周幽王之宠妃，古代著名美女。事见《国语·晋语一》。　夷施：即西施，春秋末越国美女。王嘉《拾遗记》："越又有美女二人，一名夷光，一名修明，以贡于吴。"因名"夷光"，故后人也称夷施。王世贞《二酉山房记》："诵之可以当韶乐，览之可以当夷施。"　飞燕：即赵飞燕，汉成帝皇后，以美貌著称。能为掌中舞。

㊵ 王、谢：指王羲之、谢灵运，都曾任永嘉太守。当地人立五马坊、康乐坊等纪念他们。此指他们游踪有所未至。

【评品】

本文写于万历三十八年(1610)，文章主要写梅雨潭，即仙岩瀑布。这篇文章有两个明显的特点，一是文章开头的代瀑布立言，这不仅使各名山瀑布变得虎虎有生气，也表明了作者为人为文不安于现状、标新立异的态度。石梁涌泉为瀑，大龙湫悬空而落，仙岩瀑不他藉，赖从己腹，自我奋发，正是王思任对以模拟为事的明朝文坛目送手挥的痛下针砭，而且这一段文字所具有的议论功能，与文章结尾的议论可以互相呼应，形成了浑然一体的结构。二是文章写景作雄语而不为雌声，多铁气而少媚色，与朱自清同样写仙岩梅雨潭的文章《绿》——特别是那段写梅雨潭水之绿的著名博喻略作比较，就一定会认同风格即人的观点。三是此文也与东道主王季中大有渊源，王季中伯父王叔杲的《仙岩记》如同背景资料，两相对读，游踪井井，趣味横生。

石　门(青田)[①]

去青田三十里，恶溪齿齿锯张[②]，舟斗缝中镳铲上[③]，浪大于马[④]。稍得洄涡，看石门。碛明罗縠[⑤]，菁棘密蒙[⑥]，玄熊啼号[⑦]，猿鸟见人,反怪立不去[8]。两壁铲峙[9],云气往来讯呵[10],甚惮。折数十步,二员山钟伏[11],而无悬蠡之顶[12],童涸无衣,村朴自守,有田家老瓦盆意。从草畦中又折入数十武,望见天壁[13],百丈瀑布悬空飞下,虽未敢与台、荡执圭争霸[14],然亦是崛强赵佗[15]。壁脚潭玄暗不可狎[16],前一石柱起,而岩下厂旷[17],可盘桓二十人。斜劣而上,舟子、綷夫各置一石小洞上[18],各明其游,以危及潭根者为勇。此地虚清杳漠,道书称"玄鹤洞天"云[19]。予自观瀑以来,惊于天台,畏于荡,歌舞于仙源[20],而苦于石门。

盖境物所遇,皆吾性情[21],此穷坞困源[22],无线通之地[23],有箭栝之天[24],凶湍险湫[25],烟绝人稀,赤筋白汗[26],邪许万端[27],以至于此,亦何为者?谢康乐席父祖之资,呼其童仆、门生,探峻造幽,伐木开径[28],既登石门之顶,遂力营所住,其所云"乘日车""慰营魂"者[29],以为是皆三万六千日中之日也[30]。尔时吟中未及飞瀑,岂天故秘之邪[31]?向使得有垂虹滚雪之观[32],则功役更当无已[33],其为累东瓯者不浅矣[34]。夫游之情在高旷,而游之理在自然,山川与性情一见而洽,斯彼我之趣通。可告来者[35],石门大苦境耳!蹴一丸泥封之[36],使隐君子长不知名[37],亦未为不可。吾不欲附和谢先生矣。

【注释】

① 石门:《永乐大典》卷之一万三千七十四《青田县志·石门洞》:"石门洞,在浙江处州府青田县西七十五里,两峰壁立,高数十丈,相对如门,因以为名。洞东高岩有瀑布,自上潭直泻至天壁,凡三百馀尺。自天壁飞洒至下潭,凡四百馀尺。……按《永嘉记》,石门洞周回四十里,青牛道士居之。谢灵运《名山志》曰:石门山两岩间微有门形,故以为称。瀑布飞泻,丹翠交耀。又云:石门溯水上,入两山口,两边石壁,右边石岩下临涧水,灵运为永嘉太守,蜡屐来游,初开此洞。唐李白《赠魏万诗》云'岩开谢康乐',即其地也。……按谢灵运《游山记》,城门山两岩间,如门形,瀑布飞洒,值风散而为雨,遇日化而为青虹,城门即石门也。又道书载青田'玄鹤洞天'即此也。"

② "恶溪"句:谓恶溪底石块像锯齿一样锋利而且张开。 恶溪:即丽水。《元和郡县志》(卷二十七):"(括苍县)丽水本名恶溪,以其湍流阻险,九

十里间五十六濑，名为大恶。隋开皇中改为丽水，皇朝因之，以为县名。”或称缙云溪、好溪。

③ “舟斗缝”句：谓小舟在石头的缝隙中咿咿轧轧地上溯。 辘轳：井上汲水的用具。此指船行时的声音。

④ 浪大于马：《滟滪歌》有“滟滪大如马，瞿塘不可下”。以恶溪比瞿塘滟滪堆，暗指水路险恶。

⑤ 碛明：此指水里的石头清晰可见。 罗縠：丝织品的绉纹。此处形容水面细小的波纹。縠，绉纱。宋玉《神女赋》：“动雾縠以徐步兮，拂墀声之珊珊。”注云：“縠，今之轻纱，薄如雾也。”

⑥ 菁棘：泛指荆棘。

⑦ 玄熊：黑熊。

⑧ 怪立：桀骜不逊的站立姿态。

⑨ 两壁铲峙：两岸对峙的山崖像铲子铲出来一样笔直。

⑩ “云气”句：谓飘云因石壁拦路而有敌意。 讥呵：讥责非难。《通典·兵二》：“军门常交戟，谨出入者；若近敌，当讥呵出入者。”

⑪ 二员山：即旗、鼓二山。员，通“圆”。 钟伏：像乐钟反扣。

⑫ 悬蠡(luó)之顶：像旋转的螺壳一样的山顶。蠡，通“蠃”，即螺。此特指螺壳。

⑬ 天壁：直插云霄的石壁。

⑭ 台：天台山。 荡：雁荡山。 执圭争霸：谓拿着天子的信物，与诸侯争霸主的位置。执圭，春秋时诸侯国爵位名。以圭赐给功臣，使持圭朝见，因称执圭。《吕氏春秋·知分》：“荆王闻之，仕之执圭。”霸，霸主。古代诸侯联盟的首领。

⑮ 崛强赵佗：南越赵佗不肯俯首称臣，多次自立为王。赵佗，秦、汉时人，秦末为南海龙川(今广东省龙川县)令。秦灭，自立为南越武王。汉高祖定天下，封其为南越王，高后时自尊为南越武帝。事见《史记·南越传》。此形容石门飞瀑自有一种强悍的姿态。崛强，桀骜不驯。崛，同“倔”。

⑯ 玄暗：意指因潭水幽深而水色深暗。

⑰ 厂：同“敞”。

⑱ 缍(lǚ)夫：舟船中解挽绳索之人。

⑲ 玄鹳(dí)洞天：在轩辕丘一带。略早于王思任的王士性《石门记》中也有相同的记载：“上有轩辕丘，道书以为‘玄鹳洞天’云。”鹳，雉名。

⑳ 仙源：天台的桃源瀑布。《天台》的描写是："高壁障天，清溪照石，望桃源瀑布，似惊虬倒挂几百丈。"

㉑ "盖境物"二句：意思是与外境外物的遇合，都与观物之人的性情相通。

㉒ 穷坞困源：指与外界不通的低洼地和山水的源头。

㉓ 线通之地：像线那样细的可以通行的道路。极言不便行走。

㉔ 箭铦（xiān）之天：（能看见的是）像箭锋那样狭窄的天空。

㉕ 洑：漩涡。

㉖ 赤筋：因劳累而面红耳赤、青筋突暴。　白汗：此指因劳累而流的汗。《战国策·楚策四》："（骥）漉汁洒地，白汗交流，中阪迁延，负辕不能上。"鲍彪注："白汗，不缘暑而汗也。"

㉗ 邪许（yé hǔ）：集体从事重体力活计时，便于一齐用力所发出的号子声。《淮南子·道应训》："今夫举大木者，前呼邪许，后亦应之，此举重劝力之歌也。"

㉘ "谢康乐"四句：《宋书·谢灵运传》："（谢）灵运因父祖之资，生业甚厚。奴僮既众，以故门生数百，凿山浚湖，功役无已。寻山陟岭，必造幽峻，岩嶂千重，莫不备尽。……尝自始宁南山伐木开径，直至临海，从者数百人。"

㉙ "既登"三句：见《文选·谢灵运〈石门新营所住四面高山回溪石濑茂林修竹诗〉》："庶持乘日车，得以慰营魂。"李善注曰："《庄子》牧马童子谓黄帝曰：有长者教予曰：若乘日之车，而游襄城之野。郭象曰：日出而游，日入而息也。'车'或为'居'。《楚辞》曰：载营魂而升霞。钟会《老子注》曰：经护为营也。"

㉚ "以为"句：此指作好百年长住的打算。

㉛ 故秘之：有意不让（谢灵运）看见石门瀑布。此为王思任误记。谢灵运记石门瀑布，见前注①。

㉜ 垂虹：此指瀑水映日如彩虹下垂。

㉝ "则功役"句：此前文所谓"凿山浚湖""伐木开径"，没有止境。此为王思任武断之语。《青田县志·石门洞》："灵运为永嘉太守，蜡屐来游，初开此洞。"

㉞ 东瓯：本古族名。此特指今浙江省温州永嘉一带。

㉟ 来者：将来的人；后辈。《论语·子罕》："后生可畏，焉知来者之不如今也？"

㊱ 蹴：此指用脚团成（泥丸）。　一丸泥封之：刘向《列仙传》："方回者，尧时隐人也……为人所劫，闭之室中，从求道，回化而得去，更以方印掩封其户。时人言，得回一丸泥涂门户，终不可开。"后用为归隐的典实。

㊲ 隐君子：犹隐士。《史记·老子韩非列传》："老子，隐君子也。"

【评品】

本文写于万历三十八年(1610)。石门为仙都三岩之一。谢灵运曾略为伐凿，但沿途及景区仍然大为苦境，所以仙鬼樵渔所乐见而人迹少至。谢灵运《石门新营所住四面高山回溪石濑茂林修竹诗》有句曰："跻险筑幽居，披云卧石门。苔滑谁能步，葛弱岂可扪。"宋朝进一步开发，刘泾《石门洞文》有对景点兴盛的期待："寿人杜颖佐郡行县，望洞天郁罗，泉流号呼，疾持斧伐蒙密处，至泉四顾太息，写其状归以示余，曰：'妙物乃如此。仙都三岩，非人间世也。'饬僧绍宾实行其事，既而告成。茶烟犬吠，伐鼓咚咚，于是知有官宰，仙鬼失气，樵渔动色，以一指心力，而回精神于久病既醉之余。余虽未目击，而梦寐夫游，真奇观哉！余官满日可数，其后废兴未可知，使不幸废，又五十年必有好事君子加于前一等，与洞为林泉主人，因作记以祝仙鬼樵渔曰：勿复期永废，可且同乐否也。"文章于第一段刻画尚存原始形态的沿途险恶，目的在于表达出这样的游赏理念：对于类似石门这样的景点，不必像谢灵运那样伐木开径、力营所住；即使游踪偶至，也应秘而不宣，仅与仙鬼樵渔同乐。乐山乐水的愉悦，是游人与山水情趣的相通，所谓"境物所遇，皆吾性情"。因为作者与石门飞瀑之间能够"山川与性情一见而洽，斯彼我之趣通"，故认为石门如山水中逃名隐士，应该远离纷争红尘。

小　洋（青田）[①]

由恶溪登括苍，舟行一尺，水皆汙也[②]。天为山欺[③]，水求石放[4]，至小洋而眼门一辟[5]。吴闳仲送我，挈睿孺出船口，席坐引白[6]，黄头郎以棹歌赠之[7]。低头呼卢，俄而惊视，各大叫，始知颜色不在人间也[8]。又不知天上某某名何色，姑以人间所有者仿佛图之[9]。落日含半规，如胭脂初从火出[10]。溪西一带，山俱似鹦绿鸦背青[11]，上有腥红云五千尺[12]，开一大洞，逗出缥天[13]，映水如绣铺赤玛瑙[14]。日益曶，沙滩色如柔蓝懈白[15]，对岸沙则芦花月影，忽忽不可辨识[16]。山俱老瓜皮色[17]，又有七八片碎剪鹅毛霞，俱金黄锦荔[18]，堆出两朵云，居然晶透葡萄紫也。又有夜岚数层斗起，如鱼肚白，穿入出炉银红中[19]，金光煜煜不定[20]，盖是际天地山川，云霞日采，烘蒸郁衬[21]，不知开此大染局作何制[22]？意者妒海蜃[23]、凌阿闪，一漏卿丽之华邪[24]？将亦谓舟中之子[25]，既有荡胸决眦之解[26]，尝试假尔以文章[27]，使观其时变乎[28]？何所遘之奇也[29]！夫人间之色，仅得其五[30]，五色互相用，衍至数十而止，焉有不可思议如此其错综幻变者？曩吾称名取类[31]，亦自人间之物而色之耳[32]，心未曾通，目未曾睹，不得不以所睹所通者，达之于口，而告之于人。然所谓仿佛图之，又安能仿佛以图其万一也？嗟呼！不观天地之富，岂知人间之贫哉[33]！

【注释】

① 小洋：恶溪的下游，在浙江省青田县境内。

② "舟行"二句：谓行船特别艰难。　汙(wū)：通"洿"。停积不流的小水流。

③ 天为山欺：天空被山峰遮拦。

④ 水求石放：溪水在石缝中不能流动，似乎有恳求放行之意。

⑤ 眼门一辟：眼前骤然开阔。眼门，仿"耳门"而有"眼门"一词，指眼前。

⑥ 席坐引白：席地而坐喝酒。白，指酒杯。

⑦ 黄头郎：艄公。《汉书·佞幸传》："邓通，蜀郡南安人也，以濯船为黄头郎。"颜师古注："濯船，能持濯行船也。土胜水，其色黄，故刺船之郎皆着黄帽，因号为黄头郎也。"　棹歌：即船歌。

⑧ "始知"句：谓人类所知的颜色无法形容尽大自然的色彩。

⑨ 仿佛图之：大致描述这些色彩。

⑩ “如胭脂”句：谓像胭脂刚刚融入了光热，呈现出有亮度的红色。

⑪ 鹦绿：像鹦鹉毛一样的翠绿。陆游《驿舍见故屏风画海棠有感》：“猩红鹦绿极天巧，叠萼重跗眩朝日。” 鸦背青：犹言“鸦青”。暗青色。杨万里《八月十二日夜诚斋望月》：“才近中秋月已清，鸦青幕挂一团冰。”周汝昌注：“鸦青，颜色名称。一种暗青色，比正青色为淡雅。”

⑫ 腥红：犹言“猩红”。指像猩猩血那样鲜红的颜色。

⑬ 逗出：露出。逗，透露，显露。南朝梁武帝《籍田诗》：“严驾伫霞昕，浥露逗光晓。”

⑭ 绣铺赤玛瑙：（谓天上的红云映在水中）水面像铺上了一层红玛瑙色。

⑮ 柔蓝：柔和的蓝色。多形容水。宋王安石《渔家傲》词：“平岸小桥千嶂抱，柔蓝一水萦花草。” 懈白：此指带浅灰的白色。

⑯ 忽忽：模糊不清的样子。

⑰ 老瓜皮色：此指黛褐色。

⑱ 金黄锦荔：如苦瓜熟透时的金黄色。锦荔，即锦荔子，苦瓜的别名。

⑲ 银红：在粉红色颜料里加银朱调和而成的颜色。

⑳ 煜煜：明亮炽盛。梁简文帝《咏朝日》：“团团出天外，煜煜上层峰。”

㉑ “云霞”二句：此二句互文见义。谓云蒸霞郁、日烘彩衬。

㉒ 作何制：意思是要染制什么东西。

㉓ 海蜃：即海市蜃楼。光线经过不同密度的空气层，发生显著折射或全反射时，把远处景物显示在空中或地面而形成的各种奇异景象，常发生在海上或沙漠地区。古人误认为蜃吐气而成，故称。语出《史记·天官书》：“海旁蜃气象楼台，广野气成宫阙然。云气各象其山川人民所聚积。”

㉔ 卿丽之华：此应指卿云美丽的华彩。卿，卿云，即彩云。《史记·天官书》：“若烟非烟，若云非云，郁郁纷纷，萧索轮囷，是谓卿云。”

㉕ 舟中之子：在船上的同行者。

㉖ “既有”句：此指文学家苞括宇宙之心眼。典出杜甫《望岳》：“岱宗夫如何，齐鲁青未了。造化钟神秀，阴阳割昏晓。荡胸生曾云，决眦入归鸟。会当凌绝顶，一览众山小。” 荡胸：使胸怀开阔。 决眦，指眼眶张裂。眦，眼眶。

㉗ 文章：错杂的色彩或花纹。《墨子·非乐上》：“是故子墨子之所以非乐者，非以大钟鸣鼓琴瑟竽笙之声以为不乐也；非以刻镂华文章之色以为不

美也。”

㉘ 观其时变：谓让船上的文人通过美丽的色彩在时空中的变化（进而对文体随时代变化有所领悟）。时变，本指四时季节的变化。《易·贲》：“观乎天文，以察时变。”

㉙ 遘：遭遇。

㉚ “夫人间”二句：指青、黄、赤、白、黑五种颜色。《老子·十二章》：“五色令人目盲，五音令人耳聋。”

㉛ 称名取类：称名，谓列举的物名。取类，谓取用类似事物以说明本体，犹比喻。语出《易·系辞下》：“其称名也小，其取类也大，其旨远，其辞文，其言曲而中，其事肆而隐。”

㉜ “亦自”句：意思是也只是从人间之物来形容其颜色。

㉝ 贫：因心未通、目未睹带来的以辞拟色方面的贫乏。

【评品】

本文写于万历三十八年（1610）。这篇著名游记最为出彩之处，是以老辣精到的笔力，勾勒出自然界色彩的错综幻变。本文描绘色彩的特点，首先是写出了时间推移时色彩的微妙变异。从“落日含半规”至“日益曶”再至“又有夜岚数层斗起”，云彩经历了从“腥红”到“金黄”、“葡萄紫”以至于“金光煜煜”的变化，山色也从“鹦绿鸦背青”变为“老瓜皮色”。自然界色彩瞬息万变的过程，居然能被作者一一加以定格，并能摄含其神髓。其次是作者描绘色彩，调动了光热元素，如“胭脂初从火出”、“晶透葡萄紫”、“出炉银红”、“金光煜煜不定”，所以色彩被写得闪烁灼热，让人目眩神淫，不能已已。相对于自然界色彩的丰富，人类语言显得相当匮乏，即便如此，我们还是不得不佩服作者捕风系影、兔起鹘落之笔力。更加值得注意的是，作者描绘色彩变化，是要表述文章黼黻，皆应与时俱变而充盈丰沛，这同样是对以模拟为事的明朝文坛稍带一笔的针砭。

仙　都（缙云）[①]

嘉桑下不得过三宿[②]，而予恋台、瓯者几两月，乃鳞羽之缘[③]、足目之命[4]，有我不得而主者[5]。从括苍至缙云，恶溪复领[6]，吾骨已衂尽[7]。决意奉教仙都，另卜其吉矣[8]。而司铎君为予友缪曦之谓[9]：二十九洞天，寓内最望[10]，跃马赢粮[11]，犹当斋致焉[12]；而子掉臂去之[13]，异日山灵执过门，以为君讨，无谓主人不言[14]。予无以应也。

明日，曦之促马舆，邀友人胡元白及钮睿孺走仙都[15]。按缙云乃黄帝之夏官封于括[16]，唐时始有邑，邑故无城[17]。雄溪绕灌[18]，蔚蓝天碧，响若歌钟[19]，人家沿山而屋，耳根日夜被溪聒尽[20]。石骨代垣[21]，松梧作户，水车云磨，映罨苍林[22]，绣壑间，望见农夫蓑笠，俱有灵气。东行十里许，看姑妇岩[23]，一坐一立，似插花在髻者，殊诡甚[24]。过一溪，甚广，无桥梁，俱方石齿仰[25]，一咫一柱[26]，溪走其下，砰击怒鸣[27]，抟雪数尺起[28]，其悍者特上石撩人股。至溪腰，目眩神淫[29]，颇畏之。过溪望柳堤，一派婀娜妥水[30]，时有风来摇漾，颇似张绪当年[31]。好鸟坐其上作蛮语[32]，为之伫立者久之。

又五里许，至虎迹岩[33]，仿佛是看巨人迹，有三四步，俱丈余大脚掌，洼隆横竖都辨[34]。从一石径束身折转[35]，以膝攀上数十级，回视石之门，似经虎腹中跳出者。侧行至仙榜岩，岩远视则曳长白似榜，而近视俱洞圈列缺[36]。下为陡壑，缘壁那步[37]，访丹室、发摩岩[38]，而足行石硖上[39]，垂二分在外[40]。睿孺辄惶，据以尻代踵[41]，益笑吓之[42]。至丹室，回首反怵然栗恂[43]，不敢迂钮生也。丹室，所谓悬崖置屋者。郑中丞于此奉老子[44]，饮食不捷得[45]，则辘转而邮上之[46]。曦之谓天下奇事必从险中来，良是矣。于是相戒逡巡[47]，下看小赤壁[48]，乃三十丈削就于阗玉[49]。壁下潭方广深蓄怯人，谢康乐、王龟令诸刻剥落不可读[50]。逾数十武，看一岩，上俱碎石短墙，上下俱绝，不知何人所营，谓是飞仙游戏耳。岩前多妙石，巉岏堆插[51]，绝似《瘗鹤铭》[52]。下又数十武，一石斜倚山扼路，榜曰"云关"[53]，人如鸟过，鲜风透出古荫[54]，毛孔爽英[55]。过此为赵侯船[56]，汉乌伤令赵炳仙解时，乘船至此，覆为石[57]。看梳水滩[58]，则涤滓荡秽，太清浩远[59]，鳞鳞石子俱坚白自鸣，即刻投缨枕其上[60]，我心始快。于是渡问渔亭[61]，看青莲石，饭于仙都山馆。仙都长曾使君韵而偶病[62]，遣庞通来[63]，而曦之所携脯炙俱精，办大浮苜蓿之格[64]。馆前山故多狮象累累，予戏谓曦之："若有叱起之术[65]，当不令祀黄帝耶！"曦之曰："咄！子无得尔，吾不勒子游，若际当在驴背上渴饿杀矣！"相与大噱。

走探旭山旸谷洞[66]，谷门出涧水底，而予乘醉作灵威丈人[67]，先取之。从涧渚揭过[68]，益暗阻，无所得路，未操屝而擅下牛渚[69]，意殊恶[70]。乃元白唤一梯来[71]，始折上，似强从蛮石中凿开一天者[72]。径转得大洞，洞口蛤张[73]，白蝙蝠群舞不定。三圆窍如大镜，从窍中逗过，看初旸谷有"倪翁洞"三大字，是李阳冰书，不知倪翁何名迹也[74]。洞上一石高丈余，可卧看天云。予展眠其上[75]，元白拍洞腹大呼，睿孺佐之，如拊五灵之石[76]。而予促唇作苏门啸，两谷穿应，犹然笙舌之溜云和也[77]。蝙蝠益怪飞疑叫，而壁下游鱼侧其头耳，呼党潜听[78]，不肯去，雅是知音[79]。白云弥弥[80]，又奔入洞中，与酒花争元气[81]，各为噀吸而解[82]。此非祈仙洞天耶[83]？仙矣，又何祈焉[84]？则相与扪梯而下。既下，石关乃锁，不可通。元白谓："那得忘情此处？"予欲赏以"还有天"三字[85]，而恨无墨沈之一涂也[86]。于是取道经忘归洞[87]，不得看过斗岩[88]。望所谓鼎湖者，如一大竹箭，冲天直上，中有一大孔，如锦川石[89]，雄拔起地中三万尺[90]，相传轩辕炼鼎其上，遂驾火龙上升，而小臣攀龙髯，堕化为草，至今产其处[91]。唐时顶上有湖，生金莲，飘一瓣至东阳[92]。刺史上其事，因改郡为金华[93]。又湖上常有鱼跃堕，事之本附有无[94]，俱不可知。然以予目论之，灵岩天柱特耸，已为大观，然后犹有援托，觉肥重耳[95]。而此鼎湖笋削笔顼[96]，四天俱空。大地忽立，以影格之，高有三四里，孤光壁绝[97]，猿愁鸟弱[98]。莲虽不可见，而松耶，柏耶，苍苍其正色耶[99]，是必非人足所敢辱[100]，明矣。人不可上，则神仙仰止[101]，焉知悬圃真人[102]，无子孙游行种植其间耶？于是观仰止亭[103]，为之极目云表，目觉劳眩。而亭边为童子峰[104]，是鼎湖之骈枝也[105]，孤清介立[106]，亦有不因人热之意[107]。共欲探玉虚宫[108]，而予困甚，不敢贪。因濯浣铄金溪[109]，各选一隽石[110]，而偃仰之[111]。酒行无算[112]，大嚼溪毛石衣[113]，恍若碧玉之浆、赤精之果爽我九咽者[114]。甚欲留殢，而日已曶。无榔栗杖[115]，讵可鸥视山君[116]？相与一步一顾而还。

是游也，雨赠一日之凉[117]，且轻云蔽日[118]，则天胜；二三君子，无败意，无俗谈，无苛饮，无谑浪[119]，则人胜；都无所期，而忽焉集止[120]，则缘胜；所恨者，未见李觉初氏耳[121]！予手觉初之志，读其诗[122]，爽然自失[123]，则兹游才一脔也[124]。秋清天净，予真当跃马赢粮，致斋而来，仍造一弥天之服[125]，遇奇好峰石，用大袖笼归[126]，先以献之高堂，而后公之所亲厚[127]。予不听其独为缙云人有矣！

【注释】

① 仙都：山本名缙云山，传为轩辕黄帝炼丹处。临近括苍山，在今浙江省丽水市缙云县城东北好溪中段，山水秀美。

② “嘉桑下”句：拒绝对外界美好的东西产生爱慕留恋之心。语见《后汉书·襄楷传》：“浮屠不三宿桑下，不欲久生恩爱，精之至也。”李贤注云：“言浮屠之人寄桑下者，不经三宿便移去，示无爱恋之心也。”

③ 鳞羽之缘：意指像鱼和鸟一样与山水天然有缘分。《南齐书·高逸传·宗测》：“性同鳞羽，爰止山壑，眷恋松云，轻迷人路。”

④ 足目之命：佛教谓足目两相成，可以到达彼岸。此指足被目驱使。

⑤ “有我”句：自己不能主宰，客观上形成了这样的行程。

⑥ 恶溪复领：再走恶溪水程。

⑦ 谻(jí)：疲劳已极。司马相如《子虚赋》：“观壮士之暴怒与猛兽之恐惧，徼谻受诎，殚睹众物之变态。”

⑧ “决意”二句：这两句是倒装句，是不打算去仙都的婉辞。　另卜其吉：另选好日子。

⑨ 司铎、缪曦之：均为作者的朋友。生平不详。

⑩ “二十”二句：《万历栝苍纪汇》(卷之七)：“南为仙都山，一名缙云山。道书为玄都祈福洞天。”　寓内最望：海内最有名望。

⑪ 跃马赢粮：让马背负着粮食快跑，形容急于赶往某地的样子。《史记·李斯列传》：“赵高曰：‘时乎时乎，间不及谋！赢粮跃马，唯恐后时！’”

⑫ 斋致：洁斋致祷。

⑬ 掉臂：甩动胳膊走开。表示不顾而去。语出《史记·孟尝君列传》："日暮之后，过市朝者掉臂而不顾。"

⑭ "异日"三句：意思是(朋友司铎说)过些时候仙都山的山神逮住我这个当地人，为你兴师问罪，你不要说我没有告诉你仙都是胜山名水。这是朋友盛情邀请的文雅说法。

⑮ 胡元白：作者的朋友，生平不详。

⑯ 按："按语"的省称，是作者对仙都历史沿革的解释性文字。 缙云：古官名。远古传说黄帝以云纪官，夏官为缙云，并以为族氏。《左传·文公十八年》："缙云氏有不才子，贪于饮食，冒于货贿；侵欲崇侈，不可盈厌；聚敛积实，不知纪极；不分孤寡，不恤穷匮。天下之民，以比三凶，谓之饕餮。舜臣尧，宾于四门，流四凶族。浑敦、穷奇、梼杌、饕餮投诸四裔，以御螭魅。"杜预注："缙云，黄帝时官名。"孔颖达疏："正义曰：昭十七年传，称黄帝以云名官。故知缙云，黄帝时官名。字书'缙，赤缯也'。服虔云：夏官为缙云氏。"

⑰ 邑故无城：县城本来没有城墙。

⑱ 雄溪：水流丰沛的山溪。

⑲ 歌钟：伴唱的编钟。《左传·襄公十一年》："郑人赂晋侯。……歌钟二肆。"孔颖达疏："言歌钟者，歌必先金奏，故钟以歌名之。"此比喻水声。

⑳ 聒尽：不停地吵扰。此处寓褒于贬。

㉑ 石骨代垣：坚硬的岩石充代城墙。王炎《游砚山》诗："涧水抱石根，石骨多绀碧。"

㉒ 映罨(yǎn)：掩映。

㉓ 姑妇岩：《乾隆缙云县志》(卷之一上)："姑妇岩，东八里。上有二石，一坐一立，若姑妇状。"

㉔ 诡：奇异。《庄子·齐物论》："是其言也，其名为吊诡。"

㉕ 齿仰：凹凸如齿的石面朝上。

㉖ 一咫一柱：不到一尺就有一块方石可以垫脚渡过水面。咫，古代长度单位，一般以八寸为一咫。

㉗ 砰击怒鸣：溪水砰砰地撞击，发出强烈的涛声。

㉘ 抟雪：谓聚水成为白浪。抟，聚集。

㉙ 淫：此指精神难以自我控制。

㉚ 妥：垂落。

㉛ 张绪当年：谓柳条风流可爱。典出《南史·张绪传》："刘悛之为益州，

献蜀柳数株,枝条甚长,状若丝缕。时旧宫芳林苑始成,武帝以植于太昌灵和殿前,常赏玩咨嗟,曰:‘此杨柳风流可爱,似张绪当年时。’其见赏爱如此。”张绪,南朝齐吴郡人,字思曼。清简寡欲,风姿清雅,口不言利,长于《周易》。

㉜ 好鸟:鸣声好听的鸟。曹植《公燕诗》:“潜鱼跃清波,好鸟鸣高枝。”蛮语:本指南方少数民族的言语。典出《世说新语·排调》:“郝隆为桓公南蛮参军。……既饮,揽笔便作一句云:‘娵隅跃清池。’桓问:‘娵隅是何物?’答曰:‘蛮名鱼为娵隅。’桓公曰:‘作诗何以作蛮语?’隆曰:‘千里投公,始得蛮府参军,那得不作蛮语也?’”这里是对不知所云的鸟语的戏谑说法。

㉝ 虎迹岩:在仙榜岩下。《光绪缙云县志》(卷之一):“令狐志:(仙榜岩)悬岩千仞,苍白间色,乡人呼为挂榜岩。邑人郑汝壁构丹室于上,旁为虎迹岩。”

㉞ 洼隆:凹凸不平。

㉟ 束身:身躯屈曲回缩。

㊱ 列缺:本指高空闪电使所现之空隙。《楚辞·远游》:“上至列缺兮,降望大壑。”注曰:“列缺,天隙电照也。”此指山崖上的裂缝。

㊲ 那:同“挪”。

㊳ 发摩岩:地址不详。

㊴ 石硖:狭窄的石块。

㊵ 垂:此处为悬空不着地之意。

㊶ 据以尻代踵:坐在地上以屁股代替脚慢慢挨动。据,用同“踞”,蹲。

㊷ 吓(hè):叱斥声。《庄子·秋水》:“于是鸱得腐鼠,鹓鸰过之,仰而视之曰:‘吓!’”成玄英疏:“吓,怒而拒物声也。”

㊸ 怵然:惊惧貌。　栗恂(xún):犹言“恂栗”,恐惧战栗。《礼记·大学》:“瑟兮僩兮者,恂栗也。”朱熹集注:“恂栗,战惧也。”

㊹ 郑中丞:即郑汝璧,字邦章,缙云人。中丞,此应别称右佥都御史一职。郑汝璧因不满权贵,在家乡隐居十二年。

㊺ 捷得:此为迅速得到的意思。

㊻ 辘转而邮上:转动辘轳送到悬崖上的丹室中。

㊼ 逡巡:小心谨慎。《后汉书·钟皓传》:“逡巡王命,卒岁容与。”

㊽ 小赤壁:《光绪缙云县志》(卷之十二):“小赤壁,王十朋题名。明李时乎《仙都志》、张敦仁《游仙都山记》:小赤壁,在仙人榜下。有谢康乐、王龟龄、朱晦翁诸刻。剥落不能读。”

㊾ 于阗玉：于阗，古西域国名，在今新疆和田一带。多产玉石。《汉书·西域传上·于阗国》："于阗国，王治西城，去长安九千六百七十里……多玉石。"

㊿ 王龟令：即王十朋，字龟龄。

51 巉岏（wán）：形容山、石高而尖锐。韩维《送赵员外之官宪州》诗："西游秦函谷，崆峒上巉岏。"

52 "绝似"句：意思是像《瘗鹤铭》随江水起落时隐时现。

53 榜曰"云关"：《光绪缙云县志》（卷之十二）："仙榜岩下二石如合掌，名合掌洞。郑汝璧镌'云关'二字。"

54 鲜风：清新的风。《文选·陆机〈吴趋行〉》："蔼蔼庆云被，泠泠鲜风过。"注："鲜风，清风。"

55 爽英：爽快舒畅。

56 赵侯船：郑汝璧《游仙都记》："泝上流，起观赵侯船，片石欹横，若藏舟于壑上。镌'石舟'二大字。"《光绪缙云县志》（卷之一）："赵侯船，在仙都山西，小蓬莱东。《汇纪》：侯名炳，宋侍郎。令缙云时，暇日辄来坐石上，石状如船，故名。又有石如杖，如履，如瓮，皆以侯名。"

57 "汉乌伤"二句：此应是另一位赵侯，年代事迹皆不相同。王思任误记。《光绪缙云县志》（卷之五）："赵侯庙，在县东十五里。令狐志：《后汉书·方术传》：赵炳，字公阿，东阳人。能为越方。时赵兵乱，疾疫大起，与闽人徐登遇于乌伤溪上，遂结言约共以其术疗病。" 乌伤：今浙江省义乌市的古称。郦道元《水经注》："吴宁溪出吴宁县，经乌伤，谓之乌伤溪。" 仙解：遗其形骸而仙去。是得道之人"死"的委婉说法。

58 梳水滩：在缙云县东。

59 太清：古人指元气之清者。

60 "鳞鳞"二句：意思是溪水晶亮，淙淙流淌，似自鸣不平。卵石坚硬雪白，惹人喜爱。我们马上解开帽子躺下，以石为枕，以流为漱。 鳞鳞：明亮貌。何逊《下方山》："鳞鳞逆去水，弥弥急还舟。" 坚白：语出《论语·阳货》："不曰坚乎，磨而不磷；不曰白乎，涅而不缁。"何晏集解引孔安国曰："言至坚者磨之而不薄，至白者染之于涅而不黑。"谓君子虽在浊乱而不能污。后因以"坚白"形容志节坚贞。 投缨：暗用《孟子·离娄上》中句意："沧浪之水清兮，可以濯我缨；沧浪之水浊兮，可以濯我足。"缨，系冠的带子。 枕其上：化用"枕石漱流"的典故，见《剡溪》注㉘。

⑥① 问渔亭：在旸谷洞前。

⑥② 韵：此指有雅趣。

⑥③ 庞通：即庞通之，陶渊明的好友，他是江州刺史王弘能见到陶渊明的中间人。典出《晋书·隐逸传》："刺史王弘以元熙中临州，甚钦迟之，后自造焉。……弘每令人候之，密知当往庐山，乃遣其故人庞通之等赍酒，先于半道要之。潜既遇酒，便引酌野亭，欣然忘进。弘乃出与相见，遂欢宴穷日。"后来诗文往往省称为"庞通"。如苏轼《和陶贫士》（七首之六）："有酒我自来，不须遣庞通。"此借指曾县令的部下。

⑥④ 大浮：由"浮"之罚酒引申为丰盛酒席。　苜蓿之格：盘中装的都是缪曦之"所携脯炙"。薛令之《自悼》："朝日上团团，照见先生盘。盘中何所有，苜蓿长阑干。"　苜蓿：豆科植物，原产西域各国，可食用。汉武帝时，张骞使西域，始从大宛传入。见《史记·大宛列传》。

⑥⑤ 叱起之术：让无生命的东西变活的方术。

⑥⑥ 旭山旸谷洞：《乾隆缙云县志》（卷之一上）："初旸谷，在仙都。以洞东向，日光先射，故名。明樊玉林刻李鋕号'旭山'二字于石，'曲泉'二字遂昌黄中镌。相传有倪长官隐此，唐李阳冰篆'倪翁洞'三字，今存。宋郡守钱竽诗云：初旸便是扶桑谷，洞里倪翁招我来。则知初旸谷之即为倪翁洞矣。"

⑥⑦ "而予"句：意思是我像灵威丈人一样成为最先探洞的人。　灵威丈人：吴国最先探险太湖洞庭山林屋古洞的毛公。事见《太湖备考》："昔吴王阖闾使灵威丈人入洞，秉烛昼行七十日，不穷而返。得素书三卷，上于阖闾，不识。使人问于孔子，孔子曰：'此禹后涵文也。'"

⑥⑧ 揭：揭衣，提起衣襟。

⑥⑨ "未操犀"句：意思是没有点燃犀角却进入了水族怪物的领地。《晋书·温峤传》："（温）峤借资蓄，具器用，而后旋于武昌，至牛渚矶，水深不可测，世云其下多怪物，峤遂毁犀角而照之。须臾，见水族覆火，奇形异状，或乘马车着赤衣者。"古代以犀牛角为镇水怪之物。　操犀：拿着点燃犀角的火把。牛渚：即牛渚矶。在今安徽省马鞍山市西南长江边，为牛渚山北部突出于长江中的部分，又名采石矶。

⑦⓪ 意殊恶：感觉特别不好。语出《南史·王诞传》："王（南康嗣王）三日出禊，（王）实衣冠倾崎，王性方严，见之意殊恶。"

⑦① 元白：即胡元白。

⑦② 蛮石：此应指巨大的石头。

⑬ 洞口蛤张：山洞如蛤蚌般张开。

⑭ 名迹：姓名与行迹。

⑮ 展眠：伸展仰卧。

⑯ 拊：拍打，敲击。　五灵：古代传说以麒麟、凤凰、龙、白虎、龟为五灵。此指石洞发出祥鸟瑞兽叫声般的声音。

⑰ "予促唇"三句：《晋书·阮籍传》："（阮籍）尝于苏门山遇孙登，与商略终古及栖神导气之术，登皆不应，籍因长啸而退。至半岭，闻有声若鸾凤之音，响乎岩谷，乃登之啸也。遂归。"　促唇：撮起双唇。　苏门：山名，在河南。《元和郡县志》（卷二十）："苏门山，在（新乡）县西北十一里。孙登所隐，阮籍、嵇康所造之处。"　两谷穿应：（啸声）在两山谷间穿行回响。　犹然：舒迟貌。　笙舌：以唇舌为管乐奏出了弦乐的声音。　溜：流淌。　云和：琴瑟琵琶等弦乐器的统称。

⑱ 呼党：呼唤同类。　潜听：指在水中欣赏。

⑲ 知音：通晓音律。《礼记·乐记》："是故不知声者不可与言音，不知音者不可与言乐，知乐则几于礼矣。"

⑳ 弥弥：弥漫盛多的样子。

㉑ 酒花：浮在酒面上的泡沫。

㉒ 噀吸而解：噀酒喷解云气。噀，含在口中而喷出。葛洪《神仙传》载仙人栾巴噀酒喷雨事。

㉓ "此非"句：意谓这里不就是所谓的"祈仙洞天"吗？　祈仙洞天：道教典籍称仙都为玄都祈仙洞天，属三十六小洞天之第二十九。

㉔ "仙矣"二句：意思是我们已经得到神仙般的享受，还有什么祈求呢。

㉕ "予欲"句：谓我想写"还有天"三字榜于石关上方作为奖赏。

㉖ 墨沈：墨汁。陆游《老学庵笔记》："晁以道藏砚，必取玉斗样，喜其受墨沈多也。"

㉗ 忘归洞：《仙都志》（卷上）："忘归洞，在仙都山西，可坐数十人。洞外有石，耸出溪流之上，游者登览尽得仙都之胜，使人忘归，名忘归台。"一说此处原名忘龟洞，朱熹讲学于独峰书院时，常游此，有"解鞍盘礴忘归去"之句，故名。

㉘ 斗岩：《仙都志》（卷上）："（步虚山）又有小峰列如北斗，名曰斗岩。"

㉙ 锦川石：外表似松皮状，其形如笋，又称石笋或松皮石。有纯绿色，亦有五色兼备者。

⑩“拔起”句：极言鼎湖峰之孤高。

⑪“相传”五句：这五句叠加了两个传说而成。《史记·封禅书》：“黄帝采首山铜，铸鼎于荆山（今河南省灵宝县）下。鼎既成，有龙垂胡须，下迎黄帝。黄帝上骑，群臣后宫从上者七十余人，龙乃上去。余小臣不得上，乃悉持龙髯，龙髯拔，堕，堕黄帝之弓。”《仙都志》（卷下）：“龙须草，产于独峰崖上。旧志云：黄帝驾龙上升，群臣攀龙髯而上，髯坠化为草。”

⑫“唐时”三句：皇甫汸《仙都草堂记》：“山有鼎湖，中产异莲，瓣落东阳，因建金华之邑，表瑞验云。”郑汝璧《武夷洪上人过访愚谷山房赋赠》：“《山经》载鼎湖上有金莲花吹落婺女间，遂以金华名郡。” 东阳：郡名，三国吴时置，唐时称东阳郡。即今浙江省东阳市。

⑬“刺史”二句：应是误记唐刺史苗奉倩上书改缙云为仙都事。《仙都志》（卷上）：“《图经》云：唐天宝七年六月八日，有彩云起于李溪源，覆绕缙云山独峰之顶。云中仙乐响亮，鸾鹤飞舞。俄闻山呼万岁者九，诸山皆应。自申至亥乃息。刺史苗奉倩上其事于朝，敕改今名。”

⑭本附：对本事的附会。

⑮“灵岩”四句：王思任《雁荡》：“（灵岩）正面曰屏霞嶂，嶂下曰玉屏峰，左曰展旗峰，右曰天柱峰，约俱数千丈；右肩曰卓笔峰、双鸾峰、玉女峰、独秀峰，约俱千余丈。”此谓雁荡灵岩诸峰虽然瑰壮雄浑，但群峰攒簇而不够疏朗峭立。

⑯鼎湖：此指鼎湖独峰。《仙都志》（卷上）：“独峰山，一名仙都石。谢灵运《名山记》云：缙云山旁有孤石，屹然干云，高二百丈，三面临水，周围一百六十丈，顶有湖，生莲花。” 笋削笔顷：像细长、挺拔的竹笋，像直立如欲倾侧的笔。顷，同“倾”。

⑰孤光：犹孤影。杜甫《桔柏渡》：“孤光隐顾盼，游子怅寂寥。”仇兆鳌注：“孤光，孤影也。”

⑱猿愁鸟弱：意同李白《蜀道难》：“黄鹤之飞尚不得过，猿猱欲度愁攀援。”

⑲“莲虽”四句：意思是鼎湖峰顶是不是生莲花不可考见，山顶郁郁葱葱的苍绿也不知是耐寒的松树还是柏枝。 “苍苍”句：语本庄子《逍遥游》：“天之苍苍，其正色邪？其远而无所至极邪？” 苍苍：深青色。 正色：本来的颜色；真正的颜色。

⑳辱：辱没。意谓人脚不可能践踏，即人不可能登临。

⑩ “人不”二句：谓人类不能登上峰顶，只能仰慕能游居峰顶的神仙。仰止：仰望，向往。语出《诗·小雅·车舝》：“高山仰止，景行行之。”

⑩ 悬圃真人：此指神仙。悬圃，又称玄圃。传说中神仙的居地。《文选·张衡〈思玄赋〉》：“登阆风之层城兮，构不死而为床。”注：“《淮南子》曰：‘昆仑虚有三山，阆风、桐板、玄圃，有层城九重。’”

⑩ 仰止亭：在童子峰外练溪畔，建于明代。今重建。

⑩ 童子峰：《仙都志》（卷上）：“童子峰，在独峰侧，其状如笋。独峰之腰，有窍若脐。此峰平脐，故名。括苍旧志云：独峰山旁，一石峭立，谓之童子峰。”

⑩ 骈枝：犹言“骈拇枝指”，语出《庄子·骈拇》：“骈拇枝指，出乎性哉，而侈于德。”

⑩ 介立：卓异独立。

⑩ 因人热：意思是媚俗。

⑩ 玉虚宫：《万历栝苍纪汇》（卷之十五）：“玉虚宫，在县东二十三里仙都山。唐天宝七年建，初以黄帝祠宇为额，李阳冰篆书。宋治平二年改今名。”

⑩ 濯浣：洗涤。　铄金溪：即练金溪。《乾隆缙云县志》（卷之一上）：“练金溪，县东十里，源山大盆山中，有幞头岩。”

⑪ 隽石：形状奇特的石头。

⑪ 偃仰：仰卧。

⑪ 酒行无算：不计其数地沿座行酒。周密《武林旧事》（卷七）：“又移宴静乐堂，尽遣乐工，全用内人动乐。且用盘架品味百余种，酒行无算。”无算，不计其数。极言其多。

⑪ 溪毛：溪边野菜。语出《左传·隐公三年》：“苟有明信，涧溪沼沚之毛……可荐于鬼神，可羞于王公。”杜预注：“溪，亦涧也。毛，草也。”　石衣：苔藻。《尔雅·释草》：“薄，石衣。”郭璞注：“水苔也。江东食之。”

⑪ “恍若”句：谓溪边野菜和水苔都像神仙食物一样好吃。　碧玉之浆、赤精之果：仙人的饮品和食品。语出杜光庭《天坛王屋山圣迹序》：“王母赐帝碧霞之浆、赤精之果讫，王母冲天而去。”　九咽：咽喉。

⑪ 椰栗杖：登高山用的好手杖。曹松《答匡山僧赠椰栗杖》：“栗杖出匡顶，百中无一枝。……宜留引蹇步，他日访峨嵋。”

⑪ 鸥视：像鸥鸟一样俯视。　山君：山神。

⑪ “雨赠”句：语出苏轼《渔家傲》：“殷勤昨夜三更雨，又得浮生一日凉。”

⑪ 轻云蔽日：淡云遮住阳光。语出曹植《洛神赋》：“仿佛兮若轻云之蔽

日，飘飖兮若流风之回雪。”

⑪⑨ 谑浪：戏谑放荡。

⑫⓪ 忽焉集止：随兴集散行止。

⑫① 李觉初：《乾隆缙云县志》（卷之六）：“李永明，字觉初。参政键子。……尤赡才思，工书法。著有《北游草》、《信芳园集》、《竹下吁嗎》、《仙都志》。王季重《纪游草》有‘颂其诗，恨不见其人’云。”

⑫② “予手”二句：此二句互文。意思是我翻阅觉初的诗集，体会出他的志向。

⑫③ 爽然自失：此指内心因没有游遍而若有所失。语出《史记·屈原贾生列传论》：“又怪屈原以彼其材，游诸侯，何国不容，而自令若是。读《服鸟赋》，同死生，轻去就，又爽然自失矣。”

⑫④ 一脔：犹言尝鼎中一脔。语本《吕氏春秋·察今》：“尝一脔肉而知一镬之味、一鼎之调。”脔，切成方形的肉。

⑫⑤ 弥天之服：形容衣服之大，可罩天盖地。

⑫⑥ 笼归：此指笼入袖内带回家。

⑫⑦ 公之所亲厚：意谓对情意深厚的朋友公开。

【评品】

本文写于万历三十八年（1610）。因为仙都缙云之事传说纷起，本文因而有搜讨古书，穿穴异闻，夺换胎骨，重铸清境的特点。如穿插记载仙都、缙云、二十九洞天等种种传说，都是采用这种方法。另如：“过溪望柳堤，一派婀娜妥水，时有风来摇漾，颇似张绪当年。好鸟坐其上作蛮语，为之伫立者久之。”用《南史·张绪传》张绪风流典，用曹植《公燕诗》“好鸟鸣高枝”句意，用《世说新语·排调》“蛮语”典；“鳞鳞石子俱坚白自鸣，即刻投缨枕其上，我心始快。”用何逊《下方山》“鳞鳞”语，用《论语·阳货》“石子坚白”典，用《孟子·离娄上》“水清濯缨”典，用《世说新语·排调》“漱石枕流”典；“酒行无算，大嚼溪毛石衣，恍若碧玉之浆、赤精之果爽我九咽者。”用《左传·隐公三年》、《天坛王屋山圣迹序》等数种典故。王思任评徐渭的文章时曾说：“见激韵险目，走笔千言，气如风雨之集。虽有时荣不择茅，金常夹砾，而百琲之珠，连贯沓来，无畏之石，针坚立破，英雄气大，未有敢当文长之横者。”（《〈徐文长逸稿〉叙》）这其实是王思任散文特色的夫子自道，此文比较集中地体现了这一点。另外，本文还采用先抑再扬的写作方法，从“骨已瓴尽”的倦游，到“跃马赢粮”——立愿再历此境，所以然者，是因为鼎湖峰孤清介立：“笋削笔顷，四天俱空。大地忽立，以影格之，高有三四里，孤光壁绝，猿愁鸟弱。”我之性情与山川一见而洽，彼我趣味深相投契。

钓　台（桐庐）[①]

七八岁时过钓台[②]，听大人言子陵事，心私仪之[③]，以幼，不许习险[④]。前年到睦州[⑤]，又值足中有鬼[⑥]，且雨甚，不得上。今从台、荡归，以六月五日上钓台也。肃入先生祠[⑦]，古柏阴风，夹江滴翠，气象整峻[⑧]，有俯视云台之意[⑨]。由客星亭右[⑩]，径二十余折，上西台[⑪]，亭曰“留鼎一丝”[⑫]。复从龙脊上骑过东台[⑬]，亭曰“垂竿百尺”[⑭]，附东台一平屿[⑮]，陡削畏眺[⑯]。一石笋横起幽涧，蹇仰恣傲[⑰]，颇似先生手足[⑱]。磴道中俱老松古木，风冷骨脾。此两台者，或当日振衣之所[⑲]；空钩意钓，何必鲂鲤[⑳]？吾不以沧桑泥高下也[㉑]。亭中祠中俱为时官匾尽[㉒]，夫子陵之高，岂在一加帝腹及买菜求益数语乎[㉓]！

人止一生，士各有志。说者谓帝不足与理[㉔]，此未曾梦见文叔[㉕]，何知子陵？子陵诚高矣，而必求其所以高在不仕[㉖]，则磻溪之竿将投灶下爨耶[㉗]？尧让天下于许由，许由不受[㉘]。子陵薄官[㉙]，许由薄皇帝，人不咏许由，而但咏子陵者，则皇帝少而官多也；身每在官中，而言每在官外也[㉚]。夫兰桂之味，以清口出之则芳，以艾气出之则秽[㉛]。咄咄子陵！生得七里明月之眠[㉜]，而死被万人同堂之哄[㉝]，子陵苦矣！然则尽去其文乎？曰“山高水长”，存范仲淹一额可也[㉞]。

【注释】

① 钓台：在今浙江省桐庐县境内，富春江畔，因后汉隐士严子陵隐居于此而得名。《图书编·富春山》："富春山，在桐庐县西三十五里，一名严陵山。清丽奇绝，号锦峰绣岭。前临大江，乃汉严子陵钓处也，人称为严陵濑，有东西二钓台，各高数百丈，有严先生祠。"严子陵，名光，字子陵，少时曾与光武帝刘秀同游学，有高名。刘秀称帝后，他变易姓名隐遁，刘秀派人觅访他，三次征召其入京，授谏议大夫，不从。退耕垂钓于富春江一带。后世以为高士楷模之一。

② "七八岁"句：王思任约于万历十年(1582)随家人经富春江，曾过钓台。

③ 私仪：心里敬佩、向往。

④ 习险：经历险境。

⑤ "前年"句：作者万历三十六年(1608)当涂县令任满，升刑部主事，驻白门(今江苏省南京市)。此年亦尝过睦州，过钓台而未登临。　睦州：州名，也称严州。隋置，辖境相当于今浙江省桐庐、建德、淳安三地。

⑥ 足中有鬼：此指有足疾。

⑦ 先生祠：即严先生祠，北宋名臣范仲淹始建。

⑧ 整峻：端庄严正。

⑨ 俯视云台：站在高台之上俯视万物。云台，高耸入云的台阁。

⑩ 客星亭：《康熙浙江通志》(卷之九)："客星亭，在桐庐县钓台。旧为客星阁。宋绍兴四年，郡守颜为建。明弘治间，知府李德恢重建，改阁为客星亭。"

⑪ 西台：《雍正浙江通志》(卷二十九)："明正统元年，知府万观始重建。傍辟二轩，东曰'清风'，西曰'高节'，榜其外门曰'钓台'。山腰仍建锦峰、绣岭亭，东西两台，各构亭。弘治四年知府李德恢撤其旧而易之，树坊表于祠堂之前，视昔加伟。"

⑫ 留鼎一丝：岳和声《后骖鸾录》："遂上双台，凡历十五盘而得东台，颜曰'留鼎一丝'，西台颜曰'垂竿百尺'，中有平石，可三十肘而赢。"

⑬ 龙脊：山脊。

⑭ 垂竿百尺：东台亭最早石额为"不事王侯"，后来改为"垂竿百尺"。

⑮ 平屿：山顶平坦。

⑯ 陡削畏眺：陡峭直立，让人目眩。

⑰ 蹇：通"謇"。正直，坚贞。　恣傲：恣意狂傲。

⑱ “颇似”句：意思是与严子陵的行为相似。

⑲ 振衣：抖衣去尘。《楚辞·渔父》：“新沐者必弹冠，新浴者必振衣。”王逸注：“去尘秽也。”比喻摆落尘念。

⑳ “空钩”二句：意思是无饵之钩，只关注垂钓，并非一定要钓上美味的鱼来。 鲂鲤：鳊鱼与鲤鱼。古人以鲂鲤为美味的鱼类。如束皙《南陔》：“凌波赴汨，噬鲂捕鲤。”焦赣《易林·讼之比》：“水流趋下，欲至东海，求我所有，买鲂与鲤。”

㉑ “吾不以”句：意思是在沧海桑田的时代变化中，我并不拘执于垂钓之人在事业上是否获得成功。观下文“磻溪”句可知，此句实际上是以姜太公吕尚为潜在的比较对象。吕尚晚年钓鱼渭滨，遇周文王，后佐周武王灭殷，封于齐。 泥：不知变通。

㉒ 时官：此指明代的官员。

㉓ “夫子陵”二句：此两句意谓严子陵人品、行为之高，哪里仅仅是敢于把脚放到光武帝的肚子上和不愿给光武帝多带一句话。 一加帝腹：《后汉书·隐逸传》：“（汉光武帝）复引光入……因共偃卧，光以足加帝腹上。明日，太史奏：‘客星犯御座甚急。’帝笑曰：‘朕故人严子陵共卧耳。’” 买菜求益：意思像买菜一样要求增加一点。皇甫谧《高士传》载汉光武帝遣使聘严光，三次乃至，舍于北军。司徒侯霸素与严光有旧，“使西曹属侯子道奉书。……子道求报，光曰：‘我手不能书。’乃口授之。使者嫌少：‘可更足？’光曰：‘买菜乎？求益也？’”

㉔ “人止”三句：事见《后汉书·隐逸传》：“（严）光卧不起，帝即其床，抚光腹曰：‘咄咄子陵，不可相助为理邪？’光又眠不应，良久，乃张目熟视，曰：‘昔唐尧著德，巢父洗耳。士故有志，何至相迫乎！’帝曰：‘子陵，我竟不能下汝邪？’于是升舆叹息而去。” 说者：后世议论的人。 帝不足与理：不值得与光武帝共同治理国家。

㉕ 梦见文叔：此指了解光武帝的用心。文叔，此指汉光武帝刘秀。刘秀字文叔。梦见，语出《论语·述而》：“甚矣，吾衰也；久矣，吾不复梦见周公。”

㉖ 高在不仕：高尚的原因在于不出仕。

㉗ “则磻溪”句：意思是那么姜太公空钩垂钓意在得鱼的鱼竿应该被焚烧吗？ 磻溪：在陕西省宝鸡市东南，源出南山，北流入渭水。传说为姜太公未遇周文王时垂钓之处。 爨（cuàn）：烧火。

㉘ “尧让天下”二句：皇甫谧《高士传》：“尧让天下于许由……由于是遁

耕于中岳颍水之阳，箕山之下，终身无轻天下色。” 尧：传说中古帝陶唐氏之号。《易·系辞下》：“神农氏没，黄帝、尧、舜氏作。” 许由：上古高士。

㉙ 薄：轻视，小看。

㉚ “身每在”二句：意谓一般人往往身在仕途，口里常说的却是仰慕归隐的话题。

㉛ “夫兰桂”三句：这是说即使是兰桂的香味，以清洁的口气呼出就芳香，混杂了艾臭则秽浊。意思是同样是归隐的话题，不同品行的人说出来达到的效果是不一样的。 艾：此指萧艾，野蒿，一种臭草。

㉜ “生得”句：生活在七里濑的水光月色中。

㉝ “而死被”句：谓身后却很多人议论纷纷。

㉞ “然则”三句：意谓去除后世所有对严子陵的评价之语，只留下范仲淹“云山苍苍，江水泱泱，先生之风，山高水长”（《严先生祠堂记》）这一联就可以了。 范仲淹：字希文，苏州吴县（今属苏州市）人。北宋名臣，工诗文及词。有气节，有政声。卒谥“文正”。

【评品】

本文万历三十八年（1610）写于严子陵钓台。这篇文章，嬉笑怒骂，横竖烂漫，斐然成文。作者先写严子陵钓台与姜子牙磻溪皆为空钩意钓，但一仕一隐，揭明严子陵先生的高风亮节不在仕隐，而在于横起蹇仰、恣意狂傲的生活方式。再写当世之时官未能梦见先生，辄以“高在不仕”强加之，信口褒扬，实为先生身后磨蝎。故而欲尽去钓台无谓之文饰，存先生苍苍泱泱、山高水长之风范。

泛太湖游洞庭两山记[①]

余读《震泽编》[②]，慨然有七十二峰之想[③]；已而手弇州、太函、歇庵诸游记[④]，则神淫淫三万六千顷湖波际矣[⑤]。前游者曰：非笋舆不可穿云[⑥]，非峨嵩之艑不可破巨浪[⑦]。因借同年俞观察一檄[⑧]，而以橙黄橘绿之时[⑨]，约友生李庭坚往[⑩]。会庭坚曳州试债业未竟[⑪]，乃唤其弟澹湖，又得友汪若水、陈少山，筑酒赢粮[⑫]，以癸丑十月乙酉[13]，从胥门发[14]。十五里，夜宿木渎[15]，渔火星缀，舟如孤驿，四人作吴俗斗百老戏[16]，酒语清安[17]。

明日丙戌[18]，登灵岩山[19]。山半借松碧如褒绣书生危坐不语[20]。观西施洞、犀牛石、醉罗汉石[21]，俱无奇。眺吴王箭泾，一水邪射里许，甚无谓。相传吴王箭之所及，遂泾焉，当是醉中令耳[22]。入灵岩寺[23]，塔勚钟残[24]，秋深僧老，草花千本。望门外湖气混茫，滚入雪镜一片[25]，为之啜茗延伫者久之[26]。登灵岩阁，是周公瑕所颜[27]，此三字殊不恶，木叶已脱，空旷鸟悲。阁后二智井[28]，云神异僧曾以此出木，或有之[29]。磥磈走绝顶[30]。坐琴台石，忆夫差当年亦韵甚，正不知黄雀之寄耳也[31]！若美人能为洋洋操，久有太湖志矣[32]。三友笑语下，十五里，及胥口[33]，风小忤[34]，而日迫崦嵫[35]，泊舟伍公祠下[36]。两老木夹一古柏，秃立丫撑，穆穆乎老相国阴风灵气[37]。小子越之人也[38]，首濡酒[39]，拜而不仰[40]，急就舟卧。

次日丁亥[41]，板历鼍窟[42]，而寝甘未喻[43]，乃闻鸡喔白云中[44]，推篷视，则东洞庭山足矣。早市鱼，得银箸者千头[45]，一饭爽极。沿山俱素封丘陇[46]，从曲径入翠峰寺[47]，碧酣欲滴，大约在浓松肥竹间[48]。访所谓悟道泉者，以松火怒发之[49]，淡逸有力[50]；而本泉僧遽欲篡中泠、惠山之座[51]，则吾舌尚存也[52]。而吾友陈仲醇[53]，背泉跨涧，扼楼以领其胜[54]，遂使湖光山色日日来盟[55]，要言不繁[56]，山川即文字耳[57]。从右肩逾至法海寺[58]，积叶封山，足音四响。饭于芝台上人之榭，万木枝窗[59]，秋声荡壑，意颇冷之[60]。芝台出唐画随喜，乃《如来示寂图》也[61]，广三十尺，修益之[62]，宝相福严[63]，解脱自在；而一时天女龙神悲顿皇惑、眉号口哆之态[64]，俱无丝发遗憾，可谓其死也哀矣[65]。此北宋以前第一手[66]，恐阎立本、赵千里辈不能办也[67]。乃登莫厘峰[68]，看东山自西山飞下，崩洪穿度[69]，相隔四十里，隐隐遗马迹蛛丝[70]。两山既共湖相望，而大姓时往来婚嫁，故两山人相见，互称为“东山亲家”“西山亲家”云。是时与澹湖指点龙砂也[71]，日落半规，以其朱光飞跃注射，湖练煜然万丈，芒颖绚烂，不啻五金之在熔[72]。俄而西山化碧，又闪为紫[73]，予不能恝然莫厘峰矣[74]。汪、陈二生乃从岗上呼归，勉去之。澹湖家即山麓，因造访之[75]，获绿橙百个。放舟湖口，举橙酌，新月飘天，小波縠织[76]，乃令童子吹双笛，而予踞石作《四噫》之歌[77]，且为羽声以和之[78]。渔翁樵伯俱乱发走[79]，讶何许人哉？

戊子解缆[80]，至白马庙，欲问柳毅、龙女事[81]，而风抑不得便[82]，乃吸酒嘿之。舟如箕簸[83]，榜人力敌[84]，至暮，始抵西山后保[85]。

己丑[86]，观林屋洞，是为第九洞天[87]。相传吴王使灵威丈人探之，十七日而不能穷，乃取《禹书》以出[88]。天顺中[89]，徐武功秉炬深入，署“隔凡”二字而返[90]。又云，其底通阳羡[91]，入三四里许，便闻咿哑声踏顶上[92]。山河互为浮湛[93]，理不足多[94]，但洞不受肩[95]，而中多沮洳[96]，作幽腐气。吾所游贵奇正共晓[97]，又何取于洞洞灟灟耶[98]？至于山骨锋立，眉峭牙崿，万谲千诡，若鼓洪涛，一空涤之，则玲珑透漏，花石纲何必万牛毡裹哉[99]！逾数十武，探旸谷洞，仅一蚌城耳[100]。至王文恪所题丙洞屏岩[101]，则天逗云腰[102]，泉沦石脚[103]，树横竹偃，樱桃明熳[104]。时翠禽啁唧，紫鸳产觳，大有袁广汉北山圃意[105]。山之前为灵祐观[106]，已芜废。问东园公隐地[107]，无有知者。惟东岳庙前两松苍竦擎舞[108]，可舒林屋屈游之气[109]。自此家家俱在果实中，逶迤峰逼，而包山榜出，松若麻栽，望橙橘遍溪壑间，上下垂垂也[110]。寺钟在楼，被荔裳缠咽，幽不可言[111]。僧虽不韵，然谈吐应酬，皆春花秋实事。予谓茶僧、果僧，犹胜鞋僧、膏药僧及今所谓禅僧、诗僧耳[112]！饭于空翠阁[113]，同访毛公坛[114]。坛故在隈曲中[115]，八风藏纳，五湖挹入。毛公不知何时人，于此得大还去[116]，然亦不能竟有此坛也[117]。吾何羡乎坎离哉[118]！是夜，移尊寺桥[119]，月气冷浸，如束起五湖水，倒泼包山者[120]。松木影寒，宿鸟翻扑，却似鱼游荇藻中[121]。而寺僧雪鹤能吴愉[122]，则醉而嬲之[123]。还，宿空翠阁，檐头星历历如杯大[124]，梦绕万竹，醒来鼻作橙香。

明日庚寅[125]，谋上缥缈峰[126]。过沈氏墓[127]，千尺松以百计。春台夜壑[128]，卧立之间，感彼松下人，安得不为乐？峰去麓十里，予短袖[129]，与澹湖、少山先登，凡数十勇[130]，乃克之，而若水跛蹩苦甚[131]。

偶风色团天[132]，五百里都为皛气[133]。见两舟，如展丝之丸[134]，定而不动良久。近山下，似双莺翔空也。一草庵栖僧分指晋陵、吴兴、檇李[135]，俱若天际一抹者，仿佛领略之。大抵缥缈峰乃洞庭山之元首[136]，而诸山其肢体也；诸山又似花瓣，而缥缈独占其心。高突旷朗，若气霁云敛，月孤雪壮时，不可不作此观。独恨呆峰至麓[137]，无尺荫寸菁可救暍死[138]，宜乎陶周望乐不偿苦矣[139]。于是相勉下[140]，憩于严氏之楼[141]。村俗，鼓音不绝则鱼至，谓之"傍新鲜"。亟命僮征酒[142]，慰劳罢，相与酌乌砂泉[143]。访小龙嘴[144]，初入嘴，未之奇也，稍猿引而鼠通之[145]，洞穴如蜂蛎[146]，如岛，如覆敦[147]，如铜锜璧甗[148]，石气云乳，秀媚晶荧，扣之，则渔阳玉也[149]。盖西洞庭乃太湖石之家[150]，而临湖者战粘天之浪[151]，日受剔割[152]，遇风则县作于窟[153]，大有佳境云。于是放舟销夏湾，吴王之所逃暑也[154]。昆明、太液[155]，又自为一区，蒹葭苍苍[156]，杨柳婀娜[157]，浮瓜沉李之际[158]，定觉冰壶十里[159]。命榜人速走石公[160]，诸山之卷太湖也以舌[161]，而石公独拒之以齿[162]，胆怒骨张，而石姥助之[163]。予仰卧于廿丈珊瑚濑上，太清一碧，斜睨万里湖波，与公姥戏弄，撩而不斗，乃涓涓流月[164]，极力照人，若将翔而下者。李生辈各雄饮大叫，川谷哄然，竟不知谁叫谁答。吾昔山游仙于琼台[165]，今水游仙于石公矣。因坐翠矶，走风弄[166]，探云梯，扪严舍人所题屏障诸刻而返[167]。宿明月湾[168]，湾既全受月，而沙渚芦花，映月发光，舟中之人，与百千雁分更而梦焉[169]。

辛卯[170]，饭于大龙嘴之下[171]。嘴穴视小龙嘴更怪，则有厂如者矣[172]、奥如者矣[173]。轮菌蟠奇[174]，又如老树之根，徽纆角距不断[175]。凡石之道，以润而尊，以瘦而隽，以空而灵，以活而寿，而是处兼得之，得之且畅[176]。若使米颠穴居于此，何如拜杀涟水城耶[177]！于是上法喜庵，访梁天监时三松[178]，而路斗绝，不可通，舟人以风利[179]，啧啧言华山也[180]。所谓绮里故居、黄公泉者[181]，俱从帆前阅过。入华山，则青嶂环回，曲流径绕人家，别有华胥[182]：浮在水中，而实在山；藏在山中，而实在水[183]。四五里聚落[184]，错绣成万花之谷[185]。望竹篱石堵[186]、红橘黄柑，家垂户晃。将至寺，二里长松落落，夹道攫云，俱数百年物，不下千章[187]。而寺之橙橘，益烂熳狼籍[188]，翠羽丹苞之中[189]，无数金珠火齐[190]。寺桥傍，紫葡桃藤叶嫩红老白[191]，束缚古木，薜罗野葛[192]，强附弱攀[193]，悉不辨伦理[194]。寺僧苍麓剥橘烹泉[195]，香风沸沸[196]，仍落八柑相赠[197]，富丽中幽逸清美[198]。吾尝欲考此数日禄命也[199]，僭矣[200]！僭矣！大抵洞庭之山，西胜于东；而西之中，惟石公可游，花山可居。异日此言，当悬之吴门，不可添减一字[201]。乃移舟看角庵，山境已绝，太湖若掬而瞰也[202]。有茶花一本，荫可亩余，四季鲜发，云角里先生手植[203]，予来时正英英其欲吐，红颜含宝，是飞燕来期射鸟时[204]。角里事附会不可知，但闻四老出商山后，即入地肺[205]。地肺者，今之三茅山也[206]，去铜官不百里[207]，吾安知其不共采紫芝，买桂楫，作云水游哉[208]？又数里，探水月寺[209]，名逸甚，而寺不胜。即紫云泉[210]，亦一耜泥淖[211]，不足寄陆羽思也[212]。晚乃泊于韩村之湖口[213]，大月点空，满天作青火色[214]，放眼五百里，一敛而水天之白未尽[215]，始觉西子湖匡小围狭[216]。须臾，夜气茫然，明月独飞，如大鱼纵壑者[217]，意冥宫老蛟、幽魅、鼋史、鼍参[218]，必且绡张珠宴[219]，而一伧兵子以大炮轰之[220]，震来砰磕，可半晌许，遂皆血沸为波[221]，相与泣金翅公至矣[222]。予于此际有雄心焉，不能不歌"老骥伏枥"[223]。

壬辰[224]，从韩村入三里，拔一危岭[225]，得西湖寺[226]，废关云守[227]，阒无半僧。雪鹤言有白香山一碑[228]，拨藓讨之，不可得；而所谓湖者，丈余绀澈耳[229]。湖既登山，自应以少为贵[230]。出岭隔眸[231]，云梢鸟背，有画一区[232]，是东湖也[233]，而予足不能供目矣，乃下。之资庆寺[234]，桥胜壑胜，红树碧樟，老山秋满，声瓮瓮然在空橐[235]。是中橘柚已剪，众鸟侏离[236]，聚党詈僧[237]，且妒客至，不得便其检拾[238]，巧坐枝头，又迁其语怒客[239]。客闻命矣[240]，茶罢，去之。逾岭，而得天王寺[241]，寺前松差逊花山[242]，然枇杷花香风数里氤氲[243]，山椒树祖藤孙[244]，万果汇集，色味纠缠，僧寮碧窈。寺主九莲是解脱禅[245]，能为雅谑者[246]。予谓此地极宜猿狖[247]。相与一笑，肃入竹楼酒我，而送之湖滨。乃探元旸洞[248]，是时日在湖西，曳为紫金大锦，俄而珠婪火跳[249]，化作九微之灯[250]，渔歌樵唱，上下清杳，俱以洞云收之[251]。因寻镇卖桥[252]，还舟，别雪鹤而宿于鼋山之下[253]。癸巳[254]，乃溯波命榜[255]，数槛边丹峰碧巘，一一在杖屦前也[256]。

是役也，邀震泽之灵[257]，自入后保以来，风日清美，船如天上[258]；湖山之状，朝莫五色[259]，悉饱其变；且夜夜明月，秦镜透飞[260]，而无有纤云滓秽[261]，万里寒流，濯濯孤玉壶之魄[262]。予盖有游福者哉！向使石公之下，飓母封姨[263]，再一鼓扇[264]，令天际白涛，山呼海立[265]，与石公作昆阳一日之战[266]，予乃凭轼而观之，则输攻墨守[267]，必更有奇焉者，而惜乎未之遇也。然而造化之秘，岂不少爱[268]？予其贪陇蜀而无厌者耶[269]？于是乎游有记，而系之以论。

论曰：太湖如月，洞庭诸山，睨之，则月中之桂影也[270]。予数时在东西两枝缘走穿弄，食其香而寝处其胜，亦人间之月游矣[271]。更有羡者，山与人世隔绝，另划一天。四时有珍果琪花[272]，令口目应接不暇[273]；而又在水中央，无虎豹，不若月明林黑，足不顾胆[274]；且稻蟹鱼鳖之为渚，虽僻在坞中，顿顿鲜食，此则山居人所不敢望也。惟是峰笋不矗[275]，瀄布不飞[276]，渴燥坡陀[277]，童枯坟起[278]，非石公峥峥其间，则吾未有乐焉。愿请之于帝，而以巨灵胡赍诏入台、荡[279]，乱剪数十峰来，仍割其弃余泉瀑大小二十通[280]，银飞雪挂于花山、缥缈之上，一夜雨风，鸡狂犬惑[281]。则吾当变姓名[282]，舆棺荷锸[283]，来此作扫花使矣[284]。而王弇州方虞倭盗之及，不肯移家[285]。嗟乎！倭固有数哉，而盗亦有道存焉矣[286]。

【注释】

① 太湖：在今江苏省南部、浙江省北部。湖中有岛屿四十八座，洞庭西山和洞庭东山是湖中最大的山峰，两山也称洞庭包山、洞庭山、包山或苞山。

②《震泽编》：《四库全书总目提要·〈震泽编〉提要》："明蔡升撰，王鏊重修。……是书首纪五湖、七十二山、两洞庭，次石泉、古迹，次风俗、人物、土产、赋税，次水利、官署、寺观、庵庙、杂记，次集诗、集文。"震泽，湖名，即太湖。《书·禹贡》："三江既入，震泽底定。"

③ 七十二峰：王鏊《震泽编·太湖记》："吴郡之西南有巨浸焉，广三万六千顷，中有山七十二，襟带三州（苏湖常也），东南诸水皆归焉。"

④ 弇州：即王世贞，明代后七子之一，自号弇州山人。　太函：即汪道昆，号太函。　歇庵：即陶望龄，字周望，号石篑。歇庵为其居室名，人称歇庵先生。　诸游记：诸人的太湖游记。王世贞有《泛太湖游洞庭两山记》，汪道昆、陶望龄皆有《游洞庭山记》。

⑤ 淫淫：远去貌。　三万六千顷：《太平寰宇记·江南东道·苏州》："太湖周回三万六千顷。"《明史·地理志》："又有太湖，湖纵广三百八十三里，周三万六千顷，跨苏、常、嘉、湖四府之境。"顷，古代百亩为顷。太湖一名震泽、一名具区、一名笠泽、一名五湖。

⑥ 笋舆：竹轿。

⑦ 峨岢(kě)：高峻。　艑(biǎn)：吴越称大船为艑。

⑧ 俞观察：据吕谱，即俞思冲。　檄：文书。此处指书信。

⑨ 橙黄橘绿之时：晚秋季节。苏轼《赠刘景文》："一年好景君须记，最是橙黄橘绿时。"苏州太湖洞庭东西山盛产橘，多待霜降方可食用。《吴郡志》(卷三十)："绿橘，出洞庭东西山，比常橘特大。未霜深绿色，脐间一点先黄，味已全，可啖，故名绿橘。"

⑩ 友生：朋友。《诗·小雅·常棣》："虽有兄弟，不如友生。"　李庭坚：生平不详。

⑪ "会庭坚"句：意思是李庭坚困顿于省试的事还没完。　曳：困顿。州试：科举的秋试唐宋在州府，明清在省，此沿旧称。　债业：债务。此指没完没了的准备和考试。

⑫ 筑酒：装上酒。筑，填塞，装填。

⑬ 癸丑：万历四十一年(1613)。　十月乙酉：十月初一。

⑭ 胥门：《洪武苏州府志》(卷第四)："朱长文云：盘、蛇、阊、胥、娄、葑、将、齐而赤、平不预。盖自唐末之乱，废置不常。《寰宇记》载宋初惟六门：阊、胥、娄、齐、盘、封。其后胥门又废，仅存阊、齐、娄、封、盘五门。元至正壬辰又重立胥门，凡为门六。至本朝一仍其旧而无损益。"

⑮ 木渎：镇名，在今江苏省苏州市吴中区，临近太湖。

⑯ 斗百老戏：即冯梦龙《马吊脚例》的"斗百老法"，是一种称为马吊的牌戏。始于明代中叶。合四十叶纸牌而成，四人同玩，每人八叶，余置中央，出牌以大打小。

⑰ 酒语清安：酒席间语言平和。

⑱ 丙戌：十月初二。

⑲ 灵岩山：位于木渎镇西北，临太湖，背天平山。《吴郡志》（卷十五）："灵岩山，即古石鼓山，又名砚石山。董监《吴地记》：案《郡国志》曰：吴王离宫在石鼓山，越王献西施于此山。山有石马，望之如人骑。南有石鼓，鸣即兵起。亦名砚石山。又有琴台在其上。《越绝书》云：吴人于砚石山作馆娃宫。……上有吴馆娃宫、琴台、响屧廊。"

⑳ "山半"句：意思是灵岩山借助山上青松的碧色像一个穿着宽大绿绣袍、正襟危坐、默默无语的书生。　褒绣：衣服宽大并有刺绣。褒，衣襟宽大。《说文·衣部》："褎，衣博裾。"段玉裁注："博裾，谓大其褎囊也。"　危坐：古人以两膝着地，耸起上身为"危坐"，即正身而跪，表示严肃恭敬。后泛指正身而坐。

㉑ 西施洞：《吴郡志》（卷八）："西施洞，在灵岩山之腰。山即馆娃宫所在，故西施洞在焉。"　犀牛石、醉罗汉石：因视角不同，各有称呼。《南巡盛典》（卷八十五）："（灵岩山）西南石壁峭拔者为佛日岩，欣然如立、弛然如卧者为寿星石、醉僧石。"

㉒ "眺吴王"六句：《吴郡志》："采香径在香山之旁，小溪也。吴王种香于香山，使美人泛舟于溪以采香。今自灵岩望之，一水直如矢，故俗又名箭泾。"　吴王：此指春秋时吴国国王夫差。　邪射：即斜射。孙诒让《墨子闲诂·经说下》："镜侧邪面既不平，则光线邪射景也易，易即邪也。"　甚无谓：很没有依据。

㉓ 灵岩寺：王铚《包山禅院记》："地分东西两山，院在西山之巅，巨浸回环，四绝无地，天水相际，一碧万顷。风涛豪汹，旁接沧溟，下则鱼龙之所窟宅。"《洪武苏州府志》（卷第四十三）："灵岩寺，旧名秀峰寺。宋为韩蕲王功德寺。改名显亲崇报禅院。盖吴馆娃宫也，梁天监中始建为寺。寺有智积菩萨像旧迹，乡人奉事惟谨。寺因居灵岩山顶，遂称为灵岩寺也。"

㉔ 勩（yì）：方言。器物的棱角、锋芒等磨损。朱骏声《说文通训定声·泰部》："今苏俗语谓物消磨曰勩。"

㉕ "望门外"二句：陶望龄《游洞庭山记》："自胥口，望太湖，颇惮其广。……湖水映之影若数亩大圆镜。"　混茫：指广大无边的境界。

㉖ 啜：饮。　延伫：久立；久留。《楚辞·离骚》："悔相道之不察兮，延伫乎吾将反。"王逸注："延，长也；伫，立貌。"

㉗ 周公瑕：即周天球，字公瑕，号幼海。少时随父徙吴，从学于文征明。善画兰草，尤精大小篆、古隶、行楷，一时丰碑大碣，多出其手。　颜：此指书写

门楣。

㉘ 眢(yuān)井：枯井。《左传·宣公十二年》："目于眢井而拯之。"

㉙ "云神异僧"二句：这是僧人自神其法力的说法。很多寺院都有所谓"神运井"或"运木古井"的传说。

㉚ 磥磈(lěi kuǐ)：亦作"磈磥"。不平的样子。《文选·郭璞〈江赋〉》："鋸峉森衰以垂翘，玄蛎磈磥而碨硂。"李善注："磈磥、碨硂，不平之貌。"

㉛ 黄雀之寄：犹言越国觊觎吴国，并把希望寄托于西施身上。"黄雀"典出刘向《说苑·正谏》："园中有树，其上有蝉，蝉高居悲鸣饮露，不知螳螂在其后也。螳螂委身曲跗欲取蝉，而不知黄雀在其傍也。黄雀延颈欲啄螳螂，而不知弹丸在其下也。"喻欲得眼前利益而不顾后患。

㉜ "若美人"二句：典出《列子·汤问》："伯牙善鼓琴，钟子期善听。伯牙鼓琴，志在高山。子期曰：'善哉，峨峨兮若泰山。'志在流水。子期曰：'善哉，洋洋兮若江河。'伯牙所念，子期必得知。"因为相传范蠡灭吴后，与西施泛舟太湖，所以此谓西施在琴台弹奏的如果是"洋洋兮若江河"的琴曲，那么说明她早就有与范蠡一起遁迹五湖的愿望。洋洋：盛大貌。《诗·卫风·硕人》："河水洋洋，北流活活。" 操：琴曲。

㉝ 胥口：在今江苏省苏州市吴中区胥口镇。《吴郡志》(卷十八)："胥口，在木渎西十里，出太湖之口也。上有胥山，舟出口则水光接天，洞庭东西山峙银涛中，景物胜绝。"

㉞ 忤：乖，违逆。此指逆风。

㉟ 日迫崦嵫：太阳快落山。详见《游焦山记》注51。

㊱ 伍公祠：《同治苏州府志》(卷三十六)："胥门有伍公祠，其神像作立以望越师入之状。"伍公，即伍员，字子胥，春秋时楚国人。父伍奢和兄伍尚均被楚平王所杀。伍子胥逃到吴国，助吴国练兵伐楚，鞭楚平王之尸，得以报仇。后吴国大败越国，越王勾践请和，夫差许之，伍子胥苦谏，不听。太宰伯嚭进谗言，夫差派人赐伍子胥属镂之剑，令其自裁。伍子胥告舍人曰："抉吾眼置之吴东门，以观越之灭吴也。"(《史记·吴太伯世家》)夫差闻之大怒，取伍子胥尸体，盛以鸱夷(皮革)，浮之江。后九年，越灭吴。

㊲ 穆穆乎：庄严肃穆的样子。 老相国：夫差即位后任伍子胥为相国。 阴风灵气：据张守节《正义》：伍子胥亡后，曾托梦越军，在三江口作涛助越灭吴，故云古柏也有阴风怒气。

㊳ 小子：旧时自称谦词。 越之人：王思任为山阴(今浙江省绍兴市)

人,古属越国。春秋战国时越、吴为敌国,故后文云“拜而不仰”。

㊴ 首濡酒:用酒沾湿头发。此仿“只鸡絮酒”之例,不以洒酒祭奠。

㊵ 拜而不仰:祭拜但并不敬仰。

㊶ 丁亥:指十月初三。

㊷ 板历:乘船经过。 鼍窟:鼋鼍栖息的水域。

㊸ 寝甘未喻:谓睡得十分香甜不知道水上走了多少行程。

㊹ “乃闻”句:忽然听到高处鸡鸣声。

㊺ 银箸:此喻太湖银鱼。箸,筷子。

㊻ 素封:原指无官爵封邑而富比封君的人。此有字面义,指因入冬而无花草之艳装。

㊼ 翠峰寺:《姑苏志》(卷二十九):“翠峰禅寺,在莫厘山之阴,唐将军席温舍宅建。天宝间,僧智洪开山,名僧重显,所谓雪窦禅师尝居此。其遗迹有降龙井、罗汉树、悟道泉犹存。”

㊽ 浓松肥竹:松竹枝叶茂盛、颜色鲜翠。

㊾ 松火:松木烧火。 怒发:大火使水沸腾。

㊿ 淡逸有力:轻淡而有余味。

51 本泉僧:指悟道泉所在翠峰寺的僧人。 遽:遂,就。 篡座:此指超过(中泠泉和惠山泉)。 中泠:见《游焦山记》注㉝。 惠山:此指惠山泉,又名慧山泉,在今江苏省无锡市西惠山(亦称慧山)东麓,有“天下第二泉”的美誉。

52 吾舌尚存:典出《史记·张仪列传》:“其妻曰:‘嘻!子毋读书游说,安得此辱乎?’张仪谓其妻曰:‘视吾舌尚在不?’其妻笑曰:‘舌在也。’仪曰:‘足矣。’”此处的意思是我舌头还品得出泉水的好坏。

53 陈仲醇:即陈少山。

54 扼:据守。

55 来盟:前来盟会。

56 要言不繁:言论切要简明。

57 山川即文字:谓景物的展现表达的也是一种文字的意境。

58 法海寺:《吴郡志》(卷三十四):“法海寺,在吴县西七十里洞庭东山。隋将军莫厘舍宅所建寺也。后梁乾化间改祇园,皇朝祥符五年改今名。”

59 万木枝窗:从窗口能看到满山的碧枝。

60 意颇冷之:感觉到一股寒意。

㉛《如来示寂图》：大致内容是在四株沙罗双树之间的宝台上，释尊枕北右胁，作睡眠状，其旁有诸菩萨、佛弟子、国王、大臣、天部等五十二众围绕，天空中众仙女向佛体献鲜花供物无数。　示寂：佛教语。称佛菩萨及高僧身死。寂即梵语“涅槃”的意译。言其寂灭乃是一种示现，并非真灭。

㉜ 修益之：意谓长度超过三十尺。

㉝ 宝相：佛教称庄严的佛像。

㉞ 悲顿皇惑：悲痛困顿、惶惑不安。　眉号口哆：眉眼抽搐、张嘴号哭。

㉟ “可谓”句：意谓对如来的圆寂很悲痛。　其死也哀：语出《论语·子张》：“其生也荣，其死也哀，如之何其可及也？”

㊱ 第一手：画家中的第一高手。

㊲ 阎立本：唐代人物画家，其画尤工于形似。　赵千里：赵伯驹，字千里，宋代画家，宋太祖七世孙，长于着色山水和人物。

㊳ 莫厘峰：王鏊《震泽编·登莫厘峰记》：“两洞庭分峙太湖中，其峰之最高者，西曰缥缈，东曰莫厘，皆斗起层波，矗逼霄汉，可望而不可即。”

㊴ 崩洪：朋山为崩，共水为洪。谓两山对峙，二水分流。

㊵ 马迹蛛丝：喻东西两山之间相连的痕迹依稀可辨。

㊶ 龙砂：堪舆家关于地形的术语。此代指地形。

㊷ “日落”五句：形容晚霞映广袤湖水时的色彩斑斓。　煜然：明亮貌。《周易经传集解》：“黄之为色，煜然而有光辉也。”　芒颖：本指谷类种子壳上的细刺。引申为尖端。　绚烂：光彩炫目。　五金之在熔：指五种金属在熔化时呈现的色泽。五金，《汉书·食货志上》：“金、刀、龟、贝。”颜师古注：“金谓五色之金也。黄者曰金，白者曰银，赤者曰铜，青者曰铅，黑者曰铁。”

㊸ 闪：此处是极快变化的意思。

㊹ 恝(jiá)然：冷淡貌。

㊺ 造访：拜访，访问。

㊻ 小波縠织：涟漪像织出的绉纱。

㊼《四噫》之歌：仿汉梁鸿《五噫歌》和张衡《四愁诗》而成，此二歌诗都表现蒿目时艰、无所归依之感。

㊽ 羽声：中国古代音乐中宫、商、角、徵、羽五声之一。商音羽奏，均为悲凉之音。

㊾ 发走：奔跑。发，指奔走。《文选·张衡〈西京赋〉》：“鸟不暇举，兽不得发。”薛综注：“发，骇走也。”

⑳ 戊子：此指十月初四。　解缆：解去系船的缆绳。指开船。

㉑“至白马庙”二句：《光绪苏州府志》（卷第三十六）：“龙女祠，在东山丰圻北麓。《震泽编》：一名白马庙。相传柳毅寄书龙宫，系马于此。《补乘》云：东山有柳毅井。”

㉒ 抑：抑制，阻止。

㉓ 箕簸：（船行像）竹箕簸扬。《诗·小雅·大东》：“维南有箕，不可以簸扬。”

㉔ 榜人：船夫。　力敌：与风搏斗。

㉕ 西山后保：在太湖洞庭西山岛上，即今苏州市西山镇的后堡村。保，同“堡”。

㉖ 已丑：此指十月初五。

㉗“观林屋洞”二句：《正德姑苏志》（卷三十三）：“林屋洞在洞庭西山，即道书十大洞天之第九，一名左神幽虚之天。洞有三门，同会一穴。一名雨洞，一名旸谷，一名丙洞。中有石室、银房、石钟、石鼓、金庭、玉柱、白芝、金沙、龙盆、鱼乳泉、石燕。有石门名‘隔凡’。”

㉘“相传”三句：详见《仙都》注⑥⑦，“十七日”为“七十日”之误。

㉙ 天顺：明英宗年号（1457～1464）。

㉚“徐武功”二句：王思任与明代王鏊的说法不同。王鏊《游林屋洞诗序》：“（林屋洞）有石床、石钲、金庭、玉柱。柱之上有字曰‘隔凡’。相传吴王尝遣人穷其境，数日乃出宣州，世莫知其然不。而故武功伯徐公尝至玉柱之侧，见‘隔凡’字云。”王鏊吴人，是《正德姑苏志》的作者，所记应更为准确。徐武功：即徐有贞，字符玉，初名珵。吴（今江苏省苏州市）人。

㉛“其底”句：《吴郡图经续记》（卷中）：“吴先主时，使人行洞中二十余里，上闻波浪声。”　阳羡：旧县名。汉始置，晋为义兴郡，隋复为县，北宋初改为宜兴县。故城在今江苏省宜兴市南。

㉜ 咿哑：象声词。多形容物体转动或摇动声。韩偓《南浦》：“应是石城艇子来，两桨咿哑过花坞。”　踏：犹言“踏歌”。拉手而歌，以脚踏地为节拍。

㉝ 互为浮湛：指地脉相通。

㉞ 足多：足以称美。

㉟ 洞不受肩：洞口不到两肩的宽度。

㊱ 沮洳（jù rù）：低湿之地。《诗·魏风·汾沮洳》：“彼汾沮洳，言采其莫。”孔颖达疏：“沮洳，润泽之处。”

⑰ 奇正共晓:“奇正”即《天台》一文中所说的“雄奇之极,反归正正堂堂”的意思,就是说要通晓山水奇正变化的道理。

⑱ 洞洞灟灟(zhú):混沌无定之貌。《淮南子·天文训》:天地未形,冯冯翼翼,洞洞灟灟,故曰太昭。

⑲ “至于”七句:《吴郡志》(卷二十九):“太湖石,出洞庭西山。以生水中者为贵,石在水中,岁久为波涛所冲撞,皆成嵌空。石面鳞鳞作靥,名弹窝,亦水痕也。没人缒下凿取,极不易得。石性温润奇巧,扣之铿然如钟磬。自唐以来贵之。其在山者,名旱石,亦奇巧;枯而不润,不甚贵重。” 眉峭牙崿:石崖像眉骨那样突出耸立,像牙齿那样尖峭嶙峋。 万谲千诡:指变化万千。 鼓洪涛:浪涛在其中鼓荡。 玲珑透漏:太湖石具有透漏的特点,石上有眼,彼此互通,四照玲珑。 花石纲:此特指运送汴梁建筑艮岳的太湖石。纲,成帮结队地输运货物。《同治苏州府志》(卷六):“一峰斗入湖中,为石公山。相传花石纲之役,朱缅伐石于此。”《历代名臣奏议》:“以至花石纲船绵亘不绝,作局则所需百出,数郡为之骚扰。花石则虚张事势,一路莫敢谁何,驱迫保伍,牵挽舟船,道路怨叹,有伤和气。” 万牛毡裹:应指押运队伍的脚力及装备。

⑳ 蚌城:此形容旸谷洞很小,如同张开的蚌壳。

㉑ “至王文恪”句:王文恪,即王鏊,字济之,晚号震泽先生,谥文恪。明成化进士,正德初,官户部尚书兼文渊阁大学士。王鏊题于林屋丙洞屏岩的诗是:“蓬山有路那能到,林屋无扃可数来。宝笈石函难复见,金庭玉柱为谁开。只愁黯黮浑无地,又恐砰訇忽有雷。不是隔凡凡自隔,重门欲叩更徘徊。”

㉒ 天逗云腰:为“云逗天腰”之倒文。白云飘浮在中天。

㉓ 泉沦石脚:泉水冲刷着山岩的底部。

㉔ 熳:色彩艳丽。

㉕ “时翠禽”三句:《西京杂记》(卷三):“茂陵富人袁广汉,藏镪巨万,家僮八九百人。于北邙山下筑园,东西四里,南北五里,激流水注其内,构石为山,高十余丈,连延数里。养白鹦鹉、紫鸳鸯、牦牛、青兕,奇兽怪禽,委积其内。积沙为洲屿,激水为波潮,其中致江鸥海鹤。孕雏产鷇,延漫林池;奇树异草,靡不具植。屋皆徘徊连属,重阁修廊,行之,移晷不能遍也。广汉后有罪诛,没入官园,鸟兽草木,皆移植上林苑中。” 啁唧:鸟虫鸣声。 鷇(kòu):待母哺食的幼鸟。 北山:即北邙山。

㉖ 灵祐观:《吴郡志》(卷三十一):“灵祐观,在洞庭山林屋洞傍。旧名神景宫。唐乾符二年建,内有林屋洞。洞中景物具《祥符图经》,本朝天禧五年诏

郡守康孝基重造。”

⑩⑦ 东园公隐地：汪道昆《游洞庭山记》：“东北寺曰法华，乘蹬道出湖上。又东，为东园公隐地，仍名东园。”东园公，“商山四皓”之一。

⑩⑧ 东岳庙：《正德姑苏志》（卷二十八）：“东岳庙，在县治后。又，震泽、黎里、同里、双杨、檀丘、芦墟、梅堰各有行宫。”

⑩⑨ 屈游：此指在洞内忍受幽腐、阴湿之气的游览。

⑪⓪ “自此”六句：苏舜钦《苏州洞庭山水月禅院记》：“其中山之名见图志者七十有二，唯洞庭称雄其间。……皆以树桑栀柑柚为常产，每秋高霜余，丹苞朱实，与长松茂树相参差于岩壑间，望之若图绘金翠之可爱。” 包山榜出：王世贞《泛太湖游洞庭两山记》：“数转始得寺，榜曰包山。” 垂垂：低垂貌。

⑪① “寺钟”三句：意思是寺楼上钟鼓，就像被薜荔缠住了声带，发出的声音有无法形容的幽怨。

⑪② “予谓”句：谓僧人谈吃谈喝，胜过云游行骗和附庸风雅。

⑪③ 空翠阁：同时文人姚希孟《宿包山寺记》载此阁风景：“从殿右穷僧寮，得空翠阁。阁正在翠微杳霭中，窗外修篁直上，约之可五六丈。玉笋瑶篸摩云翳日，目中见美箭多矣，亡逾此者。”

⑪④ 毛公坛：《吴郡志》（卷九）：“即毛公坛福地，在洞庭山中。汉刘根得道处也。根既仙，身生绿毛，人或见之，故名毛公。今有石坛在观傍，犹汉物也。”

⑪⑤ 隈曲：山水弯曲处。

⑪⑥ 大还：大还丹。《云笈七签》（卷六十八）：“大还丹皆因师师相承，传之口诀，灵文藏于洞府，金简祕在仙都。”

⑪⑦ 竟有此坛：谓永远占据此坛修道。

⑪⑧ 坎离：坎、离本为《周易》的两卦，道教以“坎男”借指汞，内丹家谓为人体内部的阴精；以“离女”借指铅，内丹家谓为人体内部的阳气。此指修炼成仙。

⑪⑨ 尊：酒杯。此代指宴席。

⑫⓪ “月气”三句：谓月色如水，倾照于洞庭西山。 五湖：《太平寰宇记》卷九十四引孔安国云：“震泽，吴南太湖名。太湖者，以其广大名之。又名五湖。韦昭《三吴郡国志》云：太湖边有游湖、莫湖、胥湖、贡湖，就太湖为五湖。又云胥湖、蠡湖、洮湖、滆湖，就太湖为五也。又云天下如此者五。虞仲翔《川渎记》云：太湖东通长州淞江水，南通乌程霅溪水，西通义兴荆溪水，北通晋陵滆湖水，东连嘉兴韭溪水，凡五道谓之五湖。”

⑫1 “松木”三句：意境从苏轼《记承天寺夜游》描写月下景色中翻出：“庭下如积水空明，水中藻荇交横，盖竹、柏影也。” 藻荇：水草。

⑫2 雪鹤：寺僧的名号。 吴愉：春秋吴国的歌。后泛指吴地的歌。《文选·左思〈吴都赋〉》：“荆艳楚舞，吴愉越吟，翕习容裔，靡靡愔愔。”

⑫3 嬲（niǎo）：戏弄。

⑫4 “檐头星”句：山中夜间沉黑，天空的星星因看得真切而显得很大。张岱《岱志》也有大致相同的记叙：“中夜起见天高气肃，檐前星历历如杯大，私心甚喜。”

⑫5 庚寅：此指十月初六。

⑫6 缥缈峰：太湖中有七十二峰，缥缈峰为诸峰之最。《吴郡志》（卷三十三）：“其中山之名，见《图志》者七十有二，唯洞庭称雄其间。……缥缈峰又居山之表。”《同治苏州府志》（卷六）：“其诸峰皆秀异，而缥缈峰最高，亦名杳眇峰。登其颠，则吴越诸山隐隐在目。”

⑫7 过沈氏墓：王世贞《泛太湖游洞庭两山记》：“叔平意不欲往上方寺。舆人强之行。篱落间橙橘如绣，沈氏墓古松数十株，大可合抱，似不减西湖九里。既抵寺，则已废。”

⑫8 春台：春天的台榭。 夜壑：坟墓。

⑫9 短袖：卷上袖子。

⑬0 勇：此指剩余可用之力。

⑬1 跛鳖：跛行。邹浩《秋蝇》：“驱除付疲兵，袛足增跛鳖。”

⑬2 风色团天：此指风扫云朵。

⑬3 皛（xiǎo）：明，皎洁。

⑬4 展丝之丸：放在展开的丝绸上的弹丸。

⑬5 “一草庵”句：即前注太湖襟带苏湖常三州。 晋陵：原名延陵，汉代改为毘陵，旧属常州府。 吴兴：曾为湖州府治。 槜（zuì）李：即嘉兴府。槜，或作“醉”。《春秋·定公十四年》：“五月，越败吴于槜李。”杜预注：“槜李，吴郡嘉兴县南醉李城。”

⑬6 元首：头。《逸周书·武顺》：“元首曰末。”孔晁注：“元首，头也。”此指顶峰。

⑬7 呆峰：因童秃而显得没有灵气。

⑬8 暍死：（登山者因无树木遮荫而）暑热非常。

⑬9 陶周望乐不偿苦：陶望龄《游洞庭山记》：“缥缈峰于诸山最尊，受五湖

三州之全，观宜最胜。然其居敻绝，风气所磅礴。游者不可久，辄披猖去。其为乐常不偿其劳，吾未有乐焉。”

⑭⓪ 相勉下：意思是相互勉励停留了一会，就都下山了。陶望龄《游洞庭山记》：“以其游之艰，不可辄去也，更相勉少住，然以不可，竟相引而下。”

⑭① 严氏之楼：具体地址不详。

⑭② 征酒：谓行令饮酒。

⑭③ 乌砂泉：《崇祯吴县志》(卷之四)：“龙山之下石间曰乌砂泉，穴深丈余。泉甘白，盛磁瓯中，微积乌砂，故名。”砂，同“沙”。汪道昆《游洞庭山记》：“由上方至西蔡，过乌沙泉。泉在小龙山，当水裔。”

⑭④ 小龙嘴：小雷山的石洞。

⑭⑤ 猿引：像猿猴那样攀援。　鼠通：像老鼠钻洞那样往里钻。

⑭⑥ 蜂蛎：犹言“蜂蛎之房”。此喻洞穴密集众多。汪道昆《游洞庭山记》：“过乌沙泉，泉在小龙山，当水裔。水中石屿如群鼠曳尾窜，其稍大者如猫。”龙，应是“雷”之讹音。

⑭⑦ 覆敦：倒置的商敦。

⑭⑧ 铜锜璧甗(yǎn)：形容山岩形如古代的炊器，色似青铜或璧玉。锜，古代有足的釜。《诗·召南·采苹》：“于以湘之，维锜及釜。”毛传：“锜，釜属。有足曰锜，无足曰釜。”甗，古代一种炊器。分两层，上可蒸，下可煮。《左传·成公二年》：“齐侯使宾媚人赂以纪甗、玉磬与地。”

⑭⑨ 渔阳玉：渔阳产出的色声俱美的玉石。渔阳，地名。战国燕置渔阳郡，秦汉治所在渔阳县(今北京市密云县西南)。

⑮⓪ 家：此指原产地。

⑮① 粘天：谓贴近天，仿佛与天相连。

⑮② 剔割：此指销磨。

⑮③ 县：同“悬”。此处有镂空的意思。

⑮④ “于是”二句：《吴郡志》(卷十八)：“销夏湾，在太湖洞庭西山之趾山，十余里绕之。旧传：吴王避暑处。周回湖水一湾，冰色澄彻，寒光逼人，真可销夏也。”

⑮⑤ 昆明、太液：在销夏湾内建立的新景点。朱用纯《游西洞庭山记》：“昆明、太液罢敝财力，终是人工，岂似此地设天成者之不可名言其妙。”

⑮⑥ 蒹葭苍苍：语出《诗·秦风·蒹葭》，详见《游焦山记》注㉚。

⑮⑦ 杨柳婀娜：曹丕《柳赋》：“修干偃蹇以虹指兮，柔条婀娜而蛇伸。”李商

隐《赠柳》:“见说风流极,来当婀娜时。”

⑮ 浮瓜沉李:曹丕《与朝歌令吴质书》:“浮甘瓜于清泉,沉朱李于寒冰。”此代指销夏纳凉的活动。

⑮ 冰壶十里:指在较大的区域内非常凉爽,没有蚊蝇。冰壶,见《天台》注⑧。

⑯ 石公:即石公山。太湖三山之一。《太平寰宇记》(卷九十四):“具区薮,太湖也。……居次有三山,曰石公山、大雷山、小雷山。”

⑯ “诸山”句:意思是多数山峦因空穴而卷入太湖之水。

⑯ 拒之以齿:山石狰狞外露。

⑯ 石姥:因在石公旁得名。朱用纯《游西洞庭山》:“旁有石立如人,因号石公、石姥。”

⑯ 流月:特指如水般流泻的月光。曹植《七哀》诗:“明月照高楼,流光正徘徊。”

⑯ “琼台”句:详见《天台》注㉞。

⑯ 风弄:弄巷。此指名“风弄”的狭窄通风的山洞。王世贞《泛太湖游洞庭两山记》:“舟人谓剑楼一名风弄。按《南史》台城有西弄,方语谓弄,巷也。洞漏狭,如蘋末风出入之,固自雅,何必云剑楼哉。”

⑯ “扪严舍人”句:事不详,待考。

⑯ 明月湾:《吴郡志》(卷十八):“在太湖洞庭山下。”

⑯ “舟中”二句:人雁俱宿明月湾芦苇荡中,故云。

⑰ 辛卯:此指十月初七。

⑰ 大龙嘴:大雷山中洞穴。

⑰ 厂如:浅显貌。

⑰ 奥如:幽深貌。

⑰ 轮菌:盘曲貌。《文选 · 枚乘〈七发〉》:“中郁结之轮菌,根扶疏以分离。”李善注引张晏《汉书注》:“轮菌,委曲也。” 蟠奇:盘结奇特。

⑰ 徽纆(mò):绳索。此喻岩石似树根者。 角距:牛角与雄鸡的后爪。此喻岩石各种奇异的形状。

⑰ “凡石”七句:《说郛》(卷九十六下):“渔阳公《渔阳石谱》:‘近代士大夫如米芾亦好石。除知无为军,郡宅有怪石,芾具公服拜之,呼为“石丈”。时人诮之,不恤也。……元章相石之法有四语焉:曰秀,曰瘦,曰雅,曰透。四者虽不能尽石之美,亦庶几云。’”王思任此评亦仿东坡品画,《鹤林玉露》(卷

五）：“东坡赞文与可梅竹石云：‘梅寒而秀，竹瘦而寿，石丑而文，是为三益之友。’”

⑰⑦ “若使”二句：此合无为拜石说。《山堂肆考》（卷一百十六）：“宋米芾，字元章。守涟水，地接灵璧，蓄石甚富，一一品目，加以美名。时杨次公杰为察使，知米好石废事，因往廉焉。……米径前，以手于左袖中取一石，其状嵌空玲珑，峰峦洞穴皆具，色极清润。米举石，宛转翻覆，以示杨曰：‘如此石安得不爱？’杨殊不顾，乃纳之左袖。又出一石，叠嶂层峦，奇巧又胜，又纳之左袖。最后出一石，尽天划神镂之巧，又顾杨曰：‘如此石安得不爱？’杨忽曰：‘非独公爱，我亦爱也。’即就米手攫得之，径登车去。” 涟水城：涟水县，今属江苏省淮安市。

⑰⑧ “于是”二句：汪道昆《游洞庭山记》：“旦日，舟过上真宫，再过法喜庵。庭下三松，皆梁天监中树也。” 法喜庵：《正德姑苏志》（卷第三十）：“法喜庵，在县东二十里。宋嘉禧二年僧普寿建。” 天监：南朝梁武帝萧衍的第一个年号（502~519）。

⑰⑨ 风利：风向便利。

⑱⓪ “啧啧”句：赞不绝口地称赞华山。 啧啧：象声词，多表示赞叹或争言。 华山：即花山。花，同“华”。在今江苏省苏州市木渎镇。《正德姑苏志》（卷八）：“花山，旧名华山。去阳山东南五里，山石峭拔，岩壑深秀。相传山顶有池，生千叶莲，服之羽化，故名。《续图经》云：或登其颠，见有状如莲华。……山半有池，在绝巘，横浸山腹，逾数十丈，故又名天池山。”

⑱① “所谓”句：《崇祯吴县志》（卷之四）：“绮里西徐胜坞曰黄公泉，汉夏黄所隐处也。”汪道昆《游洞庭山记》：“去（法喜）庵，过绮里，指绮里季故居。既又过观音庵，而西入里巷，问黄公泉。”

⑱② 华胥：犹言华胥国。见《游丰乐醉翁亭记》注㊷。

⑱③ “浮在水中”四句：谓山水一体，山中有水，水中有山。

⑱④ 聚落：人口聚居的村落。郦道元《水经注·淯水》：“其聚落悉为蛮居，犹名之为黄邮蛮。”

⑱⑤ 错：错落有致。 绣成：织绣而成。

⑱⑥ 堵：古代筑墙的计量单位名。古以版筑法筑土墙，一版之长，五版之高，为堵。后泛指墙。

⑱⑦ “将至寺”五句：汪道昆《游洞庭山记》：“出里，则长松千章，相对夹道，盖华山道也。林中古松峻茂，视法喜同。” 长松落落：语出杜笃《首阳山赋》：“长松落落，卉木蒙蒙。”落落，犹言磊落。 攫云：此形容长松高大，树梢似乎

能触及天上的云朵。攫，鸟兽以爪抓取。

⑱⑧ 烂熳狼籍：原指杂乱繁多貌。此指果实累累。

⑱⑨ 翠羽：此喻青葱的树叶。杨炯《折杨柳》："秋容凋翠羽，别泪损红颜。" 丹苞：比喻红色果实。赵长卿《醉蓬莱·新荔枝》："纤纤素手，丹苞新擘。"

⑲⓪ 金珠火齐：见《华盖》注㉔。

⑲① 葡桃：即葡萄。

⑲② 薜罗：薜荔和女萝。

⑲③ 强附弱攀：此指或粗壮或纤细的葛藤、薜荔、女萝都攀援缠绕在古树枝干上。

⑲④ 伦理：本指人伦物理。此指先后次序。

⑲⑤ 苍麓：寺僧的名号。

⑲⑥ 香风沸沸：香气阵阵，如水涌动。

⑲⑦ 落：指留下。

⑲⑧ "富丽"句：谓金灿灿的橘柑发出淡淡的幽香。

⑲⑨ 禄命：古代指人生的禄食、运数、寿命等。《史记·日者列传》："夫卜者多言夸严以得人情，虚高人禄命以说人志。"

⑳⓪ 僭：此指超出自己福分的享受。

⑳① "异日"三句：典出《史记·吕不韦列传》：秦相吕不韦使门客著《吕氏春秋》，书成，"布咸阳市门，悬千金其上，延诸侯游士宾客，有能增损一字者予千金"。此极言自己的评说为不易之论。

⑳② "乃移舟"三句：周密《齐东野语》（卷五）："又《吴俗纪》云：先生吴人，姓周氏，今太湖中有禄里村、角头寨，即先生逃秦聘之地。"汪道昆《游洞庭山记》："西出三里，有角庵。庵居山之阴，人境绝矣。俯临泽国，如在沃焦，真避秦地也。" 角（lù）庵：《崇祯吴县志》（卷之二十六）："接待庵，在西洞庭角头寨西二里。蔡升志云：讷翁山主开山，有仙人茶，乃树上苔藓。四皓采以为茶，今名角庵。" 若掬而瞰：似乎可以捂取俯看。形容距离很近。

⑳③ "有茶花"四句：汪道昆《游洞庭山记》："旦日西行，登岭望角里。一山高数百仞，负水而拥民居丘间，草木相错如刺绣文，亦一奇也。" 鲜发：鲜丽焕发。戴孚《广异记·张果女》："女颜色鲜发，肢体温软。" 角里先生：《吴郡志》（卷二十）："前汉角里先生，吴人。《史记正义》引周树洞历云：'姓周，名术，字元道，太伯之后。汉高帝时与东园公、绮里季、夏黄公俱出，定太子。号

四皓。'"《吴郡志》(卷八):"角头,即汉角里,在洞庭山村,汉角里先生所居。"《史记正义》:"太湖中洞庭山西南,中号禄里村即此。"

㉔"予来时"三句:喻花苞色泽温暖红润。《飞燕》典出《西汉文纪》:"(赵)飞燕通邻羽林射鸟者。飞燕贫,与合德共被,夜雪期射鸟者于舍旁。飞燕露立,闭息顺气,体温舒亡疹粟。射鸟者异之,以为神仙。"另,葛洪《西京杂记》载赵飞燕"色如红玉"。　英英:轻盈明亮的样子。《诗·小雅·白华》:"英英白云,露彼菅茅。"朱熹集传:"英英,轻明之貌。"

㉕"但闻"二句:《高士传》:"四皓者,皆河内轵人也,或在汲。一曰东园公,二曰角里先生,三曰绮里季,四曰夏黄公。皆修道洁己,非义不动。秦始皇时,见秦政虐,乃退入蓝田山。……乃共入商雒,隐地肺山以待天下定。及秦败,汉高闻而征之,不至,深自匿终南山,不能屈已。"此地肺山指终南山。但我国称地肺山者有多处,故有下文之歧义。

㉖"地肺"二句:茅山被称为金陵地肺山,此处应为王思任的联想。　三茅山:又称茅山。在江苏省句容市。原名句曲山。相传汉代茅盈与弟茅衷、茅固得道于此,故称。《南史·隐逸传下》:"(陶弘景)止于句容之句曲山,恒曰……昔汉有三茅君得道来掌此山,故谓之茅山。"

㉗铜官:铜官山,又名常熟山。卢镇《琴川志》:"盖因县治为名。"

㉘"吾安知"三句:谓商山四皓共同作神仙云游,所以很多地方都传有他们的遗踪。

㉙水月寺:《洪武姑苏府志》(卷第四十三):"水月寺,去县西一百二十里。居洞庭西山缥缈峰下,梁大同四年建,隋大业六年废。唐光化中,僧志勤因旧址结庐。天祐四年,刺史曹珪以'明月'名之。宋祥符间,诏改今额。"

㉚紫云泉:王世贞《泛太湖游洞庭两山记》:"太学走急足,斞紫云泉,试之甘冷,胜乌砂远甚。"

㉛一耜泥淖:很浅的泥洼。耜,此借此泥洼的深度。

㉜"不足"句:意思是紫云泉水不值得试茶。　陆羽:民间奉其为茶圣。《新唐书·隐逸传》:"陆羽,字鸿渐,一名疾,字季疵,复州竟陵人。……羽嗜茶,著经三篇,言茶之原、之法、之具尤备,天下益知饮茶矣。"

㉝韩村:即涵村,也称涵头村。在今苏州市吴中区西山镇。　湖口:东小湖湖口。

㉞青火色:指夕阳西下时天幕明亮的黛色。

㉟"一敛"句:谓水天之际的一线水波还能看见。　敛,通"潋"。光波流

动貌。

㉖ 西子湖：西湖。西子，西施。语出苏轼《饮湖上初晴后雨》："若把西湖比西子，淡妆浓抹总相宜。" 匡："框"的古字。

㉗ 纵壑：谓（月亮）从丘壑中一跃而起。

㉘ "意冥宫"句：谓龙宫中的老龙王和鬼怪、鼋鼍等官员。 冥：通"溟"。大海。 史：古官名。 参：通"骖"。陪乘或陪乘的人。

㉙ 绡张珠宴：以鲛人所织的绡纱为围屏，以鲛人所出之珠为馔食。此泛指海底盛宴。

㉚ 伧兵子：犹言指粗野、鄙陋的士兵。

㉛ 血沸为波：谓鲜血随波翻涌。

㉜ 金翅公至：谓倭寇以战艇侵犯太湖。金翅，古代战船名。《陈书·华皎传》："文帝以湘州出杉木舟，使皎营造大舰金翅等二百余艘，并诸水战之具。"

㉝ "予于此"二句：详见《天台》注㊽。

㉞ 壬辰：此指十月初八。

㉟ 拔：通"跋"。

㊱ 西湖寺：曾棨《西小湖寺记》："姑苏太湖有山焉，磅礴峭拔，屹然特立湖中。山顶有小湖，泓渟澄彻，炯若宝镜。每太湖风生浪涌，则小湖必相应。梁大同间，达法师始以其地创为寺。"明朝又称西小湖天台寺。《江南通志》（卷四十四）："西小湖天台寺，在西洞庭缥缈峰北二里。山上有一小湖，名海眼。每太湖波涛起，此中波浪亦涌，盖水脉相通云。梁大同间，达沙门建。……嘉靖间废，天启三年重建。"

㊲ 废关云守：废弃的寺门只有云雾缭绕。

㊳ 白香山：即白居易，唐代诗人，字乐天。曾任苏州刺史。晚年为太子少傅，居洛阳香山，故称。

㊴ 绀澈：清澈。

㊵ "湖既"二句：谓西小湖在山顶，所以成为景点。

㊶ 隔眸：谓挡住了视线。

㊷ 有画一区：宛若画框中独立的区域。

㊸ 东湖：东小湖。《江南通志》（卷四十四）："东小湖寺，在西洞庭涵村东新安岭。宋咸淳二年建，称东湖庵，佛殿前亦有小池，与西小湖相望，故名。"

㊹ 资庆寺：地址不详。

㊺ 瓮瓮然：谓声音（似在口袋中）沉闷而低抑。

㉓6 侏离：本义为形容异地语音难辨。《后汉书·南蛮传》："衣裳班兰，语言侏离。"此处形容鸟叫如蛮语。

㉓7 聚党詈僧：似乎聚集在一起咒骂僧人。詈，骂。

㉓8 检拾：犹言捡拾。此喻啄食。

㉓9 迁其语怒客：意思是（鸟儿）换了一种声音似乎在怪罪来客。这里采用离合的修辞手法别解"迁怒"的意思。

㉔0 客闻命矣：采用仿词辞格，谓接受（鸟儿的）命令或教导。《左传·昭公十三年》："寡君闻命矣。"

㉔1 天王寺：《正德姑苏志》（卷二十九）："天王寺，在城东南隅。唐大历元年，僧不空建。"

㉔2 差逊：略微不如。

㉔3 氤氲：浓烈的气味。多指香气。

㉔4 山椒：山顶。《汉书·外戚传上·孝武李夫人》："释舆马于山椒兮，奄修夜之不阳。"

㉔5 解脱禅：此处意指并不严格遵守清规戒律的僧人。

㉔6 雅谑：谓趣味高雅的戏谑。

㉔7 "予谓"句：语出《楚辞·涉江》："深林杳以冥冥兮，乃猨狖之所居。"此句戏谑寺主九莲是居住在深山老林里的猿猴。 猨狖（yòu）：泛指猿猴。猨，同"猿"。

㉔8 元旸洞：地址不详。

㉔9 珠棼火跳：形容夕阳落山前金光闪烁不定的样子。棼，纷乱。

㉕0 九微之灯：《太平御览》卷八百一十六引《汉武内传》："帝以七月七日扫除，宫掖之内设大床于殿上，以紫罗荐地。燔百和香，燃九微灯，以待西王母。"

㉕1 "渔歌"三句：谓渔人樵夫的歌唱，暗用《列子·汤问》响遏行云典故。

㉕2 镇卖桥：地址不详。

㉕3 鼋山：《吴郡志》："鼋头山，一名鼋山，在洞庭西山之东麓，有石闯出如鼋首，相传以名。"

㉕4 癸巳：此指十月初九。

㉕5 溯波命榜：为"命榜溯波"倒装。榜，榜人，船工。溯波，逆水流而上。

㉕6 "数槛边"二句：语出苏轼《寄题刁景纯藏春坞》：年抛造物陶甄外，春在先生杖屦中。槛：四方加板的船。杖屦：手杖与鞋子，此指登山的辅助工具。

㉗ 震泽之灵：太湖水神。

㉘ "风日"二句：谓天气晴朗，天映湖水中，船如行天上。化用杜甫《小寒食舟中作》"春水船如天上坐"句意。

㉙ 朝莫：早晚。莫，通"暮"。

㉚ 秦镜透飞：谓晶莹的月盘在天上运行。秦镜，《西京杂记》（卷三）："昭华之宫有方镜，广四尺，高五尺九寸。表里有明，人直来照之，影则倒见。"

㉛ 滓秽：污浊。此喻遮翳明月的云丝。

㉜ 孤玉壶：意思是一轮明月。玉壶，喻明月。朱华《海上生明月》："影开金镜满，轮抱玉壶清。"

㉝ 飓母：此指飓风。李肇《唐国史补》（卷下）："飓风将至，则多虹蜺，名曰飓母。" 封姨：神话传说中的风神，称"封十八姨"。《博异志·崔玄微》："玄微又出，见封氏，言词泠泠，有林下风气，遂揖入。"

㉞ 鼓扇：挥动扇子。

㉟ 山呼海立：形容（波涛）汹涌轰鸣。

㊱ 昆阳一日之战：王莽篡政后，刘秀（汉光武帝）起兵，曾率三千兵将大破王莽军数十万于昆阳。事见《后汉书·光武帝纪》。昆阳，在今河南省平顶山市叶县境内。

㊲ 输攻墨守：春秋战国时期，公输盘为楚国造云梯，将攻宋。墨子闻之，乃为设守城之具，至楚，与公输盘演示攻守之战于楚王前。公输盘九设攻城之机变，墨子九距之，公输盘之攻械尽而墨子之守圉尚有余。事见《墨子·公输》。此喻石公山为守方，飓母封姨为攻方。输，即公输，复姓。春秋时有公输班，或称鲁班，为鲁国巧匠。班，或作"般"、"盘"。墨，墨子，即墨翟，战国初年墨家学派的创始人。

㊳ 爱：舍不得，吝惜。《论语·八佾》："子贡欲去告朔之饩羊。子曰：'赐也！尔爱其羊，我爱其礼。'"

㊴ "予其"句：犹言"得陇望蜀"。事见《东观汉记·隗嚣传》："西城若下，便可将兵，南击蜀虏。人苦不知足，既平陇，复望蜀，每一发兵，头鬓为白。"谓已取得陇右（甘肃一带），又想攻取西蜀，后遂以喻贪心不足。

㊵ "太湖"四句：《酉阳杂俎》（卷一）："旧言月中有桂，有蟾蜍。……释氏书言：须弥山南面有阎扶树，月过，树影入月中。或言月中蟾桂，地影也；空处，水影也。"

㊶ "予数时"三句：王铚《龙城录·明皇梦游广寒宫》："开元六年，上皇与

申天师、道士鸿都客，八月望日夜，因天师作术，三人同在云上，游月中。过一大门，在玉光中飞浮，宫殿往来无定，寒气逼人，露濡衣袖皆湿，顷见一大宫府，榜曰：'广寒清虚之府。'……少焉，步向前，觉翠色冷光，相射目炫，极寒不可进。下见有素娥十余人，皆皓衣，乘白鸾，往来舞笑于广陵大桂树之下。"

㉗㉒ 珍果琪花：陶望龄《洞庭游记》："洞庭山之观，春梅花，仲春梨花，夏樱桃、杨梅，秋橘橙。其族之所聚，连林广囿，弥望无极，而各以地盛。游梅于涵村，樱桃于后堡，梨花角庵，橘橙东村天王寺。"

(273) 应接不暇：此谓美食多到来不及吃。语出《世说新语·言语》，已见前注。

(274) 足不顾胆：脚顾着行游却顾不上胆子害怕。

(275) 峰笋不矗：没有像竹笋一样尖锐矗立的山峰。

(276) 壑布不飞：沟壑中没有瀑布飞流。

(277) 坡陀：亦作"陂陁"、"陂陀"。倾斜不平貌。《史记·司马相如列传》："登陂陁之长阪兮，坌入曾宫之嵯峨。"

(278) 坟起：凸起，高起。《尚书·禹贡》"厥土黑坟"孔传："色黑而坟起。"

(279) 巨灵胡：古代传说中擘开华山的河神。《史记正义》："《括地志》云：华山在华州华阴县南八里，古文以为敦物也。注云：华、岳本一山，当河，水过而行，河神巨灵手荡脚蹋，开而为两，今脚迹在东首阳下，手掌在华山，今呼为仙掌，河流于二山之间也。《开山图》云：巨灵胡者，偏得神仙之道，能造山川、出江河也。" 赍：奉持。

(280) 弃余泉瀑：此指天台、雁荡不知名的泉水瀑布。

(281) 鸡狂犬惑：(因为乍听瀑布之声)鸡狗都感到疑惑和惊吓。

(282) 变姓名：谓隐姓埋名隐居某地。

(283) 舆棺荷锸：抬着棺材，扛着铁锹。意谓死便埋于洞庭二山。舆棺，语出《九家旧晋书辑本·王隐晋书》："(郄诜)丧过三年，得马八匹，舆棺至家，负土成坟。"荷锸，语出《晋书·刘伶传》："常乘鹿车，携一壶酒，使人荷锸而随之，谓曰：'死便埋我。'"

(284) 扫花使：此指管洒扫的仆人。

(285) "而王弇州"二句：王世贞《泛太湖游洞庭两山记》："洞庭古称不被兵，至嘉靖而倭一中之，又时时中大盗，天地之淳气漓矣。不然，而去余家不二百里，吾当老是间，安能低眉折腰作风尘游也。" 虞：担忧。 倭：我国古代对日本人及其国家的称呼。《汉书·地理志下》："乐浪海中有倭人，分为百余国。”倭寇自元末明初以来频繁在我国东南沿海和朝鲜沿海侵扰抢掠，后经过明大将谭纶、戚继光、俞大猷等率所部多年奋战剿杀，至嘉靖末年才逐渐平服。

㉘⑥ 盗亦有道：语出《庄子·胠箧》：“故跖之徒问于跖曰：‘盗亦有道乎？’跖曰：‘何适而无有道邪！’”原意在表明道无所不在的观点，后则引申为即使是为非作恶的坏人，其行事亦有一定的规矩或准则。

【评品】

本文写于万历四十一年（1613），作者三十八岁时。文章与齐山、子房山诸记同属于《历游记》。据张岱《王谑庵先生传》，知王思任万历四十年（1612）受劾于李三才，遭黜。去官闲游，因读《震泽编》，慨然兴泛游太湖之志。这篇游记笔墨涉及明代倭寇骚扰东南一带包括太湖的领土问题，作者此时虽然遭罢黜，但面对国之仇雠，从遭殃水族血流飘杵的立场，痛恨倭寇入侵，并且“于此际有雄心焉”，为之歌“老骥伏枥”，唾壶敲缺。明亡之后，王思任依祖茔筑“孤竹庵”，不食周粟，绝食而死；且临终时，呼“高皇帝”者三，良有以也。

本文以同时代的王世贞、陶望龄、汪道昆的三篇洞庭两山游记作为文章的底色，有两个非常明显的特点：一是同向借鉴。这在本文的注释中已经有较为充分的体现，或拓展包容量，远漾意旨。如王世贞《泛太湖游洞庭两山记》中“抵鼋山。按《范志》：山皆青石，温润光莹，扣之琅琅，有金玉声。为浙西人酷取剥肤矣”，“左折而上百武许，即所谓林屋洞天者也，山上童如覆敦，其下缺如半瓿”，“遂挂席过莫厘，偶舟人为棹歌，山谷酬答，数部鼓吹，非石公所可及也。回首眄西山隐隐云际，吐色弄晴，若相殢者。杖屦之地，俄落梦境，为之怃然”。与此文对读，无不辉映成章。二是随文驳疑，传承唐宋游记散文随文考据的特点。如对甪庵、紫云泉等地的描写，就与王世贞、汪道昆异趣，而陶望龄是与袁宏道声气相同的好友，陶望龄对于洞庭两山的独特看法，王思任往往心有戚戚。文末的议论也非常精彩：胸有丘壑，颐指气使，取长补短，是游家之“巨灵胡”也。

游历下诸胜记[1]

华不注、大明湖、趵突泉[2],济南之三誉也。东北山渡海谒岱[3],如雁阵点点,距翼戢止[4]。而华不注虎齿刺天,肥而锐,似帝青宝碧[5],十分涂塑者[6]。予时侨居历山书院[7],幕僚程、张二君[8],以斗酒洽之漱玉亭上[9],观所谓趵突者[10]。昔时剑标数尺[11],而今仅为抽节之蒲[12];诸童子浴,裸亵之[13];王屋之气,日短一日矣[14],泉也。且泉之左,为于鳞先生白雪楼[15],已别有所属,何处吊中原吾党也[16]?楼也。且明日引镜[17],眉间黄起[18],则既秣马矣[19]。尽辞上官之后[20],披襟独往历下亭子一看[21],菡萏千亩[22],流光溯空[23],芦中人谁与?若肯为我谱渔笛数弄,我不难赓桓伊也[24]。盈盈脉脉[25],无以持赠[26],人亦谁可笑语?乃乞北门锁钥于某万户[27],倩睥睨为光明焉[28]。南山危矗如佛首者,历山耶[29]?舜所耕在濮,此何以历焉[30]?戴玄趾诗送我:"平生少知己,恸哭鲍山边。"[31]东望有青蔚起者,是矣[32]。元张养浩《龙洞记》画凶刻险[33],涕中带笑也[34]。且寄语东南一片云,愿以他日北望华不注。而逢丑父卒智在此间与[35]?安得从泺源赊一苇,直酌华泉下也[36]!夫山水之理,必不可卤莽而得[37]。济南名胜,尚称幽夥[38],一眺望间,而欲了上下千百年之事,此不过望屠门而食气者,不可以饱骄人[39]。虽然,疏笼之羽[40],义无反顾,而吾犹得翱翔,成礼以去[41],虽不满腹,亦不虚归矣。一脔全鼎[42],蜜无中边[43],其韵一也;且食肉者,何必马肝而尽哉[44]?

【注释】

① 历下:今属山东省济南市。春秋时属齐国,战国时齐建历下城,汉景帝时设历城县,治所在历下,属济南郡。

② 华不注:《元和郡县志》(卷十一):"华不注山,一名华山,在(历城)县东北十五里。" 大明湖:《明一统志》(卷二十二):"在(济南)府城内西北隅,源出舜泉。其大占府城三之一,由北水门出,与济水合。弥漫无际,遥望华不注峰,若

在水中。盖历下城绝胜处也，又名西湖。"湖中多芦苇、荷花。曾巩《西湖二首》(之二)："湖面平随苇岸长，碧天垂影入清光。一川风露荷花晓，六月蓬瀛燕坐凉。" 趵突泉：《明一统志》(卷二十二)："在府城西，一名爆流，源出山西王屋山下，伏流至河南济源县涌出，过黄河溢为荥西，北至黄山渴马崖，伏流五十里，至城西出为北泉，或以糠验之，信然。会诸泉入城，汇为大明湖，流为清河。"

③ 东北山：此应指济南东北面一带的山峰，包括华不注。 渡海谒岱：意思是似乎渡海而来参谒泰山。语出《尚书·禹贡》："海岱惟青州。"传曰："东北据海，西南距岱。"陆德明释文："岱音代，泰山也。"

④ 距翼：指爪和翅膀。 戢止：栖息。郑丰《鸳鸯诗》："虽曰戢止，和音远扬。"

⑤ 帝青宝碧：佛家称青色宝珠。玄应《一切经音义》(卷二十三)："帝青，梵言'因陀罗尼罗目多'，是帝释宝，亦作青色，以其最胜，故称帝释青。……目多，此云珠，以此宝为珠也。"

⑥ 涂塑：涂抹和雕塑。

⑦ 历山书院：万历四十二年(1614)毕懋康建。《道光济南府志》(卷之十七)："在趵突泉东，万历甲寅巡盐御史毕懋康建。"

⑧ 幕僚：古称将帅幕府中的参谋、记室之类的僚属，后亦泛称地方军政官衙署中协助办理文案、刑名、钱谷等公务的人员。 程、张二君：生平不详。应是王思任的同僚。

⑨ 斗：古代酒器名。《诗·大雅·行苇》："酌以大斗，以祈黄耇。" 漱玉亭：《道光济南府志》(卷之六)："漱玉泉，在金线泉南。旧志云：流入趵突。"亭在泉上。

⑩ 趵突：喷涌，奔突。

⑪ 剑标数尺：曾巩《齐州二堂记》："盖五十里而有泉涌出，高或至数尺，其旁之人名之曰'趵突之泉'。齐人皆谓尝有弃糠于黑水之湾者而见之于此。"剑标，即剑标枪。此喻水柱喷出很高的样子。

⑫ 抽节之蒲：菖蒲九节，此谓像菖蒲抽长茎节一样细弱缓慢。

⑬ 亵：亲近，亲狎。

⑭ "王屋"二句：意思是带王屋、黄河气势的趵突泉让人感觉在逐渐消解。 王屋：即王屋山。《太平寰宇记》(卷四十七)："在(垣)县东北，沇水所出。"

⑮ 于鳞先生：即李攀龙，已见《天台》注㉔。 白雪楼：《道光济南府志》

(卷之五):"鲍山,在历城县东三十里。旧志云:山下有城,鲍叔牙食邑也。明李于鳞白雪楼故址在鲍城前。"

⑯ 中原吾党:中原,广义指整个黄河流域,此特指山东。吾党,同乡。语出《论语·公冶长》:"子在陈,曰:'归与!归与!吾党之小子狂简,斐然成章,不知所以裁之。'"李攀龙为山东历城人,王世贞也曾这样称李攀龙。《题李于鳞赠子与守汝南序后》:"风雨千林剑色分,中原吾党渐离群。"此代指同道中人。

⑰ 引镜:揽镜自照。此与下二句谓不久将离开历下,有泰山之游。

⑱ 眉间黄起:语出韩愈《郾城晚饮》:"城上赤云呈胜气,眉间黄色见归期。"

⑲ 秣马:饲马。准备出发。《诗·周南·汉广》:"之子于归,言秣其马。"黄庭坚《送伯氏入都》诗:"王侯不可谒,秣马兴言归。"

⑳ 上官:上级官员。应有述职之类的公事。

㉑ 披襟:语出宋玉《风赋》:"楚襄王于兰台之宫,宋玉、景差侍。有风飒然而至,王乃披襟而当之,曰:'快哉此风!寡人与庶人共者邪?'" 历下亭子:即历下亭。《大清一统志》(卷一百二十七):"在历城县大明湖西,即古客亭。杜甫诗'海右此亭古'。齐东面山背湖,实为胜绝。"

㉒ 菡萏:即荷花。《尔雅·释草》:"荷,芙蕖,其茎茄,其叶蕸,其本蔤,其华菡萏,其实莲,其根藕,其中的,的中薏。"

㉓ 流光溯空:形容湖水像月光流动,清澈可见倒映在水中的天空。

㉔ "芦中人"三句:意思是芦苇中人如果愿意为我谱奏几笛渔歌,我可以与之唱和。典出《世说新语·任诞》:"王子猷出都,尚在渚下。旧闻桓子野善吹笛……令人与相闻云:'闻君善吹笛,试为我一奏。'桓时已贵显,素闻王名,即便回下车,踞胡床,为作三调。弄毕便上车去。主客不交一言。" 弄:乐曲一阕或演奏一遍。 赓:此指唱和。 桓伊:字叔夏,小字子野,东晋人,曾与谢玄大破秦军于淝水,东晋得以安。桓伊善吹笛,时称江左第一。

㉕ 盈盈脉脉:《文选·〈古诗十九首·迢迢牵牛星〉》:"盈盈一水间,脉脉不得语。"刘良注曰:"盈盈,端丽貌。脉脉,自矜持貌。"

㉖ 无以持赠:化用《古诗十九首·涉江采芙蓉》诗意:"涉江采芙蓉,兰泽多芳草。采之欲遗谁,所思在远道。"

㉗ 北门:历下的北城门。 万户:元代高级军官职称,明代取消此职。此借指守城的军事长官。

㉘ “倩睥睨”句：意谓聊以登城墙上为望远之所。　睥睨：城墙上锯齿形的短墙；女墙。《春秋左氏传》：“郑子产授兵登陴。”杜预注曰：“陴，城上睥睨也。”

㉙ “南山”二句：《道光济南府志》(卷之二)：“旧志云：以舜耕历山得名，一名千佛山。”

㉚ “舜所耕”二句：《史记·五帝本纪》：“舜耕历山，渔雷泽，陶河滨，作什器于寿丘，就时于负夏。”关于历山所在地，历史上认为共有四处，山东有两处。一说济南的南山为历山，如曾巩《齐州二堂记》就持这种说法。一说历山、雷泽等地均在鄄城境内，如罗泌《历山考》、《濮州志》等都取这种说法。王思任认为后一种说法是对的。　濮：即濮州，治所在今山东省鄄城县北。

㉛ “戴玄趾”三句：意谓王思任与管仲一样，平生很少知己。此任山东，当在鲍山凭吊与管仲相知甚深的鲍叔牙，并为自己感到悲哀。　戴玄趾：生平不详。

㉜ “东望”二句：此指鲍山所在方位。鲍山，已见前注⑮。

㉝ 张养浩：元代散曲家。曾因厌倦宦海沉浮，弃官归隐济南。　《龙洞记》：即《龙洞山记》。开篇曰：“历下多名山水，龙洞尤为胜。洞距城东南三十里，旧名禹登山。”　画凶刻险：刻画凶险的景象。

㉞ 涕中带笑：含泪的戏谑。意思是以自然山水拟人间行路之难。

㉟ “而逢(páng)丑父”句：据《左传·成公二年》，在春秋时齐晋鞌之战中，“癸酉，(齐)师陈于鞍。邴夏御齐侯，逢丑父为右。……齐师败绩。逐之，三周华不注。……逢丑父与公易位。将及华泉，骖絓于木而止。……丑父使公下，如华泉取饮。郑周父御佐车，宛茷为右，载齐侯以免。韩厥献丑父，郤献子将戮之。呼曰：‘自今无有代其君任患者，有一于此，将为戮乎！’郤子曰：‘人不难以死免其君，我戮之不祥。赦之，以劝事君者。’乃免之。”　卒智：斗智。卒，通“捽”，争斗。《荀子·王制》：“偃然案兵无动，以观夫暴国之相卒也。”

㊱ “安得”二句：曾巩《齐州二堂记》：“(趵突泉)其注而北则谓之泺水，达于清河，以入于海。舟之通于齐者，皆于是乎出也。”　华泉：泉名，在华不注山脚下。

㊲ 卤莽：粗疏，草率。卤，通“鲁”。

㊳ 幽夥：众多貌。

㊴ “此不过”二句：桓谭《新论》：“人闻长安乐，则出门西向笑；知肉美味，则对屠门而大嚼。”后用以比喻心中仰羡而不能如愿以偿，只好用不实际的办

法安慰自己。三国魏曹植《与吴季重书》:“过屠门而大嚼,虽不得肉,贵且快意。” 骄人:向他人显示骄矜。语本《孟子·离娄下》:“而良人未之知也,施施从外来,骄其妻妾。”

㊵ 疏笼之羽:槛栅稀疏的鸟笼中的鸟。此谓学官受到限制比较少。

㊶ 成礼:入职后完成了规定的礼仪。

㊷ 一脔全鼎:已见《仙都》注⑫④。

㊸ 蜜无中边:《四十二章经》:“佛所言说,皆应信顺,譬如食蜜,中边皆甜,吾经亦尔。”本为佛家的平等观,此处的意思是每一种风景都能体现山水之理。

㊹ “且食肉”二句:典出《汉书·儒林传》:“食肉毋食马肝,未为不知味也;言学者毋言汤武受命,不为愚。”意思是不一定要观尽历下山水,才能知所谓山水之理。

【评品】

本文写于万历四十五年(1617)作者四十二岁时。此年王思任得补山东照磨(掌管宗卷、钱谷的属吏)。其间遍游历下、鲁中名胜。这一时期同时写下的还有《游灵岩记》、《观泰山记》、《谒孔林阙里及孟庙记》、《游峄山记》等。济南号称“四面荷花三面柳,一城山色半城湖”,但王思任意不在湖光山色,而是专注于借山水吐心中块垒。作者少年得志,中年屡遭贬黜。此年虽然得补照磨,但此为冷淡官职,王思任仍不免消沉忧郁。他的《至历下恰雨》诗就是这种情绪的宣泄:“一官车耳廿年尘,西谪东迁未隐沦。三匝又依华不注,中原欲认李于麟。龙蛇有骨随云老,海岳初交得雨新。为问古亭惟历下,济南名士几彬彬。”本文表达的情感更为丰富。中原鲁地是孔子的故乡,历下是尧舜的耕渔之地,这里是中华文明的远脉。但作者此行,见王屋之气日短,吊中原吾党无处;所以独往大明湖,见芦中人,遂有不闻渔笛数弄、难乎赓和之叹;见菡萏流光,又有盈盈脉脉、无以持赠之感。友人戴玄趾“平生少知己,恸哭鲍山边”,是作者一生美玉在椟,而无从沽之的传神写照。文章捎带一笔写张养浩《龙洞记》涕中带笑,无疑是谑庵先生的自我写照。另外,文章中的归欤之感如云中神龙,时露鳞爪。

观泰山记[1]

"曾谓泰山不如林放乎？"[2]儿时问先生，遂结一碧瘩[3]。十二岁从盱江还[4]，驴上见峄山[5]，是矣？非是，而瘩乃痛。既以姑孰令两附辑圭[6]，走兖道[7]，仅宿春耳[8]。终不我即[9]，去来鞅鞅，"青未了"也[10]。丙辰之冬[11]，岱入梦，意恶之[12]。丁巳[13]，左官齐幕[14]。开府李公酉卿修年好[15]，予还，亟觞之，谓泰山色且落子马首，幸以所得来[16]。而直指毕公又申之以嘉命[17]，今日无篼篝之愁[18]，明日有顺风之纵，少伯才出石室，得夷光而入洞庭也[19]，景日俱贺矣[20]。乃以六月廿四日至博邑[21]，寅鼓[22]，饭家力[23]，汰弱奖健，肩舆出登封[24]。至红门[25]，改腰笋[26]，看泰山易与耳[27]，吾家秦望兄弟也[28]。两记室朱、储，言将毋同[29]。

至一天门[30]，甃石郁碓[31]，历斗母殿、高老桥[32]，折涧潺潺，幽雌靡定[33]。数里，为水帘洞，晴卷不下，而意可会也[34]。又数里，为马棚崖，言崖可屋马也。又数里，为回马岭，蹄至此，不可使为缘也[35]。又数里，为黄岘岭[36]，得名以色，此泰山转伏转起之腧也[37]。傲来一峰[38]，尝向人前雄诞，谓不让泰山，而至此，羞涩称妇子[39]。十步一休，五步一徊，苦甚。而得快活三，此三里，人气一松，谓之"快活三"也。对岸诸峰，赪纹苍点[40]，披麻皴戟起[41]。数折而憩玉皇阁[42]，以为至矣，举首，天丝杳杳[43]，犹然更衣亭也[44]。两记室曰："夥颐！泰山之高沉沉者[45]，秦望到那许[46]？"隐殷响中见红沫者[47]，二天门乎？且摩蛟龙石[48]，蜿蜒而游也。越数里，飞瀑砰下，高山流水，子牙鼓于此乎[49]？御帐崖，宋跸之以是，秦人所蔽风雨也。何物墓傍松，奄奄一息，而犹忍大夫辱为[50]？又数里，上朝阳洞[51]，登振衣亭[52]，望傲来，畏怯逡巡，已甘臣仆下。所谓百丈崖、大小龙峪者[53]，尽夹壁天穿，仙巢灵窟，铁结碨礧[54]，止许五丁削一缝与人也[55]。后人见前人履底，前人见后人顶，如画重累人[56]，正其际耶！自十八盘以上[57]，松益瘦瘦[58]，树坚黑，苔绣或苍或白，路梯立[59]，终无横，人岂特不舆[60]，膝共颏两相支而已。距趹三百[61]，舆人不我戒[62]，级半回首，几吓废[63]，而目与胆大怖。蓬蓬猎猎者[64]，即来破肉[65]，生平雪三伏之仇[66]，亦一快事。

自三天门内，逶迤数里，如入小村，顶在股掌矣[67]。予意先谒青帝[68]，而道士第知有元君[69]。考元君之始，黄帝封岱，遣七女云冠羽衣，迎昆仑真人，元君其一也[70]。而祠前载西牛国石氏之女，得曹仙指入天空山，为碧霞君，则又不知何据[71]？金壁轮奂[72]，灵爽赫然[73]；而岳宫之圮[74]，反有遗溲者。岂岳帝似土官[75]，而元君为置吏耶[76]？元君走四方如骛[77]，岁投金钱数万计，士女香灯、丐啼呗诵[78]，雷吼谷摇，有堕踏至死者。而是日仅来一二辈，得飧净游之福[79]，甚恬之。

日小午[80]，雾蒸蒸起，道士以为顷刻海市[81]，则又甚虞公羊氏之说[82]。乃饭罢，天浣如碧[83]，得礼青帝宫。右行而登玉皇殿[84]，后有石壁二十丈，明皇《纪泰山铭》[85]，字俱掌大，八分古劲[86]，当是仿韩择木笔[87]。有桃花泉，题“雨余云海”，傍即苏颋《东封颂》[88]，而林焊以“忠孝廉节”劖盖之[89]，焊家堂中物[90]，强以诏泰山[91]，此岂可令乃祖林放见耶[92]？遇每一岩，字面赘字[93]，何处不可恶，而共欲黥泰山为[94]！亟去。看无字碑，丈许，滑玉若幕覆。然绝非此山物，不知何以鞭来[95]？祖龙欲无字[96]，今儒欲有字，蒲车葅秸[97]，幸不为所坑耳，焚书有远识哉[98]！乃上登封台，而泰山之极诣于此，呼吸通帝座矣。下视茫茫，野马也[99]，氤氲也[100]。有蠕引数湾[101]，或明或动者，滦耶[102]？泮耶[103]？汶水耶[104]？而猿蹲几下者[105]，又傲来耶？如鼠拱、如龟伏者，梁父、长白诸山耶[106]？七十二君之所封也[107]，孔、颜之所语也[108]，曹、谢、李、杜诸老之所羡咏也[109]，此也。望后嶂一围，其左肩更矗，石黄蒨翠[110]，染突而成[111]，何当吴闾石田辈来此肩一屏去[112]！以予所目，万雉飞至，青有三十余层，俱翼弱不前。前日济南华不注，一乳粽耳[113]，若此阁得付一炬。吾当盘礴仰空[114]，以天为纸，濡墨北海[115]，写一大字，此后投笔可矣。而道士又为予言，黄花洞[116]，幽绝也。则从丈人峰取径[117]，扶荒耐怪，十五里不闻鸟声。蛇行而得亭焉，万松枝阁,望其下,黑翠毵毵[118],洞即天空山也,不甚广。迹元君拇指[119],饮其泉,两腋毛冷[120]。人言泰山松,泰山实无松,但禀石气,多隐寿于此者胜尔[121]。

欲取桃峪[122],尚远。还,经回雁峰下[123],股不佞目矣[124]。乃少卧署中,以日之西,莅五花岗[125],观周观[126],酌玉女泉[127],洌之。扪李斯篆[128],廿九字,"昧死请"凡两出[129],秦谄何栗也[130]!然非天子不考文[131],岂得人诵泰山哉!即李斯一画,今人未曾梦见[132],而反芜之垣尻棘首[133],时官学不师古矣。左行而下,为礼斗台、鲁班洞[134],搜剔无异。而白云洞凡几谺[135],杨侍郎书"雨天下"三字[136],差可人。乃上月观[137],指点州城,亩余方幄[138],而穹窿之岳宇,棋枰白杪而已[139]。道士言某峰火焰,某凌汉,某神霄[140],某寨天胜刘盆子[141],俱返照中影旆[142],不大悉。

归路瞑矣,沮寒入夜[143],尽集署具守腹背,犹不支。起看檐头万星,如斗欲滴[144],又如目睛动闭不等[145],月去宫鸱尺五也[146]。相与爇松[147],走日观,过汉武《玉检碑》[148],不见白云封起[149],但有奇鬼搏人[150]。久之,黑中一带,血融融然,俄而茁,逾两时而盛,人齿战击,尽保亭中。已辨字,而山半寂无鸡喔。视下方漆昧[151],正人世寝酣时也。海气不清,煜煜金荡者[152],有物黯之,云耶?山耶?不可知,亦无赤丸可探[153]。不如吾乡越峥[154],早望反得跳快。道士以为非秋不见,则日观此来,误寒多许人矣[155]!吕叔简之解不道学也[156]。从望海石履仙人桥[157],窥舍身崖[158],有大人先生以《孝经》作法律[159],巨书于石。死之人愚而挺[160],劝之人古而迂[161],年年无禁者[162],何似神道设教,见梦于元君之易从乎[163]?

乃别岳归,下南天门一瞬,顿不知吾何以上?舆股溜甚[164],以予身荡之[165],两手据竿,侥幸不振落耳[166]。仍观石经峪,盘似虎丘[167],大有流趣[168],乃元人书佛经[169]。一派活泉铺过,而明人遂刻《大学》一章以敌之[170],苦极此辈。至山麓,日已逾午,不及看汉柏[171],第回仰数十里,壁立万仞,又霭霭云气中也[172]。生中国或不能见泰山,见泰山或不能游,游矣或不能尽,尽矣或不能两目之内毫无所蔽,无人而独领。吾乃知岳游有夙，畴昔之梦非妖也[173]。

王思任曰：吾登月观，日落如车[174]，有日之观；吾登日观，月挂如船，有月之观。虽不两得，亦未两失也。秦观入鸟[175]，吴观无马[176]，则断断兮矣，庶几周观之东乎[177]？泰山丑寅交代之地[178]，是帝之所出震也；万物怒生，于此首建[179]；元气磅礴，形即壮焉。宜其父昆仑而兄四岳也[180]。人身七尺，眼仅寸余，所见者百里；而域泰山，有丈目，即可以通万里，乃其躯四千丈，当如何视由旬耶[181]？维天东柱[182]，障大海，镇中原[183]，钟贤圣[184]，兴云物，润兆民，府神鬼[185]，变化无方，奇不在一泉一石间也。此不可以游赏，而可以观；善观者，观其气而已矣。孔氏观之曰“浑然”[186]，孟氏观之曰“浩然”[187]，俯察厥理，各有所会。登泰山，孔氏意也；小天下，则孟氏意也[188]。若予之意，止在泰山一片青也[189]。今而后予之腹，其空洞矣乎[190]！

【注释】

① 泰山：也称太山、岱宗。《乾隆泰安府志》(卷之三)：“泰山在府城北五里，亦曰岱宗，亦曰东岳。……面西南向，周百六十里，高四十八里三百步。其前一坊，曰岱宗。凡登岱者自此始。”

② “曾谓”句：语出《论语·八佾》：“林放问礼之本，子曰：‘大哉问！礼，与其奢也，宁俭；丧，与其易也，宁戚。’”“季氏旅于泰山，子谓冉有曰：‘女弗能救与？’对曰：‘不能。’子曰：‘呜呼！曾谓泰山不如林放乎？’”这段话意谓孔子认为季氏祭泰山失礼，泰山之神必不享季氏之祭；若享之，则不如林放也。曾：乃，竟。　林放：字子立，春秋时鲁国人。尝向孔子问礼之本，受到孔子的称赞。

③ “儿时”二句：谓小时候曾经向先生请教“曾谓泰山不如林放乎”这句话的意思，先生不能回答，胸腹内为此郁结成块。　碧痞：痞，指胸腹内郁结成块的病。郑处诲《明皇杂录·逸文》：“臣驰马大庾岭，时当大热，既困且渴，因于路旁饮野水，遂腹中坚痞如石。”结合上下文，此“碧痞”除少量的病理因素之外，主要是一种渴望仰止泰山的烟霞癖。

④ 盱江：见《游九华山记》注⑪。

⑤ 峄山：在山东省邹县东南。《史记·夏本纪》“峄阳孤桐”，张守节《正

义》引《括地志》:“峄山在兖州邹县南二十二里。《邹县志》云:‘邹山,古之峄山,言络绎相连属也。’”

⑥ “既以”句:谓在当涂县令的位置上两次差点被免职。 姑孰:详见《游敬亭山记》注⑤。 辑圭:本指朝廷没收诸侯的信物。《尚书·舜典》“辑五瑞”,传曰:“辑,敛。舜敛公、侯、伯、子、男之瑞圭璧。”此指没收官印免职。

⑦ 兖道:兖州路上。东汉始置兖州,明代升为兖州府,辖四州二十三县,治所在今山东省济宁市兖州区一带。

⑧ 宿舂:《庄子·逍遥游》:“适莽苍者三飡而反,腹犹果然;适百里者宿舂粮;适千里者三月聚粮。”本指隔夜舂米备粮。后以“宿舂”指少量的粮食。

⑨ 终不我即:意思是我到底没能登泰山。

⑩ “青未了”:语出杜甫《望岳》:“岱宗夫如何,齐鲁青未了。”杜诗“青未了”的意思是“一望无际郁郁葱葱的山色”,而作者的意思则是用双关辞格,一层用杜诗原义,一层说自己的青山情结未能了却。

⑪ 丙辰:万历四十四年(1616)。

⑫ “岱入梦”二句:古人认为梦见山是不祥的预兆,所以心情不好。《后汉书·王逸传》:“曾有异梦,意恶之,乃作梦赋以自厉。”

⑬ 丁巳:万历四十五年(1617)。

⑭ 左官:汉代以右为尊,故称仕于诸侯者为左官,以示地位低于朝廷官员。后也称降职、外迁之官为左官。 齐幕:此指照磨之职。照磨是掌管宗卷、钱谷的属吏,职掌同幕僚,故云。

⑮ 开府:原义为高级官员开建府署,辟置僚属。明代废,但多称总督、巡抚为开府。 李公酉卿:即李长庚,字酉卿。万历二十三年进士,授户部主事。时任右副都御史,巡抚山东。 修年好:敦睦同年之间的关系。

⑯ “谓泰山”二句:这是朋友间的客气话,大意是泰山离得很近,请你屈驾登临。

⑰ 直指:又称直指使者,官名。朝廷直接派往地方处理某些问题的官员。《汉书·武帝纪》:“遣直指使者暴胜之等衣绣衣、杖斧分部逐捕。” 毕公:应为毕懋康。曾任山东巡盐御史。 嘉命:敬称别人的告语。《仪礼·士昏礼》:“吾子有嘉命。”

⑱ 笯(nú)篝:竹笼。此喻公职纪律的限制。

⑲ “少伯”二句:意思是作者就像范蠡才从被囚禁的石室出来,带着西施泛五湖。传说范蠡事越王勾践,兵败于吴。质于吴,被囚禁于石室。归国十二

年，助越灭吴。范蠡鉴于勾践仅可共患难的性格，遂与西施一起泛舟之齐国，变姓名为鸱夷子皮。　少伯：范蠡，字少伯。春秋时楚人。　石室：遗址在今苏州市灵岩山中。《吴越春秋·句践人臣外传》："吴王知范蠡不可得为臣，谓曰：'子既不移其志，吾复置子于石室之中。'"　夷光：西施。见《仙岩》注⑲。　洞庭：太湖洞庭山，代指太湖。

⑳ 景日俱贺：应是天气好，宜于登山的辞令。

㉑ 博邑：山东省泰安市的古称。春秋战国时齐设博邑，汉初改博县，属泰山郡，后屡改名，金代于此设泰安军，始称泰安。

㉒ 寅鼓：寅时更鼓，即寅时，今凌晨三时至五时。

㉓ 家力：即仆人。

㉔ 肩舆：乘竹轿。　登封：登山封禅。指古帝王登泰山祭天祭地。《史记·封禅书》："(武帝)遂登封太山，至于梁父，而后禅肃然。"此即登临义。

㉕ 红门：《乾隆泰安府志》(卷之三)："(飞云阁)其右悬崖丹壁，曰红门。"

㉖ 腰笋：竹轿的一种，也称腰舆。《决疑要录》："腰舆，以手挽之，别于肩舆。"这种竹轿山路陡峭时用。王世贞《登泰山记》："至回马岭，乃却肩舆，改从腰笋。"

㉗ 易与：容易对付。含有轻蔑之意。《史记·项羽本纪》："汉易与耳，今释弗取，后必悔之。"此处的意思是泰山并不高大。

㉘ "吾家"句：意思是从泰山的高度看，不过与我们山阴的秦望山相伯仲。　吾家秦望：《会稽志》(卷九)："秦望山在县东南四十里。旧经云：众岭最高者。《舆地广记》云：秦望在州城南，为众峰之杰。秦始皇登之以望东海。……《太平御览》云：山在州城正南，陟境便见，秦始皇帝登山以望南海。"秦望山所在地在作者家乡，故云。

㉙ 记室：官名，东汉置，掌章表书记文檄等，如记室参军等。元以后废。后泛指官署做文字工作的人。　朱、储：两记室的姓氏。生平不详。　将毋同：这里是"应该有些不同"的意思。

㉚ 一天门：《乾隆泰安府志》(卷之三)："关帝庙其北一坊，曰一天门。又北一坊，曰孔子登临处。"

㉛ 郁碓(duì)：此指凹凸堆积。

㉜ 斗母殿、高老桥：《乾隆泰安府志》(卷之三)："红门北为万仙楼，其北一山曰龙泉(石穴出水，甚甘冽)。旁有斗母观，其西南为云头埠，又北为高老桥。"

㉝ 幽雌靡定：幽雌，犹言“明幽雌雄”。语出《大戴礼记》：“虞史伯夷曰：‘明，孟也；幽，幼也；明幽，雌雄也。雌雄迭兴而顺至，正之统也。”此处意谓时明时暗时弱时强。靡，不。

㉞ “为水帘洞”三句：《乾隆泰安府志》（卷之三）：“其北有水帘洞，洞之东为经石峪。”意谓因天晴无雨，瀑布如同门帘被卷起一样不能飞泻，但却可以想象出雨季的情形。

㉟ “又数里”七句：《乾隆泰安府志》（卷之三）：“（经石峪）北为歇马崖，又北为回马岭（山势陟峻，至此，马不能登）。” 马棚崖：即歇马崖。 崖可屋马：谓石崖突出像马棚。

㊱ 黄岘岭：《乾隆泰安府志》（卷之三）：“（回马岭）其下有玉皇庙，又北，一坊曰二天门。其上为黄岘岭（土色黄赤，异他处。……是为登岱之半）。又北，曰快活三（地忽坦夷，三里不苦登陟，故名）。”

㊲ 腧（shù）：穴位。《周易辑说》：“一身腑脏之腧，皆系于背。”喻关键所在。此指中天门是泰山从平坦转向陡峭关键处。

㊳ 傲来一峰：《乾隆泰安府志》（卷之三）：“其西南麓特起者为傲来山，俗名扇子崖，一名仙人掌。”

㊴ “尝向”四句：谓傲来峰在泰山平缓处看，尚能称雄，而入泰山陡峭之境，此峰只能雌伏而已。正如民谚所云：“傲徕高，傲徕高，近看与岱齐，远看在山腰。” 雄诞：夸张虚妄。 羞涩称妇子：此指雌伏不敢称雄。妇子，妇女。

㊵ 赪纹苍点：红色纹理青色斑点。

㊶ 披麻皴：画法。见《天台》注㉘①。 戟起：像枪戟那样森然耸起。

㊷ 玉皇阁：《乾隆泰安府志》（卷之三）：“（岱宗）坊之北为三皇庙，其北为玉皇阁。”

㊸ 天丝：应为“绛天丝竹之音”的省称，指玉皇阁中音乐声。

㊹ 更衣亭：相传红门庙分东西两院，东为弥勒院，院东有更衣亭，旧时帝王、官员登山前于此更衣。

㊺ “夥颐”二句：此二句采用仿词修辞手法。语见《史记·陈涉世家》：“见殿屋帷帐，客曰：‘夥颐！涉之为王沉沉者。’”暗用《列子·汤问》中俞伯牙鼓琴志在高山，钟子期会心曰：“善哉，峨峨兮若泰山。” 夥颐：惊叹词，表示惊讶与惊羡。 沉沉（tán）：原指宫室深邃貌。此指泰山之深邃。

㊻ 到那许：意思是哪能这样高峻。那许，如许。

㊼ 隐殷：如雷巨响。倪思《班马异同》：“江河为陆，泰山为橹，车骑雷起，

隐殷天动。”

㊽ 蛟龙石：小龙峪南有一巨石，风化后纹理盘旋若龙，上刻“蛟龙石”，又名龙纹石。李简《龙纹石》诗：“几度雨余苔藓合，翠纹高蹙似龙鳞。”

㊾ “高山”二句：《乾隆泰安府志》（卷之三）：“（经石峪）石广坦数亩，流水覆之。有无名氏刻《金刚经》其上，字大如斗。明万恭磨壁为记，建亭石旁，名曰‘高山流水’。”余见《仙都》注⑲。　子牙：钟子期、俞伯牙。

㊿ “御帐崖”六句：《乾隆泰安府志》（卷之三）：“又北为御幛坪，宋真宗东封驻跸于此。……西有古松，秦始皇休止其下，封爵第九，是为五大夫。好事者漫树五松，今呼为五松树。”　御帐崖：又称御幛坪。　跸：指帝王的车驾或行幸之处。　“秦人”句：谓秦始皇避雨处。《史记·秦始皇本纪》：“（始皇）乃遂上泰山立石，封，祠祀。下，风雨暴至，休于树下，因封其树为五大夫。”　“而犹忍”句：意思是有辱卿大夫的名声。《礼记·曲礼》：“四郊多垒，此卿大夫之辱也。”　大夫：古职官名。周代在国君之下有卿、大夫、士三等；各等中又分上、中、下三级。

(51) 朝阳洞：《乾隆泰安府志》（卷之三）：“（御幛坪）又北为云阳洞，深广如屋，赤曰迎阳，今称朝阳。”

(52) 振衣亭：亭今已不存。

(53) 百丈崖：有东西百丈崖。《乾隆泰安府志》（卷之三）：“东百丈崖瀑布下汇为天绅泉。西百丈崖去东崖三百步，其高十倍。东崖南向，西崖则东向。”　大小龙峪：即大龙峪、小龙峪。于慎行《登泰山记》：“又数里为大小龙口，龙口者，石峡飞泉如龙吐也。”

(54) 铁结磈礧（wěi lèi）：像铁铸高耸的骨骼。磈礧，高低不平貌，突起貌。唐杜甫《骢马行》：“隅目青荧夹镜悬，肉鬃磈礧连钱动。”仇兆鳌注：“磈礧，谓肉鬃突起。”

(55) “止许”句：《艺文类聚》卷七引汉扬雄《蜀王本纪》：“天为蜀王生五丁力士，能献山。秦王献美女与蜀王，蜀王遣五丁迎女。见一大蛇入山穴中，五丁并引蛇，山崩，秦五女皆上山，化为石。”

(56) “后人”三句：语出马第伯《封禅仪记》：“两从者扶挟，前人相牵，后人见前人履底，前人见后人顶，如画重累人矣。”　重累：犹重叠。

(57) 十八盘：《乾隆泰安府志》（卷之三）：“又北曰十八盘，至南天门，又名三天门。夹道盘空，忽辟一□。”

(58) 瘘（lǚ）：伛偻，驼背。

(59) 梯立：像梯子一样直立。

(60) 岂特不舆：岂止不能乘轿。

(61) 距跃三百：语出《左传·僖公二十八年》："距跃三百，曲踊三百。"距跃，直跳。

(62) 不我戒：没有告诫我。

(63) 废：疲不能起或因伤残而失去作用。

(64) 蓬蓬猎猎：代指风。蓬蓬，语本《庄子·秋水》："今子蓬蓬然起于北海，蓬蓬然入于南海。"猎猎，语本鲍照《上浔阳还都道中作诗》："鳞鳞夕云起，猎猎晚风遒。"

(65) 破肉：此指刺痛皮肉的冷寒。杜甫《山寺（得开字，章留后同游）》："岁晏风破肉，荒林寒可回。"

(66) "生平"句：此行上泰山在农历六月二十四，属伏天，伏天大热，而此时却有吹面之寒，故云。

(67) 顶在股掌：谓山顶已经就在近处。股掌，大腿与手掌。语出《国语·吴语》："大夫种勇而善谋，将还玩吴国于股掌之上以得其志。"

(68) 青帝：即青帝宫。《乾隆泰安府志》（卷之三）："（玉皇）顶之西，为青帝宫。"

(69) 元君：即碧霞元君。关于碧霞元君，有三种说法。一说为泰山之神东岳大帝之女；一说为天仙神女；一说为汉西牛国石玉叶。

(70) "考元君"五句：这是泰山碧霞元君的说法之一。明人高海也有相似的记载，见《玉女考略》："玉女非东岳女。黄帝建岱岳观时，尝遣七女云冠羽衣，以迎西昆仑真人。玉女，乃七女中之修而得仙者。"

(71) "而祠前"四句：根据民间传说衍成。传说汉明帝时西牛国孙宁府奉符县（即今泰安市）善士石守道与妻金氏生女名玉叶，七岁学道，曾参拜西王母，十四岁入天空山黄花洞修炼，三年炼成真丹，服后元精发而光显，遂为泰山女神碧霞元君。　西牛国：神话传说中的国名。　曹仙：民间传说中的曹仙长。　天空山：在泰山背面的后石坞中。

(72) 轮奂：形容屋宇高大众多。语出《礼记·檀弓下》："晋献文子成室，晋大夫发焉。张老曰：'美哉轮焉！美哉奂焉！'"郑玄注："轮，轮囷，言高大；奂，言众多。"

(73) 灵爽：指神灵，神明。袁宏《后汉纪·献帝纪三》："朕遭艰难，越在西都，感惟宗庙灵爽，何日不叹！"

⑭ 岳宫：即岱庙，也称东岳庙。《乾隆泰安府志》（卷之三）："（碧霞元君庙）又迤东折而上，为东岳庙。其后有磨崖碑，即唐明皇《纪泰山铭》。"

⑮ 土官：地神。此指泰山本地神灵。

⑯ 置吏：此指朝廷特别安置的官吏。

⑰ 走四方如鹜：意思是使四面八方善男信女趋之若鹜。鹜，用同"鹜"，鸭子。

⑱ 丐啼：像乞丐一样哭着请求碧霞元君保佑。　呗诵：歌颂。呗，意为"止息""赞叹"。印度谓以短偈形式赞唱宗教颂歌。后泛指诵读佛经或诵经声。

⑲ 飨：通"享"。此指享受。　净游：清净之游。

⑳ 小午：快到中午的时候。

㉑ 海市：即海市蜃楼。见《小洋》注㉓。

㉒ 虞：担心。　公羊氏之说：《论衡·案书》："《春秋》公羊氏之说……或雨至，亢阳不改，旱祸不除，变复之义，安所施哉！"此采用断取修辞手法，担心"雨至"（下雨）。公羊氏，公羊，复姓。战国齐人有公羊高，为《春秋公羊传》作者。

㉓ 天浣如碧：天空像洗过一样一碧万顷。

㉔ 玉皇殿：《乾隆泰安府志》（卷之三）："（磨崖）碑下有桃花洞。又迤北为泰山绝顶，宋真宗改称太平顶，庙祀玉皇，俗称玉皇顶，即天柱峰也。明万恭表曰：泰山之巅，其旁有亭曰望海，顶下有台。"

㉕ 明皇：即唐玄宗，名李隆基，712~756年在位。　《纪泰山铭》：在泰山岱顶大观峰，为开元十四年（726）唐玄宗东封泰山时所书。

㉖ 八分：即八分书。书体名。李绰《尚书故实》："八分书起于汉时王次仲。"　古劲：苍古遒劲。

㉗ 韩择木：见《天台》注㊶。

㉘ 苏颋：唐玄宗时与宋璟共理朝政，同心协力。袭封许国公。　《东封颂》：苏颋歌颂唐明皇封禅泰山的文章。

㉙ "而林焊（fǔ）"句：意思是林焊在镌刻《东封颂》的石头上凿刻了"忠孝廉节"四个字。王世贞《游太山记》："右为苏颋《东封颂》，字形颇秀媚，尚可辨，而损于闽人林焊'忠孝廉节'四大字。"　劖（chán）：凿。

㉚ 堂中物：用于堂上的匾额。

㉛ 诏：教导。

㉒ 乃祖：他的祖先。　林放：见前注②。林焯与林放同姓，故云。

㉓ 字面赘字：字上凿字。

㉔ 黥：即黥面，于面额上刺字，以墨涅之。

㉕ “看无字碑”五句：《乾隆泰安府志》（卷之三）：“（泰山）顶下有台，曰登封台。传为古帝登封处。台前丰碑无字，旧称秦皇无字碑。顾炎武详考《史记》，定为汉立。”　鞭来：用鞭子赶来。鞭，此作动词用。参见《天台》注⑫。

㉖ 祖龙：秦始皇。见《华盖》注⑮。

㉗ 蒲车菹（zǔ）秸：指帝王封禅、祭祀。　蒲车：用蒲草裹轮的车。古代帝王封禅时所用。《史记·封禅书》：“古者封禅为蒲车，恶伤山之土石草木。”　菹秸：草席，祭祀时所用。《史记·封禅书》：“扫地而祭，席用菹秸。”

㉘ “幸不为”二句：意思是从读书人在泰山胡乱刻字这一点看，秦始皇焚书坑儒是一件有远见的事。　焚书：即焚书坑儒。秦始皇于公元前 213 年下令焚烧除《秦记》以外的列国史记、百姓私藏的《诗》《书》及百家语；又于公元前 212 年，在咸阳坑杀诸生四百六十余人。

㉙ 野马：指野外蒸腾的水气。《庄子·逍遥游》：“野马也，尘埃也。生物之以息相吹也。”郭象注：“野马者，游气也。”成玄英疏：“此言青春之时，阳气发动，遥望薮泽之中，犹如奔马，故谓之野马也。”

⑩⓪ 氤氲：也作“絪缊”。古代指阴阳二气交会和合之状。《易·系辞下》：“天地絪缊，万物化淳。”

⑩① 蠕引数湾：像蚯蚓蠕动似的几条河流。

⑩② 涤：应为涞水。在今山东省单县。顾祖禹《读史方舆纪要·山东三·兖州府上》：“涞水，旧在城北。《志》云：‘单县城东及县城北俱有此水。’”

⑩③ 泮：即北汶河。因其一源两分，半西南流，半东南流，故名。《左传·襄公二十五年》：“晋侯济自泮，会于夷仪，伐齐，以报朝歌之役。”

⑩④ 汶水：即今大汶河。源出山东省莱芜市北，至梁山东南入济水。《尚书·禹贡》：“浮于汶，达于济。”

⑩⑤ 猿蹲几下：像猿猴蹲在案几下面。

⑩⑥ 梁父：《康熙泰安州志》（卷之一）：“梁父山，在州南一百里，秦始皇禅于此。云云山，在梁父山之东。古称七十二君多禅于此。”　长白：此应指云云山。

⑩⑦ “七十二君”句：相传夏、商、周三代共有七十二个君主来封禅。《史记·封禅书》：“管仲曰：‘古者封泰山禅梁父者七十二家，而夷吾所记者十有二

焉。’” 封：即封禅。古代帝王祭天地的大典。在泰山上筑土为坛，报天之功，称封；在泰山下的梁父山上辟场祭地，报地之德，称禅。

⑩⑧ “孔、颜”句：《乾隆泰安府志》（卷之三）：“（泰山）顶之西为青帝宫。又迤西为后寝宫，又迤西为孔子崖。相传孔子登此望吴门。明人建庙，庙前有坊，曰‘望吴圣迹’。” 孔：即孔子。名丘，字仲尼。春秋时鲁人，儒家学派的创始者。 颜：即颜回，春秋时鲁人，字子渊。在孔门弟子中以德行著称。

⑩⑨ 曹：即曹植，字子建。曾封东阿王，曹操第三子。有《泰山梁甫行》。谢：即谢灵运，有《泰山吟》。 李：即李白，有《泰山吟》。 杜：即杜甫，有《望岳》。

⑪⓪ 石黄：矿物名。即雄黄。橘黄色，有光泽。

⑪① 染突：像炊烟熏染烟囱一样逐渐加深。突，烟囱。

⑪② 吴阊石田：沈周，号石田。明代画家。工诗画，善画山水、花卉、鸟兽、虫鱼，皆极神妙。吴阊，吴地苏州有阊门，故以“吴阊”代指沈周籍贯。

⑪③ 乳粽：青箬叶包的乳型粽子。

⑪④ 盘礴：也作“般礴”。本谓箕坐，此指恣意作画。《庄子·田子方》：“宋元君将画图，众史皆至，受揖而立，舐笔和墨，在外者半。有一史后至者，儃儃然不趋，受揖不立，因之舍。公使人视之，则解衣般礴羸。君曰：‘可矣，是真画者也。’”

⑪⑤ 濡墨北海：谓以北海为墨池饱蘸墨汁。

⑪⑥ 黄花洞：相传是碧霞元君修炼成仙的地方。

⑪⑦ 丈人峰：在孔子崖的西面。

⑪⑧ 毵毵（sān）：垂拂纷披貌。

⑪⑨ 元君拇指：遗迹不详。

⑫⓪ “饮其泉”二句：此指万松泉。 两腋毛冷：语出卢仝《走笔谢孟谏议寄新茶》：“七碗吃不得也，唯觉两腋习习清风生。”

⑫① 隐寿：本指以隐语祝寿。此用字面含义，指松树隐居此地生长了很多年。

⑫② 桃峪：即桃花峪。位于泰山西麓，上段名桃花源，下段称桃花峪。

⑫③ 回雁峰：在岱顶之西，一名雁飞岭。

⑫④ 佞目：迎合讨好眼睛，即悦目赏心。

⑫⑤ 五花岗：《乾隆泰安府志》（卷之三）：“在岳顶南则有五花崖，仰视不见岳顶，崖蔽之也。”

⑫ 周观：元好问《东游记略》："岳顶四峰，曰秦观，曰越观（也称月观、吴观），曰周观，曰日观。"

⑫ 玉女泉：李裕《游泰山记》："从顶东下数十步，有玉女泉，水清甘美。"

⑫ 李斯篆：《康熙泰安府志》（卷之一）："秦篆碑在玉女池上，西公署后。李斯书秦始皇、二世颂德文，今湮泐，仅存二十九字。"李斯，曾任秦朝丞相。篆，小篆。

⑫ "廿九"二句：此二十九个字是"臣斯臣去疾御史大臣昧死言臣请具刻诏书金石刻因明白矣臣昧死请"。

⑬ 秦谄何栗：谓秦朝臣下谄媚君主的程度是何等让人恐惧呵。

⑬ 考文：考订古代典籍中或金石上的文字。

⑬ "即李斯"二句：张怀瓘《书断·小篆》："案小篆者，秦始皇丞相李斯所作也。增损大篆，异同籀文，谓之小篆，亦曰秦篆。……画如铁石，字若飞动，作楷隶之祖，为不易之法。"

⑬ 垣尻棘首：断墙根部荆棘枝杪。泛指荒芜之地。

⑬ 礼斗台：孔子庙东南有北斗台，明万历年间筑。台四面皆有门而中通，上覆为台，台上有两根石柱，名"礼斗"，俗称"辅星""弼星"。　鲁班洞：在礼斗台稍南。

⑬ 白云洞：《康熙泰安府志》（卷之四）："在岳顶西南，凤凰山阳。"　谺（xiā）：犹言"谺坼"。裂开。

⑬ 杨侍郎：疑为杨升庵，即杨慎，曾于嘉靖四十年（1561）迁至户部右侍郎。隆庆初，起任礼部左侍郎，并曾至泰山。　雨天下：《古微书·诗纬》中有记载："应劭曰：'王者受命，易姓改制，应天下太平，功成封禅，以告平也。所以必于岱宗者，长万物之宗，阴阳交代，触石而出，肤寸而合，不崇朝遍雨天下，唯泰山乎？"

⑬ 月观：即月观峰。位于南天门西南，与日观峰东西相向，故名。

⑬ 亩余方幄：意谓遥望济南府，也就是一亩见方的篷帐而已。

⑬ "而穹窿"二句：大意是从天穹看泰岳，又不过一棋盘大小而已。　穹窿：此形容天宇形状。扬雄《太玄·玄告》："天穹隆而周乎下。"　岳宇：泰岳区域。　棋枰：棋盘。　白杪：义不详。

⑭ "道士"三句：谓道士指点哪是火焰峰，哪是凌汉峰，哪是神霄峰。三峰均在日观峰附近。

⑭ "某寨"句：《乾隆泰安府志》（卷之三）："（傲来山）坦处可容千人，刘盆子尝聚兵其上，名天胜寨。"　刘盆子：西汉城阳景王章后裔，被赤眉军推立

为帝，后投降光武帝刘秀。

⑭² “俱返照”句：意谓各山峰像落日中旗旆的影子。

⑭³ 沮寒：防御寒冷。

⑭⁴ 如斗欲滴：形容星斗近人。

⑭⁵ “又如”句：（星斗）又像眨眼般时动时闭。

⑭⁶ “月去”句：古人以“去天尺五”极言地势之高。黄庭坚《醉蓬莱》：“尽道黔南，去天尺五。” 宫鸱：宫殿屋脊正脊两端构件上的装饰。古人认为鸱尾为水精，能辟火灾，故作为装饰。

⑭⁷ 爇（ruò）松：点燃松枝（烤火取暖）。

⑭⁸ “过汉武”句：《汉书·武帝纪》：“夏四月，癸卯，上还，登封泰山。”孟康注曰：“王者功成治定，告成功于天……刻石纪号，有金策石函金泥玉检之封焉。” 玉检：《通雅·器用》：“《武帝纪》注：封禅金策石函金泥玉检，谓以玉为检束也。”

⑭⁹ “不见”句：《史记·孝武本纪》：“皆至泰山，然后去。封禅祠，其夜若有光，昼有白云起封中。” 封：帝王筑坛祭天地及四方山岳之神。

⑮⁰ 奇鬼搏人：谓石头在黑暗中幻成可怕的形状，像是要向人扑来。苏轼《石钟山记》：“大石侧立千尺，如猛兽奇鬼，森然欲搏人。”

⑮¹ 漆昧：漆黑。

⑮² 煜煜金荡：此指日出时金色的云彩动荡不定的样子。参见《小洋》注⑳。

⑮³ 赤丸：红色弹丸。此借指初日。

⑮⁴ 越峥：即越王峥。《万历绍兴府志》（卷之六）：“山阴越王峥，在府城西南一百二十里。越王句践栖兵于此，又名栖山。上有走马冈、伏兵路、洗马池、支更楼故址。”

⑮⁵ 误寒：白白受冻。

⑮⁶ “吕叔简”句：吕叔简，名坤，号心吾。明代哲学家。吕氏最著名的言论是《呻吟语》中的一段话：“故天地间唯理与势为最尊。虽然，理又尊之尊也。”这句的意思是泰山理尊，越王峥势尊，但在越王峥观日出却反而胜过泰山观日出。从这点看，吕坤确实不是道学家。 不道学：吕坤《呻吟语》又有“我不是道学”、“我只是我”之句。道学，指宋明理学。

⑮⁷ 望海石：《乾隆泰安府志》（卷之三）：“望海石，日观峰东北石□南，万阔数尺□面，深堑无底。” 仙人桥：《乾隆泰安府志》（卷之三）：“（日观）峰之

西有石函方丈许，相传为宋筑，题曰'古封禅台'。又迤东为仙人桥，两崖削立，三石衔接成梁。"

⑮⑧ 舍身崖：爱身崖的旧称。《乾隆泰安府志》(卷之三)："(仙人桥)又迤东为爱身崖，旧称舍身。东西南三面皆峭壁千仞，中有石凸起丈许，愚民往往舍身投崖，徼轮回之福。明巡抚何起鸣缭垣示禁，易今名。"王思任对舍身之举也颇不以为然。

⑮⑨ 大人先生：晋人阮籍有《大人先生传》，讽刺唯法是修，唯礼是克；手执圭璧，足履绳墨；行欲为而目前检，言欲为而无穷则，以正名定分为教条的卫道者。 《孝经》：班固《汉书·艺文志》："《孝经》者，孔子为曾子陈孝道也。夫孝，天之经，地之义，民之行也。举大者言，故曰《孝经》。"

⑯⓪ 挺：此处有头脑僵化、不听劝告的意思。

⑯① 古而迂：古板迂腐。

⑯② 年年无禁：谓年年有人跳下舍身崖为父母祛病灾。

⑯③ "何似"二句：这二句的意思是哪里像道教施教，通过碧霞元君的梦示那样容易使人听从呢。 设教：施教。 见梦于元君：传说碧霞元君常常托梦示人。见梦，托梦。 易从：容易听从。

⑯④ 舆股溜甚：轿夫的腿脚很快。

⑯⑤ 以予身荡之：摇晃我的身体。

⑯⑥ 振落：本指叶将枯而震之使落。此指摇落。

⑯⑦ 石经峪：即经石峪，又称曝经石。 盘似虎丘：谓石盘与苏州虎丘的生公石差不多。

⑯⑧ 流趣：此指峡中有流水之趣。

⑯⑨ "乃元人"句：此石经一般认为是北齐人所书。《皇朝文献通考》(卷二百二十四)："如石经峪刻《金刚经》，据《徂来刻石辨》，为北齐王冠军书。"

⑰⓪ "而明人"句：张岱《岱志》所记相同："至石经峪，下而复上，山峡中有石，五倍虎丘。传唐三藏曝经于此，又名曝经石。石上镌汉隶《金刚经》，字如斗，随石所之，尽经而止。……旁有儒者刻《大学》圣经一章敌之，辟佛尊儒，此刻石人意也。" 大学：《礼记》中的篇名，后为儒家经典"四书"之一。

⑰① 汉柏：在炳灵殿前。相传为西汉元封元年(前110)汉武帝东封泰山时所亲植。

⑰② 霭霭：云烟密集貌。

⑰③ "畴昔"句：指前文所说的"丙辰之冬，岱入梦"之事。 妖：恶兆。

⑰ 日落如车：车，即车盖。化用《列子·汤问》："日初出大如车盖，及日中，则如盘盂。"

⑱ 秦观：洪迈《容斋随笔》（卷十一）："又云：东山名曰日观，鸡一鸣时，见日始欲出，长三丈所。秦观者望见长安，吴观者望见会稽，周观者望见齐。"参见前注⑯。　入鸟：望见归鸟飞回。语出杜甫《望岳》："荡胸生层云，决眦入归鸟。"

⑲ 吴观无马：《韩诗外传》："颜回望吴门马，见一疋练。孔子曰：'马也。'"王充《论衡·书虚篇》："传书或言颜渊与孔子俱上鲁太山，孔子东南望吴阊门外，有系白马。引颜渊指以示之，曰：'若见吴昌门乎？'颜渊曰：'见之。'孔子曰：'门外何有？'曰：'有如系练之状。'"

⑳ "则断断"二句：意思是能够名实基本相符的，只有周观差不多能看到东面的齐鲁。　断断：决然无疑。

178 "泰山"句：古代阴阳家将地支与四方相配，丑指东北偏北方向，寅指东北偏东方向，泰山处于这两个方向的交界之处。

179 "是帝"三句：八卦中的"震"卦位应东方。出震，即出于东方。语出沈约《齐故安陆昭王碑文》："帝出于震，日衣青光。"《记纂渊海·仙道部·第二东岳》："（太山）名蓬玄空峒之天，即太昊，为青帝。"《事林广记前集》："第二东岳泰山：高四千丈，洞周回一千里。名蓬玄大空之天，即太昊，为青帝治。东岳主万物发生，考掠死魂。鬼神所历代，帝王振功封禅之岳，上应奉娄之精，下镇鲁地之分。"　怒生：蓬勃生长。语出《庄子·外物》："春雨日时，草木怒生。"　首建：此指起始之处。

180 父昆仑：《五杂俎·地部二》："《藏经》云：'泰山为天帝之孙，为五岳祖，主掌人间生死修短。'"

181 由旬：古印度计程单位。一由旬的长度，我国古有八十里、六十里、四十里诸说。

182 维天东柱：《岱史·形胜考》引《诗》注云："岳言山之尊也。东方主天地生气，以方位别五岳，是为天之东柱。"维，句首或句中助词。

183 "障大海"二句：《五杂俎·地部二》："齐鲁之地，旷野千里，冈陵丘阜，诧以为奇，而岱宗巍然，障大海而控中原，其气象雄伟，莫之与京，固宜为群岳之宗也。"

184 钟贤圣：谓是圣贤集中的地方。孔子、孟子的出生地都是山东，故云。

185 府神鬼：《太平御览·地部》："道书《福地记》曰：泰山多芝草玉石，下有洞天,周回三千里,鬼神之府。”

⑱⑹ “孔氏”句:谓此句与下句都不是孔子与孟子观泰山的言论,而是圣贤针对“气”的观点。《荀子·子道》:“子贡曰:‘知者知人,仁者爱人。’子曰:‘可谓士君子矣。’”理学家解释为“仁者浑然与万物同体”。

⑱⑺ “孟氏”句:《孟子·公孙丑上》:“我善养吾浩然之气”。

⑱⑻ “登泰山”四句:事见《孟子·尽心上》:“孔子登东山(即蒙山)而小鲁,登泰山而小天下。”

⑱⑼ “若予”二句:即杜甫《望岳》“岱宗夫如何,齐鲁青未了”之意,并照应前文所谓“碧痞”二字。

⑲⑽ “今而”二句:意谓从今以后我腹中的碧痞就消失了。此二句化用敖陶孙《次韵陈景斋纠掾题品山斋数石之作》句意:“能令山崒硉,所欠腹空洞。”

【评品】

本文写于万历四十五年(1617)。登泰山而观其气,是文章题中应有之意。为了更好地表达主旨,王思任采用迂徐入题、前后照应的手法。在文章的开头,以较多的笔墨写儿时开始的泰山情缘,漫溢的齐鲁“未了”之“青”是作者半生精神飞翔之所,但是,当这种飞翔将成为肉身登览的现实时,作者反而采用饱蘸喜悦的文字,在题前迂徐逡巡,用以蓄势。而文章结处“若予之意,止在泰山一片青也。今而后予之腹,其空洞矣乎”数句,看似对前文不经意的照应,却使板滞的登览文章化烟化雾,并且也与文章的“观气”内蕴契合无垠。另外,作者还能从登泰山这个古老的话题中推陈出新,自辟蹊径。《孟子·尽心上》曰:“孔子登东山而小鲁,登泰山而小天下。”孔孟所观者,天下也。然而王思任所观者,泰山也。作者认为善观泰山者观其气而已的结论,是对先秦以来登泰山行为的深刻反思。泰山地处东方,是万物交替、初春发生之地,故五岳以泰山为尊,也是历代帝王冀近神灵的封禅之地。这种正气与儒家所谓浑然之气、浩然之气同体,是可与天地同流的人生境界。文中王思任对拘拘小儒以《孝经》为法律等违反人性作法的抨击,还可以看到儒学发展至明代时,对程朱理学中最为缺失的人类情感的关注。人文关怀,实际上也是对孔孟先秦原始儒学的回归,所以,作者登临泰山也不失为一次体仁的过程。

游庐山记[①]

疏云[②]:"山无主峰,横溃四出[③],峣峣寥寥[④],各为尊高[⑤],不相揖拱[⑥]。"善写庐山者矣。山尻楚吻吴[⑦],面障洪都[⑧],肩柱鄂渚[⑨],似喜湖江之隙,而特集美于此者。伏滔曰[⑩]:"重岭桀峄,仰插云日。"[⑪]言其高也。湛方生曰[⑫]:"窈窕冲融,常含霞而贮气。"[⑬]言其灵也[⑭]。郦道元曰[⑮]:"气爽节和,土沃民逸,嘉遁之士,继响岩窟。"[⑯]言其风气之可隐也。慧远曰[⑰]:"高岩仄宇,峭壁万寻,幽岫穷崖,人兽两绝,天将雨,则白气先抟,或大风振岩,群籁竞奏。太史公东游肆目,若涉天庭焉。"[⑱]是又住山之最久,而得其性情状貌者也。王思任曰:"予登汉阳中峰[⑲],见庐山从衡来[⑳],横亘五百里无多也,孤芙蓉矗水上耳。然清贫矜特[㉑],不呼援倚[㉒],泉峰云石,自为瓢衲[㉓],团而不散,是以夺襟喉陆海之一宫[㉔],而几与五岳讼[㉕]。"

东林山[㉖],笄鞯之最外者[㉗],以远公胜[㉘]。虎溪桥,草湮流咽[㉙],觉步笑犹有响动[㉚],桥遂胜。白莲池[㉛],方广畅可[㉜],是谢灵运手植[㉝]。吾不喜雷次宗、刘程之等人[㉞],琐碎死生[㉟];倘渊明放眉而来[㊱],即恃才灵运杂心而至[㊲],此处箕踞[㊳],堪饮噱矣[㊴],池竟胜。佛前两松,远公前两桂,俱以清古胜。三笑堂杨德伟屏画[㊵],有生气胜。望香炉峰讲经台[㊶],翠滴饭中胜。舍利塔、虎跑迹、十八高贤像、神木井,冰壶、聪明、卓锡三泉,陶侃所网金义殊身、莲花漏、鬼垒墙,李邕、柳公权、赵孟頫、王守仁等碑迹[㊷],此皆示现神通,贻留往旧[㊸]。吾听僧指告,存者存之、殁者殁之而已[㊹]。最可憾一事,游髡蚤目[㊺],逼人布施,持簿不寸离,庐游之兴,一步一败。然亦有为其愚弄者,干没金钱不小[㊻]。安得竹根三十个,斜封一角,解发尸陀林中,听其销算也乎[㊼]!

饭三笑堂已，予携一僧西步。有林蓊翳[48]，拾级而上，乃谒远公墓。公命尽时，欲露骸松林，同之草木。而弟子不忍，辄作荔枝塔覆之[49]。伤哉！“入夜翠微里，千峰明一灯”也[50]；“空悲虎溪月，不见雁门僧”也[51]。

望香谷[52]，入西林寺[53]，荒落甚，永公塔亦颓圮矣[54]。虎溪仪正盛，永飘然半衲，不遮胫而来。何无忌曰：“清散之风，多于远矣。”[55]永常室虎，人畏之，则谕令入山，人去复至[56]。青山不改，遥想当年。

香谷有广福观，祀匡续先生，今芜废。匡山名自先生得，先生辞威烈王之迎，白日轻举，仅有庐存，因又谓之庐山[57]。然则先生来匡之前，只呼山邪？抑成周以前，人尽无足眼，山犹未生，生犹未奇邪？人世短促，梦梦至此[58]。

白乐天草堂[59]，云去炉峰不数丈，又云寺东，迹之，竟茫然。“春有锦绣谷，夏有石门涧，秋有虎溪月，冬有炉峰雪。”其言甲庐山矣[60]。又曰：“司马秩满，行止自由，则必左手引妻子，右手抱琴书，终老于斯，以成其志。清泉白石，实闻此言。”[61]毕竟下回分解若何[62]？李太白于五老峰[63]，亦尔文人轻诅[64]。

盼云峰寺[65]，始登趾，丹嶂万仞[66]，一呼吸[67]，黑云幔尽[68]。急舆至解衣[69]，僧不内[70]，给宿九奇庵[71]，蒨绿幽蒙[72]，穿枝拨翠，雨淅淅入矣。得吏人送酒，主僧稍恬[73]。万声齐下，梦至潇湘，不知是风是溪是雨。寨长苦舆力[74]，僧苦米，更上无米，甚无僧也。亟谢手麾去[75]。赋予两胫时，已上庐山一行薄矣[76]。亟趣走，雨后鸣泉争道而下，白云明暗，人行水气中，反不见山也。上锦涧桥[77]，万雪奔雷[78]，支笻巨石之侧，沈叔贤摹画不得[79]，但大呼叫。自此上蹑云亭、甘露亭[80]，觉身境愈虚[81]，卒一下视[82]，踏穿白云几千袭。临试心石[83]，探窥无极，足二分垂外[84]，勇不在此。对山一窦曰黄龇洞[85]，人飞去不远，留一几尔。绝壁有罅，壁上有字曰“通仙台”，曰“清虚林”，近日始出[86]，绿毛苔隐，两壁愳夹[87]，手腕展布不得[88]。予从滴沥中侧眼辨之[89]，仿佛而已。再上数级，欧阳先生有歌曰《庐山高》

书壁，已渝，而吾家伯安表之于坊[90]。逾弥陀石，见大书“白云天际”[91]，雄妥劲畅，然是宋、元人笔，殊漫漶[92]。勉至天半亭[93]，凡九十九盘[94]，天池塔见矣[95]。跨脊下林径，离离密密[96]；瘦黑坚异，尽东晋时松也。佛前两池供汲，以此名寺。寺故高皇帝敕建[97]，以祀周颠者[98]，赤脚道人、张铁冠、天目尊者从之，寺以此长庐山[99]。僧每习见官，出口皆香火气[100]，令人不耐。予独游文殊台[101]，徙倚石栏之上，又过探舍身崖[102]，俯视前峰[103]，笋锐莲拥[104]，云絮忽复缠裹。归宿竹阁，虫鸟已绝，深夜阒然。忽闻机杼声[105]，半饷一按；诘朝询之，乃万丈壑底一二老虾蟆咳语[106]。

御碑亭，纪周仙事[107]，洋洋大哉[108]！物力严寿[109]。白鹿升仙台[110]，视天池捧其足也。过佛手岩[111]，岩前石如指，天泉沮洳耳[112]，不奇。岩下万木出杪，皆蛇猿之窟。缘崖行百余武，八分朱书“竹林寺”三大字，云出罗隐手[113]，空同以为周颠[114]，非是。每风雨时，钟呗大作，相传影寺耳[115]，清虚林乃其后户。意神圣变化之迹，如石梁瀑布，五百应真所居[116]，彼以水，此以山耳。又行十余步，至访仙亭[117]，有趾在山，锦川撑插[118]，两短松绝悬崖以老[119]，卧望一溜，绅下峦壑翻搅[120]，神悦悦也[121]。敛足侧行，望下方，雨晴气错[122]，一大圆镜未开水银古也[123]，光耀沕暗[124]，砂点云痕[125]，竟无定处。

从龙角石取推车岭[126]，望大林峰入寺[127]，皆冈行也，嵚崎之极[128]。忽坦率绵亘[129]，置鸡犬里巷，绝不知是万山上寺。坐白莲峰[130]，面掷笔[131]。掷笔者，远公点经笔所飞处也。别作一开辟，涧水碧澄，老杉舍身贷金刚[132]，一本两干，大蔽牛而雄搏虎[133]。二三僧友欠申其下[134]，白茗清阴[135]，葛风孔孔[136]，香汗辑矣[137]。将至赧封[138]，一大蝉石，奇藤幕之，畴昔之夜，渎我天池者，得非子邪？礼赤脚仙塔，好老杉文杏[139]。不知何树，腹踵数十围大[140]，以石为母[141]，寸土不受。又不知何岭，下看百丈，有八九十峰，皆肥箨参起白云底[142]。鸟语细碎，忽数群白鹭跳来，逾时是泉也[143]。沈石田画有豆青石坂，人行泉上，予极爱之[144]。至将军河，恰似一石架大磐上[145]，又数堆石乳石[146]，激发湍泻中，旋银舞玉，输帛卷绡[147]，妙难形至。石田画石可也，画水似犹不来[148]。

王赤城题"尺五天"处[149]。逾数岭，山肉忽黄[150]。予正讶绝，下一坡，种杉万计，绿雨疏风，拨天无尺也[151]。有僧卜地，鹿为引至，名鹿野，改为黄龙潭[152]。规制从木阁度殿[153]，僧律严[154]，山木不得折一枝，折之必讼，至枝长而后已，以故丛林菀密[155]。予过其巅，徘徊不忍去，是风气之所钟也[156]。天池、东林俱逆关苞之[157]，庐龙面发者，归宗为大[158]，背发者，黄龙潭为正[159]，请存斯目[160]。

金竹坪道场新建匡山接众处[161]，曹能始匾曰"竹里经声"[162]。有活泼泉，笕至僧厨[163]，极甘冽。寺外一树，白花四瓣，幽馥趁人。问为何名，僧不识也。出金竹行岭上，远江浮拍[164]，可以全受。此何方也？云是蕲黄之际[165]。安得一阁，题曰"楚天"，听梵鼓松竽[166]，读书其上哉[167]！九奇峰[168]，九峰皆奇也，而火焰更甚[169]，如数千百骈指指天[170]，天有屈事，急难自白者。上霄峰，玉尖苍秀，秦皇、汉武、太史公之所登也[171]。一磐石函可百人[172]。周景式曰："望九江，以观禹功，其兹峰乎[173]！"

仰天坪，实坪顶也[174]。高寒无木，有亦短瘦。五月入佛堂，见一群人爇炙[175]，甚讶之。稍憩，指僵唤火矣。殿屋俱茅庇[176]，何不用瓦？曰："风壮瓦飞去，求铁不至也[177]。"洪阳先师题"云中寺"[178]，僧昵予，征堂额，为书"天在山中"。火焰峰亘百余丈，向所仰为指矗者，皆石笋也。石怒起如惊雷，择最锐一株踞其顶，望鄱湖白气中[179]，有履数点，又如凫流款款[180]，不见动而见移，半时乃隐者，舟行也。

山至圆通[181]，一龟攀上，短小过峡[182]，分浔阳、星子之水[183]。极力四五起[184]，为桃林尖[185]；又大顿起[186]，为汉阳峰，此庐山主人宅中以处者也[187]。看大汉阳峰，亦目之视眉耳[188]。五老峰当拍肩语之[189]。望扬澜左蠡[190]，舟皆豆转[191]，或隐或见。落星石[192]，一荷盂不动者[193]。回首江天，二三抹水光矣。晒谷石[194]，山顶有数丈石，可晒也。臣象坐狮[195]，乃憨山拈出[196]。泉以轻妙，茶以白妙，豆叶菜以苦妙，紫兰花以艳妙；壁垒俱石皮皴竖[197]，远望之，披柴堆炭也[198]，以朴鲁妙[199]。

从炼丹池入牯牛岭[200]，或岗行，或壑行，高高下下，觎揹之极[201]。两行脚语曰[202]："不知何故山以峰名[203]？"则解之曰："人之姓名出在头上。"九峰互相雄起，俯视天池一锥，乃八座之视丞尉也[204]。其间连帅、方伯、郡牧之长[205]，不知为几千百也。又如莲瓣中穿度，我作魏收蛱蝶，无须不缀[206]。常有诛茅覆闭，声息杳然，不领名胜、不迩路歧者，此中大有苦心之士[207]。

忽然铁裂万丈门开，白云绵曳，湖气之青屯如也[208]，三節几欲顿折[209]。导僧前去，急唤问之，正是含鄱岭口[210]。予昔在青田小洋中得看天锦，以为奇绝[211]，不意五老峰上复看海绵之奇也。天锦之色，金染万鲜[212]，俱非人目所经见；而海绵素铺几万里，抛弹松称，光丝跃然[213]，觉霜雪死白为呆[214]，凹凸不等，小家数耳[215]。予初登金印时[216]，绵冒汉阳[217]，几不憖遗一老[218]，不意天锦之福尚在。绵俱缩入湖江，渐覆四宇，作开辟以来一大供[219]。予置足在中峰之顶，皇恐消受[220]，默念安得裁为大被，袭四天下寒山冷水[221]，无有啼号者。发如是愿，以报清恩[222]，犹未足以塞其万一[223]。

五大垛铁云皆紫青融铸，从天崩下，现寿者相，是名"五老"。睟面盎背[224]，而予来褓负其上，觉中老更出一头地[225]。相隔数十丈，下临万仞，探之惴惴[226]。为笔，为垆，为旗竿，为石船，为凌云者[227]，皆儿孙贴膝腋也。白云时时蒸伏[228]，沈叔贤谒一老，不耐事[229]，去矣。陆务滋绝叫，见海绵以为观止，不必更登顿也[230]。予曰："访五老也，而何三之？二千里来，反惜此数里乎？当一揖一峰而去[231]。"四老前有台，偪崖缘葛乃至五老[232]，始见鞋山如方凫[233]，江光潮气，收于此矣。导行者楚僧了一云："春夏无此一日，若所谓海绵者，无论几十年中游人舌不及[234]，即目也不及也。"几许同行，至乾冈岭[235]，不肯上，仅一银鹿阿端同之[236]，山水岂易缘乎哉[237]！

从五老视月宫庵[238]，直靴尖挑倒也[239]。下取之[240]，殊盘极[241]，忽入万余短髯松，穿弄绿蒨如鸟枝[242]。暗塞淙淙也，俄而潺湲，溪亦修行择杳僻矣[243]。庵前树蘽瘦[244]，竹亦无人世漪媚意[245]。寺秃逃人去[246]，得上方静者[247]，燃薪汲水，又得仰天坪豫敕储斗米[248]，幸无饿，而此一饭,中节饱惬[249],香美不可思议。

脍炙三叠泉[250],无有知者。忽得随州僧复昙,卓契顺也[251],曰:"第从予来。"披拨灌莽,经钵盂岭[252],蛇径而人缘之,看匡续先生所遗驴蹄洼[253]。忽山穷天出,有岭横亘如石梁,遥望之,二友踞坐指点[254],但唤急来。视其东壁万仞,亦青黑铁,俯之夺气[255]。而所谓泉者,如光丝细绎[256],又如一蟒蠕挂肥[257],动刀作三截,可爱亦可畏也。

仙人棋盘石颇险仄[258],对望半天青壁,傲云供瀑,不知何翼得有静室[259],如蜂房之缀,意山谷云蜜脾者,毋乃是[260]? 相思涧者[261],亦不知在上在下,但人命止右尺土[262]。过一洞五六寸,首尾相通。侥幸下,三叠泉源如雷炮砰来[263]。人缘壁拈过,一舆夫浪胆[264],几冲入潭底去。此溪缘行,所谓下路从河者,皆大卵石,勉强滑度。昙师初教予行,似鸟习飞[265];既而如吏曹堂候官引见,倒行安妥[266];又进,然步步如乳母顾予也[267]。此深山中见人而喜,一年不过一二度,即昙师亦偶尔来,是前生所交识也矣[268]。才看三叠泉后,白云即缄山口,龙气岚阴[269],特赐王郎一假也[270]。

初日峰上有磨盘石[271],对山则碧者千仞[272],皆黑英石架起[273],此又不宜以山论,以石论矣。予往年见琼台、双阙[274],采艳神恍[275],今乃条支之马肝也[276]。光如玄妻之发[277],位置佳妥。不知何时堆此灵玉,九秋哀响,安得天杵一叩也[278]? 要知山川精华,定秘千郛万郭之内[279],人迹不到,止有日月爱惜耳。壑中潺潺,掬之洗肺。忽忆我几上有三尺鹰鹞,摩赏自雄[280],遂不知今日作蚁子之乐[281],拍手一笑。

望天池石过洗脚池[282],磦砢蹇偃[283],穿跳喜惧,一时数易,不愁死而愁扑[284],行路难[285],宁如此! 朱砂峰如赤城火色[286],锐抉层霄,万山青绿,得此一尖,亦是没骨山家数[287]。

过青莲静室一茶[288],渴肺感激。上一岭望鄱湖,云净波明,返照如锦绡薄射[289]。此五老咽户[290],住山人谓气不藏蓄,反不庵此。太乙峰尊俨挺拔[291],部落更广[292],望之徒有唏嘘。数百盘至欢喜亭[293],日云夕矣,乃见马尾瀑忽尔黄金万顷[294],精镠可爱[295]。询之僧,湖中沙也。

枕犁头尖[296]，左五老而右汉阳，万寿寺也[297]。鄱湖一泓，时青时白[298]，以为前供。天外风帆，谷中樵唱，是长老饭边受用。栖贤寺安顿秀韵[299]，左回玄嶂，遮却半天。门前雷鸣车过，乃三峡砰来水也[300]。对此清英[301]，尘气洗尽，游人何所生其不肖，而定谓栖者为贤[302]？

玉渊万杵登登[303]，雪花千斛，琅玕碧骨上[304]，银髓翻腾[305]，快而且活。知其解者，不必苏家兄弟[306]。又云，三叠泉与玉囦[307]，胡威父子也[308]。然鲴鱼费钓[309]，不如侯鲭是家常茶饭[310]。

蹑云桥，两瀑短悍，一到绿渊[311]，汰澄灵靛[312]，不知几千仞，直得务光一死[313]。三峡从瞿塘、滟滪谱来[314]，水声之怒，至此化为轰笑[315]。刘混成白鹤观[316]，穷废亡赖[317]，止一二瘦猪眠游也。然古松古涧，淙淙谡谡[318]，于丹井药臼之间，觉白日静长，棋声恍惚入耳[319]。

白鹿洞以二李显[320]，则洞餍矣，不若道士云："白鹿洞，准白鹤观也，观之人仆其鹤，洞之人仆其鹿，粮绝则各遣入市。"此语仙冷[321]，差有致[322]。从五老后屏山来，雄崖阴壑，犀牛折桂之水出焉[323]。老松数百章，暗阴古色，极人世幽邃之境，第多一书院[324]，又多一增塑[325]。圣人洞中，大有腐伪之气。憨山识地理，蛮开五乳山，额曰"浴云"[326]，以五老为左障，殊雄妙，有静室，带泉听涧者可以老。憨山去，而其徒文字读书，英玉和雅[327]，每室香供，飞鸟依人。摩登伽所摄，岂须咒也[328]？七尖、胡鼻峰之前[329]，有刘遗民读书台[330]，可望鄱湖。洗砚池尚在[331]，未审"发愿文"在此属稿否[332]？

鹤鸣峰下开先寺，佛印之所居也[333]。门前古木桥蔽，磝石截流[334]，殊宜夏坐。至佛前，方见西瀑[335]，如玉练下垂。"一条界破青山色"[336]，公道景事，亦复不恶，奈何苛求之[337]？东瀑马尾水稍雌逊[338]，会流至青玉峡，但有雷轰，而两瀑反不得见，雪花搏击，至龙池乃绀定[339]。饮漱玉亭上[340]，飘飘乎欲仙去也。西瀑出双剑峰之左，从山腹中挂流三四百丈，登布水台[341]，观之始畅，然人觉劳畏。香炉峰视诸峰更奇秀，望姊妹石[342]，亦娟娟宛肖[343]。而予饭于黄岩中[344]，见金蟒如巨椽，此固其窟宅也。

庐山僧占多[345]，以道士分其胜者陆修静[346]，然觉禅处[347]。简寂观亦有瀑下，不郁秀[348]。礼斗石略具威仪[349]，“飞来岱宗”匾，幻口也[350]。至于桥边，老松五六树，雄古翘撑，当封匡阜松长[351]。大汉阳峰发为金轮，金轮峰下为归宗寺，此吾家右军守浔江时，居停罽宾人者也[352]。堂堂正正之局，风气巩藏[353]，土壤膏美。乘地利者不此之求，而傍涛打麓鞫之岗，吾不知其何见[354]。

柴桑桥[355]，两青石渡田泥耳[356]，去五柳居不数步[357]，先生乞食邻家，往往过之[358]。桥石大，有筋脊，不借王阳坂、司马柱也[359]。“悠然见南山”[360]，殊荒坨。去栗里约三里许，是归去来馆址[361]，在一山农矣。有涧飞短澍，下萦一潭，丈石突起，陶先生每醉卧此，吐痕尚新[362]。无名氏题曰：“渊明醉此石，石亦醉渊明。千载无人会，山高风月清。”吾几欲捶碎之矣[363]！

圆通在甘泉口，望马耳、黄龙等峰[364]，如旗屏矗列，溪绕竹深，三苏之所信宿[365]，至今胜矣。寺有夜话亭，改“清音”，又改“欧亭”[366]，然不如“夜话”之雅也。

中大林无奇[367]。下大林门径从松石中穿入，月坐凉生，予与沈叔贤弈久。山台无垣[368]，僧有虎虑，叔贤曰：“庐游少此一段点缀也。”文殊寺拦石门之腧而亘之[369]，中落山半，后屏绝巘[370]，前控喊流[371]，绝肖闽画[372]，又一清风处也。

石门涧妙在泉壑零碎[373]，随人缨足[374]，有珊瑚骨，有玛瑙腹，有于阗青玉肌[375]，尽为雪浪莹澈。溪鱼阵出，曾未见饵，相疑久之，乃信。予门生梁若木、析木，少年颖隽[376]，坐此痴哈[377]，不肯去，大似牡丹亭下寻梦[378]。石门乃天阙也，二般稍似[379]，而不敢望此之峭峻。石色与大月山东角伯仲[380]，月山石妙在玄英[381]，而石门之石乃青紫云结成打实者[382]，皴法软密团栾[383]，全用黄子久中一块香锦堆叠[384]。寺僧索予匾，题之曰“铁云垛”；更索联，曰：“花纲梯海[385]，箭括通天。”皆实录也。铁船峰在石门之侧，无可登理。石门背有百丈梯通天池，必缒下而缘上，灵运、明远已曾此处着脚矣[386]。

是役也，予年友梁射侯备兵浔阳[387]，招而赞之。射侯胶于官[388]，而犹韵于友，犹之乎其游也[389]。归语某某之胜，射侯不怿[390]。而两郎君怿甚，请王子为导师，又续为石门之游[391]。是射侯胶于其身，而犹韵于予，犹之乎其游也。虽然，予庐游之韵，终以射侯，不然，傲蛮隐妒之髡[392]，即话言不通，而何所感发之？予曾谓“官游不韵”[393]，乃今知韵竟以官也；不以官，则九奇庵发足[394]，即无所托宿矣。

同游者姑苏沈叔贤[395]、会稽陆务滋；续游者梁若木、梁析木；伴游者能仁寺僧完赤；而助游者晒谷石僧了宗，吉祥庵了一、离言，楚僧复昙；趣吾游者栖贤之恒水，五乳僧坚持、法可；而不厌吾游者，金竹坪见空、仰天坪含辉；体貌吾游者[396]，开先之东隐、归宗之蠡云、文殊之海空；至天池、东林等寺，则秃恶之观望扰聒[397]，游兴扫尽矣。游史中亦有董狐[398]，例当并书。

予几登大汉阳峰，而为雨所吝，亦不及饮康王谷之水[399]，不得取吴章道[400]，则庐之幽僻隐奇，未尽探焉。予于庐犹有余憾哉！虽然，莫亲于父子，莫迩于夫妇，而陷缺之缘[401]，人不得以力争之，则庐山与予，犹朋友之交也。

王思任曰：星渚、浔阳之间人无几[402]，奔走市城不暇给[403]。以故予山游不见发人[404]，亘古无妇尼之足[405]，亦少靓色僧[406]，亦无处得酒肉。赋命清兀[407]，得遂其高[408]。若生于富阛之乡[409]，则辱淫喧亵[410]，万丈之尺短矣[411]。吾所绝恋者，无山不峰、无峰不石、无石不泉也。至于霞采幻生，白云面起[412]，朝朝暮暮[413]，其处江湖之界乎？所谓山泽通气者矣[414]。

【注释】

① 庐山：又名匡山或匡庐，位于今江西省九江市南，在长江、鄱阳湖之间。

② 疏：此指《桑疏》。应为明初桑乔的《庐山纪事》。

③ 横(hèng)溃：原指河水决堤横流。此形容庐山没有主峰。

④ 峣峣(yáo)：高耸的样子。《楚辞·九思》：“陟玉峦兮逍遥，览高冈兮峣峣。” 寥寥：广阔。左思《咏史》诗：“寥寥空宇中，所讲在玄虚。”

⑤ 尊高：原指崇高的身份或地位。此用字面义。

⑥ 揖拱：此喻低峰向高峰行揖让礼。

⑦ 尻楚吻吴：犹言“吴头楚尾”。庐山在九江境内，春秋时期属吴之西境、楚之东境，故称。

⑧ 面障：前面的屏障。　洪都：江西南昌的别称。隋、唐置洪州，州治在南昌。

⑨ 肩柱：臂膀和拐杖。喻旁侧。　鄂渚：相传在今湖北省武昌黄鹤山上游三百步长江中。隋置鄂州，即因渚得名。故世称鄂州为鄂渚。即今湖北省鄂州市。

⑩ 伏滔：字玄度。东晋官员、学者。

⑪ “重岭”二句：见伏滔《游庐山序》。　桀：特出。　峄：山相连接。

⑫ 湛方生：东晋诗人。曾任谘议参军。

⑬ “窈窕”二句：见湛方生《庐山神仙诗并序》。　窈窕：深奥貌。　冲融：一作“冲深”。幽奥。

⑭ 灵：神灵。即湛方生序文中所谓“可谓神明之区域，列真之苑囿矣”。

⑮ 郦道元：字善长，北魏地理学家、散文家。所著《水经注》为我国古代地理学名著。

⑯ “气爽”四句：见《水经注·庐江水》。　节和：节令和顺。　嘉遁：旧时谓合乎正道的退隐、合乎时宜的隐逸。《易·遯》：“嘉遯贞吉，以正志也。”遯，同“遁”。　岩窟：山洞。

⑰ 慧远：见《仙岩》注㊹。

⑱ “高岩”十句：见慧远《庐山略记》。此处撮要成文，原文为：“风云之所摅，江湖之所带，高崖仄宇，峭壁万寻，幽岫穷崖，人兽两绝。天将雨，则有白气先抟，而缨络于岭下；及至，触石吐云，则倏急而集。或大风振崖，逸响动谷，群籁竞奏，奇声骇人，此其化不可测者矣。众岭中第三岭极高峻，人迹之所罕经也。昔太史公东游，登其峰而遐观，南眺三湖，北望九江，东西肆目，若陟天庭焉。”　仄：逼狭。　寻：古代长度单位。一般为八尺。　岫：此处是山洞的意思。　白气：此指云气。　抟：聚集。　籁：从孔穴里发出的自然声响。　太史公：即司马迁。见《游子房山记》注⑥。　肆目：纵目远看。　天庭：昆仑山最高层，名曰天庭。

⑲ 汉阳中峰：即大汉阳峰。《江西通志》（卷十二）：“大汉阳峰，在小汉阳之南，庐顶南大岭也。……庐顶惟此最高大，东放乎桃林万寿寺，西迄乎康王谷。其巅平旷无乔木，下视蒙蒙，窈不见底，虽六月亦寒栗。”

⑳ 从衡：纵横。

㉑ 矜特：矜持而突出。此喻庐山如特立独行的僧侣。

㉒ 不呼援倚：此拟庐山孤傲，不呼朋引伴地以其他山峰为邻。

㉓ 瓢衲：（僧侣的）饮器和衣服。

㉔ 襟喉陆海：水陆交通要道。襟喉，衣领和咽喉。比喻要害之地。刘孝绰《三日侍安成王曲水宴》诗："蹑跨兼流采，襟喉迩封甸。" 一宫：古代历法以周天三百六十度的十二分之一，即三十度为一宫。此犹言"一席之地"。

㉕ 讼：诉讼，告状打官司。此处申诉的理由应为庐山可与五岳并比，却不入五岳之列。

㉖ 东林山：徐霞客《游庐山日记》："（东林）山不甚高，为庐之外廓；中有大溪，自东而西，驿路界其间。为九江之建昌孔道。寺前临溪，入门为虎溪桥。规模甚大，正殿夷毁，右为三笑堂。"

㉗ 笋鞟（kuò）：喻庐山最外围的山峰。鞟，去毛的皮。此喻笋箨。

㉘ 远公：即慧远。此代指东林寺，慧远太元六年（381）创建，是中国佛教净土宗的发源地。

㉙ 草湮流咽：荒草掩映下流水呜咽。

㉚ 步笑：指似乎还能听到（慧远、陆修静、陶渊明三人的）脚步声和笑声。

㉛ 白莲池：慧远邀集十八高贤于东林寺结社研究佛法，凿池种白莲花，称白莲池。详见《仙岩》注56。

㉜ 方广：面积，范围。 畅：副词。表示程度。相当于"甚""极"。

㉝ "是谢灵运"句：《莲社高贤传》："谢灵运为康乐公主孙，袭封康乐公。至庐山一见远公，肃然心服。乃即寺筑台，翻《涅槃经》，凿池种白莲。时远公诸贤同修净土之业，因号白莲社。"

㉞ 雷次宗、刘程之：与慧远同时在东林寺结社念佛的十八高贤中居首二位。

㉟ 琐碎死生：谓纠缠于生死等并非形而上的问题。

㊱ "倘渊明"句：此句为假设之辞，《说郛》"不入社诸贤传"条记载："时远法师与诸贤结莲社，以书招渊明。渊明曰：'若许饮，则往。'许之，遂造焉。忽攒眉而去。" 渊明：即陶渊明，字元亮，一说名潜，亲友私谥靖节。曾任彭泽县令，因不愿为五斗米而折腰，弃官归隐，躬耕为生，以诗酒自娱。为隐逸诗人之宗。 放眉：舒展眉头。反用"攒眉"之事。

㊲ "即恃才"句：《庐山莲宗宝鉴》："谢灵运以心杂不取，而果殁于刑。"

《南史·谢灵运传》:“灵运多愆礼度,朝廷唯以文义处之,不以应实相许。自谓才能宜参权要,既不见知,常怀愤惋。”

㊳ 箕踞:随意张开两腿坐着,形似簸箕,是一种轻慢、不拘礼节的坐姿。《庄子·至乐》:“庄子妻死,惠子吊之,庄子则方箕踞鼓盆而歌。”

㊴ 饮噱:此谓作为宴饮谈笑、饮酒作乐的地方。

㊵ 三笑堂:《渊鉴类函》(卷三百五十三):“《庐山记》曰:慧远居庐山东林寺,送客不过溪。一日与陶渊明、陆修静共话,不觉逾之。虎辄遂啸,三人大笑而别。后建三笑亭。” 杨德伟屏画:事不详。

㊶ 讲经台:《嘉靖九江府志》(卷之三):“在香炉峰左。世传晋僧慧远讲经于此,故得名。”

㊷ 舍利塔:《同治九江府志》(卷四十九):“(归宗寺)在金轮峰下,山势方凝然,忽石峰从山腰拔起,如卓笔高与山齐。峰顶有舍利塔,俗呼为耶舍塔。……塔高若干尺,笵铁为之外包,以石峰峭峻,铁石重,人力不可施,皆运神通力致之,俗故呼为耶舍塔。” 虎跑迹:《嘉靖九江府志》(卷之二):“虎跑泉,在东林寺上方。塔左卓锡泉、冰壶泉、聪明泉,俱在东林寺内。” 十八高贤像:清代尚存。 神木井:即出木池。传说慧远开创东林寺,所需木料俱从池中涌出。 陶侃所网金义殊身:《东林莲社十八高贤传·慧远法师》:“先是,浔阳陶侃刺广州。渔人见海中有神光,网之得金像文殊,志云‘阿育王所造’。后商人于海东获一圆光,持以就象,若弥缝然。……师至江上,虔祷之。像忽浮出,遂迎至神运殿,造重阁以奉之,因制《文殊瑞像赞》。” 莲花漏:王冕《庐山行送行》:“君作庐山游,揽结庐山秀。拂拭双瞳人,细看莲花漏。” 鬼垒墙:传说建东林寺时,众鬼夜间竟来帮忙垒墙,藏经阁的墙壁被称“鬼垒墙”。 李邕:唐代书法家。庐山有他的《东林寺碑并序》。 柳公权:唐代书法家。庐山有他的《复东林寺碑铭》残碑。 赵孟頫:元代文学家、书画家。赵孟頫有楷书《庐山草堂记》。 王守仁:见《游九华山记》注㉝。庐山有王阳明诗碑等。

㊸ 贻留:保留。

㊹ 殁:通“没”。沦没。

㊺ 游髡:游走的僧徒。髡,剃去毛发,借指僧人。 虿(chài)目:指恶毒的目光。虿,蝎子一类毒虫。

㊻ 干没:侵吞公家或别人的财物。颜真卿《李司空碑》:“干没之赃,一征百万;缮完之利,费省巨亿。”此指被诈骗财物。

㊼ “安得”四句:这几句是谩骂僧人死命敛钱。意思是斜斜地封住庐山的

一角作为弃尸处，把这些僧人押送到那里，给几十个竹根作为筹码，听任贪财僧人算账。　解发：起解发送。　尸陀林：指弃尸之处、僧人墓地。　销算：结算。

㊽ 蓊蘙：形容草木茂密。

㊾ “乃谒”六句：《庐山莲宗宝鉴》：“临修遗命，露骸松下，全身葬西岭，现在凝寂塔可证。”　荔枝塔：应为“凝寂塔”的音讹。《同治德化县志》也称荔枝塔“在东林寺西，即远公塔”。

㊿ “入夜”两句：出自刘长卿《龙门八咏·远公龛》。　翠微：泛指青山。

51 “空悲”两句：出自僧灵澈《远公墓》。　雁门僧：即慧远。慧远是雁门郡楼烦人，故称。

52 香谷：慧永禅师居地。《庐山记》（卷三十八）：“昔永公在西林，别立茅室于岭上，每欲禅思，即往居焉。室中尝有芬馥之气，因名香谷。后人作亭其上，号香谷亭，以存其故事。”

53 西林寺：在庐山西北麓，西距东林寺约一里，东晋太元二年（377）太府卿陶范为慧永创建。《庐山记》（卷三十八）：“后远师龙泉学徒渐众，师要同憩香谷，又感神梦之异。桓伊立寺东林，乃号西林焉。”

54 永公塔：在西林寺西二百步。《庐山记》（卷三十八）：“永师义熙十年示化，葬涧南香谷之口。兴国三年，亦谥觉寂大师，名其塔曰实智之塔。”　颓圮：坍塌。

55 “虎溪仪”六句：宋僧志磐《佛祖统纪》：“镇南将军何无忌至虎溪召之。远师久持名望，从徒百人，高言华论，举止可观。而永公衲衣半胫，荷锡持钵，松下飘然而来，神气自若。无忌叹曰：‘永公清散之风，乃多于远公也！’”　虎溪：流经东林寺前溪水名，代指东林寺主持慧远。　仪正盛：仪容风度庄重。　永：永公，西林寺主持慧永。　“永飘然”二句：慧永前往见何忌，并不像慧远注意仪表，僧衣仅及小腿，甚至没有遮蔽全身。　清散：清雅散淡。

56 “永常室虎”四句：《庐山记》（卷三十八）：“屋中尝有一虎，人或畏者驱之上山，人去还复驯伏。”

57 “香谷”八句：《江西通志》（卷一百五）：“匡俗字子孝（《豫章记》作匡续，一名匡裕，字君平），一曰子希，师老聃，得久视之道。结茅虎溪，修炼七百年。……（定王）召之不应。又二百年，威烈王以安车迎之，使未至，先二日，白日轻举。使者至，惟得其草庐焉。人因呼为匡山，又曰匡阜（《浔阳记》）。兄弟七人皆有道术。汉武元封五年南巡，射蛟浔阳，封为南极大明公，称庐君。有广福观(安志云：谢灏有《广福观碑》),以专祀先生者,在香谷西一里许云(《寰宇记》)。”庐山得名还有一说。《庐山略记》:“有匡俗先生者,出自殷周之际,遁世隐时潜居其下。或云俗受道仙人,共游此山,遂托空崖,即岩成馆。故时人谓其所止为神仙之庐,因以名山焉。” 匡续：也称匡俗、匡裕。 轻举：谓飞升、登仙。

(58) “抑成周”六句：暗用“周公梦”字面。 成周：古地名,即西周的东都洛邑。语出《尚书·洛诰》:“召公既相宅,周公往营成周。”代指西周。

(59) 白乐天草堂：白居易《草堂记》:“匡庐奇秀,甲天下山。山北峰曰香炉峰,北寺曰遗爱寺。介峰、寺间,其境胜绝,又甲庐山。元和十一年秋,太原人白乐天见而爱之,若远行客过故乡,恋恋不能去,因面峰腋寺作为草堂。”据范成大《吴船录》,宋代遗爱寺、白乐天草堂已非建在故址。 白乐天：见《泛太湖游洞庭两山记》注㉘。

(60) “春有”五句：白居易《草堂记》:“其四旁耳目、杖屦可及者,春有锦绣谷花,夏有石门涧云,秋有虎溪月,冬有炉峰雪。阴晴显晦,昏旦含吐,千变万状,不可殚纪。覙缕而言,故云甲庐山者。” 锦绣谷：《庐山记》(卷二):“由天池直下山十五里,同名锦绣谷。旧录云：谷中奇花异卉,不可殚述。二四月间,红紫匝地,如被锦绣,故以为名。” 石门涧：《后汉书·地理志》:“庐山西南有双阙,壁立千余仞,有瀑布焉。”《水经注》(卷三十九):“庐山之北有石门水,水出岭端,有双石高竦,其状若门,因有石门之目焉。水导双石之中,悬流飞瀑近三百许步,下散漫千许步,上望之连天,若曳飞练于霄中矣。”

(61) “又曰”九句：白居易《草堂记》:“待予异时,弟妹婚嫁毕,司马岁秩满,出处行止,得以自遂,则必左手引妻子,右手抱琴书,终老于斯,以成就我平生之志。清泉白石,实闻此言!” 司马：唐制,于每州置司马,以安排贬谪或闲散的官员。此指江州司马一职。 岁秩：此指一个任期。

(62) “毕竟”句：意谓白居易并没有像自己承诺的那样终老于庐山草堂。

(63) “李太白”句：意谓李白也表示要在五老峰结庐而居。李白《登庐山五老峰》有句曰:“庐山东南五老峰,青天削出金芙蓉。九江秀色可揽结,吾将此地巢云松。” 五老峰：《方舆胜览》(卷十七):“在庐山,五峰相连,故名。”《大清一统志》(卷二百四十三):“(五老峰)山石骨峙,突兀凌霄,如五老人骈肩而立,为庐山尽处。”

(64) 轻诅：轻易地盟誓。诅,盟誓。《后汉书·邓训传》:“诸羌激忿,遂相与解仇结婚交质盟诅。”

⑥⑤ 云峰寺：《江西通志》（卷十二）："《桑疏》云：凡登庐顶，大道有三。自云峰寺入者为北道。"

⑥⑥ 丹嶂：丹霞地貌的石峰。

⑥⑦ 一呼吸：喻很短时间。

⑥⑧ 幔尽：（像布幔一样）密遮。

⑥⑨ "急舆"句：轿夫担心天要下雨走得急，热得敞开了衣服。

⑦⑩ 僧不内：云峰寺的僧人不让进去。内，"纳"的古字。

⑦① 绐：欺诳。　宿九奇庵：庵在含鄱口附近的九奇峰上。王思任有《庐游杂咏·宿九奇庵》诗记载了这次行程。

⑦② 蒨绿：碧绿。　幽蒙：幽暗蒙络。

⑦③ 主僧：主事的僧人。

⑦④ 寨长：山寨管事人。

⑦⑤ 麾：挥手令去。

⑦⑥ "赋予"二句：这是自嘲的语气。意思是大概我赋形为人时，就已经是登庐山者中一个品行卑鄙的人。（不然，为什么云峰寺、九奇庵都不让我们歇宿呢？）　行薄：品行卑鄙。庾信《拟咏怀》诗之十九："张仪称行薄，管仲称器小。"

⑦⑦ 锦涧桥：在锦绣亭下。

⑦⑧ 万雪奔雷：无数宛若堆雪的白浪翻滚，发出雷鸣般的巨响

⑦⑨ 沈叔贤：与王思任同行游庐山者。　摹画：描摹刻画。

⑧⑩ 蹑云亭：此应指半云亭。与下文的甘露亭都在锦涧桥一带。

⑧① 身境愈虚：谓身体所处环境不像在人间。

⑧② 卒：突然。后多作"猝"。

⑧③ 试心石：应为定心石。《江西通志》卷四十二："《名胜志》：大林峰北为掷笔峰，有泻油、定心二石。"

⑧④ 垂外：悬空在山体上凿出的石窝之外。

⑧⑤ 黄馘（xù）洞：地址不详。黄馘，黄瘦的脸面。

⑧⑥ 近日始出：谓不久前才发现。

⑧⑦ 两壁咫夹：两石壁之间距离很小。

⑧⑧ 展布：伸展。

⑧⑨ 滴沥：此指洞顶滴下的渗水。

⑨⑩ "欧阳先生"三句：指欧阳修。详见《游丰乐醉翁亭记》注③③。庐山九

十九盘路上有由欧阳修撰、王守仁手书的《庐山高》摩崖石刻。　渝：此指漫灭。　吾家伯安：指王守仁。详见《游九华山记》注㉝。

㉑ 白云天际：九十九盘路沿途峭壁有石刻“白云天际”“烟霞深处”“半天”“天池”等四十余处。

㉒ 漫漶(huàn)：模糊不可辨别。

㉓ 天半亭：地址不详。

㉔ 九十九盘：明代朱元璋时修建，起自东林寺，沿途风光优美，可直达山顶天池寺。

㉕ 天池塔：在天池山顶，宋时所建。

㉖ 离离：浓密貌。

㉗ “寺故”句：天池寺由东晋僧人慧持创立，旧名峰顶寺。宋朝更名天池院。明太祖赐名“天池护国寺”。

㉘ 周颠：明太祖《周颠仙人传》：“颠人周姓者，自言南昌属郡建昌人也。年一十四岁，因患颠疾，父母无暇，常拘于是。颠入南昌，乞食于市，岁如常。颠如是更无他往。”下文赤脚道人、天目尊者应是《周颠仙人传》中的赤脚僧、天眼尊者。张铁冠也是朱元璋身边的术士。

㉙ 长庐山：此指在庐山诸寺中地位最尊。

⑩⓪ 香火气：出家人的习气。

⑩① 文殊台：《同治德化县志》(卷第七)：“在天池寺侧，危石高耸，其上方正如台。旧传佛灯现此，因名。”

⑩② 舍身崖：也称龙首崖。

⑩③ 前峰：此指舍身崖下形状奇特非凡的文殊岩、狮子岩等。

⑩④ 笋锐莲拥：像竹笋那样尖锐，像莲瓣那样簇拥。

⑩⑤ 机杼声：织布的声音。

⑩⑥ 虾蟆：此指蟾蜍。　咳语：咳嗽的声音。此形容蟾蜍的叫声。

⑩⑦ “御碑亭”二句：《江西通志》(卷四十二)：“御碑亭，《庐山志》：在白鹿升仙台南。《桑疏》：御碑亭以奉安太祖御制周颠仙碑。神藻流辉，焕耀云汉；丹岩翠壑，雨露生春，盖二百年于此矣。亭以石构，制甚宏壮。”

⑩⑧ 洋洋大哉：盛大貌。《庄子·天地》：“夫道，覆载万物者也，洋洋乎大哉！”

⑩⑨ 物力严寿：此应指仁者气象。

⑪⓪ 白鹿升仙台：《嘉靖九江府志》(卷之三)：“在天池寺东五里许。世传

有人乘白鹿于此上升，故名。”

⑪ 佛手岩：《嘉靖九江府志》（卷之十四）：“竹林寺，在庐山天池寺侧，今佛手岩是也。岩高三丈，深广各五寻，可容十数人。傍有一滴泉，四时不涸。”

⑫ 天泉：应即“一滴泉”。

⑬ 罗隐：唐代诗人。

⑭ “空同”句：李梦阳《游庐山记》：“（竹林寺三字）非篆非隶，颠仙手迹也。” 空同：即李梦阳，号空同子。是明朝文坛“前七子”领袖。

⑮ “每风雨”三句：传说中的竹林寺有影无形，偶尔隐约可辨竹林寺庙，甚至还能听到悠扬的暮鼓梵钟。徐霞客《游庐山日记》认为竹林寺是庐山游客眼中的幻景，风雨中传入的钟声与诵经声也是错觉。 钟呗：撞钟和唱诵经文声。

⑯ “如石梁”二句：详见《天台》注⑦。

⑰ 访仙亭：《江西通志》（卷四十二）：“吴阐思《匡庐纪游》：去佛手崖数十步，沿石壁而行，凿山构亭，曰访仙，谓颠仙也。”

⑱ 锦川撑插：意谓成为锦绣山川的高点。

⑲ 绝：横度，越过。

⑳ 绅：古代士大夫束于腰间一头下垂的大带。此指身下。

㉑ 怳怳：不能自持貌。

㉒ 雨晴气错：晴阴的区域变化不定。

㉓ “一大圆镜”句：谓鄱阳湖面在烟雾中显得不太清澈，像镜子没有打磨。 水银古：古墓中殉葬的铜器，为灌入棺内的水银浸渍，内外皆呈银白色者。

㉔ 光耀沕（hū）暗：水光闪耀看不太清楚。沕，通“惚”，不清晰。

㉕ 砂点：此指鄱阳湖中的岛屿。袁宏道《由天池逾含嶓岭至三峡涧记》：“湖中诸峦，或如蚀翠，或如砂斑之凸起。”

㉖ 龙角石、推车岭：未详所指。

㉗ “望大林”句：谓向着位于大林峰的大林寺进发。白居易《游大林寺序》：“大林穷远，人迹罕到。环寺多清流苍石，短松瘦竹。”此指上大林寺。《大清一统志》（卷二百四十四）：“上大林寺在庐山西大林峰南，晋建。元末毁，明宣德中重修，寺前有宝树二，曲干垂枝圆旋如盖。”

㉘ 嵚（qīn）崎：险峻不平。嵚，高而峻险。

㉙ 坦率绵亘：绵延了很长一段平坦易行（的山路）。

㉚ 白莲峰：即莲花峰。《嘉靖九江府志》（卷之二）：“在府城东南三十里，

望之若莲花，故名。晋董奉隐此峰下，有杏林古迹。”

⑬ 掷笔：即掷笔峰。《嘉靖九江府志》（卷之二）：“在庐山大林峰北。晋释慧远于此制《涅槃经疏》，或掷笔，因以名峰。”

⑬ “老杉”句：意思是年老的杉树卖身做了侍从力士。这是由树形产生的幽默联想。　金刚：指金刚力士。执金刚杵侍从于佛的力士。

⑬ 蔽牛：犹言“蔽牛之木”，谓树大，枝繁叶茂，其荫可蔽牛。《庄子·人间世》：“匠石之齐，至于曲辕，见栎社树，其大蔽牛。”　搏虎：打虎。亦以喻有勇力或气势磅礴。《孟子·尽心下》：“晋人有冯妇者，善搏虎，卒为善士。”

⑬ 欠申：亦作“欠伸”。打呵欠，伸懒腰。

⑬ 白茗：即白茶。庐山云雾茶的一种，叶上多白毫。

⑬ 葛风：即夏风。如葛布亦称夏布，葛往往代指夏。刘辰翁《齐天乐》：“满庭芳芷，正艾日高高，葛风细细。”　孔孔：此处是风大凉爽的样子。

⑬ 辑：通“戢”。收敛。以上数句也写茶之功效。参见《天台》注⑳。

⑬ 赮封：即霞封寺。《同治九江府志》（卷十三）：“霞封寺，在天池寺后里许。明赤脚僧肉身葬此，今人并呼寺为祖师塔。”赮，“霞”的古字。

⑬ 文杏：即银杏。俗称白果树。

⑭ “不知”二句：此处有一棵不知名的树，徐霞客《游庐山日记》也以为“非杉非桧”。　腹踵：树的根部和树干的中部。

⑭ 以石为母：谓根长在石缝中。

⑭ “皆肥箨”句：谓山峰像肥大的竹笋在白云下面参拜。

⑭ 逾时是泉：意思是白鹭在泉边逗留了一段时间。

⑭ “沈石田”三句：意思是沈周的画境与庐山此境颇为相似。　沈石田：见《观泰山记》注⑫。　豆青石坂：青石板铺的路。

⑭ “至将军河”二句：清代方体《重建双桥记》：“庐山之阴，山水之最胜者曰石门涧。涧水上承将军河、天池山、上霄峰之泉而汇于龙潭，远公《石门诗序》所谓‘会三泉之水’也。双峰对峙，磐石横踞。其侧阴崖峭壁，蔽亏日月，雨淋风激，则澛瀺鼓作之声撼震山谷。”　磐：大石。

⑭ 石乳：即“石钟乳”，是石灰岩洞中悬在洞顶上的锥状物体，由含碳酸钙的水溶液逐渐蒸发凝结而成。

⑭ 输帛卷绡：像织出或卷起白色的鲛绡。

⑭ 犹不来：还不太在行。

⑭ 王赤城：款为“王世昌”，后人考为“王士昌”。《画史会要》（卷四）：

"王字永叔,号斗溟。浙临海人,入江西新建籍。万历时官至都御史抚闽中,风流蕴藉,宛若晋人。"

⑮⓪ 山肉:此指山峦的岩石泥土。

⑮① 拨天无尺:此处针对"去天尺五"而言,谓似乎不到一尺就能触摸到天穹。

⑮② "有僧"四句:《江西通志》(卷一百五):"了堂,号彻空。手辟寺,踞庐山之中。以黄龙潭得名堂。初至,玉屏风下千鹿成群,不可得近。默祝曰:'使此间于我有缘,群鹿当徙。'翌日,不见鹿迹,山势环拥,居然胜地。" 卜地:选择居地。

⑮③ 规制:指建筑物的规模形制。 从木阁度殿:依栈阁建成大殿。

⑮④ 僧律:佛教戒律。

⑮⑤ 菀(yù):"苑"的被通假字,茂盛。

⑮⑥ 风气之所钟:谓风水宝地。

⑮⑦ 逆关苞之:迎面包罗于其中。

⑮⑧ 龙面:龙头。 归宗:指归宗寺。《方舆胜览》(卷十七):"归宗寺,在城西二十五里,即王羲之宅。墨池、鹅池存焉。……此寺王逸少所置云,有墨池在焉。"

⑮⑨ 背:龙脊。

⑯⓪ 请存斯目:敬请留意的意思。

⑯① "金竹坪"句:金竹坪位于庐山西南麓黄龙山南,明万历七年(1579),恭乾法师在此建千佛寺传灯弘教。

⑯② 曹能始:即曹学佺,字能始,号石仓。

⑯③ 笕(jiǎn):用对剖并内节贯通的毛竹连续衔接而成的引水管道。

⑯④ 浮拍:波涛汹涌貌。

⑯⑤ 蕲黄:蕲州,明以前为蕲春或蕲州,明时属黄州府,故名蕲黄,在今湖北省境内。

⑯⑥ 梵鼓松竽:谓以诵经声和自然之声作为音乐。梵,意为"清净""寂静"。竽,古代竹制簧管乐器,与笙相似而略大。

⑯⑦ "读书"句:庐山多文人读书堂。

⑯⑧ 九奇峰:在含鄱口附近。《江西通志》(卷十二):"含鄱岭在庐山之半,面鄱湖,若有吞吸之象,故名。"

⑯⑨ 火焰:即火焰峰。《江西通志》(卷十二):"《桑疏》云:即九奇峰东第

一峰也，以含鄱口故，别出此名。山横亘，尖焰如火。”

⑰ 骈指：手指比并。

⑰ “上霄峰”三句：《江西通志》（卷十二）：“紫霄峰去府城北二十五里。相传大禹刻石于石室中，好事者缒而下，摹得百余字，奇古不可辨，惟洪、荒、漾、予、乃、橇六字可识云。又传秦始皇登此，谓其与霄汉相接，因名上霄峰。实则两峰并峙也。” 玉尖：石峰的美称。

⑰ 函：容纳。

⑰ “周景式”四句：《史记·河渠书》：“余南登庐山，观禹疏九江，遂至于会稽太湟。”《太平御览》所引周景式《庐山记》：“登庐山，望九江，以观禹之迹，其兹峰乎！” 禹功：《江西通志》（卷十二）：“（含皤岭）有峭壁曰禹王崖，相传大禹治水时登此峰。”

⑰ “仰天坪”二句：徐霞客《游庐山日记》：“越岭东向二里至仰天坪，因谋尽汉阳之胜。汉阳为庐山最高顶，此坪则为僧庐之最高者。”

⑰ 爇炙：烤火。

⑰ 茅庛：以茅草为顶。

⑰ “风壮”二句：谓山高风大，瓦被掀走，又没有铁器镇瓦。

⑰ 洪阳先师：即张位，字明成，号洪阳。隆庆二年（1568）年进士，官至吏部尚书、武英殿大学士。卒谥文端。据吕谱，张位是万历乙未科的主考官之一。 先师：此指已故座师。

⑰ 鄱湖：即鄱阳湖。古称彭蠡、彭泽、彭湖等。在江西省北部，为赣江、修水、鄱江、信江等江河总汇。

⑱ “有履”二句：此以较远视线中的船只喻鞋履，暗用《后汉书·方术列传·王乔》典：“言其临至，辄有双凫从东南飞来。于是候凫至，举罗张之，但得一只舄焉。乃诏上方诊视，则四年中所赐尚书官属履也。”

⑱ 圆通：即圆通寺。《江西通志》（卷一百十三）：“庐山石耳峰下，南唐李后主建，元毁。明洪武四年重建，寺有香火田。”

⑱ “一龟”二句：指行龟峰。《同治星子县志》（卷之二）：“行龟峰，在开先寺后，形如龟，故名。”

⑱ 浔阳：即浔阳县，五代南唐改为德化县，明时亦称德化。参见《天台》注㉘。 星子：本为汉豫章郡柴桑县地，唐为浔阳县地，五代吴置星子镇，宋升镇为县。明时为九江府辖县之一。即今江西省庐山市。

⑱ 四五起：四五个峰峦（如桃花瓣）。

⑱⑤ 桃林尖：即桃花尖。《江西通志》（卷十二）："柴桑山，在府城西南九十里。面阳、马首、桃花尖诸山皆是也。"《同治瑞昌县志》（卷之一）："桃花尖，治西百十里，峰如削成，卓然天表，逼似桃花，故名。"

⑱⑥ 顿起：突出。

⑱⑦ "此庐山"句：意谓汉阳峰位于庐山中心，就像是在庐山主人家的宅院中一样。

⑱⑧ 目之视眉：《江西通志》（卷四）："浔阳乃天下江山眉目之地（白玉蟾《授墨堂记》）。"此形容距离很短。

⑱⑨ 拍肩语之：比拟近在咫尺。

⑲⓪ 扬澜左蠡：语出欧阳修《庐山高》："长江西来走其下，是为扬澜左蠡兮，洪涛巨浪日夕相冲撞。"扬澜，扬波。左蠡，山名，在今江西省九江市都昌县西北，以临彭蠡湖左而得名，隔湖与庐山相望。此借指彭蠡湖，即鄱阳湖。

⑲① 豆：古代食器。亦用作装酒肉的祭器。

⑲② 落星石：《同治星子县志》（卷之四）："落星寺，在县南二里许，湖中落星石上。宋天祐间，敕建禅寺，赐额为'福星'。"

⑲③ 荷盂：负扛着钵盂。

⑲④ 晒谷石：在仰天坪与汉阳峰之间。

⑲⑤ 臣象坐狮：未详所指。

⑲⑥ 憨山：即德清大师，字澄印，晚号憨山老人。《江西通志》（卷一百五）："德清，全椒人，号憨山。隆万之间禅宗如线，清与达观同时，以无师智豁然大悟，响动天下。"

⑲⑦ 石皮皴竖：山石是皴皱的脉络纹理。

⑲⑧ 披柴：即乱柴皴，是披麻皴画法中用笔梗直而乱者。　堆炭：设色浓黑。

⑲⑨ 朴鲁：朴实鲁钝。

⑳⓪ 炼丹池：《同治彭泽县志》（卷之二）："浩山，县东九十里。界连鄱阳、建德，东流三县。……遂为东南封界。宋刘伯五修仙于此，炼丹池、飞升台遗迹现存。"　牯牛岭：《同治彭泽县志》（卷之二）："渡太泊湖而东十余里，为牯牛岭。"

⑳① 掯（kèn）：压制，刁难。

⑳② 行脚：即行脚僧。指步行参禅的云游僧。

⑳③ 山以峰名：谓九奇山岭为何被称为"峰"。

⑳④ 八座：封建时代中央政府的八种高级官员。历朝制度不一。东汉以六曹尚书并令、仆射为“八座”；三国魏、南朝宋、齐以五曹尚书、二仆射、一令为“八座”；隋、唐以六尚书、左右仆射及令为“八座”。后世文学作品多以指称尚书之类高官。　丞尉：县丞、县尉的合称。代指低级官员。

⑳⑤ 连帅：古代十国诸侯之长。　方伯：殷周时一方诸侯之长。　郡牧之长：郡守。

⑳⑥ “又如”三句：意谓自己像蝴蝶一样，在宛若莲花瓣的山峰中穿行，并在所有的花须上都停下来。　魏收蛱蝶：魏收，字伯起。曾仕北魏、东魏、北齐。史学家、文学家。有七步之才，但人品恶劣，轻薄好色，时人称“魏收惊蛱蝶”。蛱蝶，蝴蝶。此处采用“断取”修辞手法，仅用“蛱蝶”之义。

⑳⑦ “常有”五句：《慧远法师》：“师居山三十年，迹不入俗，唯以净土克勤于念。”《慧永法师》：“远师之来龙泉，桓伊为立东林。三十年影不出山。师居西林亦如之。”　诛茅：芟除茅草。沈约《郊居赋》：“或诛茅而剪棘，或既西而复东。”引申为结庐安居。　不迩路歧：不近歧路。

⑳⑧ 屯如：语出《周易·屯·六二》：“屯如邅如，乘马班如，匪寇，婚媾。”此用指字面义，指聚集的样子。

⑳⑨ “三笻”句：以（自己与同游沈叔贤、陆务滋所拄的）三支拐杖差点折断，借指三人对美景惊诧不已的感受。

㉑⓪ 含鄱岭：见前注⑯⑧。

㉑① “予昔”二句：详见《小洋》。　天锦：云彩。

㉑② 金染万鲜：谓夕阳的金色衬染出各种鲜艳的色彩。

㉑③ “而海绵”三句：谓白云像海面上铺开几万里的白色棉花，并一一被弹弓抛弹得松软匀称，竟然连棉花的纤维都生动逼真地显现出来。

㉑④ 死白为呆：没有灵动感的呆板白色。

㉑⑤ 小家数：犹言小家子气。

㉑⑥ 金印：即金印峰。《同治星子县志》（卷之二）：“又五小峰，曰狮子、金印、石船、凌云、幡竿。详《山志》。”

㉑⑦ 绵冒汉阳：从汉阳峰中冒出云雾。

㉑⑧ 慭（yìn）遗一老：语出《诗·小雅·十月之交》：“不慭遗一老，俾守我王。”《左传·哀公十六年》：“孔丘卒，公诔之曰：‘旻天不吊，不慭遗一老，俾屏余一人以在位。’”此指上天不遗弃自己，才有此观赏云海之福。

㉑⑨ 开辟：指宇宙的开始。古代神话，谓盘古氏开天辟地。　大供：大供

奉。指自然对天地神灵的奉献。

⑳ 皇恐：惊惧。皇，通“惶”。

㉑ 袭：本义为穿衣加服，衣上加衣。《礼记·内则》：“寒不敢袭。”郑玄注：“袭谓重衣。”此处引申为抵御的意思。

㉒ 清恩：神祇的恩赐。

㉓ 塞：此处是抵消的意思。

㉔ 睟（zuì）面盎背：谓德性聚于内心并且表现于外表，因而有温润之貌，敦厚之态。语出《孟子·尽心》：“吾子所性，仁义礼智根于心，其生色也睟然，见于面，盎于背，施于四体，四体不言而喻。”睟，温润貌。盎，盛貌。

㉕ “而予”二句：意思是登临五老诸峰，感觉中老比其余四老高出一头。 襁负：以带系财货负之于背。荀悦《汉纪·武帝纪五》：“吏民闻之，输租襁负不绝，课更以最。”此泛指背负登山的行李用具。襁，背负婴儿用的宽带。 出一头地：高出众人一头之地。欧阳修《与梅圣俞书》：“读轼书，不觉汗出。快哉快哉！老夫当避路，放他出一头地也。”

㉖ 惴惴：形容因害怕而心神不定的样子。

㉗ “为笔”五句：此指五小峰，已见前注。

㉘ 蒸伏：升腾。

㉙ 不耐：不能。《礼记·乐记》：“故人不耐无乐，乐不耐无形，形而不为道，不耐无乱。”郑玄注：“耐，古书能字也。”

㉚ 登顿：上下。谢灵运《过始宁墅》：“山行穷登顿，水涉尽洄沿。”

㉛ 一揖一峰：分别在五老峰的每个峰前揖礼，意谓登临每一峰。

㉜ 偪：靠近。

㉝ 鞋山：即大孤山。《嘉靖九江府志》（卷之二）：“（大孤山）山形似鞋，又名鞋山。” 方舄：古人以“凫舄”喻仙履。

㉞ 舌不及：未曾说起过。

㉟ 乾冈岭：即钤冈岭。《江西通志》（卷四）：“钤冈列嶂屏围，四山周合，宛若城堞（《分宜形胜志》）。”

㊱ 银鹿阿端：名叫阿端的仆人。银鹿，唐代颜真卿的家僮名。李肇《唐国史补》（卷上）：“颜鲁公之在蔡州，再从侄岘、家僮银鹿始终随之。”后用以代称仆人。

㊲ 易缘：容易结缘。

㊳ 月宫庵：遗址已不存。

㊴ 靴尖挑倒：用鞋尖踢倒。形容所处位置之高。

㊵ 下取之：往下走。

㊶ 殊盘极：弯道很多。

㊷ “穿弄”句：意同《天台》中“杳绿蔽封，人如翠鸟，往来枝叶上穿弄”。

㊸ “溪亦”句：此句是比喻的说法，谓此溪也选择偏僻的处所提升精神境界。 修行：出家学佛或学道。 杳僻：深杳幽僻。

㊹ 黧：色黑而黄。

㊺ 漪媚意：媚俗的姿态。

㊻ 逃人：此指逃避世人的干扰。

㊼ 上方：住持僧居住的内室。亦借指佛寺。 静者：安静的处所。蔡希寂《登福先寺上方然公禅室》：“禅房最高顶，静者殊闲安。”

㊽ 豫敕：预先告诉。

㊾ 饱惬：吃饱后的愉悦。

㊿ 脍炙：“脍炙人口”的省称。原指美味人人喜爱。此喻美景为众所称。 三叠泉：《同治星子县志》（卷之二）：“一名三级泉，在县北二十五里，寻真观后。其悬崖而下有三级，为庐山绝胜，古今奇观（桑乔疏）。”

(251) “忽得”二句：意谓僧人复昙是卓契顺一流的人物。 随州：今属湖北省。 卓契顺：《东坡志林》（卷十）：“苏台定惠院净人卓契顺，不远数千里陟岭渡海，候无恙于东坡。”

(252) 钵盂岭：清代吴嵩梁《方茶山草堂歌》：“一竿插影入层霄，一钵擎花出空翠（幡竿、钵盂皆山名）。”

(253) “看匡续”句：现在流传的故事是老子李聃、方辅先生骑驴升仙得道，未详作者所指。

(254) 踞坐：坐时两脚底和臀部着地，两膝上耸。

(255) 夺气：挫伤锐气，丧失勇气。《孙子·军争》：“故三军可夺气，将军可夺心。”

(256) 紬（chōu）绎：引出端绪。紬，抽引。

(257) 蟒蠕挂肥：似乎是悬挂着的肥大蟒蛇在蠕动。

(258) 仙人棋盘石：《同治星子县志》（卷之二）：“棋盘石，在石牛山上。相传蔡寻真、李腾空下棋处。” 险仄：崎岖而狭窄。

(259) 静室：指寺院住房或隐士、居士修行之室。

(260) “如蜂房”三句：此处王思任误晁补之为黄庭坚。晁补之《题庐山》：

“南康南麓江州北，五百僧房缀蜜脾。尽是庐山佳绝处，不知何处合题诗。” 山谷：即黄庭坚，字鲁直，号山谷道人，晚号涪翁。北宋诗人，书法家。与晁补之同属苏门四学士。　蜜脾：蜜蜂营造的酿蜜的房，其形如脾。形容僧房密密匝匝地排列。

㉖① 相思涧：即相辞涧。《桑疏》：“观山之南为石牛山，其南有相辞涧。……唐李林甫女，师事蔡寻真。与俱入庐山，学三洞法，以丹药符箓治人疾苦。其后术成，李去北居昭德观，蔡乃留居九叠屏下，别于兹涧之上，故曰相辞涧。今人谓之相思涧。”

262 “人命”句：谓性命系于右边尺许土路上。

263 “三叠泉”句：王世懋的《游五老三叠开先瀑部记》形容曰：“其声则蕴隆之候，风掀电驰，霆震四击，轰轰不绝，又如昆阳、巨鹿之战，万人鸣鼓，瓦缶相应；真天下第一伟观也。”

264 浪胆：胆子过分大。

265 习飞：频频飞动的样子。此指胳膊频频举起以维持平衡。

266 “既而”二句：意思是一会儿又像被吏部引导官领着入见大官一样，倒着走也很稳当。　吏曹：官署名。东汉置，掌管选举、祠祀之事。后改为选部，魏晋以后改称吏部。　候官：迎送宾客的官员。

267 “然步步”句：事见《史记·滑稽列传》：“武帝少时，东武侯母亲养帝，帝壮时，号之曰‘大乳母’。……有司请徙乳母家室，处之于边。奏可。乳母当入至前，面见辞。乳母先见郭舍人，为下泣。舍人曰：‘即入见辞去，疾步数还顾。’乳母如其言，谢去，疾步数还顾。郭舍人疾言骂之曰：‘咄！老女子！何不疾行！陛下已壮矣，宁尚须汝乳而活邪？尚何还顾！’”此形容昙师在滑腻的河道中对自己的呵护。

268 “此深山”四句：语出《庄子·徐无鬼》：“子不闻夫越之流人乎？去国数日，见其所知而喜，去国旬月，见所尝见于国中者喜，及期年也，见似人者而喜矣。”意思是二人相见已经十分偶然，相见于此山中，更是有缘人。

269 龙气岚阴：云气岚雾。

270 “特赐”句：谓（老天爷）特别赐予自己一次难得的机会。

271 初日峰：具体地址不详。　磨盘石：在铃冈岭上。《江西通志》（卷十二）：“三叠谷北崖东，人谓之大山。其上有观音洞，深半里许。有仙人磨，二圆石在岭上相积叠如磨形。”

272 礐（què）：多大石的山。

㉗③ 黑英石：产于广东省英德县山溪中。《云林石谱》（卷上）：“英石，英州含光、真阳县之间。石产溪水中，有数种。一微青色，有白通脉笼络；一微灰黑，一浅绿。各有峰峦，嵌空穿眼，宛转相通。”

㉗④ 琼台、双阙：详见《天台》注㉞④。

㉗⑤ 采艳神恍：谓天台山琼台、双阙的石头是彩色的，神夺目眩。《天台》一文描写琼台有“大翠大锦，荟蕞而成者”，刻画双阙有“碧尽霄霞，令人魂绝”，故云。

㉗⑥ 条支之马肝：《洞冥记》：“元鼎五年，郅支国贡马肝石百斤。……半青半白，如今之马肝。……以之拂发白者，皆黑。” 条支：应为“郅支”之误。匈奴部落名。

㉗⑦ 玄妻之发：夏有仍氏之女有一头又黑又长的秀发，名玄狐。出嫁有穷氏后羿，称玄妻。此仅用“玄”即“黑”的字面意思。

㉗⑧ “不知”三句：意谓黑英石架成石臼形状，能不能让天杵叩得秋天之哀音？ 九秋：指秋天。张协《七命》：“晞三春之溢露，遡九秋之鸣飙。” 哀响：悲凉的乐声。

㉗⑨ 千郛（fú）万郭：此指钤冈岭一带四山周合、宛若城堞而言。郛、郭，均指外城。

㉘⓪ 摩赏：摩挲把玩。 自雄：自豪。此指像鹰一样高翔摩云。

㉘① 蚁子之乐：李公佐《南柯太守传》载淳于棼梦至蚁穴槐安国，极尽人间欢乐，但不过是一梦境。王思任历游山水往往有梦幻之感，故云。 蚁子：蚂蚁。

㉘② 洗脚池：亦称罗汉洗脚池。

㉘③ 磥砢（luǒ）：指众多委积的石头。 蹇偃：高低偃仰貌。

㉘④ 扑：摔倒。

㉘⑤ 行路难：本是乐府旧题，此用字面义。

㉘⑥ 朱砂峰：《同治星子县志》（卷之二）：“硃砂峰，去县北二十里，黄云观后。出硃砂，故名。”硃，用同“朱”。 赤城：详见《天台》注㉔①。

㉘⑦ 没骨山：谓用没骨技法画出的山水，始于五代黄筌，不勾线，直接用色彩。《洞天清录》：“黄筌则孟蜀王画师，目阅富贵，所作多绮园花锦，真似粉堆者，而不作圈线。” 家数：家法传统，流派风格。

㉘⑧ 青莲静室：《同治星子县志》（卷之四）：“石佛寺，旧名青莲庵，在县北二十里。宋僧度林建。明宣德中，僧普荣重建。”

㉘⑨ 薄射：喷薄射出。

㉙⓪ 咽户：喻指扼要之处。

㉙① 太乙峰：《江西通志》（卷十二）："去府城西北二十余里，在含鄱口西南。峻削与众峰殊，故名。" 尊俨：犹言"尊严"。

㉙② 部落：此指座落的范围。

㉙③ 欢喜亭：位于庐山含鄱岭西的欢喜岭脊上，亭因岭名。

㉙④ 马尾瀑：《同治九江府志》（卷四）："马尾泉，在紫岩泉东一二百步。岩颠高数十丈，其水悬崖直下，碎喷如丝，遥望若马尾，盛夏尤为异观。" 忽尔：突然。

㉙⑤ 镠：纯美的黄金。又称紫磨金。

㉙⑥ 犁头尖：《同治星子县志》（卷之二）："运花峰去县西北二十五里，俗名犁头尖峰。"

㉙⑦ 万寿寺：《同治星子县志》（卷之四）："万寿寺即万寿院，在行龟峰下。宋僧法缘建。"

㉙⑧ "鄱湖"二句：谓鄱阳湖水面在光线中的变化。 泓：水深广貌。 时青时白：写湖水在日月交替时变化的色彩。语出王维《送邢桂州》："日落江湖白，潮来天地青。"

㉙⑨ 栖贤寺：在栖贤谷三峡涧左边。

㉚⓪ "门前"二句：详见《游九华山记》注㉞中所引苏辙《庐山栖贤寺新修僧堂记》。 三峡：即三峡涧。《大清一统志》（卷二百四十三）："在星子县庐山五老峰。西受大小支流九十九派，水行石间声如雷霆，拟于三峡之险。涧中有潭曰玉渊，众流奔注，中流有白石如羊。其南为三峡桥。"

㉚① 清英：谓天地精华。

㉚② "游人"二句：这是与苏轼兄弟关于"栖贤"的对话。 不肖：不成材，不正派，与"栖贤谷"中的"贤"相对。

㉚③ 玉渊：玉渊潭。 登登：象声词，敲击声。

㉚④ 琅玕碧骨：此喻像碧玉一样的水面。琅玕，美玉。《淮南子·地形训》："西北方之美者，有昆仑之球琳、琅玕焉。"高诱注曰："球琳、琅玕，皆美玉也。"

㉚⑤ 银髓：喻白浪。

㉚⑥ "不必"句：意谓不一定是苏轼兄弟所认为的贤者求道必栖于山居。苏辙有《庐山栖贤寺新修僧堂记》，苏轼有《跋子由栖贤堂记后》。 苏家兄弟：苏轼和苏辙。苏辙，字子由，苏轼之弟。

⑳⑦ 玉困：即玉渊。困，古“渊”字。

⑳⑧ 胡威父子：西晋初期，胡质、胡威父子皆以清廉著称。事迹见《三国志·魏书·胡质传》裴松之注引孙盛《晋阳秋》。此喻三叠泉和玉渊之水清冽异常。

⑳⑨ 鲫鱼费钓：水至清而无鱼，故很难钓到鱼。鲫，鱼名，即鮠鱼，也称鳠鱼。

⑳⑩ “不如”句：意思是做人不能过于刻板。 侯鲭：精美的荤菜。鲭，鱼和肉合烹而成的食物。

⑳⑪ 绿渊：此指玉渊潭水深不可测，倒映山影成绿波。

⑳⑫ 汰澄灵靛：清波摇碧。

⑳⑬ “直得”句：意思是值得死于这样的水中。 务光：远古高士。《列仙传》(卷上)：“务光者，夏时人也。耳长七寸，好琴，服蒲韭根。”汤既克桀，以天下让于务光，务光负石自沉于蓼水。

⑳⑭ 瞿塘、滟滪：瞿塘峡和滟滪堆。《四川通志》(卷二十四)：“瞿塘峡，在县东十三里。禹凿以通江。《府志》：瞿，大也。塘，水所聚也。又秋冬水落为瞿，春夏水溢为塘。旧名西陵峡，乃三峡之门。两崖对峙，中贯一江，滟滪当其口。” 谱：谱系。此谓同样险峻。

⑳⑮ 轰笑：此喻水声减弱。

⑳⑯ 刘混成：唐开元间道士，名玄和，出家后，在庐山北麓白鹤山卜居修道，因道术高超，生徒日众。 白鹤观：《方舆胜览》(卷十七)：“白鹤观，在城西北二十里，今名为承天观。观记云：庐山峰峦之奇秀，岩穴之怪邃，林泉之茂美，为江南第一。此观复为庐山第一。”《同治星子县志》(卷之二)：“丹井，在白鹤观后。世传刘混成炼丹于此。”

⑳⑰ 亡(wú)赖：无所依托。

⑳⑱ 谡谡：劲风声。陆机《感时赋》：“寒冽冽而寝兴，风谡谡而妄作。”

⑳⑲ “棋声”句：李远《残句》：“青山不厌三杯酒，长日惟消一局棋。”苏轼《书司空图诗》：“司空表圣自论其诗，以为得味于味外。‘绿树连村暗，黄花入麦稀’，此句最善。又云：‘棋声花院静，幡影石坛高。’吾尝游五老峰，入白鹤院，松阴满庭，不见一人，惟闻棋声，然后知此二句之工也。”

⑳⑳ “白鹿洞”句：《同治星子县志》(卷之十)：“李渤，字濬之。涉之兄，性资颖脱，刻志于学。贞元中与弟同隐庐山，养白鹿自娱。后徙少室山。……宝历中，为江州刺史。复即白鹿洞，创台榭，植花木，为一时之盛，称白鹿先生。

李涉，洛阳人，渤之弟。初隐庐山白鹿洞。”宋代扩为书院，朱熹在此讲学，并奏请赐额及御书，遂声名大振。陆象山、王阳明等都曾在此讲学。

㉑ 仙冷：无烟火气。

㉒ 差有致：意思是这位道士的话还是有些韵致。

㉓ “从五老”三句：屏山，即屏风山，在五老峰东北。《嘉靖九江府志》（卷之二）：“（屏风山）山势峭峻如屏风，故名。”犀牛折桂，《同治星子县志》（卷之二）：“犀牛峰，在开先香炉峰侧（《山疏》）。犀牛峰，梅溪集谓之牛头崖。”王十朋（梅溪）《游开先寺观香炉瀑布诸峰读李苏二仙诗知庐阜之胜在是记以十韵》：“马尾只自洗，牛头奚用穿。”

㉔ 书院：指白鹿洞书院。

㉕ 增塑：指明代知府何岩在礼圣殿东侧朱子祠的石洞中增雕的白鹿。

㉖ “憨山”三句：憨山万历四十五年（1617）在五乳峰建法云寺。《江西通志》（卷一百五）：“相庐山五乳峰，诛茅以居，遂成禅院。”

㉗ 英玉和雅：形容书声琅琅，十分动听。英玉，雕刻为符节的玉。和雅，声调和谐雅正。

㉘ “摩登伽”二句：反用《楞严经》：“如阿难为摩登伽邪咒所摄，心虽明了，力不自由，赖遇佛顶神咒，方得解脱。”元音上师《略认明心见性》：“憨山大师云：历代禅宗大德，均密持神咒，潜假佛力，但秘而不宣。我今为诸仁公开指呈：参禅参至无始无明种子翻腾烦闷欲绝时，须迅速加持《楞严咒心》，仗佛慈力，方可渡过难关。”

㉙ 七尖、胡鼻峰：即七尖峰和胡鼻峰。七尖峰在五乳峰上，胡鼻峰在鹤鸣峰西面。

㉚ 刘遗民：即刘程之，字仲思，后改名遗民。慧远所创白莲社的重要成员。

㉛ 洗砚池：详见前注⑮⑧。

㉜ “未审”句：《江西通志》（卷一百五）：“（慧远）复率众百二十三人，同修净土之业。造西方三圣像，建斋立誓。令刘遗民著《发愿文》，王乔之等为念佛三昧诗，以见志。” 属稿：起草文稿。

㉝ “鹤鸣峰”二句：《大清一统志》（卷二百四十三）：“（鹤鸣峰）在星子县西。庐山去县十余里，峰下即开先寺。”宋仁宗时，僧善暹在开先寺开法席，门人佛印承其席。 开先寺：《方舆胜览》（卷十七）：“开先寺，在城西十五里，南唐（原文作“三国”，误）时李中主尝建此寺。旧传梁昭明太子栖隐之地，寺后有

瀑布。” 佛印：即佛印了元禅师。详见《天台》注㉖①。

㉞④ 磝(áo)：山多小石貌。

㉞⑤ 西瀑：开先瀑布分为东西两支。《江西通志》(卷十二)：“瀑布泉在开先寺者有二，其在东北者，泻出鹤鸣、龟背之间曰马尾水。水势奔注而崖口隘束，喷散数十百缕，如马尾然。其在西南者，则自坡顶下注双剑峰背邃壑中，汇为大龙潭，绕出双剑之东，下注大壑，悬挂数百丈，曰瀑布水。水循壑东北逝，与马尾水合。流出山峡中，下注石潭，石碧而削，水练而飞，潭绀而渊，为开先佳境。因名其峡曰青玉峡，潭曰龙池云。”

㉞⑥ “一条”句：徐凝《庐山瀑布》：“今古长如白练飞，一条界破青山色。”

㉞⑦ “公道”三句：王思任认为苏轼批评唐代诗人徐凝《庐山瀑布》诗有苛求之嫌。苏轼《世传徐凝〈瀑布〉诗云：“一条界破青山色。”至为尘陋。又伪作乐天诗称美此句，有“赛不得”之语。乐天虽涉浅易，然岂至是哉！乃戏作一绝》：“帝遣银河一派垂，古来惟有谪仙词。飞流溅沫知多少，不与徐凝洗恶诗。”公，此指徐凝。

㉞⑧ 雌逊：相比之下显得柔媚。

㉞⑨ 绀定：沉淀为深青色。

㉞⑩ 漱玉亭：《同治星子县志》(卷之二)：“在开先寺后。宋僧若愚建。”

㉞⑪ 布水台：《图书编》(卷六十五)：“(布水台)其南望正与瀑布泉对，遥涯万尺，轰轰下泻，坠珠飘练，澎湃百状。当泉所注，石都作异筋理，蛇虬蜿蜒，龙爪拏攫，洗削万古如新，真兹山胜绝处。云时秋潦方收，从山下望，仅如一线，不登兹山，乌睹所谓瀑布奇哉！”

㉞⑫ 姊妹石：在开先寺西南。《江西通志》(卷十二)：“(香炉峰)西南有姊妹石，形如二女比肩。”

㉞⑬ 娟娟：姿态柔美貌。 宛肖：十分相似。

㉞⑭ 黄岩：即黄岩寺，距开先寺十余里，在文殊峰上。上有文殊塔，为观瀑胜地。

㉞⑮ “庐山”句：宋末元初就有“天下名山僧占多”，见方回《天下夕阳佳诗说》。

㉞⑯ 陆修静：《嘉靖九江府志》(卷之十四)：“陆修静，吴兴人。晋初隐庐山简寂观。从老氏教，时慧远与陶渊明友善，修静与焉。后羽化，色如生。谥简寂先生。”

㉞⑰ 裨处：处于副贰的位置，即不在主峰。

㉞⑧ "简寂观"二句:《江西通志》(卷十二)"(金鸡峰)南为简寂观,宋大明间道士陆修静居此。观前有六朝松数十株,今存者十四松,犹作龙鳞摩霄也。"韦应物《简寂观西涧瀑布下作》:"淙流绝壁散,虚烟翠涧深。丛际松风起,飘来洒尘襟。" 郁秀:丰沛秀丽。

㉞⑨ 礼斗石:《同治星子县志》(卷之二):"在简寂观内。宋钱闻诗诗:'先生礼斗望乾门,拜石千年今尚存。料得一心通七曜,四时同运紫微垣。"亦称朝斗石。此诗选自钱闻诗的《庐山杂著·朝斗石》。

㉟⓪ "飞来"二句:意思是此地的礼斗石是从泰山礼斗台飞来,是胡乱命名者所作的说口。参见《观泰山记》注⑬④。 幻口:采用仿辞手法,由"幻听"等运化而来,大意是不符实际的命名。

㉟① 匡阜:庐山的别称。

㉟② "大汉阳"四句:《明一统志》(卷五十二):"归宗寺,在庐山西。晋王羲之故宅。时僧佛驮耶自西来,羲之施宅为寺。"《江西通志》(卷十二):"金轮峰去府城西二十五里,峰形如轮,其南为归宗寺,相传晋王羲之舍宅为之。宋人《赠僧还归宗》有'占断金轮第一峰'之句。寺代有修葺。" 发:此处是延伸的意思。 守浔江:王羲之咸康六年(340)前后曾任江州刺史。此年江州官署移往寻阳(唐代曾改江州为浔阳郡)。 右军:即王羲之。见《游焦山记》注⑦⑨。 罽(jì)宾:汉魏时西域国名。汉代以来有许多僧人自罽宾来中国传教译经,故此处以罽宾人代指僧人。

㉟③ 风气巩藏:包蕴好风水的宝地。巩,用同"拱",环绕、护卫。

㉟④ "乘地利"三句:意思是庐山的很多寺院不像归宗寺那样选择风水宝地,而是选用山脚延伸、浪涛拍打之地建造房屋。 乘地利者:此指风水先生。 軥(qú):车轭两边下伸反曲夹贴马颈的部分。

㉟⑤ 柴桑桥:《江西通志》(卷三十四):"柴桑桥,府西二十八里,陶靖节有诗。"

㉟⑥ 渡:架设。

㉟⑦ 五柳居:陶渊明在柴桑的居所前有五柳环绕,因称。《五柳先生传》:"宅边有五柳树,因以为号焉。"

㉟⑧ "先生"二句:陶渊明因拙于生计,以至于乞食,有《乞食》诗记其实:"饥来驱我去,不知竟何之。行行至斯里,叩门拙言辞。"

㉟⑨ "不借"句:似指无须绕行王阳坂、司马柱。

㊱⓪ "悠然"句:王祎《自建昌州还经行庐山下记》:"或云(醉石)观南诸山

即其诗所谓‘悠然见南山’者也,其旁居民多陶姓,云是靖节后。”陶渊明《饮酒》诗中有“采菊东篱下,悠然见南山”的名句。

㊱ “去栗里”二句:朱熹《跋颜鲁公栗里诗》:“栗里,在今南康军治西北五十里。谷中有巨石,相传是陶公醉眠处。予常往游而悲之,为作归去来馆于其侧。……请大书刻石上。予既去,郡请益坚,乃书遗之。”

362 “有涧”五句:《同治星子县志》(卷之二):“醉石,《山疏》:在濯缨池下谷中,高三四尺,亦谓之砥柱石。晋陶渊明饮酒醉卧其上,至今有酒痕。” 澍:水流。

363 “无名氏”六句:此为明代诗人郭波澄《题醉石》:“渊明醉此石,石亦醉渊明。千载无人会,山高风月清。石上醉痕在,石下醒泉深。泉石晋时有,悠悠知我心。五柳今何处,孤松还独青。若非当日醉,尘梦几人醒。”王思任的意思是此诗写得很糟糕,所以想捶碎这块刻诗的醉石。

364 马耳、黄龙:均为庐山西南的山峰名。马耳峰又称石耳峰。《江西通志》(卷十二):“石耳峰,在圆通寺东南。其峰有二,并列高耸,形如两耳。”

365 “三苏”句:因苏洵、苏轼、苏辙先后曾游圆通寺,后人为建“一翁二季亭”。 信宿:连宿两夜。此泛指住宿。

366 “寺有”三句:《江西通志·圆通纪胜》与此说略有小异:“庐陵欧阳文忠闻师(居讷禅师)道德,远来访之。尝与夜坐山亭,论道达旦,遂作清音亭。后东坡亦相访,又作欧苏夜话亭。”

367 中大林:晋时庐山十八高贤内有远公的弟子昙说,从庐山北麓的东林越拜经台、大林峰抵此地,创建了下大林、中大林、上大林三寺。

368 山台:民间建造的寺院。与官方赐额或建造的寺院相对。杜牧《杭州新造南亭子记》:“武宗皇帝始即位,独奋怒曰:‘穷我天下,佛也。’始去其山台野邑四万所。”

369 文殊寺:在天池山。 石门:即石门涧。

370 绝巘:与别处不相通的小山。

371 喊流:此谓溪水流淌,触石后流声如喊。

372 闽画:此指明代与吴派、浙派等并列的福建山水画家的画风。清人对闽画风格有所描述。施鸿保《闽杂记》:“写山水则偏锋,粗则以墨水涂之,细则只求工致,毫无皴法。故以两浙三吴之派求之,闽中百不得一。”方薰《山静居画论》:“人知浙、吴两派,不知尚有江西派、闽派、云间派。大都闽中好奇骋怪,笔霸墨悍,与浙派相似。”

㊱㊸ 泉壑零碎：山水零星分布。

㊱㊹ 缨足：此喻清除世尘，保持高洁。详见《仙都》注⑥⓪。

㊱㊺ 青玉肌：与前文之“珊瑚骨”“玛瑙腹”都形容石门涧石头温润光亮的色泽。　于阗：产玉地。详见《仙都》注㊾。

㊱㊻ 颖隽：聪敏俊逸。

㊱㊼ 坐：因。　痴咍（hāi）：傻笑。

㊱㊽ “大似”句：谓非常痴迷。　牡丹亭下寻梦：明代戏剧家汤显祖《牡丹亭》中有《寻梦》一出，此是戏谑的说法。

㊱㊾ 二殽（xiáo）：山名，位于河南省洛宁县北，西北接陕县（今三门峡市陕州区），东接渑池县。殽有南北二山，相距三十五里，故称“二殽”。

㊳⓪ 大月山：在汉阳峰的西北面。

㊳① 玄英：黑英石。

㊳② 结成打实：谓是（青紫云彩）团聚夯实而成。

㊳③ 皴法：此特指湿笔披麻皴画法，见下注。　团栾：团聚。孟郊《惜苦》：“可惜大雅旨，意此小团栾。”

㊳④ 黄子久：即黄公望，元代画家，字子久，号一峰道人。其笔法初学五代宋初董源、巨然一派，后受赵孟頫熏陶，善用湿笔披麻皴。为“元四家”之一。　香锦堆叠：湿笔披麻皴有“如兼五彩”的艺术效果，故云。

㊳⑤ 花纲：即花石纲。龚明之《中吴纪闻・朱氏盛衰》：“其子（朱）勔，因赂中贵人，以花石得幸，时时进奉不绝，谓之花纲。”参见《泛太湖游洞庭两山记》注⑨⑨。

㊳⑥ “灵运”句：谓谢灵运和鲍照都登上过石门。谢灵运有《登石门最高顶》等诗纪行，鲍照有《登庐山诗》（二首）纪行。　明远：鲍照，南朝宋文学家，字明远。　着（zhuó）脚：涉足。

㊳⑦ 年友：此指同榜登科的朋友。　梁射侯：据吕谱，梁射侯即梁应泽，字射侯，号悬藜。与王思任同榜考中进士。历任徽州知州、云南按察史，改江西九江道。此次游匡庐，梁射侯曾客之能仁寺。　备兵：谓带兵驻守。巡抚总揽军政，故云。

㊳⑧ 胶于官：谓被公职所困。

㊳⑨ 犹之乎：犹言“犹之”。意思是均之、等之。《论语・尧曰》：“犹之与人也，出纳之吝，谓之有司。”

㊳⓪ 怿：喜悦，快乐。

㊲㊱ “而两郎君”三句：王思任此行游庐山，初未游石门涧。因与梁氏父子谈及庐游之乐，又续游石门。其诗《游石门》序及诗句言及于此。序曰：“时姑苏沈叔贤、会稽陆务滋；清苑梁若木、梁析木共为信宿。”诗句曰：“我游匡山，石门伊阙。” 郎君：汉制，二千石以上官员得任其子为郎，后来门生故吏因称长官或师门子弟为郎君。此尊称梁射侯的儿子梁若木、梁析木。

392 “傲蛮”句：意谓和尚虽然出家，但却傲慢嫉妒。

393 官游不韵：此语见王思任《游唤·纪游》一文。

394 发足：起程，出发。

395 姑苏：苏州吴县的别称。因其地有姑苏山而得名。

396 体貌：谓以礼相待；敬重。体，通“礼”。《战国策·齐策》：“淳于髡为齐使于荆，还反，过薛，孟尝君令人体貌而亲郊迎之。”

397 观望扰聒：远远地看一下就觉得是干扰。

398 “游史”句：意思是虽然写游记也要像写史书一样直笔而书。 董狐：春秋时晋国史官，因直书不讳为孔子称道。后世以为良史的代称。

399 康王谷：在大汉阳峰下，水质宜茶。陈耀文《天中记》：“庐山有康王谷，昔秦始皇并吞六国，楚康王隐避于此，故名。内有水帘洞。宋王禹偁序略云：康王谷为天下第一水帘，高三百五十丈。计程且一月矣，其味不败，取茶煮之，浮云散雪之状，与井泉殊绝。”

400 吴章：又称吴章山、吴障岭，春秋战国时的吴楚雄关，在今九江市濂溪区。

401 陷缺之缘：指有遗憾、不圆满的地方。

402 星渚：星子县的古称。

403 不暇给：犹言“日不暇给”，形容没有空闲。语本《史记·封禅书》：“虽受命而功不至，至梁父矣而德不洽，洽矣而日有不暇给，是以即事用希。”

404 发人：蓄发之人，指俗家人。

405 亘古：从来。 妇尼：尼姑。

406 觏：遇见。 色僧：此指年少貌佳的僧人。

407 赋命：此指庐山的客观环境。 清兀：清贫。

408 遂：成就。

409 閧(hòng)：喧闹。

410 辱淫喧亵：谓有种种不轨现象。

411 “万丈”句：尺短，即“尺有所短”。意谓庐山若坐落于喧嚣城市，其清高隐秀的美质就不能彰显。

⑫ 白云面起：语出李白《送友人入蜀》："山从人面起，云傍马头生。"

⑬ 朝朝暮暮：犹云"朝云暮雨"，云雨变幻。语出宋玉《高唐赋》序："妾在巫山之阳，高丘之阻，旦为朝云，暮为行雨，朝朝暮暮，阳台之下。"

⑭ 山泽通气：谓庐山地处山水相连的位置。语出《易·说卦》："天地定位，山泽通气，雷风相薄，水火不相射，八卦相错。"

【评品】

本文写于天启五年(1625)，作者时年五十岁。王思任一生虽"数与走匡庐三峡谷鸣布瀑之间"(见《董苏白蕉园诗集序》)，但关于此文的写作时间，作者在《重修大能寺宝塔记》中有明确记载："天启乙丑，予游匡岳，过访节镇梁射侯。"这是作者晚年又一长篇力作。

纵横五百里的庐山，自明代上溯至史前期，传说及诗文可谓汗牛充栋；本文却能于此类文章中独放奕奕之神采。采用的方法如下。首先在开头和结尾处为庐山定位。开篇写高、灵、可隐、若涉天庭、几与五岳讼，以及结束时"吾所绝恋者，无山不峰、无峰不石、无石不泉也。至于霞采幻生，白云面起，朝朝暮暮，其处江湖之界乎？所谓山泽通气者矣"，都是整体上对庐山的摄神之笔。其次以游踪为经，以历史传说及相关诗文为纬(东林寺、西林寺名人题诗满壁)，黻黼成文，斐然成章。如写慧远墓引诗人刘长卿《龙门八咏·远公龛》中"入夜翠微里，千峰明一灯"，僧灵澈《远公墓》中"空悲虎溪月，不见雁门僧"，既刻画景象，也表达情感。如写白居易草堂，撮要白居易《庐山草堂记》中"春有锦绣谷，夏有石门涧，秋有虎溪月，冬有炉峰雪"四句，写出此处四时景观。再次，王思任也是一位画家，他对客观物体的色彩、形状、位置等有着敏锐的把握，因此文中往往以画风喻景，如画家涉及沈石田、黄公望，以及没骨画、特别是披麻皴中的各种技法(乱柴皴、湿笔披麻皴)，画派有吴画、闽画等，并借助各流派的风格把庐山色彩及动感成功地描绘出来。

《律陶》序[①]

少贫,攻举业[②],居长安肥锦之冲[③],解腹探肠,缕缕浓热[④]。忽从友人所见《靖节先生集》[⑤],持向西山松风下读之,寒胎夙契[⑥],不觉雪洽冰欢[⑦]。嗣后腼颜三仕为令,颇遭呵骂[⑧],归作蠹鱼[⑨],检先生集,童子赞叹[⑩],朱墨犹丹[⑪],又不觉血潮之湃于首也。老坡高节万仞,文章不许人傍只字,犹时时抄写《归去来辞》[⑫]。盖先生齿颊之余[⑬],不第芬清可剔[⑭],其朝闻夕死之悟[⑮],言言圣谛[⑯],可以澹生[⑰],可以飨日[⑱],可以解劳[⑲],可以驱怖[⑳]。了得此一大事,乃贯顶海音[㉑],不容思议,故足述也[㉒]。

予既日述先生诗,园居之暇,偶尔咏事,或有追思[㉓],戏以先生诗作律[㉔],而即以律律先生律者[㉕],先生之所攒眉也[㉖];而见此律[㉗],则必当眉开十丈[㉘],笑谓:是子也善盗[㉙]。若老坡以为尔饾此文葆何难[㉚],则有答:譬之弈棋,得先手者便高[㉛]。如髯翁五言十首,炙《归去辞》为文脍[㉜],亦又何难矣!老坡又将佞我乎哉[㉝]?会稽谑庵居士王思任题。

【注释】

① 王思任《律陶》诗共三十四首,均为五言,在内容和形式方面都着意追述陶渊明。这篇序文是王思任以陶潜为镜反省自己的一生:陶渊明宁可选择贫穷,也不为五斗米折腰,因而弃官而赋归去来。自己与陶渊明一样有不屈己志的心愿,但三仕三黜,腼颜向人,摧眉折腰,精神极为痛苦。当遭罢黜退居家乡会稽、重读陶诗时,有汗颜也有慰藉,所以写作了《律陶》组诗。

② 攻举业:谓为准备科举考试而读书作文。

③ "居长安"句:据吕谱,王思任十四岁起在京西罕山(在今北京市宛平县)读书。于万历二十年(1592)徙居长安西山(应为北京市西山长安寺)。肥锦之冲:富裕繁华的要地。

④ "解腹"二句:意思是居繁华名利场,而生功名热肠。

⑤《靖节先生集》:即陶渊明诗文集。详见《游庐山记》注㊱。

⑥ 寒胎：《汉书·扬雄传》："剖明月之珠胎。"颜师古注："珠在蛤中若怀妊然，故谓之胎也。"后以"寒胎"指珍珠。此指不热衷世情的隐逸情怀。　夙契：此谓前世知己。

⑦ 雪洽冰欢：谓象炎热季节冰雪融化于胸腹中一样令人畅快。这里的意思是从精神方面说，陶诗能解功名奔逐之热肠，如同冰雪沁人心脾。

⑧ "嗣后"二句：王思任出仕后，先后担任兴平、当涂、青浦县令，并屡遭贬斥，故云。　嗣后：以后。　腼(miǎn)颜：厚着脸皮。晁补之《鲁直复以诗送茶云愿君饮此勿饮酒次韵》："云龙正用饷近班，乞与粗官诚腼颜。"　三仕为令：三次担任县令。语出《论语·公冶长》："子张问曰：'令尹子文三仕为令尹，无喜色；三已之，无愠色。'"令，官名，春秋时楚有令尹，秦汉时县官辖区万户以上的叫令，万户以下的叫长，后因有县令、大令之称。

⑨ 归作蠹鱼：退居后著书立说。蠹鱼，虫名。即蟫，蛀蚀书籍衣服，有银白色细鳞，尾分二歧，形稍如鱼。白居易《伤唐衢》诗之二："今日开箧看，蠹鱼损文字。"此作者自称，谓如蠹鱼一般亲近书籍、钻研文字。

⑩ 童子赞叹：少年时在陶渊明诗文旁所作的赞叹之语。

⑪ 朱墨犹丹：古人批注以朱笔书写。

⑫ "老坡"三句：三句的意思是苏轼高风亮节，诗文一空依傍，却经常抄写陶渊明的《归去来辞》。这是根据苏轼《归去来集字十首》的序言所作的推测之辞。其序曰："予喜渊明《归去来词》，因集字为十诗"。《归去来辞》，也题作《归去来》、《归去来兮辞》。　老坡：指苏轼。苏轼别号东坡居士，故尊称之。范成大《寄题永新张教授无尽藏》："快诵老坡《秋望赋》，大千风月一毫端。"　不许人傍只字：苏轼的诗文往往不落凡想，翻过常情常境数层，所以在文字上与众不同，故云。

⑬ 齿颊之余：齿颊，牙齿与腮颊。此形容谈及之事。

⑭ 不第：不只。　芬清：犹言"清芬"，喻高洁德行。陆机《文赋》："咏世德之骏烈，诵先人之清芬。"

⑮ "其朝闻"句：意思是只要明白了那个道理，就可以死而无憾。　朝闻夕死：语出《论语·里仁》："朝闻道，夕死可矣。"　悟：领悟的道理。

⑯ 圣谛：梵文的意译，即神圣的真理。

⑰ 澹生：此指澹泊名利。

⑱ 飨日：此指享受生活。飨，通"享"。

⑲ 解劳：此指解脱身心的困顿。

⑳ 驱怖：此指驱除来自得失忧患的恐怖。

㉑ 贯顶海音：此指使头脑清醒的福音。

㉒ 述：阐述前人成说。《论语·述而》“述而不作”，皇侃疏：“述者，传于旧章也。”

㉓ 追思：回想（前人事迹）。

㉔ “戏以”句：以游戏之笔采用陶诗格律作为准则。

㉕ “而即”句：意思是用陶诗格律这种有格律束缚的写诗方法作为准则。

㉖ 攒（cuán）眉：皱起眉头。不快或痛苦的神态。出处详见《游庐山记》注㊱。

㉗ 此律：即《律陶》诗。

㉘ 眉开十丈：形容非常开心的样子。

㉙ 是子：犹言此人，这家伙。　善盗：此指善于模仿前人的格律。

㉚ 尔：代词，此代指王思任。　饾其文葆：堆砌华丽的文辞。饾，饾饤，原义为盘碟上堆着的食品，后比喻文辞堆砌。文葆，文绣的襁褓。《史记·赵世家》：“乃二人谋取他人婴儿负之，衣以文葆，匿山中。”此喻文辞。

㉛ 先手：特指下棋时主动的形势。与“后手”相对。

㉜ “如髯翁”二句：苏轼有五言诗《归去来集字十首》，全部是摘取陶渊明《归去来兮辞》一文中的句子重新组合而成。　髯翁：苏轼多须，人称“苏髯”“苏髯仙”“髯公”等。　“炙《归去辞》”句：“脍炙”指细切的肉和烤熟的肉。此喻以陶文为原材料重组新作。

㉝ 佞我：奉承自己。语出《周书·尉迟运传》：“高祖顾谓宪等曰：‘百官佞我，皆云太子聪明睿知，唯运独云中人，方验（尉迟）运之忠直耳。’”

【评品】

据文中题志为“会稽谑庵居士王思任题”，约知本文写于明熹宗天启三年（1623）自号谑庵之后。作为自序文体，一般不外乎叙述写作缘起和目的，本文在这个既成的格局中，指槐说桑，借题发挥，在与陶渊明、苏轼的相互映带中，透过一层地写出了自己的秉性、气节、学养、遭际。其次，作为谑庵居士，此文体现了作者善谑的特点：以欢言写悲情，欲不言其悲，而其悲可感可触。所以即便是序文，王思任写来也是有人品有性情。

《世说新语》序[1]

读《史记》之后[2]，或难为《汉书》[3]；读《汉书》之后，且不可看他史。今古风流，惟有晋代[4]，至读其正史，板质冗木[5]，如工作《瀛州学士图》，面面肥皙，虽略具老少，而神情意态，十八人不甚分别[6]。前宋刘义庆撰《世说新语》，峀罗晋事，而映带汉魏间十数人[7]，门户自开，科条另定[8]。其中顿置不安[9]，征传未的[10]，吾不能为之讳；然而小摘短拈[11]，冷提忙点[12]，每奏一语，几欲起王谢桓刘诸人之骨，一一呵活眼前而毫无追憾者[13]。又说中本一俗语，经之即文[14]；本一浅语，经之即蓄[15]；本一嫩语[16]，经之即辣[17]。盖其牙室利灵[18]，笔颠老秀[19]，得晋人之意于言前，而因得晋人之言于舌外[20]，此小史中之徐夫人也[21]。嗣后孝标慨注[22]，时或以经配《左》[23]，而博赡有功[24]；须溪贡评[25]，亦或以郭解《庄》[26]，而雅韵独妙[27]。义庆之事，于此乎毕矣。自弇州伯仲补批以来[28]，欲极玄畅[29]，而续尾渐长[30]，效颦渐失[31]，《新语》遂不能自主。

海阳张远文氏得善本于江陵陈元植家[32]，悉发辰翁之隐[33]，黜陟诸公[34]，拣披各语[35]，注但取其疏惑[36]，评则赏其传神，义庆几绝而复寿者[37]，远文之力也。远文又精删何氏之补[38]，别具一帙[39]，使其堂庑具在[40]，而《新语》之事，又于此乎毕矣。嗟乎，兰苕翡翠，虽不似碧海之鲲鲸[41]，然而明脂大肉[42]，食三日定当厌去，若见珍错小品[43]，则啖之惟恐其不继也。此书泥沙既尽[44]，清味自悠[45]，日以之佐《史》《汉》炙可也[46]。

【注释】

①《世说新语》：是刘义庆等人创作的一部主要记载汉末至两晋时期士族阶层的言行风貌和轶事琐语的笔记小说。

②《史记》：西汉时期的司马迁所著中国历史上第一部纪传体通史。这部历史著作取得了很高的文学成就，被鲁迅先生誉为“史家之绝唱，无韵之《离骚》”。

③《汉书》：又名《前汉书》，是东汉史学家班固所著我国第一部纪传体断代史。是历史著作中略可方驾《史记》的优秀作品。

④“今古”二句：魏晋文士尚玄学鄙礼法，故后世多以“名士风流”指这一时期文人放达潇洒的风貌；同时魏晋是文学的自觉时代，也具郁郁乎文哉的斯文之风。

⑤ 板质冗木：犹言质木无文。《汉书·地理志下》：“民俗质木，不耻寇盗。”颜师古注：“质木者，无有文饰，如木石然。”

⑥“如工作”五句：《瀛州学士图》，原图为唐代大画家阎立本所作。此图刻画杜如晦等十八位名士，不畏山涧崎岖小路的艰险，骑马登临世人所仰慕的仙境“瀛州”。　工：工匠。此指从事绘画手艺的人。　面面肥皙：每个人面部都很丰腴。　略具老少：稍微能分辨出年龄的差异。　十八学士：唐太宗开文学馆，命杜如晦、房玄龄、于志宁、苏世长、薛收（收卒，刘孝孙补入）、褚亮、姚思廉、陆德明、孔颖达、李玄道、李守素、虞世南、蔡允恭、颜相时、许敬宗、薛元敬、盖文达、苏勖十八人并以本官兼文学馆学士。

⑦“前宋”三句：据余嘉锡《世说新语笺疏·凡例》，《世说新语》记载汉末至东晋人物六百二十六人，又以东晋王谢家族为主。　前宋：指南朝宋、齐、梁、陈之“宋”，相对于“宋朝”而言。　刘义庆：宋武帝刘裕之侄，袭封为临川王。与门客撰《世说新语》。　耑：同“专”。　映带：照应关联；连带。

⑧“门户”二句：谓自己设定体例、方法。

⑨ 顿置不安：《世说新语》分德行、语言、政事、文学、方正、雅量、识鉴、赏誉、品藻、规箴等三十六门，其中有些条目类归欠妥当。顿置，安排。

⑩ 征传未的：征引不够准确。

⑪ 小摘短拈：谓只言片语或一举一动。

⑫ 冷提忙点：局外的冷眼提示或忙中的闲闲评点。

⑬“几欲起”二句：意思是述写人物非常传神，对此没有丝毫可以遗憾的。　王谢桓刘：晋朝高门望族的四个姓氏，代表人物有王导、谢安、桓温、刘裕等。

⑭ 经之即文：经过作者的提炼就显得文雅。

⑮ 蓄：含蓄。

⑯ 嫩：稚嫩。

⑰ 辣：老辣。

⑱ 牙室利灵：谓口齿伶俐。

⑲ 笔颠老秀：笔尖能写出具有成熟美的文字。

⑳ "得晋人"二句：意思是笔下魏晋人的语言神态可以在叙述之外捕捉。

㉑ "此小史"句：此喻《世说新语》的文字虽然短小，刻画人物能够犀利传神。小史，某一方面简单的历史书或资料书。　徐夫人："徐夫人匕首"之省文。徐夫人，战国时期赵国人。典出《战国策·燕策》："于是，太子预求天下之利匕首，得赵人徐夫人之匕首，取之百金，使工以药淬之，以试人，血濡缕，人无不立死者。"《史记·刺客列传》载荆轲刺秦王所用匕首即得自徐夫人。司马贞《索隐》："徐，姓；夫人，名。谓男子也。"

㉒ "嗣后"句：南朝梁刘孝标为《世说新语》作的注释，引用古籍四百多种，涉及人物一千五百余人。　孝标：即刘峻，字孝标，南朝梁文学家。　劻注：注释。劻，同"匡"。

㉓ "时或"句：谓有人把刘孝标《〈世说新语〉注》与传疏儒家经典《春秋》的文字《左传》进行比附。

㉔ 博赡有功：意思是刘孝标注确实是旁征博引，有功于《世说新语》。

㉕ 须溪贡评：宋代刘辰翁曾评《世说新语》，明万历年间鸠刻出版，标为"宋临川王义庆撰，梁刘孝标注，宋刘辰翁评"。　须溪：即刘辰翁。宋末文学家，号须溪。　贡评：此指进行评点。

㉖ "亦或"句：谓也有人比作郭象注《庄子》的。　郭：即郭象。晋代玄学家，字子玄。少有才理，好《老》《庄》，能清言。曾作《庄子注》，往往能于旧注外而为解义，但时人颇有剽窃向秀之议。

㉗ 雅韵：风雅的韵致。

㉘ "自弇州"句：明代有王世贞、王世懋《世说新语》补批本。　弇州伯仲：指王世贞、王世懋两兄弟。弇州，即王世贞。明代文学家，字元美，号凤洲，别号弇州山人。明朝后七子领袖人物。

㉙ 玄畅：使胜义畅达。

㉚ 续尾渐长：谓王氏兄弟阐述部分如续貂之狗尾渐渐长大。续尾，犹言"狗尾续貂"。古代近侍官员以貂尾为冠饰，任官太滥，貂尾不足，用狗尾代之。后比喻以坏续好，前后不相称。

㉛ 效颦渐失：谓王氏兄弟因模仿或阐述部分过长而使《世说新语》失去了特点。效颦，犹言"东施效颦"。典出《庄子·天运》："故西施病心而矉其里，其里之丑人见而美之，归亦捧心而矉其里。其里之富人见之，坚闭门而不出；贫人见之，挈妻子而去之走。"矉，通"颦"。后因以"东施效颦"嘲讽不顾本身条件

而一味模仿，以致效果很坏的人。

㉜ 海阳：地名，今山东省由烟台市代管的县级市。 善本：珍贵优异的古代图书刻本或写本。 江陵：地名，今湖北省荆州市。

㉝ “悉发辰翁”句：发掘出刘辰翁评语的全部深意。

㉞ 黜陟诸公：评价《世说新语》诸注评家的高下。

㉟ 拣披各语：从大量的评语中挑选精华。

㊱ 疏惑：解释疑惑。即遵循“疏不破注”的原则。

㊲ 几绝而复寿：几乎断气又活转过来。

㊳ 何氏之补：明代何良俊扩充《世说新语》而作《语林》，此书是从汉代直至元代的通史式《世说》体志人小说。

㊴ 帙：古代竹帛书籍的套子。此代指书卷。

㊵ 堂庑具在：存其基本的体例。堂庑，堂及四周的廊屋，亦泛指屋宇。比喻作品的规模和体例。

㊶ “兰苕”二句：语出杜甫《戏为六绝句》：“或看翡翠兰苕上，未掣鲸鱼碧海中。”原义是小巧适观，如翡翠鸟戏于兰花枝上，岂能与巨力惊人、掣鲸鱼于大海中相比。此谓两者不能相提并论。

㊷ 明脂大肉：指肥肉。明脂，脂肪透明。

㊸ 珍错小品：指山珍海味的小吃。珍错，“山珍海错”的省称，泛指珍异食品。错，《尚书·禹贡》：“厥贡盐、絺，海物惟错。”蔡沈集传：“海物非一种，故曰错。”

㊹ 泥沙既尽：谓张远文披沙简金，为《世说新语》汰去注评中的杂芜文字。

㊺ 清味：清淡的菜肴。李璟《保大五年元日大雪登楼赋》：“坐有宾朋樽有酒，可怜清味属侬家。”

㊻ “日以”句：上句喻张远文所辑《世说新语》为清淡菜肴，此句喻《史记》《汉书》为烤肉，两相佐读，浓淡最为相宜。

【评品】

明代研究《世说新语》蔚成风气，本文借海阳张远文整理南朝刘义庆《世说新语》及各注释、评点本而成新著之事，对《世说新语》及各种特别是明代的后出之本进行了梳理评判，虽是序文，但目光犀锐，指点中肯，定位准确，因而极具学术史价值。再者，王思任对刘义庆《世说新语》描写人物往往能为颊上三毫、尽在阿堵中传神的笔楮击节赞叹，称为“得晋人之意于言前，而因得晋人之言于舌外，此小史中之徐夫人也”。另外，王思任对《世说新语》语言风格的评价也十分经典：“本一俗语，经之即文；本一浅语，经之即蓄；本一嫩语，经之即辣。”王思任散文追求的也是俗语能文、浅语能蓄、嫩语能辣的风格，这在明末散文中可以说生面别开、机杼独抒。